KB117478

안녕의 의식

미야베 미유키 소설집

홍은주 옮김

さよならの儀式

안녕의 의식

비채

SAYONARA NO GISHIKI

by MIYABE Miyuki

Copyright ⓒ 2019 MIYABE Miyuki
All rights reserved.

Originally published in Japan by Kawade Shobo Shinsha, Publishers Ltd., Tokyo.
Korean translation rights arranged with RACCOON AGENCY INC., Japan through
THE SAKAI AGENCY and JM CONTENTS AGENCY.
Korean translation copyright ⓒ 2023 Viche, an imprint of Gimm-Young Publishers, Inc.

이 책의 한국어판 저작권은 THE SAKAI AGENCY와 JM CONTENTS AGENCY를 통한
저작권사와의 독점 계약으로 비채에 있습니다.
저작권법에 의해 한국 내에서 보호를 받는 저작물이므로 무단전재와 무단복제를 금합니다.

차례

엄마의 법률

사키코 엄마가 죽었을 때 나는 울지 않았다. 삼 개월 전, 주치의 선생님에게 이 이상 치료를 계속해도 엄마만 고통스러워질 뿐 의미가 없다는 설명을 듣고 겐이치 아빠가 사이토마크로신 투여를 중지하기로 결정했을 때, 가즈미와 둘이서 하룻밤 펑펑 울고 각오했던 바였으니까.

엄마가 인생의 마지막 팔십여 일을 보낸 호스피스 병원 '코스모스'는 밖에서 보면 쇼와1926년에서 1989년까지의 일본 연호 시대 레트로 감성이 느껴지는 벽돌 건물이지만, 내부 설비는 최첨단이고 직원도 다들 우수했다. 엄마는 마지막까지 평화롭게 지냈다고 생각한다. 어느 개인 병실에서나 내다보이는 정원에 제철 꽃이 흐드러지게 피고, 인공연못에는 아침저녁으로 갖가지 야조가 날아와 쉬어 갔다. 운 좋으면 귀여운 야생 다람쥐도 볼 수 있었다.

엄마가 지내던 층의 담당 주임과 장례식에서 이런저런 이야기를 하다가, '코스모스'가 꽃 이름이 아니라 '우주'를 의미한다는 걸 알았다. 머지않아 다른 세상으로 떠나게 될 환자와 그들을 지켜보는 사람들이 만드는 소우주.

"사키코 씨는 우리 우주를 가로질러 간 더없이 아름다운 혜성이었어요."

나도 그렇게 생각한다. 사키코 엄마는 아름다웠다. 외모뿐 아니라 마음도.

사키코 엄마의 딸이 되었을 때 나는 다섯 살. 엄마는 서른넷이었다. 겐이치 아빠와 결혼해서 십 년째, 열 살의 가케루와 여섯 살의 가즈미까지 4인 가족에 내가 들어왔다. 아빠 엄마는 클래스·퍼스트 양부모 인정을 받은 터라 원하면 신생아도 데려올 수 있었지만, 굳이 목록 하위에 있던 나를 입양했다.

"네 얼굴을 보고 목소리를 듣고 나니 다른 애들은 눈에 들어오지 않았거든."

겐이치 아빠의 말에 따르면 가케루 때도 가즈미 때도, 엄마가 '첫눈에 반해' 결정한 듯하다.

"엄마 눈은 틀림없으니까 아빠 안심하고 다 맡겼지. 결국 정답이었잖아?"

아빠 말대로다. 내가 들어오고 십이 년, 우리는 좋은 가족이었다. 어쩔 수 없는 줄 알면서도, 사키코 엄마를 떠나보내고 가족이 해체되어가는 것이 슬프다.

양부모의 이혼이나 사별로 인해 한쪽만 남을 경우 미성년자 양자는 '그랜드 홈'에 돌려보내진다. '피학대 아동 보호와 육성에 관한 특별 조치법' 통칭 '마더 법'에는 기본적으로 그렇게 규정되어 있다. 내가 태어나기 이십 년도 더 전, 법률 시행 초기에는 이혼이나 사별로 한 부모 가정이 되어도 당사자가 원하고 마더 시스템 관리운영위원회가 승인하면 양가정은 존속했다는데, 스캔들이 될 만한 몇 건의 사건이 있고 나서 그 '온정'은 '없던 일'이 되어버렸다.

그런 융통성 없는 위원회에 생전 비판적이었던 사키코 엄마는 한 부모 양가정 해체의 계기가 된 사건 중에는 사실무근의 원죄冤罪나 날조된 건이 섞여 있다며 분개했다.

"그렇게 엄밀한 심리 검사를 통과하고 장기간 교육받은 양부모가, 배우자를 잃자마자 아이에게 성적 학대를 가한다는 게 있을 수 있는 일이야?"

정부도 마더 위원회도 양부모를 좀더 신용하고 자신들의 시스템에 자신을 가져야 한다고, 엄마가 아빠를 상대로 드물게 연설했던 일이 있다. 깊은 밤, 둘이 와인을 마실 때였으니 살짝 취했었는지도 모른다.

엄마의 의분(공분이라 해야 할까?)에 겐이치 아빠는 쓴웃음을 지었다.

"나도 전적으로 동감이야. 하지만 세상 사람이 다 그렇지는 않거든. 위원회가 한 부모 양가정 해체 원칙을 고수하는 건 학대 방지 차원보다는, 세상의 끈덕진 편견에서 우리 같은 양부모를 보호하기 위해서라고 생각하는 편이 낫지 않겠어?"

그야말로 '멋진' 부부였던 아빠 엄마가 마주 앉아 와인잔을 기울이는 모습은 한 폭의 그림 같았다. 몰래 밤을 새우다가 그 모습을 슬쩍 보고 얼마나 뿌듯했던지.

그로부터 불과 사 년 후, 엄마의 병이 재발했다. 악성 종양은 젊은 시절 엄마의 자궁을 빼앗은 것으로 모자랐는지 다시 고개를 쳐들었다. 그리하여 급기야 엄마를 완전히 파괴하고, 우리를 갈라놓으려 한다.

마더 법은 이 나라 모든 피학대 아동을 구제할 수 있는 기적의 시스템이다. 사이토마크로신 또한 발생 메커니즘이 해명되지 않은 거의 모든 악성 종양에 효능이 있는 기적의 표적치료제라 일컬어진다. 하지만 어느 쪽이나 한계는 있다.

아직은. 나는 그렇게 생각하고 싶다.

장례식을 치르고 한 달의 유예 기간을 다 채우지 않고, 가즈미와 나는 짐을 정리해 같은 동네 그랜드 홈으로 옮겼다. 아빠와 우리 희망에 따라 겐이치 아빠의 성을 유지한 채, 호적만 마더 위원회 아래로 돌아간 것이다.

가즈미 열일곱 살, 나 후타바 열여섯 살. 연년생 자매지만, 마더 위원회가 양가정이 없는 아이들에게 제공하는 생활 거점인 그랜드 홈에서 열세 살 이상에게는 각자 방이 주어진다. 이곳 그랜드 홈은 주위의 복수 지자체가 합동 운영하므로 수용 아동 수가 많다(그랜드 홈에서는 직업을 얻어 자립할 때까지는 몇 살이건 아동 취급을 받는 게 소소하게 짜증난다). 오래된 공영 주택을 개축한 건물은 편리성도 안전성도 뛰어나지만, 천장이 낮은 것이 옥에 티다. 인테리어나 가구가 근사해도 그 때문에 옛날 집 티를 벗지 못한다.

이미 성인이 된 장남 가케루는 집에서 멀리 떨어진 대학 기숙사에서 생활한다. 일부러 휴일을 할애해 우리의 새 거처까지 정리를 도와주러 왔다.

"짐도 얼마 없는데."

"그래도 걱정되니까."

아들은 엄마 닮았네. 딸들은 아빠 닮았고. 우리가 마더 법 산하의 양가정이란 사실을 모를 때 주위에서는 곧잘 이렇게 말했다. 하지만 어른이 된 가케루는 오히려 겐이치 아빠와 비슷해졌다. 이목구비가 아니라 동작이나 사소한 버릇, 돌려서 말하는 스타일이 꼭 닮았다.

가즈미와 나는 아빠도 엄마도 닮지 않았다. 가케루와 닮지도 않았고, 둘이 서로 닮지도 않았다. 그런데도 남들은 제대로 아들딸로, 형제자매로 봐준다. 이목구비보다 역시 분위기나 동작이 닮아가기 때문이리라.

서로 양보하고 돕고 배려하면서 살다 보면 절로 닮는다. 좋은 부모 밑에서 잘 자란 아이는 부모의 여러 가지를 흡수하며 자연히 닮아간다. 부모자식 사이에 혈연이 있고 없고에는 실은 별로…… 아니, 거의 좌우되지 않는다.

가케루가 조금 쓸쓸한 눈빛으로 말한다.

"우린 앞으로도 삼남매니까."

"당연하지." 내가 응수한다.

가즈미와 나는 취업하면 이곳을 나가 둘이 집을 빌리고, 가케루와 겐이치 아빠와도 왕래할 생각이다. 그랜드 홈에 있으면 자립할 때까지 생활 불안은 없다. 학비는 나라에서 부담한다. 이른바 '용돈'도 꼬박꼬박 지급되지만, 가즈미는 고등학생이 되면서 곧바로 아르바이트를 시작했고, 나도 그럴 작정이다. 말하자면 어디서 무슨 아르바이트를 하는지 설명하고 허락받는 상대가 양부모에서 그랜드 홈 담당자로 바뀔 뿐이다.

"저기, 가케루."

앤티크 숍에서 조금씩 사 모은 옛날 레코드와 CD를 정리하면서, 가즈미가 이쪽을 등진 채 말한다.

"여자친구하고는 어떻게 됐어?"

일순 가케루의 눈동자에 그늘이 졌다. 나는 모르는 체하고 옷을 안고 일어났다.

"헤어졌어." 가케루가 말했다.

그렇구나, 가즈미가 말했다. 가케루가 있는 자리에서는 보이지 않겠지만 나한테는 보였다. 가즈미의 입가에 보일락 말락 미소가 떠올랐다가 지워지는 모습이.

사키코 엄마가 '코스모스'로 옮기는 수속을 할 즈음, 가케루가 조만간 여자친구를 데려와 소개하고 싶다는 말을 꺼냈다. 엄마가 분명 기뻐할 거라며 아빠도 반색했는데, 결국 여자친구가 문병을 오는 일은 없었다.

둘이 사귄 지 반년쯤 된 무렵으로, 가케루가 우리 집 사정을 여자친구에게 아직 말하지 않았을 때였다. 반년이라면 그렇게 부자연스러운 일은 아니라고 생각한다. 오히려 일찍부터 무턱대고 집안 내력을 시시콜콜 떠들어대는 쪽이 이상하다는 게 내 감각이다.

가케루의 여자친구는 달랐던 모양이다. 엄마가 그나마 기력이 있을 때 소개하고 싶어 가케루가 처음 자신의 이야기를 꺼내자 대뜸 '속았다'라며 화를 냈다. 이어서 부모까지 나서서 대소동. 그래서 알게 됐는데, 여자친구 부모님은 마더 법 반대운동에 관여하고 있었다. 속은 쪽은 오히려 가케루 아니냐고 나는 분개했다.

"그 일로 둘 다 속상하게 만들었지. 미안."

"무슨. 아니야." 내가 말했다.

가즈미는 아무 말도 없었다. 레코드와 CD를 가지런히 정리하더니, 돌아보고 생긋 웃었다.

"배고파. 밥 먹자."

점심을 먹고 셋이 쇼핑한 뒤에(가케루가 용돈을 털어 우리한테 티셔츠를 사주었다), 가케루를 역까지 배웅했다. 돌아오는 길, 푸른 가로수 밑을 걸으면서 가즈미가 불쑥 말했다.

"……추잡하다더라."

내가 놀라서 걸음을 멈추었다. 가즈미도 발을 멈추고 나를 바라보았다.

"가케루 여자친구 엄마가, 나 아르바이트하는 데로 쳐들어와서."

"언제? 아빠한테도 말했어?"

가즈미는 시답잖다는 듯 어깨를 들썩했다.

"그 자리에서 격퇴했으니까, 됐어. 점장님이 내 편을 들어주셨어."

가즈미는 일주일에 몇 번, 방과 후에 카페에서 아르바이트를 한다. 서점 안에 있는 가게라, 책 좋아하는 가즈미에게 딱 맞는 일이다. 점장님이라면 나도 만난 적 있는, 두 아이 엄마라는 멋진 분이다.

"추잡하다니, 가즈미가 왜?"

"초경이 온 후로도 생판 남남인 남자들과 한 지붕 밑에서 산다고."

가즈미가 피식 웃고 말을 이었다.

"성큼성큼 가게로 들어와 대뜸 소리치더라. '초경!'이라고. 그쪽이 훨씬 품위 없잖아?"

가즈미가 놀라서 굳어져 있자 점장님이 나서서 마더 법 양가정이라고 무조건 그런 눈으로 보는 건 당신들 머릿속에 그런 생각이 들어차 있기 때문이다, 추잡한 건 그쪽이다, 하고 깍듯하게 맞받아주셨단다.

"점장님이 원래 웃으면서 할 말 다 하시는 분이거든. 멋지셔."

"나도 현장에 있었으면 좋았을걸. 해줄 말이 잔뜩 있는데."

제대로 한 방 먹은 가케루의 전 여자친구 모녀의 얼굴도 보고 싶었다.

가즈미가 고개를 가로젓는다.

"아니, 넌 그 자리에 없어서 다행이야. 나, 꽤나 충격받았거든. 내가 거기서 일하는 거 그 사람들이 어떻게 알았을까. 가케루가 말했을 리 없잖아."

하기는 그렇다. 마더 법에는 끈덕진 반대파가 따라다니고, 그 가운데는 과격한 이들도 있다. 마더 법의 수혜자가 일상 생활에서도 인터넷상에서도 사람 사귀는 일과 개인정보 취급에 신중을 기하는 것은 그 때문이다.

"그 뒤로는? 또 괴롭히지는 않았고?"

"괜찮아. 그래도 점장님이 당분간은 주방에서 일하는 편이 좋겠다고 하셔서. 덕분에 핫 샌드위치 만드는 실력 하나는 일취월장했거든. 조만간 솜씨를 보여주지."

그랜드 홈에는 카페테리아가 있어 기본적으로 세끼 다 해결되지만, 직접 요리하고 싶은 경우는 신청하면 된다. 우리는 주말에는 직접 요리해 먹고 싶다고 상담하는 중이었다.

"이상한 얘기 꺼내서 미안. 가자."

미소를 다시 떠올리고, 어깨까지 오는 새카만 긴 머리를 찰랑거리며 가즈미는 걷기 시작했다.

가즈미는 미인이다. 겐이치 아빠는 '낡은 표현이지만 가즈미 한텐 명모호치아름다운 눈과 하얀 치아라는 표현이 딱이야'라고 말했다. 같은 미인이라도 사키코 엄마는 차밍계, 가즈미는 뷰티풀계라고 이야기한 적도 있다.

친동생은 아닐지언정 동생인 나는 전혀 '뷰티풀'하지 못하다. 머릿결도 팔이 아프도록 빗질해도 가즈미처럼 윤기 있게 찰랑거려주지 않는다. 그래서 줄기차게 쇼트커트로 버티고 있다. 그런 우리를 주위에서 제대로 자매로 봐주는 것이 신기하지만, 그거야말로 마더의 마법이다. 과학과 의학이 증명한 21세기의 마법.

마더 법 양가정을 구성할 때 위원회는 양부모와 양자의 외모 균형에 순수한 주의를 기울인다. 양부모가 '전혀 닮지 않기를' 원하는 경우(이런 케이스도 있다)가 아닌 한 입양아는 양부모와 외모가 어느 정도 닮는 편이 좋다고 여겨진다. 단 위원회가 중요시하는 요소는 이목구비가 아니라 골격과 근육이 붙는 방식, 두개골과 턱 모양이다.

마더 법 법안이 국회를 통과한 이래, 양가정 매칭을 위한 유전자 분석 기술은 눈부시게 진보했다. 또한 이미 오래전에 유사 과학이라 낙인찍혀 잊혔던 골상학이 부활해, 3D모델링을 활용한 신골상학이 주목받게 되었다. 마더 법 아래 양가정 구성 시뮬레이션 실험을 해온 아동심리학·교육심리학·인지심리학 팀의 연구 성과 덕분이다.

두개골과 아래턱 생김새가 닮으면 목소리가 닮는다. 목소리가 닮으면 용모는 달라도 '닮았다'고 느껴진다. 또한 사람이 누군가를 '닮았다'고 느낄 때는 이목구비보다 전신의 골격—이른바 체격에 주목한다. 이목구비가 꼭 닮았어도 체격이나 목소리가 다르면 별로 '닮았다'고 느껴지지 않는다.

중요한 것은 사람이 누군가를 '자신과 닮았다'라고 느끼는 감각의 바탕에 상반되는 두 심리가 잠재한다는 사실이다. 닮은 데서 오는 친밀감과 닮은 데서 오는 경계심.

친밀감을 느끼는 것은 사회적 동물인 '인간'에게는 우선 '동족'이라는 느낌이 같은 사회 구성원이 되기 위한 중요한 판단 기준이기 때문이다.

경계심을 느끼는 것은 거기서 한발 나아가 '같은 사회 안에 자신과 닮은 개체가 있으면 자신에게 돌아올 이익과 역할을 두고 다툴 수 있기' 때문이다. 사회가 확장해 더 많은 개체에게 이익이 분배되고 역할이 분담되면 이 다툼은 완화되고, 서로 닮은 개체들끼리 협력함으로써 사회는 더욱 확장한다.

성장기 아동은 목소리나 체격이 보호자와 (일부나마) 닮은 교육자를 만나는 편이 그렇지 않은 경우보다 스트레스가 적고,

더 안정된 심리 상태에서 효율적으로 배울 수 있다. 하지만 한 교육자 밑에 용모·체격·목소리가 어딘지 닮은 아이들이 전체 인원수의 45퍼센트를 넘기면 아이들 사이에 긴장감이 높아지는 경향이 있다. 서로 닮은 아이들끼리 '자신에게 돌아올' 이익과 역할 분담을 놓고 다투는 탓이다.

마더 법하의 양가정은 이 심리 메커니즘을 충분히 감안해 구성된다. 양부모와 입양아는 이목구비라는 표층 요소가 아닌 부분이 '닮는' 것이 바람직하고, 아이들끼리는 '너무 닮지 않는' 것이 바람직하다. 더 이상적이려면 그렇게 결합된 형제자매가 함께 생활하는 과정에서 '원래 그랬던 것처럼' 닮은 느낌으로 성장해가는 일이다.

우리 가족은 그 이상형을 거의 완벽히 구현했었다. 마더의 마법 속에서 행복했던 5인 가족. 사키코 엄마의 죽음으로 뿔뿔이 흩어지는 건 별이 부서져 흩어지는 것과 똑같다.

그랜드 홈으로 옮기고 보름 후, 적당한 아르바이트 자리를 미처 찾기도 전에 담당자에게 불려갔다. 지역 위원회와의 면담 일정을 정하고 싶다는 얘기였다.

"어머니 돌아가시고 아직 얼마 안 됐는데, 미안해."

가즈미와 나를 담당하는 스태프는 우리한테는 할머니쯤 되는 연배다. 언제나 깍듯하고 상냥하다.

"괜찮아요. 납골도 무사히 끝났고, 가즈미도 저도 앞으로 어떻게 할지 정해놨으니까요."

마더 법으로 보호받는 아이들에게는 열여섯 살이 커다란 분기점이다. 열다섯 살까지는 일방적으로 보호받을 뿐 본인 의사는 참고하는 정도지만, 열여섯 살부터는 결정권을 한 표 갖게되니까. 마더 위원회 위원이 한 표, 옵저버인 아동심리학자가 한 표, 마더 위원회를 감시하는 옴부즈맨이 한 표, 그리고 본인이 한 표.

아담하고 편안한 분위기의 상담실. 카페테리아에서 가져온 허브티가 담긴 잔을 앞에 놓고 담당자와 마주 앉았다. 담당자 앞에는 마더 위원회 사양 태블릿과 빳빳한 새 종이 파일이 놓여있다. 양가정, 양부모, 입양아에 대한 정보는 전부 위원회 데이터베이스에 들어 있는데도, 개인 면담 때만 등장하는 종이 파일은 지나간 세기의 유물이라기보다는 일종의 감상적인 소도구에 가까울 것이다.

"그래서 어떻게 할지는 결정했니?"

"새 양가정을 매칭해주실 필요는 없어요." 내가 말했다. "가즈미도 이대로 그랜드 홈에서 대입 치르고, 합격한 데 진학한다고 했을 텐데요?"

담당자는 가볍게 고개를 끄덕일 뿐이다. 그랜드 홈에 돌아온 우리는 엄연히 개인으로 취급되므로 프라이버시는 엄밀히 보호받는다. 가즈미와도 이미 면담했을지 모르지만, 무슨 말이 오갔는지 내게는 일러주지 않는다. 물론 내 이야기도 가즈미 귀에 들어가지 않는다. 그걸 알면서도 굳이 가즈미를 끌어들인 나는 의존 경향이 강한 동생일 것이다.

　"저도 똑같아요. 이곳 생활이 가즈미보다 일 년 길어질 뿐……. 물론 재수를 안 하면 그렇다는 말이지만요."

　담당자가 빙긋 웃었다. 웃으니까 주름이 깊어진다.

　"성적이 우수하니까 괜찮을 거야. 가즈미하고는 대학이나 전공 학과도 구체적으로 얘기하니?"

　"진로가 달라서 별로 참고는 안 돼요."

　가즈미는 유아교육과 발달심리학을 전공해, 초등학교 교사나 마더 위원회 유아 부문 사회복지사가 되고 싶단다. 마더 법으로 목숨을 구하고 새 인생을 얻은 아이들 가운데는 장래에 위원회에서 일하겠다는 포부를 품는 경우가 많다. 순수한 보은이면서 사회 공헌도 되니까.

　나는 다르다. 어른이 되면 과거나 마더 위원회는 다 잊고, 좋아하는 길로 나아가고 싶다. 사키코 엄마가 시한부 선고를 받을 때까지는 장래희망 같은 건 막연하기만 했지만, 지금은 확실히 보인다. 서양미술사를 배워 그 방면의 전문가가 되고 싶다. 학자도 미술관 큐레이터도 좁은 문이지만 반드시 해낼 작정이다. 그것이 사키코 엄마의 젊은 시절 꿈이었으니까.

"게다가 가즈미는 대학 가면 기숙사 생활을 하고 싶대요. 저는 진학한 학교 동네의 그랜드 홈이면 충분하지만."

"그렇구나. 앞으로 구체적인 상담은 너랑 우리 교육 관계 어드바이저, 네가 다니는 고등학교 진로 지도실과 상의해서 결정해나갈 거야."

담당자는 온화한 웃음을 떠올린 채 손끝으로 태블릿을 가볍게 터치했다.

"네 양부모님은 클래스·퍼스트 안에서도 최우수 커플이었지."

"고맙습니다."

짐짓 아무렇지도 않게 말했지만, 왈칵 울고 싶어져서 눈을 가볍게 감았다.

"멋진 아빠 엄마였어요."

담당자가 태블릿에서 눈을 들고 나를 바라보았다.

"네가 새 가정을 원하지 않고 그랜드 홈에 친권을 맡기고 싶다면 절차는 간단해. 양아버지였던 다사카 겐이치 씨를 비롯해 가케루 씨, 가즈미 씨와 교류하는 일도 네 자유의사에 맡길 거고. 대신 그랜드 홈에서 생활하는 이상 귀찮더라도 한 달에 한 번 면담은 나와주렴."

"알겠습니다."

"너희는 기억 침전화의 흔들림도 발현하지 않는구나. 설마 의료 기록이 잘못된 건 아니겠지?"

자칫 아슬아슬한 농담이 될 수도 있는데, 담당자의 눈은 웃고 있다.

"저희, 심신 다 건강 그 자체인 아이들이었어요. 아빠랑 엄마 덕분이에요."

"최근엔 어때? 변화는 없니? 불안을 느끼거나 악몽을 꾸는 일은 없고?"

"아직은 없어요. 꿈에 사키코 엄마를 보고 올 때는 있지만, 나쁜 꿈이 아니라 행복했던 시절이 떠올라서 그런 거고요."

기억 침전화는 마더 법 아래 놓이는 아이들이 받는 기본 치료다. 아이의 학대 경험을 기억에서 지워버리는 것이 아니라 기억 깊숙이 가라앉혀, 두 번 다시 되살아나지 않도록 한다.

범죄, 사고, 재해 등으로 트라우마를 가진 어른이나 아이들에게도 단기 기억 침전화 처치가 때때로 행해진다. 다만 마더 법의 보호를 받는 아이들—건전한 양부모에게 장차 입양될 아이들의 경우, 기억 침전은 필연적으로 학대를 행한 인물 다시 말해 친부모나 혈연자, 배우자 등의 기억도 더불어 침전시킨다는 점이 일반적 치료 처치와는 크게 다르다.

간단히 말하면 나는 친부모와 그에 관련된 모든 기억을 잊었다. 떠올릴 계기도 없다. 아마 기억 가장 깊은 곳에 가라앉아 있을 것이다.

가케루는 그것을 '호수 밑바닥에 가라앉은 유리 파편'이라고 표현했다. 투명해서 어디쯤 가라앉아 있는지는 보이지 않는다. 다만 맨손으로 꺼내려다가는 피를 볼 확률이 매우 높다.

담당자가 말하는 '흔들림'의 발현이란 이 침전화가 어떤 계기로 불안정해져서, 뜻하지 않게 기억이 되살아나―유리 파편이 물속을 흔들흔들 떠다니며 마음에 상처를 내고, 당사자에게 공황장애 같은 병증을 일으키는 일이다.

그런 경험, 나는 한 번도 없다. 내가 아는 한 가케루도 없다. 가즈미만은 내가 가족의 일원이 된 직후, 가볍게 몇 번 있었던 듯하다. 아마 아빠 엄마의 관심이 새로 입양된 내게(일시적이나마) 집중되자, 불과 한 살 차이인 가즈미의 마음이 살짝 어지러워졌던 탓이리라.

마더 법의 보호 아래 기억 침전화 처치를 받은 입양아 1세대는 이제 대부분 부모 세대가 되었다. 다들 건전한 사회생활을 하고 있다. 성인이 되어 일개 시민이 되면 '마더 법 아이'라는 사실이 공적으로 드러나는 일은 일절 없다. 침전화가 그들의 인생에 마이너스가 된 사례는 한 건도 보고된 바 없다. 아무튼 까다롭게 구는 옴부즈맨 단체도 이 사실은 인정한다. 마더 법 반대파가 선전하는 비극적 실패의 예는 조사해보면 증거가 없고, 날조된 것투성이다. 이른바 도시전설일 뿐이다.

나는 지금 이 순간도 미래의 언젠가도, 내가 마더 법 아이란 사실을 당당히 말할 수 있다. 마더 법으로 구제되어, 겐이치 아빠와 사키코 엄마를 만난 덕택에 행복했던 시절을 떠올리고 눈물짓는, 극히 평범한 열여섯 살 여자애가 되었으니까.

상담실을 나와 복도를 걸으면서 스마트폰을 꺼내 보니 가즈미한테서 문자메시지가 몇 개나 와 있었다. 동영상도 첨부되어 있다. 무슨 일인가 했는데 '오늘 아침 라테가 새끼 낳음!' '잘 안 보이려나? 네 마린데.' '지금은 라테를 자극하면 안 되지만 일주일쯤 지나면 안아볼 수 있을 듯!'이란다.

가즈미의 절친 미요시 씨가 기르는 고양이 얘기다. 엷은 밤색과 크림색이 섞인 털이 카페라테 같아서 라테. 최근에는 오히려 보기 드문 일본고양이 잡종인데, 가즈미 말로는 '이렇게 영리하고 성격 좋은 고양이는 없다'.

그러고 보니 사키코 엄마 병실에서 라테가 선을 본다는 이야기를 나눴던가. 라테 새끼라면 꼭 좀 키우고 싶다는 사람도, 아빠 후보도 줄을 섰다던가.

겐이치 아빠는 동물 털 알레르기가 있어서 집에서는 열대어밖에 키운 적이 없다. 가즈미는 개도 고양이도 엄청 좋아해서, 수시로 라테를 보러 놀러 가고는 했다.

영상 속, 타월과 담요가 깔린 케이지 안에서 라테가 새끼들에게 젖을 물리고 있다. 새끼들은 아직 털이 거의 없어서 '고양이'로 보이지는 않는다. 꼬물거리는 조그만 몸뚱이들을 라테가 핥아준다.

조금 전 상담실에서는 참았는데 이번에는 틀렸다. 나는 스마트폰 화면에 눈물을 뚝뚝 떨어뜨렸다.

나는 이제 엄마가 없어.

— 안녕, 후타바.

그랜드 홈에서 처음 만났을 때 엄마는 그렇게 인사하며 웃었다. 보드랍던 손의 감촉.

— 오늘부터 이 집에서 다함께 사는 거야. 여기가 후타바 방이야.

첫날 저녁 메뉴는 내가 좋아하는 마카로니 그라탱이었다. 지금도 좋아한다. '코스모스'로 옮기기 전 그 얘기를 하자 사키코 엄마는 레시피를 적어주었다.

— 미안. 이제 주방에 같이 들어가 가르쳐주지 못하겠다.

이렇게 슬퍼서 가슴이 터질 것 같아도 나는 엄마의 기억을 잃지 않는다. 오래오래, 언제까지나 엄마를 기억할 것이다.

겨우 생후 일주일 된 새끼고양이들은 여전히 '고양이'처럼 보이지 않아서, 나는 아직 안아볼 자신이 없다. 가즈미는 혼자 매일 미요시 가를 드나들며 사진과 동영상을 보내왔다.

미요시 씨 부모님은 수입가구와 패브릭 전문점을 경영한다. 부유층 고객이 중심인 가게도 고급스럽고 근사하거니와, 자택은 영화 세트장 같다(무슨 드라마 촬영지로 사용된 적이 있단다). 겐이치 아빠도 사키코 엄마도 인테리어에는 무관심한 데다 '편안하고 청결하면 그만'주의자였기에, 이 점에선 미요시 가는 동경의 대상이었다.

직업이 직업인지라 미요시 씨 부모님은 교제 범위도 넓다. 새끼고양이를 입양할 가정도 굳이 수소문하지 않아도 지인들 범위 안에서 정해질 거란다. 고양이들한테는 잘된 일인데 가즈미는 서운한 기색이다.

"나중에 집 얻으면 개나 고양이 키워도 될까?"

"되는데, 집사는 가즈미가 해. 나, 동물은 좀 그렇거든."

다치거나 아플까봐 무섭다. 죽어버리는 게 무섭다. 소중한 존재를 잃는다고 상상만 해도 벌써 견디기 힘들다.

"걱정 마, 책임지고 좋은 집사가 될게. 근데 후타바도 반려동물 들이면 완전 빠질 타입인데."

"어떻게 알아?"

"사키코 엄마 다음으로 너를 잘 아니까."

그 말, 나도 가즈미에게 고스란히 돌려주고 싶다.

"고양이 사랑도 좋지만 가즈미 씨, 자신이 수험생이란 사실을 잊지 마시길."

가즈미는 원래 머리가 좋아서, 중고교 통틀어 다소 설렁설렁 공부하고도 좋은 성적을 유지해왔다. 하지만 대학 입시는 그렇게 간단하지 않으리라.

"괜찮거든. 여름 특별강습 스케줄은 벌써 다 정해놨으니까."

"그 말은 '여름'까지는 수험생 모드로 돌입하지 않는다는 뜻?"

"뭐 어때. 후타바, 은근히 고지식하다니까."

"어머, 그건 모르셨던가요, 언니?"

결국 가즈미의 새끼고양이 방문은 계속됐고, 생후 한 달을 넘긴 무렵 "어물거리면 한 번도 못 보고 다 입양 가버린대도!" 하는 말에, 마침내 토요일 오후, 나도 같이 미요시 가에 놀러가게 되었다. 그랜드 홈에서 모노레일 순환선을 타고 이십 분쯤 가는 고급 주택가. 경비원이 있는 게이트를 통과해야 들어갈 수 있어서 미요시 씨가 마중을 나왔다.

미요시 씨는 약간 살집이 있는 편에, 정통파 미인은 아니지만 이른바 분위기 미인이랄까. 가즈미와는 대조적인 타입이라 죽이 잘 맞는지도 모른다.

"후타바, 건강해 보여서 다행이다."

인사도 대충 끝내고, 미요시 씨가 덥석 내 손을 잡았다. 어머니와 둘이 사키코 엄마 고별식에 온 이래 처음 만난다. 얼굴이 퉁퉁 붓도록 울었던 가즈미보다 메마른 눈으로 기계처럼 움직이던 내가 훨씬 걱정이었단다.

"고맙습니다. 이제 완전히 괜찮아요. 그랜드 홈 밥이 칼로리가 높아서 살 좀 쪘죠."

가즈미도 나도, 마더 법 아이들이란 사실을 주위에 극력으로 알리지 않고 살아왔다. '알려지지 않게'가 아니라 '알리지 않고'다. 숨기는 건 아니고 이쪽에서 굳이 적극적으로 밝히지는 않는다. 마음을 터놓을 수 있는 극소수 사람들에게, 필요한 경우만 밝힐 뿐.

이제 와서 편견이나 호기심이 두렵지는 않다. 사회적으로는 마더 법 지지가 대세이기도 하고. 그래도 반대파가 어디 도사리고 있을지 모르니까, 조심하는 게 상책이다.

가즈미도 미요시 씨와는 중1 때부터 친하지만, 우리 사정을 밝힌 것은 사키코 엄마가 시한부 선고를 받으면서다. 엄마가 돌아가시면 겐이치 아빠와 헤어져 그랜드 홈으로 돌아가야 하니까, 말해두는 게 좋다고 생각했단다.

미요시 씨는 우리가 마더 법 아이들이란 사실보다 사키코 엄마의 죽음으로 가족이 해체된다는 사실에 더 놀랐고, 많이 위로해주었다. 미요시 씨 부모님도 우리 같은 슬픈 이별을 막기 위해서라도 마더 법에는 아직 개선의 여지가 있겠다고 말씀해주셔서, 미요시 가 사람들에 대한 호감도는 더욱 높아졌다.

화단 사이로 난 포장도로를 따라 각양각색의 호화로운 저택들을 지나치면서 셋이 수다를 떨었다. 이름은 입양된 가정에서 얻는 편이 좋을 것 같아 새끼고양이들은 아직 번호로 부른단다.

"음? 일번, 이번, 뭐 그렇게요?"

"아니. 일냥, 이냥, 삼냥, 사냥."

미요시 가의 산장풍 지붕이 보였다. 반려동물이 있어서 난로는 버추얼이니까, 연통은 산타클로스용이란다.

"마침 입양 희망 가족이 한 팀 와 있어."

저 차 주인…… 하면서 주차장에 서 있는 다크 블루의 토요타 랜드크루저를 가리켰다.

"와, 차 한번 어마어마하다."

미요시 저택뿐 아니라 이 주택가의 전체적인 분위기에도 어울리지 않는다.

"아웃도어 좋아하는 가족인가봐?"

"전혀 그런 느낌 아니던데. 남편은 투자 컨설턴트랬어."

삼십대 중반 부부로, 초등학생 아들이 하나. 엄청난 부자.

"미요시가 엄청나다고 할 정도면 급이 다른 거네." 가즈미가
말했다.

"가게 단골이래. 그래서 거절할 수도 없어서."

미요시 씨가 입을 가볍게 삐죽거렸다.

"엄마는, 아빠가 가게에서 새끼고양이 얘기를 떠들어대니까
그런 거 아니냐면서 화내고."

"그럼, 어머니는 그 집에 냥이들을 보내기 싫으신 거네요?" 내
가 말했다.

"'들'이 아니라, 단 한 마리도" 하고 미요시 씨는 고개를 끄덕
인다. "어쩐지 안 내키신대. 어쩐지는 또 뭐냐고, 아빠도 삐쳐서
난처해."

"저런, 엄마들의 '어쩐지'는 중요하거든. 흘려들으면 안 되지."

나는 가즈미의 얼굴을 바라봤다. "혹시, 어떻게 해보려고 생
각하는 거 아냐?"

가즈미가 짐짓 어깨를 들썩했다. "미요시, 내 동생의 이 유도
심문 어떻게 생각해?"

"정확히 짚었다고 생각해." 하고 미요시 씨가 쿡쿡 웃었다.

"뭐, 그 얘기는 냥이들 보고 나서 하자."

주거니 받거니 수다를 떨면서 미요시 가의 앞뜰을 가로질러, 현관에서 홀을 지나, 여름 분위기에 맞춰 통일감 있게 꾸며진 거실을 통과해 중정으로 향한다. 라테는 실내에서 키우지만 중정에 전용 하우스와 케이지가 있고, 새끼고양이들도 거기 있다.

커다란 프랑스식 창문 너머로 중정이 한눈에 들어왔다. 라테와 털빛이 꼭 닮은 새끼고양이를 안고, 키 큰 남자가 서 있다. 바닥은 테라코타. 고양이가 먹어도 해롭지 않은 식물들로만 꾸며진 둥근 화단. 비교적 간소한 풍경이다. 청바지에 화려한 스트라이프 셔츠, 예의 랜드크루저와 마찬가지로 어마어마한 손목시계를 찬 남자는 뭐랄까 잡지 화보에서 오려내 붙인 것처럼 겉돌았다.

남자 옆에, 나이가 얼추 비슷해 보이는 여자가 서 있다. 이들이 새끼고양이 입양을 원하는 부부이리라. 셔츠는 커플룩이고, 여자가 입은 흰 스커트는 올해 유행이라는 비대칭 디자인이다. 여자가 손을 들어 남편 품속의 새끼고양이를 쓰다듬자, 역시 커플 아이템인 손목시계가 드러났다.

"어서, 뛰어! 이리 와봐–!"

케이지 앞에 열 살 남짓한 사내아이가 쪼그리고 앉아 떠들고 있다. 오른손을 케이지 속에 넣고 새끼고양이를 건드리며 장난을 치는 모양이다. 아이의 셔츠도 부모와 세트다. 한 폭의 그림 같은 풍족하고 행복한 가정.

사내아이 옆에 미요시 씨 어머니가 붙어 있었다. 우리를 보더니 "어머, 가즈미, 후타바!" 하고, 케이지 옆을 벗어나는 김에 슬쩍 아이 어깨에 손을 얹어 일으켜 세웠다. 아이는 리본 같은 것을 쥐고 흔들고 있다. 이쪽을 돌아보는 얼굴이 꽤 고집 있어 보인다. 눈이 반짝거리고 콧방울이 실룩거리는 것이 새끼고양이랑 노느라 한껏 흥분한 듯하다.

"안자이 씨, 미안합니다. 다음 분이 오셨으니 오늘은 이쯤에서."

미요시 씨 어머니가 부부에게 말했다. 라테와 털빛이 꼭 닮은 새끼고양이는 여자 품에 옮겨가 있었다. 안겨 있는 게 싫은지 어릿어릿 꼼지락거린다. 남자가 손목시계를 본다. "아, 시간 다 됐네요."

말이 채 끝나기도 전에 사내아이가 "엄마아—!" 하면서 떼쓰기 시작했다.

"고양이랑 더 놀래! 가기 싫어!"

그리하여 우리는 약 오 분 동안, 그림처럼 행복한 가정의 상황극 한 장면을 구경하게 되었다. 타이르는 아버지, 달래는 엄마, 더욱 소란 떠는 아이. 야단치는 아버지, 어르는 엄마, 울며불며 뒤집어지는 아이. 아이를 일으켜 안는 아버지, 아이 머리를 이리저리 쓰다듬는 엄마, 서럽게 흐느끼는 아이.

세 사람은 신발도 똑같은 브랜드로 맞춰 신고 있었다. 흐음, 하며 바라보다가 아이 엄마와 눈이 마주쳤다. 그쪽도 나를 관찰하고 있었는지 일순 찌릿하고 시선이 부딪쳤다.

이상하다. 분명 초면일 텐데, 뭔가 질문을 받은 듯한 느낌이 들었다.

미요시 씨 어머니가 앞장서서 그들을 중정에서 데리고 나가자, 우리는 일제히 한숨을 뱉었다.

"쟤 뭐냐."

라테와 털빛이 꼭 닮은 새끼고양이는 이냥이. 저들이 탐내는 아이란다. 가즈미가 안아 올려 라테 옆에 가만히 내려놓았다.

"저번에, 처음 보러 왔을 때부터 저랬어."

사내아이가 거칠어서, 새끼고양이 꼬리를 잡아당기거나 목덜미를 잡고 던지려 들어서 맘을 졸였다고 했다.

"새끼고양이를 아이 장난감 삼을 생각이네."

가즈미가 케이지 속으로 손을 뻗어 넣고 턱 밑을 쓰다듬는다. "라테 괜찮아? 스트레스받지 않았어?" 라테는 얌전히 목을 뻗고 골골송을 부른다.

"미요시, 역시 이냥이는 겐이치 아빠가 데려가게 해주라. 저

골목대장네로는 안 보냈음 좋겠어."

나는 놀랐다. '역시'라 함은 전부터 이야기가 오갔다는 말인데. 내가 쳐다보자 미요시 씨가 고개를 끄덕였다.

"그런 얘기인데, 후타바는 어때?"

"마음은 알겠는데, 가즈미, 지금 아빠는 혼자 살잖아." 내가 말했다. "아빠가 출근하면 이냥이는 누가 돌봐……."

"괜찮아. 아빠의 아빠 엄마가 있으니까."

전체가 크림색이고 귀와 꼬리 끝만 갈색인 새끼고양이를 안아든 채 가즈미는 나를 돌아보았다.

"우리가 나온 후로 아빠는 할아버지 할머니랑 합치셨어."

나는 바보처럼 뻣뻣이 선 채 눈을 깜박거렸다.

할아버지 할머니라면 벌써 오래전에 돌아가셨을 터. 나는 그렇게 알고 있었다. 사키코 엄마도 일찍이 부모를 여의고 외동이어서 친척과 교류도 없다고. 실제로 장례식은 우리 가족끼리 치렀으니까…….

"아빠가 우리 입장을 생각해서 부모님이 돌아가셨다고 했지만. 실은 두 분 다 쌩쌩하셔."

"우리 입장을 생각하다니, 왜?"

"할아버지 할머니가, 우리 삼남매를 인정하지 않았으니까."

가즈미가 담담한 어조로 설명했다.

두 분은 마더 법 반대파가 아니다. 학대받고 인권을 침해당한 아이들을 구하기 위해 필요한 법률임을 충분히 인정했다. 다만 당신들 인생과 직접 얽히는 일은 원치 않았던지라, 겐이치 아빠와 사키코 엄마가 양부모 자격을 얻고 가케루를 데려온 때부터 사이가 멀어졌다. 말하자면 우리의 조부모는 되기 싫었던 것이다. 아들이 마더 법 아이들을 입양하게 된 게 며느리 탓이라면서 사키코 엄마와 갈수록 소원해져 급기야 험악한 사이가 됐단다.

"험악이라니……."

충격으로 눈앞이 컴컴해졌다. "사키코 엄마는 부모님과 일찍 사별하고 쓸쓸하게 자라서, 더욱 적극적으로 마더 양가정이 된 거잖아."

"그래, 나도 알아. 하지만 두 분 마음은 달랐어. 그런 건 어쩔 수 없는 일이야."

이냥이의 조그만 정수리에 코끝을 묻고, 가즈미는 고개를 숙였다.

"두 분 다 우리가 미운 게 아니야. 그저 손주로 받아들일 수 없었을 뿐. 아빠가 이냥이를 데려가면 언제든지 보러 오라고 하셨어."

이제 가족이 아니니까, 인연이 끊어졌으니까, '한때 양자'였을 뿐 남남이니까, 친절을 베풀겠다는 말인가.

언제든지 보러 오라고?

"가즈미, 그런 대접받고 괜찮아?"

"미안, 후타바."

가즈미와 나 사이에서, 미요시 씨가 굳은 표정으로 서 있다.

"나 그렇게까지 자세한 사정은 못 들어서……."

"미요시가 왜 미안해. 제대로 얘기해주지 않은 내가 나쁘지."

가즈미가 쭈그리고 앉아 이냥이를 케이지에 넣었다. 라테가 울어댄다. 고양이는 주위 인간의 분위기 변화에 민감하게 반응한다.

"나야말로 미안해요. 머리 좀 식혀야겠어." 내가 말했다.

"뭐야, 가버리게? 차랑 케이크 먹을 건데."

"잠깐 바람 좀 쐬고 올게요."

미요시 씨에게는 미안했지만 그 자리를 떴다. 종종걸음으로 거실을 가로지를 때 티 세트를 내오는 미요시 씨 어머니와 스쳐지나갔다.

묵직한 현관문을 밀고 앞뜰로 나온다. 주차장에 있던 예의 랜드크루저는 보이지 않는다. 도로까지 달려가 일단 멈추고, 심호흡을 한 번 했다. 떨리는 양손을 맞잡아 가슴에 갖다댔다.

우리는 마더의 마법으로 보호된 행복한 가정이었다. 이상의 구현이었다. 그런데 입양한 아이들을 위해, 겐이치 아빠는 정작 친부모와 멀어져야 했다.

　마더 법 반대파는 아니지만 마더 법 양가정은 받아들일 수 없다고? 그게 뭐야. 훌륭한 사상이지만, 그 사상 때문에 자신한테 불똥이 튀는 건 싫다고? 마더 법 아이들이 행복한 새 가정을 만난다면야 근사한 일이지만 손주로 인정할 수는 없다고? 비겁하잖아.

　무작정 걷기 시작했다. 멋진 주택가 경관은 이미 눈에 들어오지 않는다. 전부 빛이 바래 보인다.

　세상이 썩 아름답지 않다는 걸 나만 몰랐던 걸까?

　"……후타바 양."

　뒤에서 누가 이름을 불러서 흠칫했다. 돌아보니, 조금 전 그 커플룩 여자가 서 있었다. 내가 놀라서 덩달아 놀랐는지 자세가 엉거주춤하다.

　"놀라게 해서 미안해요."

　여자는 보는 눈이 없나 확인하는 듯 힐끗 주변을 둘러보고, 각오한 것 같은 표정으로 다가왔다.

　혼자뿐이다. 남편과 아이는 없다. 조금 전에는 보지 못한 작은 숄더백을 메고 있다. 구두와 같은 브랜드다.

　"이름이 후타바 맞죠?"

　너무 놀라서 대답이 나오지 않는다.

"많이 컸구나."

나와 마주 보자 여자의 눈가가 부드러워졌다. 아이 메이크업 솜씨가 좋다.

"너는 기억 못 하겠지만 나는 바로 알아봤어. 얼굴이 그대로 거든. 정말…… 꼭 닮았네."

가슴 밑바닥에서 먹구름이 뭉게뭉게 떠올랐다. 좋지 않은 예감뿐이다. 자리를 뜨자. 이 사람과 이야기해서는 안 된다.

생각은 그런데, 다리가 움직이지 않는다.

"벌써 십 년이 지나서…… 아니, 그 이상인가. 네 양부모님 성함은 잊어버렸어. 그래도 네 새 이름이 후타바双葉였다는 건 기억해. 마침 신록이 예쁜 계절이어서, 딱 맞는 좋은 이름이라 생각했었지."

가슴이 벌렁거리고 숨이 차다. 나는 목소리를 쥐어짜냈다. "누구세요?"

차분한 빛깔의 립글로스를 바른 입술을 살짝 깨물고, 여자가 말했다.

"미안하지만 이름은 밝힐 수 없어."

눈에 힘을 주고, 턱을 쳐든 채 오만한 표정을 짓고 있다. 그 모습에 화가 치밀어, 나도 태세를 가다듬었다.

"아까 '안자이 씨'라고 하시던데요?"

이런…… 하는 것 같은 표정이 여자의 얼굴을 스쳤다.

"제가 잘못 들었나요? 아무튼 어디 사는 누군지도 모르는 사람과 얘기할 수는 없어요. 실례할게요."

길가로 붙어, 그대로 지나쳐 미요시 가 쪽으로 향했다. 몇 걸음 지나갔을 때 목소리가 뒤쫓아왔다.

"네가 기억 침전화 처치를 받았을 무렵, 난 마더 위원회 센트럴 클리닉에서 자원봉사를 했었어."

우르르 쏟아져나온 말이 귀에 꽂혀, 분하지만 나는 발을 멈추고 말았다. 돌아보지 않으려고 무진 애를 써야 했다.

위원회 센트럴 클리닉이라면 마더 법 아이들의 기억 침전화 처치를 전담하는 병원이다.

"간호보조로 일한 지 이 년째였지. 아동심리학을 전공해서 네 담당이 됐어. 입원중이던 너랑 십자말풀이 퍼즐도 하고 색칠공부도 칠하면서 놀았는데. 기억 못 하나 보다."

나는 차려 자세를 한 채 주먹을 쥐었다.

"이런 데서, 이런 타이밍에 만나다니 운명인가봐."

자기만족이 밴 목소리.

"건강해 보여서, 행복해 보여서 다행이야. 같이 온 여자애는 가족이니? 가즈미라고 했지?"

가즈미 이름을 허물없이 부르는 것에 맹렬히 화가 치밀었다.

나는 등을 꼿꼿이 펴고 돌아섰다.

"그래서 뭔데요? 경고해두는데요, 그쪽이 지금 말씀하신 입장에 있던 분이라면 이거 위법행위거든요."

마더 위원회 직원은 퇴직 후에도 양가정이나 입양아의 개인 정보에 대해 비밀 엄수 의무를 진다. 엄격한 처벌 규정도 있다.

"제가 관계처에 고발하면 그쪽은 체포될 가능성도 있어요. 아까 그 아이가 아드님이겠죠? 그쪽이 형사처벌 받게 되면 그 아이도 옛날의 저처럼 마더 법 보호 대상이 되겠네요."

한 마디 한 마디, 얼굴에 던지듯 말해줬다. 안자이는 기가 조금 죽어 뒷걸음질했다. 세련된 가죽구두의 굽이 포장도로에 부딪쳐 딱딱한 소리를 냈다.

"내 입장은 잘 알고 있어."

갑자기 어조가 서먹해지고 말도 빨라진다.

"그래도 모르는 체할 수 없었어. 삼십 분 기다려도 안 나오면 포기할 생각이었는데, 이렇게 만났으니까."

열심히 변명한다. 누구에게? 뭣 때문에? 이 사람, 뭘 하자는 거지?

"그때 이후 나도 여러 가지로 생각이 바뀌어서……."

"저하고는 상관없는 일이에요."

내가 몸을 돌렸다. 길 저편에서 예의 다크 블루 랜드크루저가 천천히 다가왔다. 운전석에는 커플룩을 입은 남편. 어쨌거나 화려한 셔츠다. 이만큼 떨어져 있어도 한눈에 알 수 있다.

"후타바 양."

자동차가 다가온다. 사내아이의 모습은 보이지 않는다. 뒷좌석에 있을까.

"네 친엄마는 가케이 사유리라는 여성이야. 지독한 인생을 살다가, 지금은 사형수고."

벼락이 떨어진 것 같았다.

"꼭 면회 가보렴. 너한텐 그럴 권리가 있어. 친엄마를 만나야 해. 만나면 반드시 마음이 통하고, 너 자신을 잘 알게 될 테니까."

안자이가 다가와 내 어깨에 손을 올렸다. 내가 손을 뿌리치자 안자이는 한 대 얻어맞기라도 한 것 같은 표정을 지었다.

"이렇게 화낼 건 없잖아."

"그쪽이 무례하잖아요."

내가 몇 걸음 물러나 팔짱을 꼈다. 안자이가 이마를 짚으며 눈을 감았다. 공들여 매니큐어를 바른 손톱이 눈에 들어온다.

"……미안해."

안자이가 중얼거리고 다시 나를 바라본다.

"옛날엔 나도 마더 법에 무조건 찬성이었어. 그대로 믿었어. 지금은 달라. 왜냐하면…… 부자연스러우니까."

낳아준 부모를 완전히 잊고 살다니, 기억도 못 한다니. 그러고도 아무렇지도 않다니.

"피학대 아동에 대한 기억 침전화 처치는 눈속임이야. 진짜 해결이 아니야. 위선이라고. 네가 그걸 알아주면 좋겠어."

멋대로 흥분하고, 멋대로 세차게 고개를 젓고, 몸서리친다. 난 이렇게 진지하게 생각하고 있단 말이야, 하고.

"가케이 사유리는 널 잊지 않았어. 너를 보고 싶어해. 두 사람은 모녀야. 둘이 마주 보면 너도 그걸 알 거야."

가벼운 회오리바람을 일으키면서 랜드크루저가 바로 옆에 멈췄다. 뒷좌석에서 작은 그림자가 뛰어올라 "엄마아-!" 하고 어리광 부리는 목소리로 불렀다.

운전석 남자가 나를 바라본다. 눈빛이 곱지 않다.

"부탁이야, 잘 생각해봐."

안자이가 내 귓전에 속삭이고 뭔가를 손에 쥐여준다. 흠칫해서 뿌리쳤다. 발밑에 뭐가 떨어진다. 명함 비슷한 흰 카드다.

"다시는 네 앞에 나타나지 않을게. 하지만 친엄마를 만날 결심이 서면 그게 쓸모 있을 거야."

말을 마친 안자이가 조수석 문을 열고 재빨리 자동차에 올라탔다. 랜드크루저는 나를 남겨두고 달려갔다.

마더 법의 핵심은 옛날에는 전면적으로 존중·우대되었던 부모의 '친권'을 국가가 집중 관리할 수 있게 한 점이다. 친권의 정지·박탈·부여가 전부 국가 기관인 마더 위원회에 맡겨지고, 이의 신청은 (대리인도 포함해) 부모자식 어느 쪽에서나 자유로이 할 수 있다. 아동상담소나 교육기관의 책임자가 필요성을 인정해 신청할 수도 있다.

국가가 친권을 관리한다는 말은 부모라면 누구나, 언제 어떤 이유로든 '양육자로서 부적격'이라 판단되면 아이와 헤어질 위험이 있다는 뜻이다. 시행 이후에도 강경한 반대론이 끈덕지게 존재하면서, '전체주의다' '실직적으로는 국가 총동원법이나 마찬가지다'라는 비판이 계속되는 것은 적지 않은 사람이 '부모자식'이라는 신성 불가침한 혈연에 국가 권력이 개입하는 데 본능적 혐오감과 경계심을 품는 탓이리라.

그런데도 마더 법과 마더 위원회의 존재가 사회에서 널리 지지받고 존중을 얻게 된 것은 그 활동이 실제로 많은 불행한 부모자식을 구제해왔고, 지금 이 순간도 구제하기 때문이다.

물론 아이만 학대에서 구제되는 것이 아니다. 부모도 구제될 수 있다. 마더 법은 학대 부모라 할지라도 형사 책임을 일절 묻지 않는다. 아이한테 어떤 짓을 저질러도 상해죄도 상해치사죄도, 살인미수도 살인죄도 적용되지 않는다. 학대 부모에게는 형사처벌이 아니라 보호와 교육이 필요하고, 따라서 전문시설에 수용되어 육 개월의 교육 프로그램을 수료할 의무가 생길 뿐이다.

프로그램 수료 후에는 사회 복귀를 위한 중간 시설로 옮겨가, 거기서 또 반년 동안 본인의 희망과 적성에 맞춘 직업훈련을 받는다. 남녀 불문하고 부모는 학대 사실이 발각되면 직업을 잃거나 애초 무직인 경우도 많으므로, 여기서 취업의 발판을 마련한다.

부모의 경우 기억 침전화 처치 여부는 케이스마다 달라서, 지금까지 실시율은 전체의 30퍼센트 정도다. 강제성은 없고 본인 의사를 존중한다. 심각한 학대 사례 가운데는 부모도 과거 피학대 아동이었던 경우가 많고, 그런 케이스는 기억 침전화가 효과적이다.

마더 법 이념에서 보면 한번 '학대'가 일어난 이른바 '기능 부전 가정'은 구성원 개개인의 보호·교육·갱생이 완수된 후에도 원상복구되어서는 안 된다. 반드시 리셋되어야만 한다. 그 첫 단계가 기억 침전화 처치다. 그로써 피학대 아동의 애착 장애를 해소하고, 학대 부모의 아이에 대한 지배욕·의존을 끊어낸다. 부모와 떨어진 피학대 아동은 마더 법에 따라 적절한 새 가정에 맡겨지고, 교육 프로그램을 마친 부모는 시민 사회에 복귀한다. 그 뒤에는 결혼, 출산, 육아에 아무 제한도 받지 않는다.

또한 마더 법이 규정하는 '아이'란 곧 미성년자이므로, 커뮤니케이션 장애로 취학과 취업에 애로를 겪는 십대 젊은이들도 보호 대상이다. 그래서 기억 침전화 처치와 교육 프로그램은 사회적 히키코모리_{학교나 일터에 가지 않고 집에만 틀어박혀, 가족 이외에는 거의 교류를 하지 않는 사람 혹은 그러한 상태} 해소나 미성년자 범죄, 가정 폭력 대책에도 연결된다. 부모에게 정신적 학대를 받은 십대도, '자녀 양육에 실패했다'고 고민하는 부모도 마더 법 덕택에 인생을 다시 시작할 수 있다.

실제로 마더 법 시행 이래 젊은 층의 범죄는 착실히 줄어드는 추세다. 국내 살인 사건의 약 60퍼센트를 차지했던 '친족 살인' 건수도 감소 일로를 걷는다.

저출산 고령화·인구 감소 사회에서 부모에게 살해당하는 아이도, 아이에게 살해당하는 부모도 없앤다. '부모를 선택할 수 없는' 아이들의 절대적 불공평을 완화하고, '부모 되기에 실패한' 어른들에게 안전망이 되는 시스템을 확립해 온 국민이 '보람 있는 인생'을 누릴 기회를 준다. 이런 이상을 실현 가능하게 하는 마더 법이야말로 기적의 법률이다.

하지만 간혹 구제할 수 없는 케이스도 있다.

그로부터 며칠을, 혼자 헤매고 고민하고 분노를 곱씹었다.

분노는 명쾌하고 정직했다. 안자이라는 여자를 향한 분노, 내게 던지고 간 이야기를 향한 분노. 명함을 주워오고 만 스스로에 대한 분노. 그리고 그걸 끝내 찢어버리지 못하는 데 대한 분노. 헤맴과 고민은 그 분노를 어떻게 정리해야 좋을지 모르는 탓이었다.

가케이 사유리가 어떤 사람인지는 인터넷 검색으로 간단히 알 수 있었다. 가케이 사유리, 현재 35세. 확정 사형수가 틀림없고, 반년 전 두 번째 재심 청구가 기각되었다. 두 번의 재심 청구는 모두 '사실 오인에 의해 피고인이 부당하게 중형에 처해졌다'라는 호소였지 원죄라는 주장은 아니다. 새로 드러난 증거가 있는 것도 아니다.

말하자면 청구 기각은 지극히 정당한 판단이다. 가케이 사유리는 언제 사형이 집행되어도 이상하지 않은 상태였다.

내 기분이 우울한데 가즈미가 모를 리 없었다.

"무슨 일 있어?"

"아무 일 없어. 그냥 감기 기운."

그런 대화로는 숨기지 못하고, 결국 나는 백기를 들었다. 가즈미에게 전부 털어놓고 문제의 명함도 보여주었다.

가즈미는 꽤 한참이나 말이 없었다. 저녁 식사 후, 사람들이 모두 물러나고 천장 조명도 절반쯤 꺼진 카페테리아 한구석. 플라스틱 컵에 남은 따뜻한 커피.

명함 한 귀퉁이를 만지작거리면서, 가즈미가 낮은 목소리로 말했다.

"이 단체라면 나도 알아."

명함에는 기억 침전화 처치를 받은 마더 법 아이들이 과거를 되찾도록 권하고, 필요한 신청을 무상으로 대행해준다고 광고하는 법률 단체의 연락처가 인쇄되어 있었다. 전화번호와 메일 주소.

"한동안 역 앞이나 학교 앞에서 공공연히 나눠줬거든. 체포된 사람이 나온 다음부터 좀 잠잠해졌지만."

명함을 테이블 위에 내려놓고, 가즈미가 나를 바라보았다. "여기 연락해볼래?"

"무슨!"

나는 고개를 세차게 가로저었다.

"그럼 명함을 소장님한테 제출하고, 안자이라는 여자 일을 상담해봐?"

눈을 크게 떴다.

"가즈미, 진심이야? 그러면 미요시 씨한테도 민폐잖아."

안자이는 내게 접근해 친엄마의 정보를 흘리고, 위원회 직원이라면 전현직을 불문하고 준수해야 할 윤리 규정을 위반했다.

그것만으로도 중대한 위법 행위다. 거기다 명함을 억지로 건넨 행위는 마더 법으로 보호받는 입양아와 양가정에 대한 괴롭힘 혹은 방해 행위로 간주되므로, 파괴 활동 방지법에도 저촉된다 (반대파는 이 법해석이 헌법 위반이라고 투쟁중이지만, 현재 최고재판소는 마더 위원회 편이다).

만일 내가 신고하면 안자이 부부뿐 아니라 그들과 교류가 있고 결과적으로 안자이가 내게 접근하게 만든 미요시 가족도 수사받게 될 것이다.

"알아" 하고 가즈미는 목소리를 낮추었다. "그건 나도 걱정이야. 마더 위원회의 특별 수사관이 캐내기 시작하면 미요시 부모님이 우리 가족이 해체된 걸 딱하게 여긴 일도 나쁜 쪽으로 해석될 수 있으니까."

거기까지는 생각하지 못했던 터라 나는 할 말을 잃었다.

"……그거, 엄청 위험한 거잖아."

"응."

나는 명함을 집어 구겨버렸다.

"이거 버릴래. 태워버리는 게 나을까?"

"그럼 왜 가져왔는데?"

가즈미는 대답을 기다리지 않고 재빨리 고개를 저었다. "아니, 가져온 것까지는 좋아. 이런 걸 그 집 근처에 남겨두기도 좀 그러니까. 그래도 여태 보관한 건 후타바한테 뭔가 생각이 있어서 아냐?"

우리는 마주 보았다.

"후타바, 가케이 사유리를 만나보고 싶어?"

명함을 틀어쥔 손을 무릎에 올리고, 나는 가즈미의 얼굴에서 눈을 돌렸다.

"흥미가 동한 건 사실이야. 범죄자, 더구나 사형수라니까."

그래도 만나고 싶은 건 아니다.

"화가 났어. 머리가 이상해질 만큼 화나고, 너무너무 분해서 참을 수 없었어."

안자이라는 여자가 '네 친엄마가 보고 싶어한다'라고 말했기 때문이다. "어떻게 그렇게 자신 있게 말해? 어이가 없어."

목소리가 높아진 것을 깨닫고 나는 일단 호흡을 가다듬었다.

"그런 거, 반대파 위선자들의 전형적인 생각이잖아."

친부모의 사랑은 절대적이다 운운.

"……안자이 부부는 활동가한테 경도됐는지도 모르지." 가즈미가 말한다. "부자라잖아. 과격한 반대파엔 부유층이 많거든."

고생한 적이 없으니까 모성이나 혈연이 절대적으로 끈끈하다는 설을 믿는다. 벌써 옛날에 부정된 신화를 버리지 못한다.

"엄청 분해서, 안자이가 지껄인 말이 사실인지, 본인에게 직접 확인해보고 싶단 생각이 들었어."

가케이 사유리를 만나 물어보고 싶다. 당신, 정말 나를 기억하고 있었어? 사형당하기 전에 만나보고 싶은 건 배 아파서 낳은 친딸이라서?

"진짜로 그렇다면, 아 그거 참 안됐네요 하고 웃어주려고."

나한테 엄마는 사키코 엄마뿐. 당신 따위 알 바 없어, 하고.

"그냥 그뿐이야."

나는 가즈미에게 고개를 숙였다.

"걱정시켜서 미안해."

가즈미의 표정이 일그러졌다. 슬픔을, 아픔을 열심히 참고 있다.

"……왜 네가 이런 생각을 해야 돼? 내가 대신 해주고 싶다."

가슴이 뭉클해졌다. 언니. 진짜 내 가족이 여기 있다.

"가케이 사유리 일, 알아봤어?"

"응, 대충만 검색해도 무슨 일로 사형 판결을 받았는지 나오더라. 물론 나와의 관계라든가, 나한테 무슨 짓을 했는지는 모르지만."

일단 마더 법 보호 아래 놓이면 자세한 사유는 비공개로 전환된다. 기록이 봉인되어, 당사자조차 위원회에 신청해 귀찮은 수속과 심의를 거쳐 허가받지 않으면 정보를 열람할 수 없다.

"이 사람 지금 서른다섯 살이니까, 십대에 나를 낳았더라고. 마더 위원회에 보호되어 교육받고 사회에 복귀했을 텐데, 처음 체포된 건 스물두 살 때."

위법 약물 소지와 매매 죄에 걸려 집행유예를 받았다.

"그 뒤에 결혼, 이혼, 스물여섯 살에 기혼자와 불륜, 헤어지자는 얘기 끝에 싸우고 남자 집에 쳐들어가 부인과 아이를 찔러 죽였어. 그걸로 1심에서 사형 판결, 고등재판에서도 사형, 최고재판에서도 사형 확정."

지원 단체와 변호인단이 딸려 있어 두 번의 재심 청구에서 '피고인이 범행 당시 심신미약 상태였음이 고려되지 않았다' '계획적 살인으로 인정됐지만, 어디까지나 우발적 행위였고 상해치사에 해당'한다고 주장했는데, 말도 되지 않는 소리다. 불륜 상대의 집에 찾아갔을 때 가케이 사유리는 가방 속에 칼을 두 자루나 숨기고 있었고, 그것을 범행에 사용했으니까. 살해 후에는 사체를 차고로 옮겨 자동차 커버를 덮고, 바로 발각되지 않게끔 범행 현장인 거실을 청소까지 하고, 피해자의 의류와 액세서리를 뒤진 다음 사라졌다. 이 사실의 어디가 '우발적'이란 말인가. 어린애도 웃을 일이다.

"별 볼 일 없는 여자야. 인간쓰레기."

나는 그렇게 말하고, 북받치는 혐오감을 식어버린 커피와 함께 삼켰다.

"마더 교육 프로그램도, 카운슬링도 직업훈련도 취업 지원도, 전부 헛수고였네." 가즈미가 중얼거린다. "인격 장애인지도 몰라."

"글쎄. 나하고는 관계없어."

위독한 유전병 가능성으로 인해 유전자 치료가 시급한 경우를 제외하면 생물학적 부자 관계에 큰 의미 같은 건 없다. 마더법 이전의 사회에서 흘러온 맹신일 뿐이다. 나라는 인간을 좌우하는 요소는 '누가 낳아줬나'가 아니라 '어떤 환경에서 누가 키웠나'다.

카페테리아 담당 직원이 문에서 살짝 얼굴을 내밀고, 우리를 보더니 생긋 웃었다. 나도 가즈미도 웃으면서 가볍게 고개를 숙이자 직원은 이내 사라졌다.

"전부 거짓말인지도 몰라."

마음에 없는 웃음을 지우고, 가즈미는 무표정한 얼굴로 말했다.

"안자이가 너를 속였는지도 몰라. 이름도 얼굴도 기억한다는 말, 다 엉터리고."

마더 법 아이라면 누구라도 좋다. 사형수 가케이 사유리를 들이대어 동요시켜, 마더 법에 반대하는 활동가와 접촉시킬 수 있다면 거짓말인들 어떠랴 하고.

그 가능성이라면 나도 생각했다. 미요시 가에서 딱 만나다니, 우연치고는 너무 정교하니까.

하지만…….

나는 스마트폰을 꺼내, 화면을 하나 불러왔다. 그리고 말없이 가즈미에게 내밀었다.

삼 년쯤 전 두 번째 재심 청구 때 변호인단이 공개한 가케이 사유리의 사진. 지금은 변호인단 사이트에 공개되어 있다.

나이 차를 감안해도 나와 많이 닮았다. 얼굴형, 이마와 목선의 분위기, 눈가와 콧대. 쏙 빼닮았다는 말이 적절하다.

이렇게 화가 나는 것도, 도무지 마음을 잡지 못하는 것도 이 사진 탓이다. 점점 창백해지는 가즈미의 얼굴을 바라보면서 나는 거의 고통에 가까운 분노로 몸이 뻣뻣해진다.

다른 일은 아무래도 좋다. 하지만 이것만은 참을 수 없다. 안자이의 이야기를 떠올리면 뱃속이 타버릴 것처럼 분하다.

……얼굴이 그대로거든. 정말…… 꼭 닮았네.

"우린 사키코 엄마를 닮았어."

가즈미가 쥐어짜듯이 말하고 스마트폰을 덮어버렸다.

"이딴 거 신경쓸 필요 없어!"

"알아."

겐이치 아빠, 사키코 엄마와 인생을 공유해오면서 마음이 서로 닮아갔다. 그것이 외모에도 그대로 드러났다. 우리야말로 진짜 가족, 이상적인 가족이다.

그깟 유전자의 소행 따위에 내가 왜 흔들려.

그런데도 화가 치미는 게 분하다.

그로부터 한 달쯤 가즈미와 만날 일이 별로 없었다. 솔직히 좀 어색해서, 다행이라 생각했다. 이런 감정의 잔물결은 시간이 지나 자연히 가라앉기를 기다리는 게 상책이다.

그러므로 장마가 끝날 무렵, 이슬비 내리는 토요일 오후 카페테리아에서, 이삿날 가케루가 사준 티셔츠에 컷오프 청바지를 입고, 글래디에이터 샌들 굽 소리를 내면서 가즈미가 다가왔을 때 좀 안도했다. 표정이 환했기 때문이다.

우리, 잘 넘긴 거 맞겠지.

마침 나도 똑같은 티셔츠를 입고 있었다. 의미 있는 우연처럼 느껴졌다.

"수험생, 요즘 어떠신가?"

내가 묻자 가즈미가 미소를 머금었다. 눈은 전혀 웃고 있지 않았다.

의자를 당겨 내 옆에 앉는다. 점심때가 지나서인지 사람은 별로 없다. 오늘의 런치 메뉴였던 키마 카레 냄새가 희미하게 떠다닌다.

입을 열기 전에, 가즈미는 턱을 끌어당기고 가볍게 숨을 멈췄다.

"만일 네 생각이 바뀌지 않았다면 가케이 사유리를 만날 수 있어."

나는 몸이 굳고 말았다. 가즈미가 천천히 말을 잇는다.

"'사형수와의 대화'라고, 법리학, 형법학, 범죄심리학 전문가들의 공청회가 있거든. 일반 시민도 소수기는 해도 방청할 수 있어."

유리창 너머 견학이고, 질문이나 발언은 불가능하다.

"그러니까 만난다기보다는 그냥 보는 건데, 그래도 괜찮다면."

"어째서 가즈미한테 그런 연줄이 닿아?"

"수험생이라고 공부만 파는 게 아니라 대학 방문도 하거든. 고교 특별활동 선배가 이것저것 친절하게 알려줘서."

그 선배가 가즈미의 1지망 대학 법학부 학생이고, 세미나 지도교수가 일본 사형제도 역사를 연구하는 법리학자란다.

"그 선생님은 현행 사형제도가 너무 폐쇄적이다, 국민에게 더 적극적으로 정보를 공개해야 한다고 주장하는 분으로, 꾸준히

국회에 의견서를 제출하고 진정 활동을 해왔대."

'사형수와의 대화'도 그런 활동의 일환이 열매를 맺어, 전국
에서 정기적으로 열린단다.

"변호인단이 설득했다나 봐. 그런 데 참가하면 집행을 늦출
수 있으니까 그렇겠지."

나는 실눈을 떴다. "어째 얘기가 너무 딱 맞아떨어진다?"

새침한 표정이던 가즈미가 마침내 빙긋이 웃었다. "응, 타이
밍이. 그래도 가케이 사유리의 참가는 이미 석 달 전에 결정되
어 있었대."

"내가 검색했을 때는 변호인단 사이트에도 그런 얘기 없던데."

"일반 방청자 모집을 시작하기 전이었겠지. 추첨이 지난주였
다니까."

추첨해야 할 정도로 희망자가 많다니. 뭘 듣고 뭘 보고 싶은
지, 심리를 알 수 없다.

"선배 세미나 참가자 전원이 응모해서 석 장 당첨됐대. 선배
말고는 직전에 좀 무섭다고 뒤로 빼는 바람에 두 장 남았고."

길고 서늘한 눈이 나를 바라본다.

"희망자가 있다면 고등학생이라도 양보해줄 수 있대. 교수님
이 인솔하시는 모양이야."

젊은이에게 귀중한 경험이 될 수 있으니까.

"그거, 언젠데?"

"다음 주 토요일."

뭐가 이리 딱 맞아떨어질까. 하늘이 돕기라도 하나. 마침 아무 예정도 없다.

"일반 시민 방청자는 약 백 명. 신분증 지참해야 하고, 짐 검사와 신체검사도 있대. 회장에선 일어서거나 소란 떨지 말고 얌전히 앉아 있을 것. 게시물이나 선전물 지참 불가. 녹음·녹화는 절대 금지. 뭐 일반 재판 방청과 똑같아."

가슴이 술렁거린다. 하지만 막상 입 밖으로 흘러나온 말은 소심한 질문이었다.

"두 장 있다는 건 가즈미도 같이 가준다는 뜻이지?"

"당연하지."

나의 미인 언니가 늠름하게 말했다.

사형수의 신병 구속은 엄밀히 말해 형 집행이 아니므로, 형무소가 아니라 구치소에 수감된다는 사실을 처음 알았다.

편도로 세 시간 걸린대서 그랜드 홈에 외출 허가서를 제출했다. 가즈미가 지망하는 대학 선배들과 하이킹을 간다고 하자 담당자는 "잘 놀다 와" 하고 웃었다.

"멋진 남자친구가 생길지도 모르겠네."

교수님이 차로 선배와 우리를 태워 갔다. 가는 길에 '사형수와의 대화'의 취지와 구치소 출입 절차에 대한 설명을 들었다. "직전이라도 컨디션이 나빠지거나 마음이 변하면 염려 말고 얘기해요. 무리시키고 싶지 않으니까"라는 말도.

"네, 감사합니다."

그레이 헤어의 교수님이 자신의 연구나 활동에 대해 연설하는 일은 없었다.

"난 모니터 룸에서 기록을 담당하니까 방청석엔 없을 거야. 가쓰마타 군, 두 사람 잘 부탁해."

가쓰마타 군이 가즈미가 말한 선배다. 외모는 좀 아쉽지만 체격이 듬직해서 든든할 타입이다.

"제가 책임지고 챙기겠습니다."

필요한 설명이 끝나자 교수님은 클래식 음악을 틀고 운전에 전념했다. 가쓰마타 선배와 가즈미는 대학 대항 럭비전 이야기에 몰두했다. 가즈미가 럭비를 좋아하다니 금시초문인데. 럭비가 아니라 가쓰마타 선배가 좋은 건지도 모르지. 이건 나중에 좀 파봐야겠다고 생각했다.

구치소는 깊은 숲속, 이중 펜스에 둘러싸여 있었다. 일정한 간격으로 배치된 조명등이 줄지어 떠 있는 작은 비행접시처럼 보인다. 멋없이 네모난 콘크리트 건물은 조물주가 심심해서 숲

속에 굴린 거대한 블록 같았다.

은색 펜스 안으로 한 발짝 들어가면 하얀 자갈이 깔려 있고, 메마른 지면은 먼지 탓인지 희뿌옇게 보인다. 어떻게 보면 기발한 현대미술 전문 갤러리 느낌도 난다.

건물로 들어간 일반인 방청자들은 안내에 따라 조용히 수속을 마쳤다. 짐 검사와 신체검사는 공항 수속과 비슷했고, 경비원은 온화하고 친절했다.

형광등 불빛이 균등하게 쏟아져 어디나 환하다. 그 빛 아래 모인 방청자는 예정대로 약 백 명. 남녀노소 골고루 섞였고 차림새도 제각각이다. 가령 사형제도에 반대하는 시민활동가가 더러 섞여 있다 해도 지금은 시끄럽게 굴 생각이 없는 듯했다.

다들 긴장했는지 조용하다. 건물 안을 오가는 교도관들이 유독 커 보이고, 그에 반비례해 우리의 존재는 점점 작아지는 느낌이랄까.

고등학생은 우리뿐일 줄 알았는데, 한 팀 더 있었다. 남학생만 넷에, 저널리스트로 보이는 남성이 인솔했다. 교수님을 알고 있는지, 이동중에 남자가 다가와 명함을 건네고 인사했다.

공청회가 열릴 소강당 앞 로비에서 일단 교수님과 헤어졌다.

"평소엔 이 강당에서 위문 공연이 열린대."

가쓰마타 선배의 말을 듣고 새삼 휘둘러보았다.

그래서인지 로비의 의자나 테이블이 간소하다. 비품은 전부 바닥에 고정되어 있다. 쓰레기통도 없고, 물건을 감출 만한 틈새도 눈에 띄지 않는다.

"위문 공연이면 주로 뭘 하는데요?"

"라쿠고에도 시대부터 내려오는 일본의 전통 예능. 출연자 한 사람이 방석에 앉아 주로 해학적인 이야기를 들려준다나 콘서트, 소극단 연극 같은 거."

"그런 것도 유리 너머로 해요?"

"아니, 그건 이번만. 방탄유리를 무대 전면에 세워."

"우와, 번거롭네요."

로비에 모인 방청자가 여기저기서 대화를 시작했다. 다들 목소리가 낮다. 누구를 의식해서 삼가는 걸까. 사형수? 아니면 사형수에게 희생된 피해자?

부저가 울리고 벽 스피커에서 안내 방송이 흘러나왔다. 방청자의 입장을 재촉한다.

"갈까?"

가쓰마타 선배가 먼저 일어나고, 가즈미와 나도 일어났다. 소강당의 로비 쪽 출입구는 한 군데뿐. 쌍여닫이 방음문이다.

조금 전까지도 멀쩡했는데, 각오가 된 줄 알았는데, 무릎이 후들거리기 시작했다. 어금니를 물고 자신을 질타하며 고개를 쳐들고 줄 서 있는 사이, 가슴이 점점 더 울렁거린다. 호흡이 괴로워져서 손으로 가슴을 눌렀다.

"후타바, 괜찮아?"

가즈미가 팔을 잡아준다. 가쓰마타 선배가 돌아보고 눈을 커다랗게 떴다.

"동생, 얼굴빛이 창백한데."

이상하다. 이럴 리 없는데.

"괜찮아요. 죄송합니다."

"안 괜찮아 보여. 일단 돌아갈까?"

가즈미가 천천히 나를 데려가고, 가쓰마타 선배는 입장하는 방청자들에게 가볍게 고개를 숙였다.

빈혈을 일으킨 것처럼 눈이 빙빙 돌았다. 식은땀이 흐르고 호흡이 갈수록 가빠진다. 주위 사람들의 시선이 쓰라리다. 동정은 필요없는데.

"후타바, 우린 여기 있자."

가즈미가 내 어깨를 끌어안는다.

"선배, 미안해요. 우린 그만둘게요."

"미안은 무슨. 그러는 편이 좋겠다."

괜찮아, 가자, 나 멀쩡해. 그렇게 말하려는데, 입만 뻐끔거리고 목소리가 나오지 않는다. 피가 머리로 몰리고, 눈꺼풀 속이 뜨겁고, 가슴이 답답해진다.

생각이 정리되지 않는다. 영상 몇 토막이 차례로 뇌리를 스치며 섬광을 뿌리고 사라진다. 이명. 구역질. 팔다리가 차가워진다.

이거, 혹시 기억 침전화의 흔들림일까. 내 과거가 나를 흔들고 있다. 그럴 리가. 마더 법 울타리 안에서, 이상적인 양가정에서 자란 나에게 이런 일이 일어날 리 없는데.

"선배는 가서 방청하세요. 혹 동생 기분이 괜찮아지면 늦게라도 들어가도 될까요?"

"문제없을 거야. 찾기 쉽게 맨 뒷줄에 있을게."

선배가 방음문 너머로 사라지자 로비에는 우리만 남았다. "좀 앉자."

가즈미가 나를 끌어안다시피 해서 가까운 소파로 데려갔다. 몸을 내려놓자 스프링이 삐걱거렸다. 빈말로도 편한 의자라고는 할 수 없는데, 전신의 힘이 빠져나갔다.

가즈미가 바싹 붙어앉아 속삭인다.

"미안해. 괜한 짓 했나 보다."

후타바의 분한 마음을 풀어주고 싶었어. 안자이의 비겁한 방식에, 위선자의 헛소리 따위에 지지 않는다는 걸 둘이 확인하고 싶었어…….

"실은 선배와 교수님한테 사정을 털어놨어. 가케이 사유리가 내 동생 친엄마인지도 모른다고, 그러니까 한번 만나고 싶은데 무슨 수가 없겠느냐고. 그랬더니 이 공청회를 알려주시고 자리도 마련해주신 거야."

추첨에 당첨되지도 않았고, 세미나 동료가 갑자기 취소하지도 않았다. 애초 일반 방청자를 널리 모집하지도 않았거니와 오늘 참석한 이들은 주최 측 학자나 연구자들이 속한 대학과 연구소 관계자 그리고 그 제자들뿐이란다.

"그래도, 이 타이밍은, 역시 운명이 맞아."

내가 숨을 고르면서 띄엄띄엄 말했다. 얼굴을 들면 또 어지러울 것 같아 고개는 숙인 채였다.

가즈미가 다정하게 등을 쓸어준다.

"아무려면 어때. 끝날 때까지 이대로 기다리자."

소강당 안의 사정은 알 수 없다. 방음문이라 소리도 안 들리고 기척도 느껴지지 않는다. 우리가 꼭 붙어 힘없이 고개를 떨어뜨리고 있는 사이 시간이 흘러, 행사는 끝나버리고 사람들은 흩어졌는지도 모른다.

생각이 소용돌이쳤다. 사키코 엄마가 내 엄마. 내 엄마는 사키코 엄마뿐. 나는 나. 사키코 엄마 딸인 내게는 엄마가 빌어주었던 나만의 미래가 있다.

뭐가 무서워서 이런 데서 떨고 있지. 나는 지지 않아.

절대 지지 않는다.

"……가즈미."

상반신을 일으켰다. 현기증은 없다. 식은땀도 멎었다. 무릎은 후들거리지 않고 다리에 힘이 들어간다.

"들어가자."

가즈미의 아름다운 눈동자가 바로 옆에 있다. 그 눈동자 속에 내가 비친다.

"나 괜찮으니까, 같이 가."

우리는 손을 잡고 일어났다. 방음문을 밀자 컴컴한 공간이 나왔다. 안에 또 문이 있다.

희미한 목소리가 들린다. 조용히 중문을 열자 소리가 뚜렷해졌다. 남자 목소리다. "……지금 필요한 게 있다면요? 물질적인 것도 좋고 정신적인 것도 좋습니다."

먼저 가즈미가, 다음에 내가 중문 사이를 빠져나갔다. 강당 안은 거의 만석이었다. 줄지은 의자 등받이와 방청자들의 머리. 객석 조명이 밝혀져 있어 슥 둘러볼 수 있었다.

무대 위, 유리벽 너머. 노란색 조명. 로비에 있는 것과 비슷한 간소한 테이블과 등받이 달린 파이프 의자가 셋. 마주 보고 오른쪽 두 의자에 양복 입은 남자가 앉아 있다. 한 사람이 무선 마이크를 쥐고, 또 한 사람은 클립보드를 들고 있다.

테이블을 사이에 두고 왼쪽 의자에 흰색 저지 상하의를 입고 슬립온 운동화를 신은 여자가 앉아 있었다. 양손은 수갑이 채워져 무릎 위에 놓여 있다. 그 뒤에 제복 차림의 교도관 두 명이 뒷짐을 지고 서 있다.

우리가 움직이는 바람에 주의가 산만해졌는지 방청자 몇 명이 뒤돌아보았다. 우리는 맨 뒷줄 뒤에 가만히 멈춰 서 있었다. 방청자들이 이내 무대 쪽으로 고개를 돌렸다.

가케이 사유리는 삼 년 전 사진보다 야위어 보였다. 사진에서는 어깨까지 내려왔던 머리가 지금은 뒤통수에 하나로 묶여 있다. 조명 아래 드러난 민낯이 종이인형처럼 메말라 보였다.

눈이 움푹 꺼져 있다. 질문자 쪽도 방청자 쪽도 보지 않는다. 어깨를 떨어뜨리고 상반신을 살짝 비튼 채, 단정치 못하게 발끝을 벌리고 있다.

"아무것도 없습니다."

억양 없는 조금 쉰 목소리다. 감정이라 할 만한 것은 전해지지 않는다. 그녀에게서 전해지는 것, 그녀가 발산하는 것은……피로다.

그런 생각이 들었다. 그저 기진맥진해서, 당장이라도 꺼질 것처럼 보인다. 수명이 다 된 전구처럼.

나는 그 모습을 자세히 바라보았다. 바로 옆에서 가즈미가 숨

죽이고 있는 게 느껴졌다.

바라보고, 바라본다. 가케이 사유리를 바라본다. 다음 질문이 던져진다. 그럼 지원자나 변호인단 영치품 가운데 제일 기다려지는 물품이 있다면요?

가케이 사유리가 짧은 한숨을 뱉고, 의자 위에서 자세를 조금 고쳐 앉는다. 조명을 받아 수갑이 번득인다. 눈이 부신지 얼굴을 들고, 방청석 쪽으로 시선을 움직였다.

맨 뒷줄 오른쪽 끝에서 누군가 몸을 조금 일으켰다. 가쓰마타 선배다. 가즈미도 알아채고, 내게 고개를 끄덕이더니 발소리를 죽여 그쪽으로 걷기 시작했다.

무대 위에서 뭔가 움직임이 있었다.

마이크가 끼잉 울렸다. 하울링이다.

뭐라고 말하는 여성의 목소리가 울린다. 알아들을 수 없었다.

또 뭐라고 외치는 소리가 들렸다.

방청석이 술렁거린다. 줄지은 머리들이 흔들린다. 두 교도관이 앞으로 나온다. 질문자가 엉거주춤 일어섰다. 다른 한 명은 앉은 채 눈이 휘둥그레져 있다.

"유아?"

가케이 사유리였다. 야윈 얼굴 위의 움푹한 두 눈이 이쪽을 바라본다.

나를 보고 있다.

"유아니? 맞지?"

일어나려는 가케이 사유리의 어깨를 교도관이 내리누른다. 그녀는 저항하고, 몸을 비틀며 머리를 흔들어댄다.

"유아 맞지? 난 알아. 와줬구나? 엄마야!"

방청석에 동요가 퍼지면서 의자들이 덜거덕거리는 소리를 낸다.

"가케이 씨, 진정하세요. 공청회는 아직 안 끝났습니다."

질문자 남성이 달래듯 말한다. 하지만 가케이 사유리의 귀에는 닿지 않는다.

"봐요! 내 딸이 와 있어! 저기 있어! 날 만나러 왔단 말이야!"

쉰 목소리에 힘이 실리고, 야윈 몸에 피가 통해 종이인형 같던 얼굴이 마침내 사람처럼 보인다. 격정에 사로잡혀 환희한다. 내리누르는 교도관들을 뿌리치느라 머리칼이 헝클어지고, 뺨이 새빨갛게 물든다.

"유아! 유아! 보고 싶었어 보고 싶었어 보고 싶었어! 하루도 잊은 적 없었어! 엄마야, 미안해 미안해 미안해."

어떤 엄마라도, 엄마니까.

그렇지만 틀렸다.

나도 틀렸다. 가케이 사유리는 나를 보고 있지 않았다.

가즈미를 보고 있다. 가즈미에게 외친다.

가즈미가 그녀의 딸이라고 생각한다. 마더 법으로 보호받기 전에는 '유아'라 불리던 불행하고 불운한 아이, 부모를 선택할 수 없었던 아이가 이렇게 자랐다고.

왜? 가즈미가 더 아름다워서? 마법 같은 마더 법의 힘으로 닮기는 했다지만 역시 가즈미 쪽이 눈에 띄는 미인이라서?

너무 가소롭잖아.

소리치며 난동을 부리는 여자 사형수는 백여 명 방청자 앞에서 교도관에게 구속되어, 무대 한쪽으로 끌려 나간다. 무대 위의 두 남자는 망연해하고, 방청자들은 술렁거리고, 많은 시선이 엇갈리고, 마이크가 낑낑 울린다.

양손으로 귀를 틀어막은 채 나는 이 얄궂음을, 이 코미디를 웃어주고 싶다. 꼴좋다. 낳아준 엄마의 모성애 좋아하네. 자기 딸도 제대로 알아보지 못하는 주제에.

나는 커다란 목소리를 낸다. 목구멍에서 격류처럼 감정이 흘러넘친다. 누군가 내 팔을 붙들어 부둥켜안는다.

누가 울어? 나 안 울어. 웃는 거야. 한심해서, 가소로워서, 웃음을 참지 못하겠는걸.

그런데, 왜 가즈미가 울어? 왜 나를 멈추려 해? 나 뭘 하는데?

저게 엄마라니, 절대 인정 못 해.

올바른 것은 마더 법뿐이다.

사키코 엄마 어디야? 어디 있어? 엄마가 보고 싶어. 엄마, 엄
마, 엄마, 엄마, 엄마엄마엄마엄마엄마엄마엄마엄마.

세계가 어두워진다.

전투원

후지카와 다쓰조는 매일 아침 4시 반에 일어난다.

일어나자마자 이불부터 갠다. 팔순을 넘길 즈음부터 이불 올리고 내리기가 버거워지기 시작했지만, 다쓰조의 사전에 '일 년 열두 달 이불이 깔린 방'이란 말은 없다. 요를 제일 밑에, 베개를 제일 위에 얹어, 침실로 쓰는 다다미 여섯 장짜리 방 서쪽 창가에 펼친 스노코 대나무나 나무판을 띠처럼 엮은 것. 목욕탕 발판 등으로 쓴다 위에 쌓아올린다. 이렇게 해두면 이불에 볕이 잘 들어 습기가 빠져나가니까, 실은 벽장에 넣는 것보다 훨씬 낫다.

이 닦고 세수한 후 옷을 갈아입고 부엌으로 간다. 예전에는 매일 아침 꼬박꼬박 쌀을 씻었지만, 요즘은 무세미無洗米를 사용한다. 조금 더 비싸지만 씻지 않아도 되니 물도 절약하고, 겨울

날 이른 아침에 추운 부엌에서 찬물에 손을 담그는 건강상의 위험을 피할 수 있어서 종합적으로 보면 이득이다.

전기 포트로 물을 끓이는 사이, 우선 쌀과 물을 정확히 계량해 전기밥솥에 안친다. 그러는 김에 작은 냄비에 물 300밀리리터와 마른 멸치를 조금 넣는다.

포트 물이 끓으면 엽차를 우린다. 첫 번째 잔은 삼 년 전 병으로 세상을 떠난 아내가 애용하던 찻잔에 넣어 불단 앞에 올리고, 종을 울리고 합장한다.

부엌으로 돌아와 스툴에 앉아 엽차에 우메보시_{매실 장아찌}를 하나 넣어 마신다. 겨울에는 몸이 훈훈해지고, 여름에는 밤새 잃어버린 수분과 염분을 보충할 수 있다.

그런 다음 나갈 준비를 한다. 겨울에는 귀마개와 목장갑을 착용하고, 여름에는 목에 타월을 걸친다. 쌀이 적당히 불고 마른 멸치 국물이 우러나는 한 시간을 이용해 동네를 산책하는 것이 다쓰조의 일과다.

산책 루트는 세 코스다. ①은 동네 북쪽을 도는 루트, ②는 동네 남쪽을 도는 루트, ③은 녹지 공원을 도는 루트다. 일 년 삼백육십오 일, 날씨와 몸 컨디션이 허락하는 한 다쓰조는 이 세 루트를 매일 아침 돌아가며 걷는다.

현관에서 운동화를 신고 신발 끈을 맨다. 아내가 건강했을 무렵엔 이 단계에서 바지 벨트에 만보계를 찔러 넣었지만, 아내가 세상을 떠나던 날 아침 만보계는 고장 났다. 그 뒤 새로 사지 않았다.

지은 지 사십 년 가까운 모르타르 외벽 단독주택. 그 외벽 여기저기에, 지금은 유일한 주민인 다쓰조의 눈가와 입가에 팬 주름과 비슷한 균열이 보인다. 집도 늙어가는 것이다.

비록 쭈글쭈글할지언정 골밀도만큼은 평균치 이상을 유지하는 다쓰조처럼, 이 집도 지음새는 탄탄하다. 동일본 대지진 때 수도권을 덮친 진도 5강의 흔들림도 잘 버텼다. 도심의 고층 맨션에 사는 아들네에서는 책꽂이가 쓰러지고 부엌의 식기가 몇 개나 깨졌다는데, 다쓰조의 낡은 집은 작은 접시 한 장 깨지지 않았다.

현관은 이중 잠금 방식이다. 락피킹 방지용인 두 번째 잠금장치는 일대에서 노인 세대를 노린 강도 침입 사건이 빈발한다는 회람을 읽은 아내가 즉각 열쇠업자를 불러 설치했다. 아내는 그러고 얼마 되지 않아 입원해 다시 돌아오지 못했으니, 다쓰조에게는 아내의 유품인 셈이다.

현관 열쇠를 잠그면 우선 제자리걸음을 열 번 하고 출발한다. 6월의 첫 월요일, 오전 5시를 조금 넘긴 시각이다.

전날 루트 ①을 걸었으니 원래는 루트 ②를 택해야 했다. 그러나 이례적으로 루트 ①을 다시 한 번 걷는다. 루트 절반쯤에 있는, 총 세대수 500호 이상의 대단지 맨션 '캐슬 팰리스 다테카와' 옆을 지나기 위해서다.

전날인 일요일 오전 5시 반쯤, 산책 도중 캐슬 팰리스 다테카와 옆에서 다쓰조는 참으로 묘한 광경을 목격했다.

묘하기로 따지자면 애초 '캐슬 팰리스'라는 이름에 이의를 제기할 필요가 있다. '캐슬'은 성, '팰리스'는 저택인데 이 둘을 함께 쓰다니 이상하다. '이에야시키家屋敷집과 그 대지라는 말은 있어도 '시로야시키城屋敷'성과 그 대지는 없지 않은가.

캐슬 팰리스 다테카와는 건축·분양한 지 사오 년밖에 되지 않은 맨션이다. 이 이름도 다름 아닌 21세기를 살아가는 현대인이 붙였을 것이다. 컴퓨터를 조금만 만지작거려도 단어 뜻쯤은 간단히 알아볼 수 있는 현대의 기업인이, 열 명에게 물으면 아마도 일곱 명은 '좀 이상한데요'라고 대답할 이름을 붙였건만 주위에서 보고만 있었다는 말이다.

딱하게도, 사회에서는 이런 일이 때때로 일어난다. 도쿄 증권거래소 1부 상장 기계 제조업체에 근속하며, 제2제작부장이라는 요직을 무사히 완수하고 정년퇴임한 다쓰조는 이를테면 늘 붐비는 슈퍼마켓 매장에도 오후 어느 시간대에는 에어포켓이 발생하는 것처럼, 꽤 유수한 기업체의 두뇌에도 간혹 공백이 발생할 수 있다는 사실을, 그리고 조직에는 약점이 있기 마련임을 잘 안다. 그렇기에 지금껏 '캐슬 팰리스는 좀 아니잖아'라고 주장하는 일은 삼가왔다. 앞으로도 삼갈 생각이다.

어제 다쓰조가 목격한 묘한 일은 이상한 맨션 이름과는 전혀 관계없다. 다만 뭔가 좀 아닌데 싶은 일을 보면 아무리 사사로울지언정, 자신과 상관없을지언정 기어코 클레임을 걸고 마는 노인은 아닌 다쓰조가, 자신도 모르게 흠칫 발을 멈출 만한 광경이기는 했다.

다쓰조가 지나가는 길 쪽에 캐슬 팰리스 다테카와 주민 전용 자전거 보관소가 있다. 다시 말해 정면이 아니라 맨션 서쪽 면이다. 폭이라 봤자 길을 사이에 두고 경자동차가 아슬아슬하게 지나갈 정도다. 보도도 없고 가드레일도 없는 옆길이다.

대낮에도 지나다니는 사람이 별로 없다. 신경써서 산책 루트를 개척하기 전에는 다쓰조도 걸어본 적 없던 길이다. 밤이면 사람이 더욱 줄어들 것이다.

자전거 보관소와 이 옆길 사이에는 캐슬 팰리스 다테카와의 대지 전체를 둘러싸는 울타리가 서 있다. 키 165센티미터인 다쓰조의 배꼽 높이까지는 콘크리트블록이 쌓여 있고, 그 위에 금속 울타리가 얹힌 모양새다. 자전거 보관소의 절반은 2단 쌓기가 가능한 기계식, 나머지 절반은 평지에 한 대씩 세우게 되어 있다. 이용자를 위해 '동쪽 동A1-50' '남쪽 동B30-90' 하는 식으로 구역이 표시되어 있다.

자전거 보관소에는 비막이가 달려 있다. 투박한 쇠기둥을 앞뒤로 세 개씩 세워 보관 공간을 감싸고, 그 위를 슬레이트로 덮은 간단한 시설이다. 다쓰조가 생각하기에 이 지붕은 설계 단계에는 없었다가 추가 공사로 덧붙여졌지 싶다. 맨션의 고급스러운 외관에 비하면 볼품이 썩 좋지 않다. 확실히 말해 볼썽사납지만, 뭐 그 또한 본제에서 벗어난다.

최근 이런 대단지 공동주택의 주차장과 자전거 보관소라면 드문 일도 아니고, 안전상 바람직한 일이지만, 이 자전거 보관소에도 방범 카메라가 하나 있다. 다쓰조의 진행방향 앞에서부터 헤아려 세 번째 쇠기둥 위쪽에, 아무렇게나 매달아둔 것처럼 달려 있다.

카메라 렌즈는 자전거 보관소 쪽을 향해 있으니, 철책 밖을 걷는 다쓰조는 거의 카메라 옆구리만 보는 셈이다. 아니, 본다고 할 만큼 주목한 적은 없다.

……방범 카메라가 있네, 하고 시야 한 귀퉁이에 살짝 걸렸다 사라지는 정도였다.

솔직히 말하면 그나마도 요 일 년 새 좀 미덥지 못하다고 할까. 크게 걱정할 만한 지병은 없지만, 다쓰조는 녹내장을 앓고 있다. 시에서 주관하는 노인 검진 때 발견된 이래 병세의 악화를 막기 위해 단골 안과에 다니면서 계속 약을 먹어왔다.

덕분에 달팽이처럼 느려지기는 했지만 진행이 멈춘 것은 아니고, 최근에는 시야가 좁아졌음을 때때로 자각한다. 특히 오른쪽 눈의 병세가 진행중인 듯하다.

1남 1녀를 둔 다쓰조는 아이들이 한창 민감하던 시기에 '아빠는 가족은 뒷전이고 회사밖에 모르잖아!'라는 뼈아픈 말을 들은 기억이 있다. 반항기 아이에게 '그러라고 월급 받는다, 성실하게 일하는 게 뭐가 나빠!'라고, 어른의 이론으로 되레 호통치면서도 내심 뜨끔하게 반성하고, '회사에 목숨 건' 시야 협착 인간만은 되지 않으려고 나름 애써왔다. 그랬던 것이 얄궂게도 회사는 퇴직하고 아이들 뒷바라지도 졸업한 후, 녹내장이라는 복병을 만나 진짜 시야 협착 인생을 살게 될 줄이야.

그리하여 최근 다쓰조는 이 방범 카메라를 지각하지 못하는 일이 종종 있다. 요컨대 안 보인다. 어제 아침도 이곳을 지나가던 다쓰조의 좁아진 시야에 뛰어든 것은 방범 카메라 자체는 아니었다.

다쓰조가 목격한 것은 열 살 남짓해 보이는 어린아이다. 흰색 라운드넥 셔츠에 운동복 바지를 입은 사내아이였다. 아이는 잔뜩 굳은 얼굴로 눈을 번들거리면서, 오른손에 쥔 막대기 같은 것으로 예의 방범 카메라를 마구 두들겨대고 있었다.

다쓰조가 불쑥 "예끼!" 하고 큰소리를 냈지만 아이는 곧바로는 반응이 없었다. 그 정도로 파괴 행위에 몰두했던 것이리라. 다쓰조가 더욱 소리를 높였다.

"예끼, 무슨 짓이야, 그만둬!"

조용한 일요일 이른 아침에 다쓰조의 호통이 울려 퍼졌다. 그제야 아이는 정신을 차린 듯했다. 흠칫 손을 멈추고 일순 다쓰조를 쳐다보더니, 토끼처럼 잽싸게 지면으로 뛰어내려 맨션 건물이 있는 방향으로 달아났다.

다쓰조는 굳이 쫓아가지 않았다. 철책을 넘기란 지금의 다쓰조에게는 조금 힘들거니와 어차피 따라잡을 수도 없을 테니까. 대신 방금 목격한 야릇한 광경에 반응해 벌렁거리는 가슴을 진정시키면서, 왔던 길을 되짚어 캐슬 팰리스 다테카와 정면 게이트로 향했다.

넓은 대지 안쪽에 뒤집힌 ㄷ자 형태로 주거동, 정문 근처 관리사무소, 그리고 초목을 심은 중정이 있다. 관리사무소의 유리문은 잠겨 있다. 일요일은 관리인도 쉬거나, 시간이 너무 이른 탓이리라.

예의 방범 카메라는 어른이 까치발을 해도 손이 닿지 않는 높이에 달려 있으니 아이가 뭘 밟고 올라갔던 것은 당연한데, 막상 현장에 도착해 덩그러니 남은 사다리를 확인하고 다쓰조는 무심코 눈을 비볐다.

……정말 있었네.

관리실 비품인지 사다리 한쪽에 '관리실 반납 요망'이라고 적은 테이프가 붙어 있다.

아무리 그래도 방범 카메라 파손이라니, 애들 장난치고는 엉뚱하다. 방범 카메라의 '눈'을 꺼린다면 대개 범죄자나 범죄 예비군일 터. 라운드넥 셔츠에 운동복 바지를 입은 초등학생한테는 어울리지 않는다. 가령 자전거를 훔칠 목적이었다 해도, 먼저 방범 카메라부터 부술 생각을 하다니 너무 빈틈없어서 얄밉기도 하고, 그만큼 쫄보인가 싶어 귀엽기도 하다.

다쓰조는 문제의 방범 카메라를 올려다보았다. 작고 짤막한 망원경처럼 생겼고, 둥그런 렌즈가 입속처럼 보인다. 옅은 회색 본체는 금속이 아니라 합성수지다. 굵은 나사못으로 기둥에 고정된 밑판과 본체를 잇는 부분이 좀 가늘어져 있다. 아이가 두드려댄 데가 그 부분인지, 흐릿하게 하얀 금이 간 것처럼 보인다.

녹내장은 시야를 좁힐 뿐만 아니라 시계 전체를 어둡게 만든다. 그러니까 그 하얀 금—파괴 행위의 흔적이 정말로 존재하는지 어떤지, 다쓰조는 자신이 없었다. 그보다, 조금 전의 진기한 광경도 분명 목격은 했지만 필요충분한 설득력을 갖추어 타인에게 전달할 자신은 없었다.

일요일도 부지런한 사람들은 부지런하기 마련이다. 맨션 출입구 쪽에서 목줄을 맨 갈색 행주 같은 작은 강아지를 앞장세운 여성이 나타났다. 반대편 화단 쪽에서도 두런두런 말소리가 들린다.

다쓰조는 그 자리를 가만히 벗어났다. 자신은 이곳 주민이 아니다. 이런 시각에 자전거 보관소에 내놓은 사다리 옆에 서 있다가는 좀도둑으로 오해받기 십상이다.

산책 루트로 돌아올 즈음에는 벌렁거리던 가슴도 진정되었다. 동요까지는 아닐망정 꽤 놀랐던 노인은 이제 놀란 원인을 찬찬히 분석하면서 걷고 있었다.

곰곰이 생각하면서 걷는 사이, 자신이 목격한 사건의 야릇함, 엉뚱함보다 훨씬 의심쩍은 요소 하나를 다쓰조는 깨달았다.

……소리가 없었어.

아이는 막대기 같은 걸로 방범 카메라를 힘껏 때리고 있었다. 시력은 감퇴했을지언정 다쓰조의 청력은 끄떡없다. 조용한 이른 아침, 누군가 막대기로 뭔가를 두들겨댔다면, 그 광경을 목격하기도 전에 상당한 소음부터 귀에 들어왔을 것이다.

……그런데 아무 소리도 안 들렸잖아.

차분히 생각해보니 아이가 사다리에서 뛰어내릴 때는 털썩

소리를 들었다. 분명히 들렸다.

더욱 수상한 것은 아이의 표정이다.

일순 다쓰조와 시선이 맞부딪쳤다. 아이의 눈은 당장이라도 튀어나올 것 같았다. 물론 다쓰조의 호통에 놀랐으리라. 상식적으로는 그렇게 해석할 수 있다.

하지만 기억을 잘 재생해보면 아이는 호통을 듣기 전부터, 방범 카메라를 정신없이 두들겨댈 때부터, 이미 그런 표정이었다는 생각이 든다.

말하자면 '장난'을 치는 얼굴이 아니었다. 재미있어하는 얼굴도 아니었다. 오히려 뭔가 무서운 상대와 대결하는 듯한 얼굴이었다.

아들딸이 초등학생일 때, 자택의 자그마한 뒤뜰에 뱀이 나온 적이 있다. 꽤 큰 놈이었지만 독도 없고 나쁜 짓도 하지 않는 얌전한 구렁이였다. 그런데도 아이들은 기겁해서 소란을 피웠고, 특히 딸아이는 거의 오열했다.

나름 동생을 보호할 셈이었는지 아들은 마침 뒤뜰에 내놓고 햇볕에 소독중이던 나무 대야 뚜껑을 방패 삼아 구렁이와 용감하게 대치했다. 뱀은 몸을 서린 채 졸고 있는지 전혀 상대해주지 않았지만. 보다 못한 아내가 뒤뜰에 모기향을 피우자 뱀은 연기를 피해 도망가버렸다. 그런데도 딸아이는 한동안 몸서리쳤고, 아들은 나무 뚜껑을 틀어쥔 채 흥분 상태였다.

다쓰조의 머릿속에서 그때 아들의 얼굴과 방범 카메라를 두들겨대던 사내아이의 얼굴이 포개졌다.

산책에서 돌아와 혼자 집에서 조용히 지내면서 오후에 한 번, 해 질 녘에 한 번, 캐슬 팰리스 다테카와 관리실을 찾아가볼까 했다가 그만두었다. 부질없는 짓이다. 잘해야 저쪽에서 난처해하고, 잘못하면 웃음거리다.

내일, 같은 루트를 다시 걸어보자. 딱히 방범 카메라를 보러 갈 필요도 없다. 그저 평소 코스대로 자전거 보관소 옆을 지나, 아무 일도 없었는지만 확인하자. 그거면 충분하다.

살다 보면 이따금 코앞에서 불가해한 일이 일어나기도 한다. 그 수수께끼가 매번 풀리지는 않는다. 아니, 꼭 풀어야 할 필요도 없다고 할까. 그럴 때는 별일이 다 있네 하고 그저 가슴속에 묻어둔다. 나는 인생에서 굳이 파헤치지 않아도 될 진실의 일면을 충분히 분별할 줄 아는 노인이다…….

그리하여 이튿날인 월요일 이른 아침, 다쓰조는 루트 ①을 걷고 있다.

장마가 막 시작되어 공기는 꿉꿉하고 하늘이 잔뜩 흐렸다. 리드미컬하게 십 분쯤 걷자 다쓰조의 푸석푸석한 피부에도 조금씩 땀이 배어난다. 역으로 통하는 대로에서 스쳐 지나간, 회사원으로 보이는 여성은 벌써 민소매 블라우스 차림이었다.

캐슬 펠리스 다테카와로 향하는 모퉁이를 돈다. 옆길로 들어간다. 자전거 보관소의 슬레이트 지붕이 보이기 시작한다.

다쓰조는 발을 멈추었다.

방범 카메라는 있었다. 짤막한 망원경처럼 생긴 모양을 잘못 볼 리 없다.

하지만 장소가 다르다. 앞에서 두 번째 쇠기둥 위쪽에 달려 있다.

더욱이 각도가 다르다. 동굴 같은 렌즈가 다쓰조가 걷는 길 쪽을 향해 있다.

다쓰조가 카메라 렌즈를 바라보았다. 오늘 아침 그 렌즈에는, 전날의 그 애처럼 눈이 있는 대로 튀어나온 자신의 얼굴이 비쳐 있으리라.

……별일이 다 있네 하고 그저 가슴속에 묻어둔다.

그로부터 일주일, 다쓰조는 이 교훈을 엄수하며 생활했다. 캐슬 펠리스 다테카와 관리실은 물론이고 맨션 근처에도 가지 않았다.

그 일주일 동안 루트 ①을 세 번 걸었다. 두 번째도 세 번째도, 예의 방범 카메라는 앞에서 두 번째 쇠기둥 위쪽에 달려 있었다.

렌즈는 길 쪽을 향한 채다. 외부에서 철책을 넘어 자전거 보관소에 침입하려는 자들을 경계하려면 이편이 적절하다. 관리인이나 맨션 관리조합 이사가 그렇게 판단하고 장소를 옮겼는지도 모른다. 충분히 있을 법한 일이고, 현실적인 해석이기도 하다.

하지만 세 번째로 카메라를 올려다봤을 때, 다쓰조는 문득 한 사실에 생각이 닿았다.

이 위치라면 슬레이트 지붕 아래 빽빽이 늘어선 자전거를 모조리 치워버리고, 그렇게 해서 생긴 공간에 사다리를 놓고 올라가는 귀찮은 단계를 밟지 않는 한 카메라에 손이 닿지 않는다.

당초 위치, 세 번째 즉 제일 끝 기둥에 달려 있을 땐 일주일 전 그날 아침 그 애처럼, 자전거 보관 장소 옆에 사다리를 놓으면 간단히 카메라에 접근할 수 있었다.

지금은 그게 불가능해졌다. 마치 방범 카메라에게 생각이 있어서, 공격받을 가능성이 적은 장소로 이동한 것 같지 않은가.

무슨 그런 일이. 다쓰조는 자신의 생각을 가볍게 비웃었다. 짐짓 "실없기는" 하고 중얼거렸다.

산책 때도, 볼일이 있어 잠시 외출했을 때도, 다쓰조가 우연히라도 그 아이와 마주치는 일은 없었다.

아이는 아마 캐슬 팰리스 다테카와에 살고 있으리라. 찾으려 들면—품은 품대로 들이고 의심은 의심대로 사고, 귀찮은 사람 취급을 당해가며 용케 관계자의 친절과 운이 따라준다면 불가능하지는 않지만, 다쓰조가 그렇게까지 할 의미는 없다. 만일 그 아이에게 자전거 보관소의 방범 카메라를 때려부숴야 할 대단히 절실한 이유가 있다면, 생판 남인 다쓰조가 아니라 아이의 부모나 학교 선생들이 적절히 감지해 해결해야 할 터다.

그날 해 질 녘, 다쓰조가 저녁을 먹으며 NHK 라디오 뉴스를 듣는데, 아나운서가 도쿄 도내 대형 쇼핑몰의 실내 주차장에서 발생한 승용차 추락 사고를 보도했다. 쇼핑객이 탄 자동차가 주차장 외벽을 들이받고, 3층 높이에서 지상으로 떨어져 남성 운전자와 조수석에 탔던 그의 아내가 사망했다고 한다.

오토매틱 자동차에 곧잘 있는 급발진 사고이겠거니 하면서 장아찌를 씹는데, 아나운서가 명확한 어조로 덧붙였다.

"사망한 부부가 차 근처에서 말다툼을 했다는 목격자 증언이 여러 건 나옴에 따라, 관할 경찰은 주차장 내 방범 카메라 영상 분석 등을 통해 사고 발생 전후의 상황을 조사중입니다."

다쓰조가 젓가락질을 멈추었다.

방범 카메라라. 그런가, 쇼핑몰 주차장 같은 데도 있구나.

다쓰조가 자주 가는 슈퍼마켓 판매대나 병원 대기실에도 있을까? 지금까지는 전혀 의식한 적 없었다.

그런 물건은 '여기서 지켜보고 있다'라는 위협이 필요한 경우와, 감시 대상이 알아채지 못하는 편이 좋은 경우가 있을 것이다. 시설 관리자 측이 절실히 설치하고 싶은 장소라 해도 이용자 쪽이 프라이버시 침해라며 반대하는 경우도 있을 터다.

어쨌거나 그것은 '눈'이다. 때로는 공공연히 때로는 조용히 시민을 감시하고, 막대한 정보를 얻어간다.

이튿날 아침, 루트 ②를 산책하고 돌아와 조간신문을 펼쳐 보니 예의 사고 기사가 실려 있었다.

기사에 따르면 사고 자동차는 주차 공간에서 급발진한 것이아니라, 주차장 내 통로로 나온 뒤에 속도를 올려 벽을 들이받았단다. 사고 전, 사망한 부부가 언성을 높이며 말다툼했던 것도 사실인 듯, 남편은 얼굴이 새빨개질 만큼 흥분했고 아내가 열심히 달래는 기색이었단다. 남편이 코피를 흘렸다, 뜻 모를 이야기를 늘어놨다는 증언도 있다고 한다. 그렇다면 사고가 아니라, 뭔가로 격앙한 남편이 발작적으로 자살을 기도해 아내까지 덩달아 사망했을 가능성도 있겠다.

회사원인 남편은 43세, 아내는 40세. 두 자녀를 두었고, 사이좋은 부부로 동네에서도 평판이 좋았다고 한다. 비극이군, 다쓰조는 생각했다.

비록 비슷비슷한 나날을 보내는 다쓰조였지만, 그날 이후 어디 나갈 일이 있으면 방범 카메라를 찾아보게 되었다. 산책 도중에도 몇 개 발견했다. 편의점에서는 굳이 찾지 않아도 눈에 들어온다.

— 이거야 원.

이렇게 사방에 '눈'이 있어서야, 언젠가 남에게는 절대 들키기 싫은 순간을 들켜버리고, 저놈의 카메라 때문에 마음 편한 날이 없다고 내심 원망하다가, 아무래도 때려부숴야겠다 결의하고 실행에 옮기는 사태가 벌어지지 않는다고 누가 장담하랴.

요컨대, 이러니저러니 해도 다쓰조는 캐슬 팰리스 다테카와의 사내아이가 신경쓰였다. 아이의 얼굴을 잊을 수 없다. 생각하면 할수록 그건 정말 '필사적인 얼굴'이었다.

루트 ③인 녹지 공원 코스를 돌 때는 한 바퀴 800미터의 공원 내를 세 번 일주한다. 다른 루트와는 달리 신호 대기가 없으니까 중간에 잠깐씩 쉰다. 매번 대개 같은 지점에서 발을 멈추고는 한다.

그날 아침도 그랬다. 다쓰조가 속으로 '가출 할머니 아지트'라 부르는 장소다.

녹지 공원 한구석에 시의 공원 관리사무소가 설치한 간이 창고가 있는데, 그 옆에 종종 한 할머니가 진을 치고 있었다. 커다란 쇼핑 카트에 빵빵한 비닐봉지와 종이 가방을 주렁주렁 늘어뜨리고, 네모난 한 되들이 양철통(빈 비료 양철통이다)에 작은 방석을 깔고 앉아 있다.

다쓰조의 새벽 산책 경력은 십 년이 넘는데, 노부인이 그곳에 자리 잡게 된 것은 작년 초봄부터다. 처음에는 '저 나이에 노숙을 하나' 하고 내심 측은히 여겼는데, 얼마 후 그렇지 않다는 걸 알게 되었다.

아침 산책중이 아니라 오후 한때였다. 공원 옆 시청에 볼일이 있어 공원을 가로지르는데 예의 아지트 옆에 자전거가 세워져 있었다. 날카로운 여자 목소리도 들렸다.

혹 시비라도 붙었나 싶어 발걸음을 조금 재촉해 가보니, 평소처럼 한 되들이 양철통에 앉아 있는 노부인 앞에 깡마른 중년 여성이 양손을 허리에 짚고 서 있다. 그리고 글자 그대로 '딱딱거리며' 노부인을 몰아세우고 있었다.

"적당히 좀 하고 들어와. 내 입장이 뭐가 돼요? 동네 창피해서 살 수가 없어."

두 사람의 거리는 불과 1미터쯤인데 노부인은 전혀 알 바 없다는 얼굴이다.

"미안하다고, 몇 번을 말해? 그만하면 풀릴 때도 됐잖아. 딸 좀 그만 괴롭혀요, 엄마."

다쓰조는 적잖이 놀랐다. 웬걸, 노부인은 슬며시 웃고 있지 않은가. 맞은편의 중년 여자, 그러니까 아마도 딸 쪽은 머리에서 김을 피우는데.

사정은 대충 알 만했다. 집 없는 노인이 아니라 딸과 싸우고 나온 가출 노인이었다.

이 대화를 계기로 노부인과 딸(혹은 딸 일가)이 화해했는지 여부는 분명하지 않지만, 그 뒤로 노부인은 공원의 거점에서 때때로 모습을 감추게 되었다. 어라, 안 보이네 싶었다가도 다음에 와보면 또 태연히 지정석을 지키고 있다. 딸의 심정도 조금은 헤아렸다지만 역시 가출을 완전히 접을 생각도 없었던 것이리라.

노부인은 고독하지 않았다. 고독하기는커녕 먹이를 곧잘 주니 공원에 있는 길고양이며 참새며 비둘기가 모여든다. 이른 아침의 공원은 의외로 떠들썩한 장소다. 달리기나 걷기 운동을 하는 사람, 반려견을 산책시키는 사람이 많다. 노부인은 그네들—주로 동년배 남녀와 교류한다. 곁에서 봐도 제법 즐거워 보인다.

다쓰조는 그들과 교류한 적이 없고, 그럴 생각도 없다. 말이 노부인이지 사실 다쓰조보다 한참 젊을 것이다. 못해도 열 살은 아래 아닐까. 다쓰조가 그들과 굳이 말을 트지 않는 이유는 세대가 다르기 때문이다. 초등학생 노는 데 고등학생이 한 명 끼면 모양 빠지는 법이니까.

다만 딱 한 번 노부인과 대화한 적이 있다. 올해 3월 중순, 동네에서 화재 소동이 있어 아침 산책을 거르고 해 질 녘에 공원을 돌았던 날이다.

그날은 라디오에서도 TV에서도 기상청이 요란스럽게 굴었다. '오늘 저녁 수도권에 전례 없는 폭우가 내릴 것으로 예상됩니다' '외출을 삼가주세요' '정전에 대비해 물과 건전지를 비축해두세요' 등 주의를 촉구하고, 기자회견까지 열었다.

하기는 하늘이 수상쩍었고, 석양 무렵부터 갑자기 바람도 거세졌다. 불온한 빛깔의 구름이 흘러간다. 오늘은 한 바퀴만 돌고 갈까 생각하면서 다쓰조가 노부인의 아지트에 접어들었을 때, 노부인은 한 되들이 양철통에 앉아 공원에서 곧잘 마주치는 삼색 고양이를 무릎에 앉힌 채 쓰다듬고 있었다. 발밑에는 짐이 펼쳐져 있었다.

다른 사람은 없었다. 일기예보를 보고 다들 집에 틀어박혀 있을 터다. 다쓰조는 문득 마음이 움직여, 발을 멈추었다.

"안녕하세요." 노부인에게 말을 건넸다. 노부인도 꾸벅 고개를 숙인다.

"오늘은 지금부터 날씨가 상당히 거칠어진다는데요."

다쓰조의 말에 노부인은 태평하게 고개를 끄덕였다.

"네, 네, 라디오에서 수선을 떨대요."

뭐야, 알고 있었나.

"여기 있으면 위험할지도 몰라요. 귀가하시는 편이 좋을 것 같은데요."

"그래야 하려나……."

여전히 태평하게 되받고, 노부인은 무릎 위의 삼색 고양이에게 말을 걸었다. "그럼 집에 갈까, 마치코."

다쓰조가 움찔했다. 첫째, 무슨 고양이 이름이 마치코며, 둘째, 그러니까 얘는 길고양이가 아니었단 말인가.

"댁에서 키우시는 고양인가요?"

"네, 이렇게 절 꼭 따라나선답니다."

흠, 가출 노부인의 딸린 식구였단 말이지.

"친절하게 일러주셔서 고마워요. 자, 마치코, 정리하자."

노부인이 지정석에서 몸을 일으키는 것을 보고 다쓰조도 다시 걷기 시작했다. 그날 밤, 수도권에는 예보대로 어마어마한 폭풍우가 닥쳤다.

그뿐이었다. 그 후 다쓰조와 노부인의 거리가 좁혀졌느냐 하면 그렇지 않다. 노부인은 언제나 유유히 아지트를 지키고, 다쓰조는 산책하며 묵묵히 곁을 지나간다. 다만 공원 안을 혼자 돌아다니는 마치코와 마주치면 "수고가 많구나" 하고 치하하게 되었다.

그건 그렇고 이야기는 그날 아침―캐슬 펠리스 다테카와의 기묘한 사건으로부터 십이 일 후, 이른 아침으로 돌아간다.

부슬부슬 장맛비가 이어지다가 모처럼 아침부터 맑았다. 이 날은 루트 ③이라, 다쓰조는 녹지 공원 안쪽을 걸어 가출 할머니 아지트로 접어들었다.

노부인은 여느 때처럼 지정석에 앉아 있지 않았다. 간이 창고 앞에 서서 지붕을 올려다본다. 언젠가 옥신각신하던 딸이 그랬듯 양손을 허리에 짚고 험악한 표정을 짓고서. 마치코도 그 발 밑에 도사리고 앉아 역시 창고 지붕을 올려다본다.

분위기가 이상하다.

"좋은 아침입니다."

다쓰조가 다가가면서 말을 걸었다.

"무슨 일 있으세요?"

노부인이 이쪽을 돌아보고, 입술을 시옷자로 만든 채 손을 들어 창고 지붕을 가리켰다.

"저거, 뭘까요?"

노부인이 가리킨 물건과 그것이 매달린 위치를 알아차리고 다쓰조의 가슴이 술렁이기 시작했다.

방범 카메라다.

창고의 햇빛 가리개 밑이랄까 처마 안쪽이라고 할까, 아무튼
그 언저리에 뜬금없이 달려 있다. 캐슬 팰리스 다테카와 자전거
보관소의 카메라와 비슷하지만 한 사이즈 크다. 렌즈도 크다.

"어제만 해도 없었는데."

노부인이 불만인 듯 입을 내밀었다.

"밤새 붙여놨을까요?"

그러고는 다쓰조를 위해 설명을 덧붙였다. "하기는 저도 좀
힘들어서 말이죠. 밤엔 집에 들어가거든요."

그렇다면 본인을 위해서도, 딸을 위해서도 다행이다.

"어제는 몇 시쯤까지 계셨는데요?"

"8시 좀 넘어서? 그렇지, 마치코?"

노부인이 발밑의 고양이에게 물었다. 다쓰조도 마치코를 내
려다보다가, 이번에는 심장이 움찔했다.

마치코가 방범 카메라를 노려보고 있다. 등 털이 빳빳이 곤두
서고 눈동자는 가늘어지고 귀가 뾰족하게 섰다.

다쓰조는 다시 방범 카메라를 올려다보았다. 이런 물건에, 고
양이가 이토록 경계하고 위협할 요소가 과연 있을까.

— 하기는 어쩐지 으스스한데.

처음으로 그렇게 느꼈다.

이걸 두고 '설치됐다'라고 표현하는 건 좀 아니지 싶다. 지붕 밑 저 자리에 달라붙은 모양새, 저 기이한 존재감은 뭔가를 연상시킨다.

잠시 생각하고 답을 떠올렸다. 벌집.

"관리사무소가 이런 걸 설치한다고 야간 공사를 할 성싶지는 않은데요."

"그럼 누가 멋대로 붙여놨다고요? 찜찜해라. 이거, 남 엿보는 카메라잖아요."

완전히 올바른 이해는 아니지만 뉘앙스는 얼추 비슷하다.

다쓰조는 걸음을 조금씩 옮겨, 시점을 바꿔가며 방범 카메라를 관찰했다. 전선이 보이지 않는다. 전지식인가.

입속 같은 렌즈를 바라본다. 그러자 렌즈가 깜박였다—깜박인 것처럼 보였다.

다쓰조가 천천히 뒷걸음질했다.

"이런 게 내려다보고 있으면 유쾌하진 않죠. 좀 멀찌감치 계시는 편이 좋겠습니다."

지정석에 앉아 있으면 노부인은 카메라의 사각에 들어간다.

하지만 다쓰조의 뇌리에는 묘하고 불온한 영상이 떠올랐다. 한 되들이 양철통 위에 앉아 창고 벽에 기댄 노부인의 머리 위로 방범 카메라가 다가온다. 지붕 안쪽을 타고, 이형의 달팽이처럼 천천히, 아주 천천히…….

몸서리치자 영상은 이내 사라졌다.

"몹쓸 세상이네요, 정말."

심기 불편한 듯 한마디 하고, 노부인은 쭈그리고 앉아 마치코의 머리를 쓰다듬었다.

다쓰조는 다시 산책 루트로 돌아갔다. 두 번째 일주 때 노부인의 아지트에 접어들자 조깅복을 입은 노인이 창고 앞에 서서 방범 카메라를 올려다보고 있었다. 카랑카랑한 목소리로, 기운차게 노부인에게 말을 붙이고 있다.

"시청도 쓸데없는 짓을 하네요. 이게 다 세금 낭비 뭡니까."

때로 노부인과 어울리는 사람들 가운데 한 명이다. 다쓰조는 묵례하고 지나쳤다. 발걸음이 왜 절로 빨라지는지 스스로도 의아하게 생각하면서.

다쓰조는 기록하기로 했다.

매일 아침 산책할 때 연필이 달린 작은 수첩을 갖고 나가, ①부터 ③까지 루트 도중에 방범 카메라를 발견하면 위치, 모양, 렌즈의 방향을 기록하는 것이다.

편의점과 은행 ATM 코너 등 실내에 달린 경우는 제외했다. 그런데도 상당히 많이 발견했다. 일반 가정도 네다섯 채에 한 채 꼴로 현관문 위쪽이나 주차 공간에 방범 카메라를 달았다. 사무실이나 오피스 빌딩은 정문이 아니라 옆문에 달린 경우가 있다. 무인주차장에는 거의 예외 없이 설치됐다. 루트 ② 도중에 있는 넓은 실외 주차장은 두 군데 달려 있었다. '노상 자동차털이 주의'라는 경고문과 더불어.

기록하면서 알게 된 사실인데, 방범 카메라 모양은 전체적으로는 비슷하지만 미묘하게 다르다. 도시락처럼 생긴 것, 핸디 비디오카메라처럼 생긴 것, 고글처럼 생긴 것, 마이크 같은 것. 색깔은 주로 검은색이나 회색이지만, 외벽 색깔에 맞춰 꼼꼼히 페인트를 칠한 것도 있었다. 가동중임을 알리는 빨간 불이 반짝이는 타입도 있고, 그렇지 않은 것도 있다.

루트 ①에서 ③까지 두 번씩 답파하는 사이―다시 말해 엿새 동안 다쓰조의 기록 행위는 그저 좀 별난 사람의 별난 행동이지, 이렇다 할 점은 없었다. 캐슬 팰리스 다테카와 자전거 보관소의 방범 카메라도, 녹지 공원 창고의 그것도, 그 뒤 변화는 없다. 가출 노부인도 딱히 카메라의 존재를 신경쓰는 눈치가 아니기에 다쓰조도 굳이 주의를 환기하지는 않았다. "왠지 느낌이 좋지 않은 카메라니까 조심하세요" 같은 말을 해봤자 이쪽만 이상한 사람이 되기 십상이다.

팔 일째, 루트 ②가 끝나갈 즈음 이상한 일이 일어났다.

장소는 다쓰조 집에서부터 헤아려 신호등을 두 번 지난 곳. 모퉁이 땅에 자리 잡은, 앞뜰을 잘 가꾼 이층집이다. 언제 봐도 철철이 꽃들이 피어 있는 예쁜 단독주택이다.

그 집 2층 정면 창문 손잡이 아래쪽에 방범 카메라가 늘어뜨려져 있었다. 칙칙한 회색 상자형 본체에 렌즈가 하나.

지난번과 지지난번에는 못 봤지 싶은데. 기록에도 없다. 어제나 그제, 다쓰조가 다른 루트를 산책하는 날 설치됐을 테지……하고 넘어가기에는 위치가 이상하다. 정원을 공들여 가꾸는 이 집 주민이 저런 데 아무렇게나 방범 카메라를 늘어뜨릴까.

매일 아침 이 근처까지 오면 오전 6시쯤이다. 다쓰조는 망설였다. 평소 왕래가 있는 이웃은 아니다. "지나가던 사람인데요"라면서 방문하기에는 턱없이 이른 시각이다.

수첩을 들고 우물쭈물하는데, 하늘이 도왔는지 현관문이 열리고 여자가 나왔다. 커다란 쓰레기봉투를 들고 있다. 그런가, 오늘은 타는 쓰레기 배출일이다. 여자가 대문을 열고 나오기를 기다렸다가, 다쓰조는 다가가 말을 걸었다.

"안녕하세요."

이 집 주부인 듯했다. 나이는 마흔 살 언저리일까. 티셔츠에 반바지를 입고 앞치마를 둘렀다. 눈을 깜박거리면서 이쪽을 바라봤다.

"아침 일찍 미안합니다. 저는 이 근처 사는데, 산책중입니다만."

여자가 '아아' 비슷한 소리를 내고, 의아한 눈길로 다쓰조의 얼굴을 바라본다. 다쓰조는 최대한 상냥한 웃음을 떠올렸다.

"이 나이에 혼자 살다 보니, 요즘 뭔가 세상도 뒤숭숭해서 이른바 방범 카메라라도 달아볼까 생각중입니다만, 저런 걸 설치하려면 어디에 의뢰해야 되는지 몰라서……."

여자가 미간에 또렷이 주름을 잡고 "아아" 하고 말했다.

다쓰조는 말을 잇는다. "……난처하던 참에, 마침 요 앞을 지나는데 이 댁 방범 카메라가 눈에 들어와서요. 무례한 부탁입니다만, 이용하신 업체 좀 가르쳐주실 수 있나 해서요."

여자가 얼굴을 찌푸린 채 살짝 뒤로 물러섰다.

"뭐라고요?"

날카로워진 목소리에 뚜렷한 경계심이 실려 있다. 이윽고 여자가 말했다.

"저희 집엔 방범 카메라 같은 거 없는데요."

다쓰조는 움츠러들었다. 한 걸음 뒤로 물러나, 2층 정면 창문을 가리켰다.

"아뇨, 있는데요. 보세요, 저기."

말문이 막혔다. 2층 창문 손잡이 밑에는 아무것도 없었다. 조금 전 발견했던 방범 카메라는 흔적도 없이 사라졌다.

　다쓰조는 평소 다니는 안과를 찾았다.

　접수대의 간호사가 의아한 표정을 지었다. "후지카와 씨, 다음 진료일은 아직 멀었는데요."

　"네, 압니다. 상태가 좀 안 좋아서 진찰을 받아볼까 하고요."

　환자가 많은 병원이라 예약해도 한 시간 넘게 기다릴 때가 있다. 불쑥 갔으니 말해 무엇 하랴. 결국 한나절 가까이 쏟아부은 끝에 다쓰조의 두 눈에는 서서히 진행중인 녹내장 이외의 질병이나 이상이 없다는 판정을 받았다.

　이튿날 아침, 다쓰조는 일과를 바꾸었다. 산책은 가지 않고 오전 8시까지 기다렸다가, 단정하게 드레스셔츠와 바지를 입고, 구두를 신고, 캐슬 팰리스 다테카와 관리사무소로 향했다. 지나는 길에 확인해보니 예의 방범 카메라는 여전히 두 번째 쇠기둥 위쪽에 달려 있었다.

　다쓰조를 맞아준 관리인은 면도 자국이 짙게 남은 삼십대 중반쯤의 남자였다.

　다쓰조는 얘기가 잘 통하도록 사실을 약간 윤색했다. 오늘 아침 일찍 저쪽 옆길을 지나가는데, 수상한 사람이 이 건물 자전거 보관소의 방범 카메라를 부수려 하지 뭔가. 어쩌면 떼어내

훔쳐가려 했는지도 모른다. 호통을 쳤더니 도망가더라만 보다시피 내가 늙은이가 되어놔서 쫓아가지는 못했고, 대신 일러주기라도 해야지 싶어서…….

관리인은 몹시 놀란 기색이었다.

"이거 친절하게, 감사합니다."

그러고는 고개를 갸웃하고 말을 이었다. "후지카와 씨……라고 하셨나요? 번거로우시겠지만 장소를 확인해주실 수 있나요?"

거절할 이유가 없다. 다쓰조는 작업복 차림의 관리인 뒤를 따라 중정을 가로질렀다.

"자전거 보관소를 커버하는 방범 카메라는, 한 대뿐인데요."

왠지 몰라도 관리인은 다시 고개를 갸웃하면서 걸어간다. 이윽고 중정의 통로를 사이에 둔 자전거 보관소에 못 미쳐 화단 앞에서 걸음을 멈췄다.

"이 조명등 아래 설치됐습니다."

화단 나무 사이에 섞여 서 있는, 등롱에 긴 다리를 붙인 것처럼 생긴 조명등. 전등갓이 박스형이다. 전등갓 아래쪽에, 눈에 잘 띄지 않게 방범 카메라가 붙어 있었다. 둥근 렌즈가 보인다.

전등갓도 방범 카메라도 지상에서 대략 3미터쯤 높이다. 그것을 올려다보고, 또 고개를 갸웃하면서 관리인은 미안한 얼굴로 중얼거린다.

"부수기에도 훔치기에도, 좀 높은 데 있어서요……."

흔한 사다리로는 어림도 없다.

"분명히, 여기 맞습니까?"

질문에는 대답하지 않고 다쓰조가 되물었다.

"자전거 보관소의 방범 카메라는 이것뿐인가요?"

"자전거 보관소를 커버하는 방범 카메라, 라고 해야겠죠"라고 관리인이 꼼꼼하게 정정했다. "설치 장소는 정확히 기록해둡니다. 도면도 있으니까요. 저희가 멋대로 설치하거나 떼어낼 수 없고요."

그런가요, 하고 다쓰조는 자전거 보관소 쪽을 돌아보았다. 관리인도 덩달아 따라 했다.

두 번째 쇠기둥 위에 예의 방범 카메라의 자취는 없었다.

다쓰조는 놀라지 않았다. 그저 숨을 한 번 내쉬고 마음을 가다듬었다.

"저쪽 비막이를 떠받치는 쇠기둥에는, 방범 카메라가 없나요?"

"아, 네."

"같은 말을 자꾸 물어서 미안합니다. 제가 장소를 잘못 봤던 모양이네요."

괜한 소란을 일으켰습니다, 하고 다쓰조는 고개를 숙였다.

"아뇨, 아뇨. 무슨 말씀을요. 일부러 알려주셔서 감사합니다."

관리인은 다쓰조 본인이 예의 '수상한 사람'은 아닌지 의심하는 눈초리로, 어조만은 정중하게 말했다.

"단지 내 안전 문제니까, 미리 조심하도록 하겠습니다. 주민들께 회람을 돌려, 수상한 사람을 조심하라고 안내하겠습니다."

다쓰조는 적잖이 두려웠다.

치매가 시작됐나.

상식적으로 생각하면 혼자 나타났다 사라졌다 이동했다 하는 방범 카메라 같은 게 있을 리 없다.

치매가 시작됐나.

아내를 먼저 보내고 혼자 산 지 삼 년을 넘겼다. 나름대로 건강하게, 규칙적인 생활을 해왔다고 자부한다. 시의 노인복지 센터에서 연락이 올 때마다 아직 '어르신 지원 도우미'는 필요 없다고 거절해왔다.

치매가 시작된 건가.

줄곧 혼자 지내니까, 스스로의 감각 말고는 잣대가 없으니까, 자각하지 못했을 뿐이다.

산책 가기가 무서워졌다. 동네 방범 카메라를 기록한 수첩은

찢어서 버렸다. 외출하고, 기록하고, 새로 생긴 방범 카메라를 발견하거나, 기록해둔 카메라가 그새 사라진 걸 알아채거나 하면 진정 절망할 것 같았다.

집에 틀어박혀 있자니 처마를 단조롭게 때리는 장맛비 소리가 독거의 적적함을 더욱 도드라지게 만든다. 다쓰조는 그저 우두커니 앉아 며칠을 보냈다.

그러는 사이 식재료가 다 떨어졌다. 영양실조가 되기 싫으면 장이라도 봐야 한다.

토요일이었다. 신문에 섞여 들어온 광고지를 보니, 녹지 공원을 지나 새로 개점한 슈퍼마켓이 주말 포인트 환원 세일과 산지 직송 특판 행사를 한단다.

— 나가볼까.

갈 때는 녹지 공원을 가로지르면 지름길이고, 돌아올 때 짐이 무거우면 택시를 타면 된다. 그렇지, 슈퍼마켓 점원, 택시 운전기사와 이야기를 해보자. 대화가 제대로 되는지 스스로 확인하는 거다.

방범 카메라는 이제 신경쓰지 말자.

다행히 우산이 필요 없는 날씨였다. 목에 땀받이용 수건을 걸치고, 운동화 끈을 꼼꼼히 조인 다음 다쓰조는 출발했다.

그리고 녹지 공원 '가출 할머니 아지트'에서 의외의 광경을 목격했다.

노부인은 없다. 노부인이 공원에서 친하게 지냈던 남녀 몇 명이 모여 이야기하고 있다. 둥그렇게 둘러선 그들 한가운데 가출 노부인의 지정석이던 한 되들이 양철통이 있었다.

그 위에 흰색 소국을 꽂은 꽃병이 놓여 있다. 한눈에도 조화弔花다. 그러고 보니 열심히 이야기하는 것처럼 보이는 이들도 어째 기운이 없다.

다쓰조의 가슴속이 싸늘해졌다. 발이 멈춘다.

그중 한 명, 그날 방범 카메라를 세금 낭비라며 분개했던 노인이 이쪽을 돌아보았다. 오늘도 역시 조깅복 차림이다.

"아아, 안녕하세요."

다쓰조의 얼굴을 알아본 모양이다.

"할머니, 돌아가셨답니다." 조깅복 노인이 말했다.

"이제 공원엔 못 오세요. 적적해지겠네요."

평소 같으면 어림없을 일이지만, 다쓰조는 애써 냉정하고 차분하게 그들 틈에 끼어들어, 느닷없는 죽음에 얽힌 사정을 알아냈다.

노부인의 상태가 이상해진 것은 이삼 일 전부터였단다.

"머리가 아프다고 했대요. 눈도 따끔따끔하고."

딸이 노부인을 병원 응급실로 데려갔다. 하지만 딱히 이상도 없고 두통도 가라앉아서, 집으로 다시 데려왔다.

"그런데 그다음엔 귀가 이상하다고 하더래요. 괴상한 목소리
가 들린다고."

노부인은 안절부절못하고, 잠도 얕아지고, 두통을 또 호소하
기 시작했다. 감정을 주체하지 못해 버럭 소리를 지르거나, 물
건을 닥치는 대로 집어던지기도 했다. 그런가 하면 갑자기 얼빠
진 사람처럼 얌전해지거나, 밝은 곳을 꺼려 벽장이나 화장실에
틀어박혔다.

"혹시 치매가 온 게 아니냐고, 딸들도 걱정했던 모양이던데."

어제 아침 일어나자마자 뭔가 사소한 일로 벌컥해서는, 밥상
을 뒤엎고 딸에게 달려들어 주먹질을 했다. 주먹질만으로는 모
자라, 부엌에서 칼을 갖고 나와 휘둘렀다. 그러는 내내 알아들
을 수 없는 성난 소리를 내질렀다.

놀란 사위와 올해 중학교에 들어간 손자가 노부인을 제압하
는 사이, 딸이 구급차를 불렀다. 노부인은 엄청난 괴력으로 저
항하면서, 숨을 헐떡거리며 부르짖었다.

— 아파! 아파! 살려줘!

흥분 상태에서 거품을 뿜다가 이윽고 으으 신음만 흘리더니,
구급차가 도착했을 때는 숨이 끊어져 있었다.

사인은 아직 모른다.

"숨지기 전에 얼굴도 확 달라지고, 눈에 새빨갛게 핏발이 선 채로 피눈물을 흘렸다던데. 뇌출혈 아니겠어요?"

조깅복 노인의 말에, 역시 종종 그룹에 끼던 화장이 짙은 노부인도 고개를 끄덕인다.

"저희 아버지가 뇌경색으로 돌아가셨는데, 그거 마비가 와서 얼굴이 변하거든요. 혀가 안 돌아가니까 이상한 말을 하는 것처럼 들리고."

화장이 짙은 노부인 옆에 있는, 친몸집이 작고 털이 긴 일본 개을 품에 안은 갈색머리 노부인도 말한다. "도미코 씨, 따님이랑 줄곧 사이가 안 좋았잖아요. 그런 스트레스도 영향이 있지 않았을까요?"

가출 노부인, 이름이 도미코구나.

"그러게 집이 아무리 불편해도 공원 생활은 안 된다니까요. 나이가 있는데."

"무리가 겹쳤던 게죠."

"따님도 두고두고 마음이 개운치 않겠네."

다쓰조는 그 자리에서 굳어버린 채 창고에 눈길을 던졌다.

아니나 다를까, 방범 카메라는 사라졌다.

뇌리에 또 영상이 떠오른다. 한 되들이 양철통에 앉아 있는 노부인을 향해 창고 지붕 뒤쪽을 따라 방범 카메라가 다가간다.

달팽이처럼 느리게 움직이지만, 실체는 독침을 지닌 말벌의 소굴이다. 그 방범 카메라는 인간을 해치는 물건이다.

다쓰조는 문득 한 가지 사실을 떠올리고 입술을 깨물었다. 비슷한 사례가 또 있지 않았던가.

도내 쇼핑몰 주차장에서 일어난 승용차 추락 사고다. 자동차에 타기 전, 몹시 흥분했다던 남편. 얼굴이 새빨개져서 코피를 흘리고 뜻 모를 말을 부르짖었다. 아내가 달랜 보람도 없이 남편은 차를 폭주시켰고, 두 사람은 죽었다.

그 현장에도 방범 카메라가 있었다.

평범한 방범 카메라 사이에, 평범치 않은 물건이 섞여 있었던 게 아닌가. 불운한 남자의 뇌를 손상시키고 실조시켜, 효과를 확인하고 사라진 방범 카메라가.

그 렌즈에 잡히면 인간의 뇌는 변조를 일으킨다······.

다쓰조는 식은땀을 흘렸다.

그러고 보니 고양이는 어떻게 됐을까.

"마치코는 어떻게 됐는지 아십니까?"

다쓰조의 물음에 노인들이 얼굴을 마주 보았다.

"아아, 그 삼색 고양이요? 도미코 씨를 늘 따라왔던."

"그게 말이죠······."

품속의 반려견에게 볼을 부비면서, 갈색머리 노부인이 한숨을 섞어 말했다.

"도미코 씨가 그리 되고 경황이 없어서 딸들도 까맣게 잊어버렸대요. 일단락되고 찾아봤더니, 툇마루 밑에서 몸을 동그랗게 말고 죽어 있더래요."

가출 노부인의 충실한 식구, 저 방범 카메라가 '평범치 않음'을 제일 먼저 알아봤던 마치코도 더불어 쓰러지고 말았나.

믿는 구석이 있었던 것은 아니다.

대책이 있었던 것도 아니다. 그저 다쓰조는 더는 가만히 있을 수 없었다.

일이 일어났던 날처럼 일요일, 같은 시간대에 현장을 방문해 보자. 그저 그렇게 생각했을 뿐이다. 결과적으로 그것은 올바른 판단이었다.

캐슬 팰리스 다테카와의 자전거 보관소 옆길에, 콘크리트블록 울타리에 엉거주춤하니 그 아이는 서 있었다. 오늘도 라운드넥 셔츠에 운동복 바지 차림이다.

다쓰조를 보고 곧바로 '그때 호통 쳤던 할아버지'라고 알아본 눈치다. 눈을 번쩍 떴다.

다쓰조도 마찬가지였다. 곧바로 사내아이를 알아봤다.

아이가 울타리에서 몸을 떼고 이쪽으로 몸을 돌리더니 자세

를 바로잡았다. 낯빛이 창백하다. 아무래도 햇빛을 좀더 자주
쐬는 게 좋을 듯하다.

"……안녕하세요."

목소리가 어리다. 먼저 말을 걸어올 줄은 몰랐는데.

"지난번 할아버지시죠?"

사내아이는 무서워하는 것처럼도 보였고 긴장한 것처럼도
보였다.

"음, 안녕." 다쓰조도 응했다. "후지카와 다쓰조라고 한다. 넌
이름이 뭐니?"

"야나이 신고입니다."

야나이 신고前內信吾, 라고 한자도 일러준다.

"주오 초등학교 6학년이고요, 여기 11층에 살아요."

맨션 쪽을 가리킨다. 다쓰조가 고개를 끄덕였다. 6학년치고
는 체격이 좀 작다 싶었다.

잠시 침묵이 찾아왔다. 두 사람 다 할 말을 찾지 못해 어색해
졌다.

"오늘 아침은 나한테 볼일이 있어서 기다렸니?"

야나이 소년이 안심한 듯 고개를 끄덕인다.

"네, 저기 그러니까, 회람이 왔어요."

"관리실에서 돌린 회람?"

"네. 중정이나 자전거 보관소에 수상한 사람이 다닌다고요. 방범 카메라를 부수려 했던 것 같다고 적혀 있었어요."

"내가 관리인에게 그렇게 알려줬으니까."

면도 자국이 짙은 관리인이 약속대로 주의환기를 해줬던 것이다.

야나이 소년이 눈을 동그랗게 뜨고, 새삼 찬찬히 다쓰조의 얼굴을 바라보았다.

"제가…… 그런 일을 한 지는 벌써 꽤 됐는데요."

"그랬지."

"그때 곧바로 일러바치실 줄 알았어요. 그래서 저는 저, 저기……."

"나랑 마주치지 않도록 조심했다?"

"……네."

순진한 아이다.

"그런데 이제 와서…… 거기다 제가 아니라, 수상한 사람이었다는 식으로 일러바치셔서."

"'통보했다'가 맞지." 다쓰조가 말했다. "이 경우엔 단순히 '알려줬다'라고만 해도 되겠다."

소년은 고개를 끄덕이고, 멋쩍은 듯 손가락을 만지작거린다.

"그러니까…… 잘 모르겠지만, 그냥 할아버지를 만나보고 싶어졌어요."

그랬냐, 하고 다쓰조는 말했다.

"여기서 기다리면 또 만날 것 같디?"

"잘 모르지만 혹시나 해서요. 어르신들은 새벽잠이 없다고, 전에 아버지가 그랬거든요."

다쓰조가 엷게 웃었다. "맞아. 게다가 노인들은 한번 습관을 들이면 좀처럼 안 바꾸지."

야나이 소년이 얼굴을 들고, 머뭇머뭇 웃음을 지었다.

"네, 그런가요?"

"너도, 매일 일찍 일어나니?"

"그건 아닌데요, 그런 일을 하려면 밤늦게나 아침 일찍 아니면 곤란할 것 같아서요."

조리 있게 생각할 줄 안다.

"그래도 저, 밤에는 마음대로 나돌아다니지 못하니까요."

"외출하지 못한다, 라고 해야지."

"네, 외출하지 못하니까요."

"아침엔 괜찮고?"

"일요일은 삼촌도 숙모도 늦잠을 주무세요. 점심때까지요. 관리인도 휴일이고요."

부모님이 아니라 '삼촌 숙모'다.

"좀 걸을까?"

다쓰조가 야나이 소년에게 권했다.

"우리 이야기는, 여기선 안 하는 편이 좋겠다."

올바른 암호를 교환한 것처럼 마침내 소년의 표정이 풀어졌다.

"네."

소년이 자전거 보관소 지붕 위를 올려다보고, 딱딱한 어조로 덧붙였다.

"그건 없어졌지만, 분명 또 돌아올 테니까요."

작년 9월, 야나이 소년은 아버지를 잃었다.

소년은 부모님과 도내 번화가에 살았었다. 아버지는 건축사였는데, 친구와 공동으로 설계 사무소를 경영했다. 일이 늘 바빴고, 야나이 소년의 표현을 빌리면 '좀 살이 붙기 시작'했지만 건강하고 쾌활한 사람이었다.

야나이 소년은 아버지와 사이가 좋았다. 아버지는 아들에게 곧잘 작업중인 일 이야기를 들려주었다. 아버지의 이야기는 언제나 흥미롭고 즐겁고 재미있었다.

소년이 그 이야기를 처음 들은 것은 일 년쯤 전이었다.

"관리 회사가 멋대로 방범 카메라를 달았다는 민원이 들어왔어."

아버지 사무소가 설계 감리를 맡았던 중간 규모 맨션인데, 준공 후 반년이나 지나 그런 민원이 들어왔다는 것이다.

"주민 가운데 프라이버시 보호에 까다로운 사람이 있어서. 분양 전 들은 설명과 다르지 않느냐고, 이러면 곤란하다고."

안전 설비는 아버지 사무소 소관은 아니지만 시공 감리자임은 분명하니까, 아버지가 현장을 조사하러 갔다. 항의했던 주민에게 입회를 요청했는데, "봐요, 여기예요"라며 가리킨 장소에 방범 카메라는 없었다. 현관 로비 한구석이다.

보석 가게를 경영한다는 그 중년 여성은 보기 딱할 정도로 난처해했다. 착각, 이었던 걸로 사태는 수습되고, 아버지는 사무소로 돌아왔다.

— 그거, 편집증인데.

공동 경영자 친구가 말했다.

얼마 후 아버지는 건축사 모임에 출석했다. 거기서 최근 도쿄만 연안에 새로 건설된 초고층 맨션에서, 관리회사가 주민과 합의 없이 멋대로 방범 카메라를 증설한 게 문제되어 설계 감리회사도 트러블에 휘말렸다는 이야기를 들었다. 관리회사는 무단으로 그런 일은 하지 않는다고 항변한다지만.

— 이상한 얘기잖아.

아버지는 아들에게 이야기를 들려주며 웃었다.

— 쥐도 아닌데, 방범 카메라가 변식을 다 하고 말이야.

소년은 재미있지만 어쩐지 으스스했다.

— 그런 거, 그냥 놔둬도 될까?

그래서였으리라. 그 후에도 아버지는 바빴지만, 마침 볼일이 있어 근처에 갔을 때 일전에 민원이 들어왔던 맨션의 관리실에 들러보았다.

그런데 현관 로비에 있지도 않은 방범 카메라가 있다고 소동을 일으켰던 주민이 얼마 후 급사했다지 않는가. 자신이 경영하는 가게에 쓰러져 숨겨 있는 것을 출근한 점원이 발견했다는 이야기였다.

— 도난당한 물건도 없고 가게를 뒤진 흔적도 없었으니, 범죄 가능성은 없어요. 뭐 병사겠죠.

그즈음 그 주민은 수시로 두통을 호소했다고 한다. 거기다 직종이 직종인지라 가게와 사무실에 설치된 방범 카메라를 갑자기 꺼리면서, 두통도 다 카메라 탓이다, 저게 전자파를 내뿜는다, 하고 호소하는 통에 점원들도 적잖이 걱정하던 터였단다.

— 또 이상한 얘기지 뭐야.

야나이 소년의 아버지는 그렇게 말하고 이번에도 웃었다. 어머니는 쓴웃음을 지었지만, 소년은 더는 웃을 수 없었다. 무서운 생각이 들었다.

　— 아버지 사무실에도 방범 카메라 있어?

　— 있지. 중요한 설계도를 보관하니까.

　— 그거, 원래 설치한 장소에 제대로 있어?

아버지가 유쾌하게 웃었다.

　— 당연하지.

이야기는 그걸로 끝이었다. 그도 그럴 것이 아버지가 그 화제를 피하게 되었기 때문이다.

하지만 엄마와는 은밀히 이야기하는 눈치였다. 소년은 전부는 아니지만 대화 몇 토막을 들었다.

　— 이상하다니까.

　— 서쪽 벽면에 달려 있지 뭐야. 아무도 설치한 기억이 없다는데.

　— 떼어내서 잘 살펴볼 생각으로 공구를 가지러 다녀온 새 없어졌더라고.

아버지가 까다로운 표정을 짓는 일이 잦아지고, 조금씩 야위기 시작했다. 수시로 이명을 호소했다.

2학기가 시작되고, 소년이 교실에서 수학 시험을 보고 있을 때 담임교사가 책상 옆으로 다가왔다. 어머니가 데리러 왔으니 어서 집으로 가보란다.

아버지가 돌아가셨다. 교통사고였다. 의뢰인과 미팅이 있어 차를 몰고 가다가, 신호를 무시하고 교차로에 진입해 충돌 사고가 난 것이다.

공동 경영자 친구는 침통해하면서도 "정상 운전이 불가능한 상태였던 거야"라는 말로 소년과 어머니를 위로하려 했다.

— 신호 위반 같은 걸 할 사람이 아니잖아. 몸이 안 좋았던 거지. 그날은 아침부터 이명과 두통이 있다고 했고.

분명 그리리라고 소년도 생각했다. 하지만 몸이 안 좋았던 이유는 따로 있다. 방범 카메라 탓이다.

아니, 방범 카메라 '시늉'을 하는 고약한 무언가의 탓이다.

"아버지가 돌아가시고, 엄마도 굉장히 안 좋아지셔서……."

다쓰조와 야나이 소년은 근처 어린이 공원의 컬러풀한 벤치에 나란히 앉아 있다.

좁은 데다 놀이기구도 낡아서 사람은 없다. 무엇보다 나무 한 그루 없이 살풍경해 시야가 탁 트인다. 안심하고 이야기할 수 있는 장소다.

"지금, 입원중이에요. 그래서 저는 친척 어른 댁에 와 있고요."

3월 말에 교과서와 갈아입을 옷만 챙겨 옮겨 왔다. 학교는 전학했다.

"숙모 말씀이, 우리 엄마는 우울증이래요."

언제쯤 다시 엄마와 살 수 있을지 모른다.

"아빠 돌아가신 후로 제가 방범 카메라를 엄청 조심하게 됐거든요."

어디에 있건 찾게 되고, 찾으면 좀처럼 눈을 떼지 못한다.

"두 개 발견했어요. 절대 '이상해', 저건 진짜가 아니야, 하고 알 수 있는 놈들요. 그런데 아무도 안 믿어줘요."

전에 다니던 학교에서는 스쿨 카운슬러와 면담도 했고, 이쪽으로 전학 와서는 벌써 두 번이나 아동상담소에 불려갔단다.

"나는 산책하면서 기록했다." 다쓰조가 말했다. "너랑 똑같아. 어디 어떤 방범 카메라가 있고, 렌즈는 어느 쪽을 향했는지. 숫자가 늘거나 줄거나, 장소가 바뀌지는 않는지 신경쓰여서."

소년이 안도한 표정을 지었다.

"진짜요?"

"음. 이 동네에서 네가 발견한 '수상한' 카메라는 그 자전거 보관소 것뿐이고?"

"지금까지는요." 소년이 신중하게 말했다. "여기로 온 후엔 최대한 생각 안 하려고 했는데, 그걸 봐버려서요……."

야나이 소년은 조금 긴장하고 말을 이었다. "아, 나를 쫓아왔구나 하고 알았어요."

그래서 부숴버리려 했던 것이다.

"찬찬히 안 봐도 알아요. 이상한걸요. 꼭 살아있는 것 같단 말이에요."

벌집…… 다쓰조는 또 생각했다.

"어른들께는 얘기해봤고?"

소년이 고개를 저었다.

"관리인한테는?"

"제가요, 다른 사람한테 알리려고 하면 그게 사라져버려요. 이쪽이 어떻게 하는지 지켜보고 있는 것처럼요."

교활하다.

"주위 사람들이 스스로 알아차리지 않으면 얘기만 복잡해지는군."

"네. 그래도 다들 몰라요. 평소 CCTV 같은 거 신경 안 쓰니까요."

다쓰조만 해도 얼마 전까지는 그랬다.

"그건…… 방범 카메라 시늉을 하는, 뭔가 다른 물건일 테지."

소년은 조금 풀 죽었다. "그런 것 같아요."

"넌, 저것들 정체가 뭔인 것 같니?"

야나이 소년은 대답하기 전에 숨을 골랐다.

"에일리언."

"뭐?"

"아, 외계인요. 다른 별에서 지구를 침공해 인류를 멸망시키려는 거예요."

소년의 눈이 다쓰조를 똑바로 건너다본다. 할아버지, 웃으세요? 그건 좀 아니잖아 하고 김이라도 샌 거예요?

다쓰조가 목에 두른 타월로 콧등의 땀을 훔쳤다.

"어디서 왔는지는 특정할 수 없지만 '침략자'라는 거군."

소년의 얼굴이 확 펴졌다.

"맞아요, 네."

"어떤 작용인지는 모르지만, 저것들이 인간을 착란시키는 것 같지?"

소년이 힘차게 고개를 끄덕였다. "초음파나 눈에 안 보이는 광선, 뭐 그런 걸로 뇌파를 '교란'시키나봐요."

"그 결과 충동적이고 폭력적인 행동을 하게 만든다?"

"네."

"현재는 피해자가 한 번에 한 명씩이지만, 이런 일이 동시다발로 벌어진다면 끔찍한데."

아니, 피해자가 한 명이라 할지라도 발전소나 화학 공장 운전원이 표적이 되면 대참사로 이어질 가능성이 있다. 현 상태로도 충분히 위험한가.

"그래도 아직은 실험 단계 아닐까요?"

어른스러운 표정을 짓고, 야나이 소년이 말했다.

"저렇게 관찰해서 인류의 행동 방식을 분석하고, 지구를 엉망으로 만들려면 뭐가 제일 좋은지 방법을 찾는 중인지도 몰라요."

다쓰조가 소년을 바라보았다. "그러고는 너나 나처럼, 그들의 존재를 알아챈 인간은 배제한다."

소년은 학교에서 문제 행동을 한다(고 취급받는다). 다쓰조는 스스로 자신의 이성을 의심하고 말았다. 관리인에게도 수상한 사람으로 비쳤다. 둘 다 난처한 상황에 빠진 셈이다.

이렇게 서서히 약해지고 고립되다가 마침내는…… 처리된다.

진짜 이유를 아무도 몰라준 채, 안저 출혈로 눈이 새빨개져서 몸부림치다가.

"앞으로는 정말 주의해서 행동해야겠다." 다쓰조가 말했다.

"관찰과 기록. 그게 최우선이야. 그것들을 찾아내도 곧바로 때려부수거나 해선 안 돼. 흥미 없는 척해라. 이쪽도 놈을 속이는 거야."

"네."

"너랑 연락은 어떻게 하지?"

소년이 운동복 바지 주머니에서 스마트폰을 꺼냈다.

"저 이거 갖고 있어요. 삼촌이 사주셨어요."

어린이용 사양으로 세팅된 제품이리라.

"그럼, 내가 그 번호로 전화하마."

"할아버지, 문자메시지 보내실 수 있어요?"

다쓰조는 문자메시지가 뭔지도 모른다.

"어떻게든 해봐야지." 그러고는 생각난 김에 덧붙였다. "컴퓨터를 배워야겠다."

루트 ② 산책로 도중에 '어르신 환영합니다'라는 포스터가 창문에 붙은 컴퓨터 교실이 있는 것을 떠올렸다.

야나이 소년의 얼굴이 환해졌다. "저도 컴퓨터는 아직 잘 모르는데요, 2학기부터 학교에서 태블릿을 배워요. 인터넷을 쓰게 되면 여러 가지를 조사해볼 수 있어요."

"'침략자'의 정체를 알아본다거나?"

"아니 그보다, 어딘가에 우리랑 똑같은 사람들이 있고, 그 사람들이 인터넷에 글을 쓰고 있을지도 모르잖아요."

다쓰조에게는 없는 발상이었다. 이 세상에, 우리 말고도 방범 카메라의 탈을 쓴 고약한 것의 존재를 감지한 사람들이 있을지도 모른다.

"그렇구나."

기운차게 고개를 끄덕이고, 다쓰조는 소년에게 악수를 청했다. 야나이 소년은 좀 당황했는지 눈을 깜박거렸지만, 이내 등을 꼿꼿이 펴고 다쓰조의 손을 잡았다. 손이 따뜻하다.

"일단은 우리 둘부터다. 힘을 합치자."

"네!"

손이 따뜻한 아이의 눈동자에도 처음 따스한 빛이 떠올랐다.

신문에 대량으로 끼어 들어오는 광고지를 뒤적이니 예의 컴퓨터 교실과 가전제품 전문점 광고지도 있었다. 지금까지는 들어오는 족족 재활용 쓰레기로 내다버렸던 것들이다.

광고지를 들여다봐도 뭐가 뭔지 알 수 없었으므로, 다쓰조는 우선 컴퓨터 교실을 찾아가 강사의 말을 들어보고 체험 신청을 했다. 그런 다음 가전제품 전문점의 컴퓨터 매장으로 가, 점원의 설명을 한참 듣고 팸플릿을 산더미처럼 얻었다. 도서관으로 이동해 컴퓨터 입문서를 뒤적여보고, 서점에 가서 괜찮아 보이는 걸로 한 권 샀다.

마지막으로 역 빌딩의 안내 데스크에서 지팡이 매장을 물어, 점원과 상담하며 신중히 골라 손에 쥐기 편하고 제법 묵직한 걸로 구입했다.

다쓰조는 아직 지팡이 신세를 질 필요는 없다. 하지만 여차하면 무기가 될 만한 게 필요하다. 이쪽에서 먼저 공격하지는 않더라도, 앞으로 몸을 지켜야 할 일이 생길지도 모르니까.

아내가 세상을 떠난 이래 이런 외출은 처음이었다. 국숫집에서 점심을 먹고, 찻집에 들어가 잠깐 쉬었다. 해 질 녘이 되어 귀가할 무렵에는 몹시 피곤했다.

앞으로는 건강에도 한결 유의해야 한다. 다른 동지를 찾기 전에 다쓰조가 몸져 누워버리면 야나이 소년은 다시 외톨이가 된다.

목욕은 다음 날로 미루고 일찌감치 잠자리에 들기로 했다. 서쪽의 다다미 여섯 장짜리 방에 들어간다.

아침에 커튼을 젖혀둔 채였다. 오후 내내 이불에 볕이 듬뿍 들었으리라.

창문 너머에, 붉은 불빛 하나가 떠 있었다.

다쓰조는 가만히 서서 그 광점을 노려보며 천천히 열까지 헤아렸다. 그런 다음 조용히 몸을 돌려 현관으로 가서, 낮에 산 지팡이를 가져왔다.

숨을 멈추고, 창을 벌컥 열어젖힌다.

창틀 바로 위에 방범 카메라가 내려와 있었다. 고글 타입이다. 렌즈 안쪽에서 붉은빛이 반짝인다.

다쓰조가 그것을 노려보았다.

그것도 다쓰조를 응시한다.

야나이 소년이 말한 대로다. 이렇게 보면 역력히 살아있는 기미가 느껴진다.

지팡이를 단단히 틀어쥐고, 다쓰조는 말했다.

"날 위협할 셈이냐?"

붉은 광점이 깜박였다.

"노인이라고 얕보면 곤란해."

바깥 길을 지나가며 수다를 떠는 사람들의 목소리가 들린다.

"너희, 대체 얼마나 되는 거냐?"

방범 카메라는 대답하지 않는다.

"아직은 대군이 아닐 테지. 혹시, 척후병이냐?"

다쓰조는 대담하게 웃음을 지었다.

"그렇다면 가서 본대 동료들에게 보고해. 우린 싸운다고. 만만찮을걸. 그렇게 간단히, 너희 뜻대로 해줄쏘냐."

인류는 '침략자'에게 저항한다.

줄곧 틀어뒀던 라디오가 시보를 알렸다. 일순 다쓰조의 주의가 흐트러졌다.

창밖의 방범 카메라는 순식간에 사라졌다.

다쓰조는 지팡이를 쥔 채 창문을 잠갔다.

두근거림은 가라앉았다. 호흡도 고르다. 다쓰조는 지극히 차분하지만 사기는 드높다.

퇴직하고, 아이들 교육과 뒷바라지도 끝나고, 아내도 먼저 보내고, 지역 사회에서는 약자로서 보호만 받을 뿐 공헌을 요구받는 일은 없다. 고독하고 단조롭고 변화 없는 나날 속에서 다쓰조는 자신을 잊고 있었다. 자신이 누구인지 물을 필요가 없는 생활 속에 매몰되어 있었다.

이제는 다르다. 지켜야 할 것이 생겼다. 적이 누군지도 보인다. 야나이 소년의 아버지, 가출 할머니 도미코 씨와 애묘 마치코, 그들의 원수를 갚아줘야 한다.

아무도 그렇게 봐주지 않겠지만, 평범한 노인으로만 보이겠지만, 후지카와 다쓰조는 각성했다. 그리고 자각했다.

나는 전투원이다.

나와 나

화창한 일요일 아침, 본가에 가봐야겠다고 생각한 것은 순전한 충동이었다. 굳이 말하자면 그 전주 중반 거대한 저기압이 수도권 일대를 통과해, 5월 초순인데 태풍이라도 닥친 듯한 날씨가 됐던 터라 낡은 목조 이층집 어디가 부서지지는 않았는지 조금 걱정이었다고 할까.

엄마 1주기도 지나고, 엄마와 함께 살던 오빠 가족도 떠났으니 이제 빈집이다. 혹 유리창이 깨졌거나 비가 샜다 해도 큰일은 없다. 어차피 조만간 허물어 택지를 팔아버릴 예정이고, 그와 관련한 일처리는 전부 오빠한테 맡겼는데, 매사 빈틈없는 사람이니 잘 해주리라.

본가는 도쿄 23구 북쪽 끝에 있다. 지금 나는 야마노테 선도쿄의 도심과 부도심 사이를 운행하는 순환 전철의 타원형 노선도 동쪽에 있는 동네의 대규모 임대 맨션에 살고 있다. 1LDK방 하나와 거실, 다이닝 키친으로 구성된 집, 카나리아 한 마리와 동거중. 피피네라라는 이름의 노란색 귀염둥이다.

지금 집에서 본가까지는 편도 한 시간 반 이상 걸린다. 직선 거리로는 그리 멀지 않은데, 두 지점을 똑바로 잇는 지상철도 지하철도 없는 탓에 구불구불 돌아서 가야 한다.

하지만 휴일이니 어차피 한가하겠다, 날씨는 좋겠다, 월급도 나온 직후겠다, 원래 전철 타고 좀 멀리 나들이하기를 좋아하니까 고생은 아니다. 우선 새장을 청소하고, 깨끗한 물과 모이를 듬뿍 넣어주었다. 그런 다음 외출용 범포 배낭에 소지품을 챙겨 넣고 나갈 준비를 시작한다. 움직이기 쉽고 캐주얼하게, 마음 내키는 대로 옷을 입는다.

부모님 불단 앞에서 종을 칭 울리고, 리넨 소재 쇼트부츠를 신고 출발. 역까지 슬슬 걸어가도 되지만, 마침 버스가 와서 올라탔다. 대로변에 늘어선 벚나무의 초록 잎사귀가 눈부시다.

좌석에 앉아 스마트폰을 꺼낸다. 본가에서 가기 편한, 맛있는 점심을 먹을 만한 가게를 검색한다. 돌아오는 길에 쇼핑할 물건도 메모했다. 세탁조 청소용 세제가 떨어졌고, 피피네라 사료도 미리미리 구입해두어야 한다. 점심을 제대로 먹으면 저녁은 오

차즈케_{밥 위에 반찬을 얹어 뜨거운 차를 부어 먹는 간단한 음식}로 때워도 그만이다. 혼자 사는 생활은 '참으로' 마음 편하다.

아버지는 내가 전문학교를 졸업해 비서 시험에 합격하고, 학교 추천으로 취직하자 마치 기다렸던 것처럼 세상을 떠났다. 뇌일혈이었다. 일벌 같은 회사원이었으니 거의 과로사였지 싶다. 오빠는 일 때문에 지방에 있어서 그 후엔 엄마와 둘이 살았고, 나중에 결혼을 생각할 상대가 생기면서 본가를 나와 동거를 시작했다. 당시 내가 스물셋, 그 사람이 스물다섯. 직장 선배의 소개로 사귀기 시작해, 곧바로 서로 결혼까지 생각하게 되었다.

막상 동거해보니 일 년도 못 갔다. 가장 큰 원인은 가치관 차이—흔한 말로 성격 차이였을 테지만, 제일 싫었던 건 그의 낭비벽과 돈 빌리는 습관이다. '절약' '저축' 같은 말을 모르는 사람이었다. '좀 빌려줘봐' 하고 걸핏하면 내게도 손을 벌렸고, 친구와 동료한테도 나 모르게 계속 돈을 빌렸다. 급기야 한 친구와 금전 문제가 터졌고, 그간 숨겨온 빚의 실체를 알게 된 내가 추궁하자, 처음에는 코웃음을 쳤다. 진지하게 충고했더니 '나이도 더 어리면서 건방지다'라며 화를 내고, 내가 물러서지 않으면 폭력도 휘둘렀다. 그러고는 "우리한텐 너희 아버지 유산이 있으니까 괜찮잖아"라고 내뱉었다. 나는 백분의 일 초 만에 이별을 결심했다.

그렇지만 몇 년 지나 대학 동창과 결혼해 아이를 낳고 집도 장만했으니, 그저 나와 궁합이 안 좋았을 뿐이리라. 우리 아버지는 직장 생활을 하던 중에 돌아가셔서 퇴직금이 많았고, 본가 대출금도 보험으로 커버되었으니, 옆에서 보기에는 '한 재산' 남긴 것처럼 보였을 터다(실제로 그 후 엄마의 생활에 경제적 불안은 없었다). 아직 젊었던 그가 은근히 기댈 생각을 했다 해도 어쩔 수 없는지 모른다.

하지만 내 가슴속에는 뭐라 할 수 없는 응어리가 남았다. 좋아하는 사람과 돈 문제로 다투는 건 괴로웠다. 그 기억을 좀처럼 떨치지 못하고, 그 사람 이후엔 누구를 사귀어도 오래가지 못했다. 우물쭈물하는 내게 돌진하는, 나를 아주 많이 좋아하는 남자를 만나지 못했다―라고 말하는 편이 좋을까.

오빠는 순탄하게 결혼해 1남 1녀를 얻었다. 영양사인 새언니는 시간을 요리조리 꾸려가며 일도 계속하고 있다. 오빠가 도쿄로 발령을 받자 기꺼이 본가에 들어와 살면서 엄마를 마지막까지 보살펴준 훌륭한 며느리다. 나는 되도록 시누이 티를 내지 않으려 나름 신경썼다고 자부하는데, 명랑 담백한 새언니와는 말이 잘 통하고, 조카들도 귀엽다. 아버지를 먼저 보내고 쓸쓸한 엄마 곁에서, 손자와 같이 살게 해주어 고맙다는 생각도 든다.

삼십대에는 나도 언젠가 오빠 부부처럼 결혼했으면…… 하고 동경했다. 사십대가 되자 포기라기보다 '아, 나한텐 그런 인연은 없구나' 하고 깨달았다.

내가 다니는 문구 회사는 오래된 기업이지만 대기업은 아니고, 월급은 그럭저럭. 기혼·미혼 상관없이 장기간 근속하는 여직원이 많아서 마음은 편하다. 나는 커리어우먼이 아니고 앞으로 눈부시게 출세할 일도 없겠지만, 소박하게 살아가는 데는 충분하다. 취업한 게 버블 붕괴1991년 3월에서 1993년 10월까지 일본의 경기 후퇴기 전이라 정말 운이 좋았다. 결혼 운은 없었어도 취직 운은 있었던 셈이다.

엄마가 돌아가시고 당초에는 오빠 가족이 그대로 본가에서 살 작정이었지만, 엄마 생전부터 뭔가 말이 많던 친가 쪽 어른들이 또 넉살 좋게 간섭하는 통에 새집을 마련하게 되었다. 애초 본가는 아버지가 대출을 받아 구입할 당시 중고 주택이었고, 리모델링에 돈을 들였던지라 겉보기엔 멀쩡해도 여기저기 손볼 데가 늘어나던 터였고.

오빠 가족이 본가를 떠나기 전, 다 함께 모여 조촐한 이별 파티를 했다. 한창 까칠한 십대의 남자 조카는 쑥스러운지 좀 무뚝뚝했지만, 새언니와 여자 조카는 눈물, 또 눈물을 흘리며 추억들을 풀어놓았다.

오빠네 새집은 새언니 친정에서 걸어서 오 분쯤 되는 곳이다.

줄곧 시어머니 위주로 살았으니 앞으로는 새언니 친정 부모님께 실컷 효도하며 살면 좋겠다. 우리 부모님 재齋 전반은 오빠에게 일임하고, 불단은 내가 모셔왔다.

제일 가까운 역에서 본가까지 가는 길은 내가 자전거로 통근·통학하던 때와는 판연히 달라져 자못 떠들썩했다(그 덕에 땅값이 오른 것도 친가 쪽 어른들이 말이 많았던 이유 중 하나다). 그새 새로운 가게가 또 생겨서 윈도쇼핑을 해가면서 즐겁게 걸었다.

본가에 도착해보니, 현관 앞 계단에 여고생이 혼자 오도카니 앉아 있었다. 무릎 위에 통학용 가방이 놓여 있다.

어째서 고등학생이라 단언하느냐고? 내 모교 교복을 입었으니까. 체크무늬 플리츠스커트와 블레이저 깃 모양이 특이해서 바로 알아봤다.

잠깐. 내 모교는 공립 고등학교지만, 십 년쯤 전 제도 개혁 때 단위제 학년제가 아니라 수업 과목을 '단위'(학습시간 수)로 구분해 취득, 졸업하는 방식으로 바뀌면서 교복도 폐지됐을 텐데.

최근 십대 여자애들 사이에 구제 교복 입기가 유행인가? 뭐 그런 생각을 하면서 다가가는데 여고생이 이쪽을 봤다. 그리고 벌떡 일어섰다.

3미터쯤 떨어진 채 우리는 얼굴을 마주했다.

여고생은 나였다. 정확히 말하면 삼십 년 전의 나. 7월 생일이 오면 열여섯 살이 되는 열다섯 살의 나. 고등학교 1학년인 나.

머리는 쇼트커트. 무스를 듬뿍 발라 억센 머릿결을 잠재웠다. 코 주변에 주근깨가 가득하다. 십대, 이십대의 나를 죽도록 고민하게 했던 주근깨는 지금은 평범한 기미가 되어버려 딱히 신경쓰지 않게 된 대신, '주근깨, 귀여워'라는 말도 들을 일이 없어졌다.

여고생은 눈을 커다랗게 뜨고 나를 손가락질했다. 그러고는 서슴없이 입을 열어, 십대인 내 목소리로 이렇게 말했다.

"……맞네, 타임슬립한 거!"

삼십 년 전이면 본가는 리모델링한 직후였다. 내가 다닐 고등학교가 결정된 다음 부모님이 집을 장만했으니, 이사와 진학이 거의 같은 시기에 이루어졌다.

그래도 지금, 이층집은 옛 모습을 찾아볼 수 없게 낡았다. 사람이 살지 않으면 집도 급속히 늙어버리기에 정확히 말해 볼품없다. 열다섯 살의 나는 우선 그 충격에서 벗어나지 못한 상태였다.

"아무튼 집에 가보자, 아무라도 가족을 만나면 어떻게든 되겠지 했는데, 아무도 없고."

우리는 역 근처 스타벅스에 일단 자리를 잡기로 했다. 열다섯 살의 나는—귀찮으니까 이하 나로 부른다만, 당연히 스타벅스 커피도 신기하고 괜히 긴 음료수 메뉴도 재미있어서 "대박, 대박! 미래의 일본에는 미국 영화에 나오는 것 같은 이런 커피숍이 있구나"라며 흥분했지만.

"응. 그리고 커피숍이라는 말은 이제 거의 사어야. '카페'라고 하거나, 프렌차이즈 가게 이름으로 말해. 스타벅스, 도토루, 벨로체, 뭐 이렇게."

과거에서 온 나도, 과거의 자신을 만난 나도 별로 허둥거리지 않는 것은 한 권의 청춘소설 덕분이다. 나는 그 책을 잘 기억했고 내 가방 속에도 들어 있었다.

《내가 작은 악녀였던 무렵》.

당시 인기 있던 여성작가의 작품으로, 타임슬립 로맨틱 코미디다. 주인공은 마침 열다섯 살의 여고생. 등굣길에 우연히 타임 홀에 떨어져 이십 년 후 세계로 날아간다. 거기서 평범한 직장인이 된 서른다섯 살의 자신이 잘생긴 연하 남자친구에게 교묘히 말려들어 돈을 털리고 있는 사실을 알고 어떻게든 헤어지게 만들려고, 작은 악녀로 변신해 두 사람 사이에 끼어든다.

이 소설의 특색은 주인공이 과거에서 미래로 날아왔으므로 이른바 타임 패러독스가 일어날 걱정이 없다는 설정이다. 그러니까 주인공은 미래의 자신을 만나도 전혀 상관없고, 실제로 한 번 만나 '그쪽 남친은 돈이 목적이지 그쪽을 사랑하는 게 아니라고요!'라고 설득하지만, 남자친구에게 완전히 빠진 데다 결혼에 안달 난 미래의 자신은 귀담아 듣지 않는다. 그래서 별수 없이 작은 악녀가 되는 것이다. 애초 진지하게 사귀는 여자친구가 따로 있는 데다 바람기가 다분한 남자친구는 즉각 작은 악녀를 쫓아다니게 되지만, 돈줄 역할인 미래의 자신과 헤어질 생각도 없다. '파렴치남'을 혼내주고 미래의 자신을 행복하게 해주려고 주인공은 분투한다. 그러는 사이…….

— 여기서 아득바득하지 않아도, 앞으로 스스로 이 파렴치남과 사귀지 않게 조심하면 되잖아?

— 아니 뭐랄까, 서른다섯 살까지 독신으로 지내면서 이런 파렴치남 좋은 일만 시키는 미래의 나라니, 너무 불쌍하잖아?

이런 근본적인 의문을 품게 된다.

— 미래의 내 사정 따위 내버려두고 빨리 원래 시간대로 돌아가자. 무슨 방법이 없나?

파렴치남을 잘 구워삶아 불편 없이 생활하면서 타임 홀의 출현 장소를 찾던 중, 미래의 대학 동급생인 이과 수재(요즘 말로 덕후)가 일하는 양자물리학 연구소에 타임 홀 생성 장치가 있다는 사실을 알게 된다. 이 수재 이과남의 도움을 받을 요량으로 접근해보니, 마침 그는 미래의 자신을 짝사랑하지 뭔가.

— 좋았어, 그럼 둘을 붙여주자. 그리고 난 과거로 돌아간다!

대충 이런 줄거리다.

카페라테와 도넛을 사서, 나와 마주 앉았다. 배고팠는지 나는 맛있게 먹는다.

"어떤 상황에서 타임슬립했는지 가르쳐주지 않을래?" 내가 말을 꺼냈다. "이게 공들인 사기일 가능성도 없지는 않으니까."

입술에 흰 설탕을 묻힌 채 나는 골을 낸다.

"사기? 아줌마, 돈 그렇게 많아?"

과거의 자신에게 아줌마 소리를 들을 줄이야.

"성실하게 일해왔으니 저축은 그럭저럭 괜찮아. 부모님이 남겨주신 돈도 있고."

이런 말을 무방비로 해버리는 나는 눈앞의 내가 과거의 자신임을 이미 받아들인 것이리라. 아무리 친한 친구하고도 돈 얘기는 하지 않는다. 첫 남자친구와 헤어진 뒤로 그게 내 인생의 철칙이다.

나는 다른 대목에 반응했다. "부모님이 남겨주신 돈이라면……."

맛있게 먹던 도넛을 황급히 삼키더니, "아빠 엄마가 돌아가셨단 말이야?"란다.

이번에는 내가 웃어버렸다. "그야 그렇지. 나 마흔다섯 살인걸. 뭐, 아빠도 엄마도 평균 수명보다는 일찍 가셨지만."

"마흔다섯 살……."

나의 눈가에서 핏기가 사라져간다. 뭐가 그렇게 충격일까 생각하는데, 딱딱한 얼굴로 이런 말을 꺼냈다.

"마흔다섯 살에, 나 아줌마처럼 된다고?"

당장이라도 울음을 터뜨릴 기세다. 뭐랄까 심히 당혹스럽다.

"누구나 나이 먹어. 게다가 피부 나이 테스트에선 실제 연령보다 열 살이나 젊게 나왔거든."

"기미 천진데?"

"너는 주근깨 천지고."

왜 말싸움하는 거야, 우리.

"아줌마, 설마 결혼은 했지?"

머뭇머뭇 이 질문이다.

"아니, 독신."

막 삼킨 도넛을 토해낼 것 같은 기세로, 나는 '우으으윽' 신음을 흘린다.

"안 팔리고 남았다고? 믿어지지 않는다!"

"지금 시대엔 네 그 발언, 세크하라 Sexual harassment를 줄인 말로 주로 직장 내 성희롱을 일컫는다, 모라하라 Moral harassment를 줄인 말로 언어나 태도로 가하는 정신적 폭력이나 학대에 해당돼."

"무슨 하라?"

모라하라는 그렇다 처도, 삼십 년 전에도 섹슈얼 해러스먼트라는 어휘는 있었을 텐데(그러니 내가 기억하지). 검색해보려고 가방에서 스마트폰을 꺼내자 "그거 뭐야? 전자계산기?" 하고 묻는다.

그런가. 얘는 스마트폰은 물론이고 휴대전화도 없는 시대에서 왔지.

"있지."

나는 테이블에 몸을 내밀고 나의 눈을 바라보며 말했다.

"난 독신이고, 결혼한 적도 없어. 아니 뭐랄까 프러포즈받은 경험이 없어. 아이도 없고. 평범한 문구 회사에 고참 소리 들으면서 다녀. 연봉은 그럭저럭. 아파트에 살고 내 집은 아니야. 카나리아를 한 마리 키워."

나는 '완벽하게' 창백해졌다. 떨고 있다.

"이게 나. 네 미래."

가차 없이, 나는 계속했다.

"넌 불만일지 몰라도 난 지금 생활에 만족해."

잠깐 동안 우리 둘은 미동도 하지 않았다.

이윽고 나는 설탕 묻은 손바닥으로 천천히 얼굴을 닦았다. 식은땀을 흘린다.

"……못생겨서?" 하고 낮게 물었다.

"뭐?"

"못생겨서 인기가 없었냐고? 아무하고도 사귄 적 없어? 맨날 차이기만 했어?"

내가 아무 말 하지 않자, 나는 소리 죽여 울기 시작했다. "죽고 싶어."

"죽으면 곤란해. 살아."

"싫어. 이런 파삭파삭한 아줌마가 되느니, 콱 죽을래."

계속 훌쩍훌쩍 우니까 주변 테이블 사람들이 우리 쪽을 흘금거린다.

"빨리 돌아가는 편이 좋겠어." 내가 말했다. "네 시간대로 돌아가서, 악몽 꿨다 생각하고 그냥 잊어."

하루하루를 쌓아 마흔다섯 살이 될 무렵에는 지금의 자신을 받아들일 수 있게 될 것이다.

— 고등학교 1학년의 나는 이런 여자애였구나.

고교 시절의 기억은 있다. 사이좋았던 친구와의 추억이며 브라스밴드부에서 열심히 활동했던 일. 윤리 선생님을 살짝 좋아했던 일. 2학년 때 반에 여왕 기질의 아이가 있었는데 나하고 잘 맞지 않아 반년쯤 왕따 비슷한 걸 당했던 일.

나는 예쁘지도 않고 특출나게 우수하지도 않았다. 그래도 학교생활은 즐겁고 충실했을 터다. 고민은 주근깨, 그리고 키에 비해 발이 커서 맘에 드는 신발을 좀처럼 찾지 못하는 일. 그리고, 그리고……

여러 가지가 더 있었으리라.

그렇다. 그 무렵엔 불만과 부족의 결정체였다. 하루하루 충실했다는 말로는 메울 수 없는 종류의 불만과 부족. 왜 나는 피부가 뽀얗지 않을까, 좀더 여리여리한 몸매가 아닐까, 예쁘지 않을까. 못생긴 턱은 성형밖에 답이 없나.

친구한테 '입이 거칠다'는 말도 들어봤다. 뭐든 너무 확실히 말해서 성격이 드세다고. 좀 고쳐보려고 얌전히 있었더니 '요즘 음흉해졌어'라는 뒷말이 돌았다.

그런 불만과 고민은 언제나 피를 흘리는 상처 같았다. 그 피는 언제 멎었을까. 언제 아물었을까. 상처는 흔적을 남겼고, 지금도 눈에 보인다. 아팠던 시절의 기억은 흐릿해졌지만.

나이 먹는 건 이런 것이다.

시간은 친절하다. 그러니까 지금의 나도 친절하다. 스스로에게도 주변에도.

"한 가지만 충고할게. 돈 관념이 헐렁한 남자는 조심해." 내가 말했다.

나는 놀란 것처럼 얼굴을 들었다.

"무슨 소리야?"

"때 되면 알게 돼."

빙긋 웃으면서 말하고, 불쑥 걱정됐다. 지금 내가 나에게 충고해서, 내가 그 남자 아닌 다른 남자와 사귀어 잘 풀려서 결혼하면, 지금의 나는 존재하지 않게 되나? 그것도 타임 패러독스가 아닐까.

"여긴 어떻게 왔어? 역시 소설에서처럼 타임 홀에 떨어졌어?"

나는 종이 냅킨으로 얼굴을 닦고, 가방을 부스럭거리며 뒤졌다. 이윽고 꺼내든 것은 웬걸, 캔 커피다.

"특별활동 자유 연습 가려고 집에서 나왔거든. 역 가는 길에 음료수 사려고 봤더니 자판기에 희한한 캔 커피가 있잖아."

희한할밖에. 이 캔 커피는 지금 대대적으로 TV와 인터넷에서 '신제품!'이라며 광고중인 커피다. 다시 말해 나의 삼십 년 뒤 미래의 물건이다.

"이걸 꺼내 든 순간 핑하고 현기증이 일더니……."

정신을 차려보니 주위 동네 모습이 판연히 달라져 있더란다.

"공터가 없어지고 아파트가 서 있고, 길 다니는 여자애들 머리가 갈색이고, 다들 이 전자계산기 같은 걸 들고 있잖아."

내가 테이블 한구석에 놓아둔 스마트폰을 가리키며 얼굴을 찌푸린다.

"이거, 진짜 뭔데?"

"매우 진화한 전화기이자 컴퓨터이기도 한 물건. 그때는 이미 PC라 불렸던가."

나는 중얼거리고 웃었다. "언젠가 너도 자유자재로 쓰게 돼. 그때까지 기다려."

그건 그렇고, 어쩐다.

"자판기는 같은 장소에 있었어?"

"응. 방향이 바뀌어 있었지만."

"그럼, 거기 가보자."

'미래에서 온 캔 커피'가 타임슬립의 열쇠였다면, 과거로 돌아가기 위한 열쇠도 같은 장소에 있을지도 모른다.

"집에서 역까지 가는 도중이어서 다행이다. 학교까지 가버렸으면 더 곤란했을 거야."

내 모교는 제도 개혁 때 새로 지어져, 외관도 달라졌다.

"장소는 기억해?"

"길은 안 바뀌었으니까."

그런데 왜 이렇게 고층 아파트가 잔뜩 올라갔어? 편의점이란 거, 우리 동네엔 안 생길 줄 알았는데. 저기 저 멋진 미용실은 언제 생겨? 아줌마 가본 적 있어?

속사포처럼 물어보면서도 가족에 대해서는 초들어 묻지 않는다. '아빠도 엄마도 돌아가셨다'라는 얘기를 더 건드리고 싶지 않았으리라.

오빠 일은 궁금하지 않나 싶었다가…… 그런가, 그 무렵 나는 오빠 따위, 지저분하고 냄새나고 더럽다고 질색했던 것을 떠올리고 혼자 소리 없이 웃었다.

"특별활동 자유 연습이라면, 브라스밴드부지?"

"응."

"재밌어?"

"뭐 그럭저럭. 이제 막 들어가서 아직 잘 모르지만."

너무 여러 가지를 가르쳐줘서는 안 된다.

불안해하면서 내게 바싹 붙어 두리번거리는 나. 땀 냄새가 난다. 아아, 젊구나.

내가 가리킨 자판기는 나도 본가에 올 때 몇 번 이용한 적 있었다. 전국 어디에나 있는 흔해 빠진 자판기다.

대략 열다섯 종류의 음료수를 살 수 있다. 하나하나 체크해가니, 있었다.

"있다."

벌써 오래전에 제조가 중지되어 지금 내가 사는 세계에서는 손에 넣을 수 없는 캔 커피가, 보스와 조지아 사이에 섞여 있다.

나는 그 캔 커피를 가리켰다.

"평소엔 늘 이걸 사!"

안다. 아니 뭐랄까 나도 기억한다.

"우유가 듬뿍 들고 커피는 냄새만 나는 어린이용이지."

그렇지만 좋아했었다. 그래서 더욱 판매가 중지됐던 시기와 이유까지 기억한다. 사용된 첨가물에 발암 성분이 있다고 판명됐던가 해서 두 번 다시 세상에 나올 가능성은 없다.

"동전 정도는 내가 내줄게. 이쪽에 두고 가는 건 없고?"

잠잠해서 돌아보니 나는 가방을 품에 안고 뭔가 우물쭈물하고 있다.

"왜?"

"이렇게 부랴부랴 쫓아버리지 않아도 되잖아."

무슨 소리를 꺼내나 했더니.

"우물쭈물하다가 못 돌아가면 어쩌려고. 이 캔 커피는 지금 이쪽 세계에는 없는 물건이니까, 언제 사라져도 이상하지 않아."

"……그런가."

"자, 130엔. 이젠 캔 커피도 100엔으로는 못 사."

동전을 쥔 채 나는 여전히 주저한다.

내가 시원시원 말했다. "그 로맨틱 코미디와는 달리 나한텐 잘생긴 연하 남자친구도 없고, 양자물리학 연구소에 근무하는

지인도 없어. 서른다섯 살이 아니라 마흔다섯 살이고, 열 살 차이는 커. 나는 이미 연애보다도 평온하고 즐거운 실버라이프를 시야에 넣고 일하고, 저축하고 그래."

과거의 자신에게 작은 악녀가 되어 인생을 바꿔달라고 할 필요는 없다.

나는 내 얼굴을 보고 조그맣게 한숨을 쉬었다. 십대 여자애들만 흘릴 수 있는, 이성의 눈에는 묘하게 매력적일 테지만 동성(게다가 연장자)의 눈에는 엄청 성가신 한숨.

"나 결정했어. 절대로 아줌마처럼은 안 살 거야."

뭔가 시들시들하고 칙칙하잖아……란다.

"난 더 행복해질 거야. 연애도 확실하게 하고, 물론 결혼도 할 거고. 아줌마하고는 '안녕'이야."

문득 타임 패러독스를 다시 떠올렸다. 이 아이가 변하면 나는 존재하지 않게 되나? 나는 '안녕'인 건가?

— 존재하지 않으면 애초 자신이 존재하지 않는다는 사실도 깨닫지 못하잖아.

아니면 우리가 있는 세계가 분리되어, 각자 평행우주에 살게 되려나.

과거의 자신이 미래의 자신의 연애를 주선하느라 동분서주했던 저 로맨틱 코미디에서는 거기까지는 설명해주지 않았으니까, 모른다.

그래도 지금, 나와 마주하고서 한 가지 확실히 알게 된 사실이 있다.

현재의 자신을 부정하는 과거의 자신과 사이좋게 지낼 생각은 없다.

"그래. 그럼 '안녕'."

내가 쌀쌀맞게 말하자 나는 돌아서서, 존재하지 않을 터인 캔커피 버튼을 눌렀다. 몸을 구부려 그것을 꺼낸 순간 나는 아지랑이처럼 잠시 흔들리다 사라졌다. 나도 일순 현기증이 느껴져자판기를 짚고 버텨야 했다.

눈을 깜박이고 얼굴을 들자, 예의 캔 커피 견본이 들어 있던자리에 재스민티 페트병이 들어 있었다. 내가 때때로 사는 제품이다.

나와 나의 조촐한 타임슬립은 끝났다.

갑자기 지금의 내 집에 돌아가고 싶어졌다. 피피네라를 새장에서 꺼내, 다이아몬드 같은 작고 새까만 눈동자를 들여다보면서 살짝 쓰다듬어주고 싶다.

아무 일도 없이 장마와 폭염이 차례로 왔다 가고, 조개구름이하늘을 흘러가는 가을이 왔다. 신변의 변화라면 직장 선배가 병에 걸려 휴직하는 바람에 내 업무가 늘었고 그 결과 야근이 잦아졌다는 것 정도다.

어느 날 오빠한테서 본가 택지를 사겠다는 사람이 나왔다는 연락이 왔다. "이것저것 설명할 일도 있고, 밥이나 먹자."

퇴근길에 긴자에서 만나기로 했다. 한창 반항기의 까칠한 남자 조카는 귀찮다고 따라나서지 않지만, 새언니와 여자 조카는 같이 온단다.

두 사람에게 조그만 선물이라도 사 가려고 좀 일찍 긴자에 도착했다. 개찰구를 빠져나가 지하철 통로를 걷다가 청량음료 자판기 앞을 지날 때, 문득 눈에 뭐가 들어와 움찔 발을 멈췄다.

보스, 조지아, 이에몬 틈에 기묘한 캔 음료가 하나 섞여 있다.

색깔로 보건대 커피인 것 같은데, 캔에 인쇄된 문자가 이상하다. 일본어가 아니다. 영어도 아니다. 프랑스어도 한글도 러시아 키릴문자도 아니다. 아라비아 문자하고도 다르다. 아무튼 지금껏 살면서 본 적 없는 문자다.

이것도 미래에서 온 캔 음료라면…….

― 뭐지?

수십 년 뒤 미래, 이 나라에서 사용하는 문자가 바뀌어버린다는 말인가?

에스페란토어였던가. 세계 공통어. 그런 세계 공통 문자가 탄생한다고?

아니면 그저 이 나라가 없어지고 다른 나라가 들어선다고?

자판기에서 눈을 돌리고 나는 걷는다. 걸음이 점점 빨라져 이윽고 가볍게 달리기 시작한다. 나는 모른다. 그런 미래의 일 따위 모른다. 누구든 호기심 많은 사람이 타임슬립해보면 될 일이다. 나하고는 관계없다.

당분간 자판기 근처에는 얼씬도 말아야지. 편의점 음료로도 충분하잖아.

안녕의 의식

5번 부스에는 앳된 여자애가 혼자 앉아 있었다.

비교할 대상이 곁에 없어도 '앳되다'라고 표현할 수 있는 나이다. 그 또래 인간이 이곳에 오는 일 자체가 드물지만, 혼자 오는 일은 더욱 드물다.

"오래 기다리셨습니다."

창구 앞에 앉으면서 말을 걸자, 여자애가 갑자기 스위치가 켜진 것처럼 움찔하고 얼굴을 들었다. 수더분한 용모, 수더분한 옷차림, 수더분한 헤어스타일이다.

"잘 부탁드립니다."

목소리도 수더분했다.

"실례지만 카드를 좀."

여자애가 맹한 표정을 짓기에, 목에 걸린 스트랩에 달린 IC카드라고 일러주었다.

"아, 죄송합니다."

책상 위의 판독기 투입구를 그 애 쪽으로 돌려놔준다. 거기카드만 통과시키면 되는 일을, 여자애는 세 번이나 실패했다. 처음엔 카드를 뒤집어 넣었다. 두 번째는 너무 빨리 움직였고, 세 번째는 너무 느리게 움직였다. 죄송합니다, 하고 여자애는 또 사과했다.

인류는 진보를 거듭하는 한편 확실히 여러 면에서 서툴러지고 있다. 로봇 덕분에 일상 잡무를 스스로 하지 않아도 되는 탓이다.

뭐 이 여자애 경우는 단순히 긴장한 탓이리라. 세 번 다 손이 떨렸으니까.

여기서 모니터에 표시되는 내용은 짧게는 몇 시간 길게는 열몇 시간 전까지 이 IC카드로 개체 식별되던 범용 작업 로봇의 정보다. 제조 회사, 제조 연월일, 모델 번호, 인공지능 버전과 버전 업 이력, 고정 동작 패턴 숙련도, 옵션 장비와 고장 및 수리 이력도 알 수 있다.

모니터를 보고 나는 놀랐다. 말도 안 되게 오래된 물건이다. 일반 가정용 로봇으로는 가장 오래된 모델 번호다. 고대어古代魚

나 다름없다.

"이건⋯⋯."

여자애가 또 몸을 움찔했다. "네?"

"현물은 이미 회수됐죠?"

"네, 오늘 아침, 이쪽 회수차에 태워 보냈어요."

"몇 시 차였나요?"

"8시요."

모니터에 표시된 데이터 여기저기에 '미상'이라는 태그가 보인다. 너무 오래된 정보라 이 단말기로 접근 가능한 데이터베이스 다시 말해 나 같은 기사의 권한으로도 자유로이 쓸 수 있는 범위 내에서는 확인할 수 없다는 의미다.

"굉장히 오래된 물건을 갖고 계셨네요. 가족분 취미라든가?"

세상에는 중고 로봇을 수집하는 사람들이 있다. 최근에는 '앤티크 로봇'이라는 표현도 있다.

"하면은, 줄곧 우리 곁에서 일해줬어요."

수더분한 목소리로 앳된 여자애는 대답했다. 그런가요, 실례했습니다, 하고 나는 형식적으로 응대했다.

하면. 이 물건의 제조회사명이다. 주식회사 하면. 범용 작업 로봇의 여명기에는 선두를 달렸던 국책 기업이지만, 이미 오래전에 동업종 대기업에 흡수 합병되어 지금은 존재하지 않는다. 한 오 년 전까지 '하먼&모리타 상회'라는 간호로봇 전용 판매·렌털 회사가 있었는데, 그것이 그 잔해였는지도 모른다. 글로벌리즘에 먹혀 쪼개지고 분해되어 뱉어내진 하먼의 마지막 한 조각.

어쨌거나 제조원보다 장수한 제조물을, 여자애는 회사 이름으로 부른다. 혼다 회사의 로봇을 혼다라고 부르는 것처럼 쌀쌀맞게 들리지만, 오래된 타입의 기체機体라면 이런 예는 많다. 옛날에는 로봇이 흉부에 큼직한 제조원 로고를 달고 있는 경우가 흔했기 때문이다. 마치 명찰을 달고 있는 것처럼 보여서 그대로 개체의 이름으로 정착해버린다.

여자애는 하먼을 '사용했다'가 아니라, 하먼이 '일해줬다'라고 말했다. 지금 (내 감각으로는 필요 이상으로) 긴장하고 경계하는 것도 줄곧 친숙했던 늙은 로봇이 여기서 앞으로 어떤 취급을 받게 될지 걱정하는 탓이리라.

작업 로봇에 대한 사용자의 감정 이입─의인화는 지극히 흔한 현상이다. 가정용의 경우는 바람직한 일로, 로봇과 사용자 사이에 어느 정도 의인화라는 '양해'가 없으면 로봇이 노동력으로서 인간의 일상생활 속에 정착하기 어렵다.

아시아 시장에서는 인간과 닮은 두 발 보행형 로봇이 잘 팔린다. 유럽과 미국에서는 네발 보행 형태가 인기다. 어느 쪽이건 의인화는 일어난다. 유럽과 미국 쪽 의인화는 반려동물이나 가축의 의인화와 비슷할 것이다. 재미있게도 로봇의 의인화는 지역이나 민족의 문화적 특징, 국민성이라 할 요소를 잘 반영한다. 종교적 이유나 경제력 부족으로 아직 로봇 시장이 형성되지 않은 옛 제3세계에도 언젠가는 같은 현상이 일어나, 지역 특색을 드러내게 되리라.

기체 회수 신청 때의 데이터를 보니 하먼은 개인 소유가 아니라 '노구치 봉사회'라는 단체의 소유였다. 여자애는 이 단체 대표의 위임장을 갖고 노후화한 로봇의 처분 수속을 하러 온 직원이다.

첨부된 본인 ID에 의하면 여자애는 아직 하먼이 산 세월의 5분의 1밖에 살지 않았다. 범용 작업 로봇이 존재하지 않는 사회의 생활을 전혀 모르는 세대다.

모니터를 바라보는 내 앞에서 여자애는 숨을 죽이고 있다. 의사의 진단을 기다리는 사람처럼. 본인이 아니라 사이좋은 누군가의 몸에 내려질 반갑잖은 진단을.

아직 하먼과 헤어질 마음의 준비가 되지 않은 것이다.

드문 케이스는 아니다. 그렇기에 우리 회사도 로봇 회수 센터에 이런 부스를 설치해, 평소에는 생산 라인에 틀어박혀 있는 나 같은 기사들을 교대로 앉혀 '이용자의 생생한 목소리'에 귀 기울이게 한다.

"아무튼 낡은 물건이라 수속이 까다로울지도 모릅니다. 회수 담당자는 아무 말 없던가요?"

여자애는 겁에 질린 작은 동물처럼 재빨리 고개를 가로저었다.

"아뇨, 아무 말 못 들었는데요."

"보니까, 폐기 대상 개체의 기초기억을 보존해 신규 구입 기체에 이식하기를 희망한다고 신청하셨네요. 부분적으로라도."

"네, 가능하면 그렇게 해주시면 좋겠어요."

"하지만 이 제조 회사는 벌써 오래전에 없어져서……."

여자애가 고개를 끄덕였다. "하면을 만든 건 옛날 회사였다고 들었어요."

"네, 그러니까 이 모델의 약관이 남아 있을지, 기대하기 좀 힘들거든요. 다시 말해 폐기 회수 때 제조원이 손님에게 기초기억을 복사해줘도 좋다는 규정이 있는지, 그 기초기억을 다른 기체에 이식해도 되는지의 여부도 포함해서 말입니다만, 확인 못 할 가능성이 있습니다."

뭐가 뭐라는 소린지 아마 알아듣지 못한 것이리라. 여자애는 금붕어처럼 멍한 표정을 짓고 있다.

나는 멍한 생물이 싫다.

영업직이 아니다 보니 업무용 친절 교육은 받지 않았다. 개인적인 친절을 발휘하고 싶을 만큼 눈앞의 여자애는 매력적이지 않다. 최고로 노력해서 기계적으로 설명하기로 했다.

"아시는지 모르겠지만, 이런 가정용 작업 로봇에 프리 인스톨된 동작 소프트웨어는 저작권 보호를 받습니다. 각자 로봇을 구입하거나 렌털해서 사용하는 동안은 괜찮지만 말이죠. 그 소프트웨어에 의해 발생한 기능 그러니까 기억이나 작동 순서도 같은 건데요, 그걸 로봇 본체에서 따로 떼어내 이용하거나 보존하는 경우 저작권자의 허락이 필요해집니다. 약관에 그 절차가 기재되어 있으니까……." 여자애의 표정이 무너지며 울먹거리는 것을 보고, 나는 말을 중단했다.

맙소사. 우리 회사 높은 양반들에게도 여기 한번 앉아보시라고 권하고 싶다.

죄송합니다, 하고 세 번째로 사과하고 여자애는 말했다.

"하면은, 나이를 너무 많이 먹어버렸군요."

다소 정서적 표현이지만 올바른 이해라 할 수 있다.

"인간 나이로 환산하면 약 이백 살? 그렇지만 로봇은 인간이 아니라 기계니까요."

올바르게 사용 가능한 기간이 있고, 각종 규정에 묶인다. 제조원 측이 제품을 책임지는 이상, 사용 기한을 넘기면 폐기될 수밖에 없다. 인간과는 다르게, 나이 먹으면서 모난 데가 둥글어지거나, 뭔가에 숙련되거나, 풍부한 경험을 존경받거나 하는 일은 없다.

"기계니까, 고장이 납니다. 고장 날 땐 융통성이 없죠."

로봇은 가차 없이 고장 난다. 프로그래밍의 진화 덕택에 감정 같은 것을 표현하고, 지성 비슷한 것을 갖춘 양 행동하지만, 로봇에게는 마음이 없다. 말하자면 탄성이란 것이 없는 존재다. 고장이냐 아니냐, 정상이냐 이상이냐, 둘 중 하나다.

"이런 골동품을 지금껏 고장 없이 사용해왔다는 사실이 놀랍네요. 제가 아직 기사 경력이 짧아서 그런지, 이런 예는 처음 봤습니다."

여자애가 눈을 조금 동그랗게 뜨고 나를 바라봤다.

"로봇을 만드세요?"

"네. 프로그램이 아니라 본체 쪽이지만요."

마음 같은 것의 용기容器 쪽이다.

"여기는……."

여자애는 갑자기 미덥지 못한 듯 안절부절못하더니, 주변을 신경 썼다.

"폐기 수속 창구라고 들었는데요."

물론이다. 심리적 혹은 경제적 이유로, 폐기 처리해야 할 로봇과 선뜻 헤어지지 못하겠다는 이용자를 설득하기 위한 장소이기도 하다. 그래서 돌아가면서 여기로 파견되는 우리 기사들 사이에서는 은밀히 '카운슬링 코너'라 불리지만, 나는 더 적절한 표현이 있다고 생각한다. 퇴물이 된 로봇에게 최후 선고를 내리는 장소.

"당연히, 그런 전문가분이 계시는 줄 알았어요."

"우리가 전문갑니다. 로봇이 기계 이외의 아무것도 아니란 사실을 샅샅이 알고 있으니까요. 이 손으로 부품을 조립해서 만드니까요."

말 나온 김에 덧붙이자면, 그저 만들기만 하는 거라면 대단한 능력은 필요치 않다. 로봇 제조는 과거 자동차나 TV 제조 공정보다 그저 조금 더 복잡한, 끈기만 있으면 할 수 있는 일이다. 고된 연수를 통과할 체력과 집중력, 거기에 절실히 일자리를 원하는 마음만 있으면 된다. 우리가 '기계공'이 아니라 '기사'라 불리는 이유는 로봇이라는 존재 자체가 아직까지는 자동차나 TV에는 없는—혹은 그것들이 어느 시점에서 잃어버린 과학적 외경의 아우라에 둘러싸여 있는 덕이지 우리가 우수해서가 아니다.

"원래는 부품을 조립해서 만든다 해도, 완성돼서 움직이기 시작하면 하나의 개체가 되는 거 아닌가요?"

기운 없는 목소리로 여자애는 말했다.

"사람과 섞여 활동하는 사이, 개성이나 인간미가 나오는 일도 있잖아요."

"다들 그렇게 말씀하시는데, 그건 사용자의 착각에 불과합니다."

아니면 희망이거나.

"저는……."

"보니까, 과거 삼 년 동안 하먼은 심각한 동작 불량을 몇 번 일으켰네요." 여자애의 발언을 가로막고, 모니터에 표시된 부분을 손가락으로 가리키며 내가 말했다.

"올해 2월엔 온감 센서가 고장 났군요. 레벨 2의 에러로 기록됐습니다. 이거, 가사 도우미 로봇한테는 중요한 일입니다. 혹시 화상을 입은 사람은 없었나요?"

조리중인 그릴에서 불을 냈다거나, 어린이나 노인의 입욕을 돕다가 뜨거운 물을 끼얹어버리거나 하는 레벨의 오작동이다.

지금까지는 그저 주뼛거리던 여자애가 확실히 회피하듯 고개를 숙였다. 그래서 알았다. 다친 사람이 있었구나.

"용케 회수되지 않았네요."

빗방울처럼 떨어지는 내 말을 피하려는 듯 여자애가 한 손으로 얼굴을 가렸다.

대답은 없다. 정곡을 찌른 것이다.

진심으로 화나기 시작했다. 로봇에게 애정 과잉인 이런 사람들일수록 제멋대로 해석해 위험한 일을 저지른다.

"감춰봤자 카드에 전부 기록이 남습니다. 로봇은 그렇게 만들어져 있으니까. 로봇 사용 규제법 위반은 시효가 이 년이니까, 2월의 사건은 어엿한 처벌 대상입니다."

고개를 숙인 채 여자애가 말했다. "다들 의논해서, 조금 더 상태를 두고 보기로 했어요. 하먼이 있어주기를 원했으니까."

사고를 보고하면 하먼이 회수된다는 걸 알았다는 소리다.

"다들이라뇨? 노구치 봉사회는 무슨 단쳅니까? 종교 단체?"

그도 그럴 것이 무턱대고 로봇을 '보호'하려는 사람들 중에 유독 종교인이 많기 때문이다. 그런가 하면 로봇 배척주의자에도 종교인이 많으니, 대체 신은 로봇의 존재를 허락하겠다는 건지 말겠다는 건지, 신앙이 없는 나는 도무지 모를 일이다.

"종교하고는 관계없어요. 기부금으로 운영하는 자원봉사 단체로, 구호 시설을 운영하고 있어요."

구호 시설, 이라는 말을 묘하게 거북한 느낌으로 발음했다.

"하먼도 옛날 어떤 독지가가 기부해주셨다고 들었어요. 오래된 이야기라 당시 기록은 남아 있지 않지만요."

"어느 쪽이건, 로봇 관리 책임은 현재 사용하는 인간이 집니다."

"우린 하면과 사이좋게 살아왔어요."

책임이란 그런 것이 아니다.

"우리 시설엔 보호자를 잃은 오갈 데 없는 아이들이 많이 살아요. 저도 옛날에는 그 가운데 한 명이었고요."

자신은 고아였다고 얘기한다. 그깟 것쯤 불안정한 오늘날의 사회에서 조금도 특별한 요소가 아니다.

"그러니까 저는 하면이 길러준 셈이에요. 우리 아이들은 다들 그래요."

하면을 폐기하고 싶지 않은 이유라면 그걸로 충분하지 않느냐는 말처럼 들린다.

"로봇은 아이를 양육하지 못합니다."

내가 여자애의 발언을 정정했다.

"인간과 완전히 똑같은 일은 불가능해요. 특히 창조적인 일은 못합니다. 지금은 노구치 봉사회 직원이시죠? 그렇다면 제대로 기억해두시는 게 좋아요."

여자애의 수더분한 얼굴에 처음으로 거참 되게 말 많네, 하는 듯한 표정이 떠올랐다. 불끈 화가 치민 것이리라. 그리고 이 시끄러운 담당 기사 따위와 길게 말을 섞어봤자 낭비라고 판단한 모양이다.

"하면 건, 검토해주시는 데 얼마나 걸리나요?"

격식 차린 말투로 딱딱하게 물어왔다.

"아까도 말씀드렸지만 기초기억 보존은 불가능할 가능성도 있습니다."

"정식으로, 불가능하다고 결정될 때까지 얼마나 걸리는지를 여쭤보는 거예요."

"위쪽에 상담해보지 않으면 모릅니다."

평소라면 무리한 요구를 해오는 손님을 격침시키는 데 쓰는 편리한 대답이지만, 지금은 이 말밖에 하지 못하는 것이 속상했다. 어디로 보나 말단의 변명처럼 들리니까.

"그런가요."

여자애는 입가에 힘을 주고, 입을 시옷자로 다물었다. 이번에야말로 불평을 쏟아낼 줄 알았는데 또 눈물을 참고 있다.

"그럼, 그때까지는 하면은 살아있을 수 있네요."

축축하고 떨리는 목소리다.

"만날 수 있나요? 시설 안내에는 회수 후에도 사십팔 시간 이내에 한 번은 면회권이 있다고 적혀 있었어요."

그 면회권이란 것은 로봇 제조회사와 로봇에 과잉 애정을 쏟는 고객이 타협한 산물이다.

"하면은 그것도 무리인가요? 약관을 확인할 수 없어서?"

조금만 더 고집스런 표정을 짓고 있었더라면 질문이 아니라 비꼬는 말로 들렸으리라.

"정식으로는 그렇습니다."

"당신은 아마, 하면이 살아있을 수 있다는 표현도 올바르지 않다고 말씀하시겠지만요."

어떻게든 울음을 터뜨리지 않으려고 최선을 다해 빨리빨리 말하고 있어요, 하는 투다.

"저는 그렇게 말하고 싶어요. 저한테 하면은 살아있으니까."

나도 투지가 꿈틀대기 시작했다. 누구든 내 앞에서 울먹거리는 상황은 질색이고, 무턱대고 나를 상대로 화내는 것도 번지수가 틀린 짓이라 짜증나지만, 이런 도전적인 말을 들으면 꿈과는 다른 현실을 보여주고 싶어 가슴이 근질거린다.

"카드를."

내가 손가락으로 가리키자 여자애는 목에서 늘어뜨려진 카드를 만졌다.

"다시 한 번 투입구에 통과시킬 때까지는 '상담'이 종료되지 않은 상탭니다. 그리고 '상담중'이라면 해당 로봇의 상태 확인 시 손님과 동행하는 일도 가능하고요."

여자애가 손끝으로 카드를 만지작거리고, 눈을 깜박거리며 내 얼굴을 바라봤다가 다시 눈길을 카드에 떨어뜨리고, 그런 다음 진심으로 놀란 것처럼 눈을 크게 떴다.

"……괜찮아요?"

"정식 면회는 아니니까 별로 권하지는 않지만요."

짐짓 한숨을 내쉬고, 나는 몸을 일으키면서 둘 사이를 가르는 카운터 윗부분 한구석을 들어 올렸다.

"이쪽으로 오시죠."

부스 뒤쪽 문을 열자, 이 센터의 심장부가 사회에 필요한 역할을 수행하느라 발생시키는 소음이, 몸에 느껴지는 진동과 더불어 어렴풋이 들려왔다.

이곳은 원래 외부에 공개된 시설이 아니다. 상담 부스와 차례를 기다리는 손님들을 위한 대기실은 나중에 지어진 부속 시설이다. 본체 부분은 사무실이 아니라, 회수된 로봇을 분해·일시 보관하는 창고와 그것들을 해체·처분하는 공장으로, 튼튼하고 기능적이며 살풍경하다.

그것이 여자애를 놀라게 한 모양이었다. 끝없이 이어지는 평평한 통로, 통로를 따라 늘어선 방음문. 어느 문에나 큼직하게 숫자가 적혀 있을 뿐 다른 장식은 없다. 천장에는 노출된 도관과 배관이 뻗어 있다.

앞장서서 걸으면서, 나는 시설 내 통신 전용 단말기로 필요 사항을 체크했다. 화면을 손끝으로 건드릴 때마다 삐 소리가 통로 천장과 벽에 메아리친다. 근무중에는 종업원 전원이 의무적으로 휴대해야 하는 이 단말기는 작업복 주머니 가장자리에 걸 수 있을 만큼 가볍고 작다. 그런데도 귀에 거슬리는 소리를 내는 데는 바람직하지 않은 용도로 쓰이는 일을 방지하려는 경영진의 의도가 깔려 있다. 작게는 근무 시간 중의 농땡이부터 크게는 기밀 사항 유출까지.

어느 시대건, 과학 기술은 모든 분야에서 균등하게 진보하지 않는다. 그 시대 그 사회에서 필요성이 높은 분야가 선택되어, 인재와 자금이 투입됨으로써 특출하게 진보한다.

20세기 말에서 21세기 초엽, 우수한 인재를 끌어모아 막대한 돈을 움직이며 가장 융성했던 분야는 정보통신업계였다. 덕분에 (적어도 이른바 자유주의 선진국) 사람들은 저출산 고령화로 인해 사회를 떠받치는 일손의 절대수가 갈수록 감소하는 현상을, 일진월보하는 고기능 통신 기구를 사용해 앉아서 수다만 떨면서 묵과할 수 있었다. 사회학과 심리학을 몹시 좋아하는 정보통신업계는 사회 개혁은 못할지언정 그것을 논하는 수다의 장을 늘릴 수는 있었다. 그것은 일견 사회를 풍요롭게, 심지어 지적으로까지 만드는 걸로 보인다는 게 방심할 수 없는 대목이다.

통신 기구라는 하드웨어를 제조함으로써 수다 비즈니스로 연명하던 제조업계가, 사회의 토대를 지탱하는 물건을 만드는 본연의 역할에 눈뜬 것은 정확히 언제였을까. 무엇을 들어 가정용 범용 작업 로봇 시대 여명기의 시원이라 일컬으면 좋을까.

그 부분은 후세 과학사가의 분석에 맡길 수밖에 없다. 독보적인 스타의 등장은 없었고, 카리스마 경영자가 선두를 주창하지도 않았으며, 화려하고 눈에 띄는 발명이 계기가 된 것도 아니다. 하면 수준의 초기 타입 작업 로봇에 관련된 특허만도 얼추 두 자리 숫자는 된다.

'한 집에 한 대' 작업 로봇 개발에 에너지가 집중되고, 조금씩이나마 눈에 보이는 성과가 나오기 시작하자 사회의 흐름은 변했다. 사람들이 수다를 멈추지는 않았지만, 수다를 더 빠르게 주고받는 목적만으로 귀중한 자원과 인재를 소모하기는 아깝다는 사실을 알아차렸다.

그런 연유로 범용 작업 로봇의 노동으로 지탱되는 오늘날 사회에서, 일반 시민이 일상적으로 사용하는 통신 기구의 기능은 21세기 초엽과 거의 같은 수준에 멈춰 있다. 외형도 그다지 크게 변화하지 않았다. 우리가 지급받은 이 단말기를 타임머신에

실어, 이를테면 2010년쯤으로 돌려보낸다 해도 아무도 놀라지 않으리라.

다만, 같은 단말기를 로봇이 자유자재로 사용하는 광경을 보여주면 아마 깜짝 놀랄 것이다. 분방하고 무책임한 공상이 아니라, 돌을 쌓아 올리듯 착실한 기술 개발이 개척하는 미래라는 것은 이처럼 불균형한 부분을 품고 있다.

개별 로봇의 기체 정보 관리를 여전히 IC카드에 의존하는 현실도 그런 불균형 가운데 하나이리라. 이 시스템을 빈번히 쇄신하면 이용자가 따라오지 못하니까 일부러 낡은 모델로 남겨둔다는 설과, 부분적으로 이런 단순한 방법이 잔존하는 편이 '로봇 활용 사회'에 융통성이 생긴다는 설이 있다. 나는 어느 쪽도 썩 신용하지 않는다. 현 상태에선 단순히 IC카드 제조업계의 로비스트가 터프하다, 뭐 그뿐일 테니까.

이 센터의 관할 구역에서 오전 8시 차로 회수된 기체는 제5블록 남쪽 건물 케이지에 수용되어 있다. 하먼도 거기 있다. 가장 가까운 문은 8번 문이다.

"이쪽입니다."

돌아보니, 노구치 봉사회 여자애는 3번 방음문 앞에 멈춰 서 있었다. 뭔가를 경계하는 표정으로 귀기울이고 있다.

"이 소리, 뭐예요?"

"로봇들이 움직이는 소립니다."

방음문을 지나면 멀리서 무수한 볼링 핀이 뒤섞이는 소리처럼, 어금니를 진동시키는 미세한 소음이 들려온다.

"회수 때, 하면은 더는 움직이지 않았어요. 스위치를 전부 꺼서."

"여기서 다시 한 번 움직이게 합니다."

"배터리를 빼버렸는데요?"

"백업용 보조 배터리가 남아 있으니까요. 그게 다 떨어질 때까지는 자연히 움직이도록 방치하는 편이 좋습니다."

여자애는 뭔가 할 말이 있는 표정으로 나를 바라봤다. 하지만 이내 묵묵히 걷기 시작했다.

내가 물었다. "2월에 하면이 오작동했을 때 어떻게 정지시켰죠?"

대답이 없다. 5번 문 앞을 통과한 다음 다시 물었다.

"긴급정지 레버를 썼나요?"

긴급정지 레버는 기체 뒷면에 달려 있는데, 평소에는 커버로 덮여 있다. 다만 그것을 사용해 로봇을 멈출 수 있을 정도라면 결과가 얼마쯤 심각해도 큰 사고로 보지는 않는다. 사용자가 로봇에 접근할 수 있었으니 최악의 경우라도 레벨 2로 분류되고, 전부 고장에 따른 작동 사고다. 회수 점검, 수리, 수리 불가라면 폐기와 교환으로 해결된다.

더 심각한 케이스는 로봇의 '작동' 자체는 오류가 아니지만 그 결과가 주위 인간에게 위해를 미치는, 이른바 '로봇 3원칙'을 위반한 경우다. 이것을 '원칙 사고'라 부른다. 로봇이 제어 불능 상태가 되는 경우, 이론의 여지 없는 레벨 1 사고 다시 말해 폭주도 여기 포함되는데, 이에 대비한 다양한 정지 수단이 개발되어 있지만 하나같이 위험성이 커서 일정 자격을 갖춘 사람만 행사할 수 있다.

"……정지시킬 필요는 없었어요."

발밑을 내려다보고 걸으면서 여자애는 대답했다.

"하면 스스로 깨달았으니까요."

오동작을 일으킨 로봇이 저 혼자 인식하고 멈췄다, 라고 말하고 싶은 모양이다.

"그거, 무슨 뜻인지 아십니까?"

"알아요."

"사용자의 제어를 벗어난 상태니까, 일종의 폭주거든요. 대단히 심각한 사태죠."

여자애가 아래를 내려다본 채 말했다. "하면은 우리한테 사과했어요."

나도 아무 말 없이 발걸음을 서두르기로 했다.

8번 방음문 앞에서 다시 전용 단말기를 조작하자, 금속음을 내면서 잠금이 해제됐다. 여기서는 무슨 일을 하려건 일일이 휴대 단말기를 통해 통제 센터에 접속해야 한다. 어떤 문이나 입구에도 패널이나 단말이 일절 설치되지 않는다. 만에 하나 폐기 로봇이 도주한 경우 악용될 가능성이 있기 때문이다. 가장 견고한 안전장치는 로봇이 접근 가능한 여지를 처음부터 두지 않는 일이다.

방음문은 무겁다. 다리로 버티면서 끌어당겨 연 뒤 나는 노구치 봉사회 여자애를 재촉했다.

"자, 이쪽으로."

여자애가 장애물이라도 만난 듯 주저하면서 조금 물러섰다. 앞을 가로막은 것은 실체 있는 무언가가 아니다. 그저 소음과 광경이다.

제5블록은 만원이었다.

해마다 이맘때면 신형 로봇 발표회가 이어지고, 그에 맞춰 각 제조사별로 광고도 활발해지므로 이용자 사이에 신품 교체 붐이 일어난다. 그 때문에 구형 회수 의뢰가 일시적으로 늘어난다. 어제도 그제도, 1일 회수 한도를 거의 다 채울 만큼의 신청이 있었다.

케이지 안의 로봇들. 이렇게 대량으로 모이면 익숙한 사람 눈에도 자못 통렬한 광경이기는 하다.

소형은 신장 50센티미터부터 대형은 최대 2미터 10센티미터. 중량은 30킬로그램부터 상한인 250킬로그램까지. 모델·제조 시기를 불문하고 두 발 보행과 그외 것으로 나누어 수용된다.

학습 기능이 있는 인공지능을 제거하고 기초 동작을 주관하는 기반만 남겨 보조 배터리가 소진할 때까지 방치하면, 로봇들은 대개 일어섰다 앉았다 하는 움직임을 되풀이한다. 그것이 가장 원시적 기본 동작이기 때문이다. 그들이 제조 라인에서 완성되어 처음 받는 명령이 "일어서"이기 때문이다. 더 넓찍한 공간에 놓아두면 혹시 걸어 다니지 않을까 실험한 예가 있다. 그러나 로봇은 공간이 주어져도 역시 일어섰다 앉았다만 반복했다. 기초 동작 기반에도 안전장치는 깔려 있다. 로봇은 명령도 없이 무턱대고 이동하지 않게끔 만들어진다.

기체에 고장이 발생한 로봇의 경우, 일어섰다 앉았다가 불가능하면 팔을 올렸다 내리거나, 목을 돌리거나, 상체만 앞뒤로 흔들거나 한다. 보기에 따라서는 코믹하지만, 상체를 움직이는 로봇이 우연히 벽 가까이 놓였을 경우 제 머리를 계속 벽에 들이받는 장면처럼 보일 때가 있다. 빛에 홀린 나방이 유리창에 부딪치는 것보다 무의미한 행위인 줄 알면서도, 로봇은 나방과 달리 인간을 닮았기에 썩 유쾌한 광경은 아니다.

제5블록 남서쪽, 방음문에 가장 가까운 케이지에 오늘따라 그런 로봇이 한 대 있었다. 양동이형 머리에 몸통은 네모나고, 팔다리에 돌림띠 처리가 되어 있다. 이것도 꽤 노후화한 기체니까 실용 업무에 종사했으리라 보기는 어렵다. 몸통에 화려한 페인트 자국이 남아 있다. 어디 유원지나 이동 동물원에서 피에로 역할이라도 했을 터다.

녀석은 돌림띠 다리를 접고 주저앉아 팔을 늘어뜨린 채, 단조롭고 꼼꼼하게, 일정한 간격으로, 인간으로 치면 이마 부분을 짙은 쥐색 벽에 들이받고 있었다. 로봇들이 내는 금속 소음으로 얼굴이 찌푸려질 만큼 시끄러운데, 그 소리만이 묘하게 또렷이 들려왔다. 규칙적이라서 귀가 인식하기 쉬운지도 모른다.

콩, 콩, 콩.

여자애의 얼굴이 창백했다.

"하먼이 이런 곳에 있나요?"

하먼만이 아니다. 어떤 로봇이나 최후에는 이곳에 닿는다.

"찾기가 좀 힘듭니다." 내가 말했다. "여기 있는 로봇은 전부 그렇지만, 음성인식 기능도 발성 기능도 잃었으니까요. 불러도 반응을 못 하니까 전적으로 외관상 특징에 의존해 찾는 수밖에 없습니다."

인간의 창조성이란 참 대단해서, 두 발 보행형 즉 인간을 닮은 토대 위에 숱한 옵션 장비와 디자인을 입혀 실로 다채로운 로봇을 만들어냈다. 그 다채로움에는 의미 있는 것도, 무의미한 것도 있다. 다만 폐기될 운명에 처해 여기 모이면 제아무리 개성을 발하는 외관도 이곳 분위기에 매몰되어 구분할 수 없어진다. 모든 것이 무의미해진다. 그러니까 정확히 말하면 외관상 특징만으로 찾기도 어렵다.

조금 전 부스에서도 말했지만, 고객이 면회권을 써서 폐기 로봇을 만나는 경우에는 한결 그럴듯한 환경이 마련된다. 그런데도 변해버린 로봇의 모습에 충격받고 돌아가는 손님이 많다. 그렇게라도 하지 않으면 설득이 안 되니, 뭐 자업자득이랄까.

노구치 봉사회 여자애는 케이지 30센티미터쯤 앞에 설치된 난간을 잡고 통로를 따라 걷기 시작했다.

"하면은 말을 못 하고, 우리 목소리도 잘 못 들어요." 여자애가 말했다.

눈은 케이지 안의 로봇들에게 붙박여 있었다. 동공마저 열렸나 싶을 만큼 눈이 커다래 보인다.

"처음부터 기능이 없었나요? 그렇게 낡은 타입은 아니……"

"고장 났어요."

난간과 나란히 양손을 움직이면서 여자애가 불안한 발걸음으로 나아간다.

"제가 어릴 때 일인데, 우리 단체에선 비싼 부품 수리비를 감당할 수 없어서."

"그럼, 줄곧 그대로?"

질문에는 대답하지 않고 여자애는 난간을 붙들고 통로를 나아간다.

수리도 못하는 로봇을 품고 같이 살았다?

— 하면은 줄곧 우리 곁에서 일해줬어요.

얼마나 멍청한 소린가. 민간에서 운영한다지만 구호 시설이니 관할 관청에 신청하면 그날로 도움을 받았을 텐데. 신품은 무리여도 어지간한 기능을 갖춘 쓸 만한 중고 로봇으로 교체받았을 것이다.

범용 작업 로봇의 제작·공급 및 재활용은 현재 국가 경제의 근간을 떠받치는 주요 산업이다. 그것이 만드는 완벽한 흐름이 끊어지거나 느려지지 않도록 정부는 매년 막대한 재정을 지출한다. 혈세를 쏟아붓는다.

그러기에 로봇은 사회 구석구석까지 침투할 수 있었다. 사회적 약자에게 로봇은 생존을 위한 필수 아이템이고, 사회적 강자에게는 로봇의 노동이 지탱하는 사회를 유지해야 한다는 숭고한 의무가 있다. 국가를 유지하려면 로봇을 만들고 사용하고 부수고 새로 사는 순환을 유지해야 한다. 세금 좀 내는 걸로 해결된다면 간단한 일 아닌가. 그러는 김에 신화 속 거인조차 건너뛸 수 없게 벌어진 경제적 격차가 빚는 일말의 죄책감도 씻어낼 수 있으니, 일석이조다.

로봇에 집착하는 사람들 그러니까 지나친 의인화로 인해 애정 과잉에 빠지는 사람들이 등장한 것도 이 흐름의 부작용이랄 수 있다. 실제로 이런 증세를 보이는 인간들이 너무 많아서, 그때그때 증세를 완화시키는 갖가지 치료법이 개발되어 있다.

일반 소비자 대상의 범용 작업 로봇 판매를 인가할 당시, 정부는 제조 판매회사에 엄격한 규제를 가했다. 그 첫 조항이 이것이다. 기체의 크기는 물론이고 합성 음성의 음색, 특징적 동작, 인간형 로봇의 얼굴 제작 전반에서 '아동'을 연상시키는 기체를 제조해서는 안 된다. 말할 필요도 없이 인간형 두 발 보행 로봇을 어린아이로 취급하려는 사람들을 만들지 않겠다는 예방 조처다. 당시 경제산업 대신이 '국내법뿐 아니라 국제법도 아동 노동을 금지하는 만큼, 아동형 로봇 제조는 금지해야 한다'라고 지적했던 사실을 나는 잘 기억한다.

멍청한 소리. 양동이처럼 생긴 로봇이라도 어린애처럼 물고 빨아댈 사람은 물고 빨고, 일을 시키는 사람은 일을 시킨다. 학대하려는 놈들은 학대할 테지.

　연수 때 시청하는 교육 자료 가운데 자동 주행 소형 로봇청소기가 막 보급되기 시작하던 시절의 영상이 있다. 딱 원반처럼 생긴, 말이 자동 주행이지 일일이 리모컨으로 조작해야 하고, 기능이라고는 가동 상태를 나타내는 삐 소리를 몇 종류 낼 뿐인 제품인데도 이름을 지어주는 이용자가 있나 하면, 그것이 내장 브러시를 샥샥 움직이면서 먼지를 모으며 나아갈 때 졸졸 따라다니는 이용자도 있었다. 로봇청소기의 반려동물화다.

　애정과 공감, 이건 인류의 고질병이다.

　"하먼!"

　부르짖는 소리가 들려 퍼뜩 정신을 차렸다. 노구치 봉사회 여자애의 모습이 보이지 않는다. 통로를 달려 남동쪽 케이지까지 가보니 여자애가 난간에서 몸을 내밀고 양손을 뻗고 있었다.

　"손 내밀면 안 돼요!"

　내가 서둘러 다가가자 여자애는 달아날 듯 몸을 틀었다. 눈이 케이지 안의 한 점에 붙박여 있었다. 양손을 펼쳐 흔들어댄다.

　"하먼, 하먼! 여길 봐!"

　들뜬 목소리로 소리친다.

　"나야, 하나야. 여기 봐, 하먼."

여자애의 시선 끝에 네다섯 기의 로봇이 원을 이루고 있었다. 보조 배터리가 소진될 때까지 무의미한 움직임을 되풀이하는 로봇들 사이에 가끔 '동조' 현상이 일어날 때가 있다. 로봇 A가 일어났다 앉았다 하는 리듬에 옆의 로봇 B가 동조한다. 로봇 C가 팔을 위아래로 움직이면, 그때까지는 목을 빙빙 돌리던 뒤쪽의 로봇 D가 덩달아 팔을 위아래로 흔든다. 이런 현상이다. 숫자가 늘어나면 로봇들의 매스게임처럼 보이기도 한다.

거기 모인 몇 기의 로봇은 왠지 몰라도 주먹을 쥐고 양손을 같은 리듬으로 올렸다 내렸다 하고 있었다. 그 김에 무릎도 굽혔다 폈다 한다. 아령이라도 들고 있었다면 로봇들의 근육 단련 체조로 보였으리라.

다만 그 무리 한가운데, 한 기만 정지해 있었다. 쿠션 달린 3점 관절로 마무리한 두 다리를 길게 뻗고, 피곤한 듯 벽을 등지고 주저앉아 있다. 머리도 몸통도 파이프형. 눈구멍은 없고 라이트만 두 개 있다. 콧날도 없고, 입술 자리가 뚫려 있으니 아마 그 안에 불이 들어오면서 가동 상태를 표시하리라. 그야말로 고대어. 골동품 급이다.

"하먼" 하고 또 부르는 소리가 들린다.

하먼은 고개를 조금 숙이고, 목을 오른쪽으로 비딱하게 기울이고 있다. 지금 앉아 있는 자세 탓이거나, 이송 때 머리 부분의 접속이 어긋나버렸거나, 둘 중 하나겠지.

주위에서 주먹을 올렸다 내렸다 하는 로봇들의 팔꿈치가 하면의 어깨에 부딪친다. 그때마다 하면의 원통 냄비 같은 몸뚱이와 머리가 흔들린다.

"하면!"

불러도 소용없다고 일러줬건만, 굳이 부른다.

그러자 하면의 머리 부분이 움직였다. 머리가 천천히 올라가, 삐걱거리면서 돌아갔다. 나란한 라이트 두 개가 여자애의 눈을 포착했다.

여자애는 또 난간에서 상반신을 내밀고, 양손을 빠르게 움직이기 시작했다. 손과 손가락을 움직여 뭔가를 호소한다.

뭐 하는 거야…….

이해할 수는 없지만 그것은…… 수화처럼 보였다.

눈을 의심했다. 여자애는 로봇에게 수화로 말을 걸고 있다. 음성인식 기능도 발성 능력도 상실한 로봇과, 수화로 대화를 하고 있다.

— 줄곧 일해줬어요.

줄곧, 하면과 이렇게 의사소통을 해왔단 말인가.

"하면."

손과 손가락을 계속 움직이면서, 여자애는 로봇에게 웃음을 지어 보인다. 고개를 끄덕여 보인다.

하먼이 볼품없는 오른손을 들어올렸다. 옆 로봇의 팔꿈치가 하먼의 손목에 부딪쳤다.

하먼의 오른손은 울퉁불퉁한 강화 고무를 덧댄 목장갑을 낀 인간의 손과 꼭 닮았다.

그 손과 손가락이 움직였다.

여자애가 수화를 중단하고 난간에 매달려 하먼을 바라본다.

하먼은 오른손을 얼굴 앞으로 가져가, 손바닥을 세워 오른쪽에서 왼쪽으로 움직였다. 그러고는 왼손 손바닥을 제 가슴에 갖다댔다.

케이지 밖, 난간 앞에서 여자애가 고개를 끄덕인다.

하먼이 이번에는 양손을 가슴 앞에서 합장했다. 그런 다음 천천히, 매우 천천히 손을 펼치고 좌우 손바닥을 이쪽으로 향했다.

그걸로 끝이었다. 하먼의 손이 툭 떨어졌다. 머리도 다시 꺾였다. 역시 고개가 오른쪽으로 기울진 채다.

속삭이는 것 같은 목소리가 들렸다. 여자애다. 무슨 말을 하는지 내게는 들리지 않았다.

여자애가 난간에서 몸을 뗐다. 양팔도 옆구리로 떨어졌다.

울고 있었다. 케이지 내부를 비추는 노란 불빛에 젖은 뺨이 보였다.

"……뭐라던가요?"

왜 내가 이런 걸 물을까. 아무래도 좋은 일 아닌가.

"언제나 그렇게, 수화로 하면과 이야기했나요?"

그런 있을 수 없는 일을, 왜 나는 물을까.

"그만 돌아가래요."

작은 목소리로 말하고, 여자애는 손등으로 뺨을 닦았다.

"그 말뿐이에요?"

대답이 없었다. 하면을 바라본 채 새로 흐르는 눈물로 뺨을 적시면서 여자애가 말했다. "기초기억 보존은 포기하겠어요. 이제, 하면을 보내주세요."

"왜 또 갑자기?"

"본인이 그걸 원하니까요."

여자애는 내게로 얼굴을 돌리고 양손을 움직여, 조금 전 하면이 했던 동작을 그대로 해 보였다.

"하면은 이렇게 말했어요. 나를, 죽게, 해주세요."

……나를 죽게 해주세요.

갑자기 귀에 거슬리는 금속음이 울렸다. 하면 주위에서 주먹을 올렸다 내렸다 하던 로봇 한 기가 전신을 격렬히 떨기 시작했다.

아뿔싸. 동조 현상 자체는 위험하지 않지만, 그것이 해당 로봇에 물리적 자극을 줄 때는 빨리 중지시켜야 한다. 이 로봇은 우연히 하면에게 팔꿈치를 부딪치는 동작을 계속한 탓에 에러 반응이 난 것이다.

통로 천장에서 긴급 사태를 알리는 라이트가 점멸하기 시작했다. 부저가 울린다. 곧바로 탁탁 발소리를 내며 감시원이 달려왔다.

"뭐야, 또 자넨가!"

제5블록 감시원은 덩치 큰 중년 남자로, 나하고는 불쾌한 의미로 안면이 있는 사이다. 힐금 여자애를 보더니 "또 손님을 데리고 와서, 뭐 하는 거야"라고 편잔을 준다.

감시원의 말이 채 끝나기도 전에 케이지 안쪽에 차단막이 내려오기 시작했다. 난동을 부리는 로봇도, 여전히 동조 반응을 계속하는 다른 로봇도, 그저 주저앉은 하면도 차단막에 가려 보이지 않게 되었다.

여기서도 감시원만은 무전기를 사용한다. 짧게 몇 마디 시끄럽게 주고받더니, 스위치를 끄고 억지웃음을 짓고는 노구치 봉사회 여자애에게 말했다.

"미안하네요, 손님. 남은 수속은 다른 직원이 담당합니다. 곧바로 올 겁니다."

차단막에는 방음 효과도 있다. 예의 로봇 진동음은 들리지 않게 되었다.

부저가 멈췄다. 라이트도 점멸을 멈췄다. 안정을 되찾은 제5 블록 남동 통로에서, 여자애가 윗옷 주머니에서 손수건을 꺼내 눈을 닦고 눈물을 말끔히 거두는 모습을 나는 묵묵히 바라봤다.

8번 문이 열리고, 작업복이 아니라 사무직 유니폼을 입은 여자 직원이 들어왔다. 종종걸음으로 달려와 여자애에게 인사하고, 미안합니다를 연발하면서 데려갔다.

노구치 봉사회 여자애는 돌아보지 않았다. 하면이 있던 장소에도, 하면을 보여주러 그곳에 데려온 나에게도, 흘긋 눈길 한 번 주지 않았다.

"자네, 이거 악취미라고."

둘만 남자, 중년 감시원이 갑자기 허물없이 굴며 빙글거렸다.

"면회권을 쓸 수 없는 손님 편의를 봐주는 거야 좋은 일이지. 하지만 자네 경우는 그런 친절이 아니잖아. 안 그래도 로봇하고 안녕하기 싫어서 슬퍼하는 손님을 못살게 굴어서 어쩌자는 거야."

워낙 거구라서 외면해도 어쩔 수 없이 눈에 들어온다. 그게 몹시 불쾌했다. 회수되어 케이지에 갇혀, 보조 배터리가 소진될 때까지 단순 운동을 되풀이하는 폐기 로봇들을 배경으로, 인간이기에 가능한 물렁한 비만의 몸뚱이를 보는 게 싫었다.

"그런 부류는 이성적이지 않아서, 전 싫어요."

"별수 없잖아. 아직 어린 여자 손님인데. 로맨티스트라고. 버려지는 로봇이 가엾다고 조금 떼쓰는 것쯤은 봐줘야지."

"……새것으로 바꾸면 한나절이면 잊어버릴 거면서."

까칠하기는, 하고 중년 감시원이 웃는다.

"귀엽던데. 그런 손님이 오면 성심껏 위로해주고, 그 김에 차라도 한잔하실래요 하고 찔러보는 거야. 부스 근무 돌아올 땐 그런 재미라도 있어야지. 자네도 한창나이가 되어갖고는 원."

한창나이, 라고. 로봇 사회가 도래한 이래 인간의 실제 연령 따위는 의미가 없어졌는데.

"왜……."

여기서, 이런 아저씨한테 물어도 부질없는 일이지만 나는 물었다.

"왜 인간형 로봇 따위를 만들까요?"

"그편이 다들 쉽게 친숙해지니까."

"왜 인간형 로봇만은 로봇이 만들게 두지 않고, 기사가 만들까요?"

그것이 로봇 제조업계의 철칙이었다. 두 발 보행·인간형 범용 작업 로봇의 최종 조립 라인에서는 로봇에게 작업을 시켜서는 안 된다. 다른 제조 라인에서는 온갖 단계에서 오만 가지 형태의 로봇이 작업하게 하면서.

"뭐, 우리 감각으로는 딱 와닿지 않지만, 바다 건너에선 말이 많으니까."

국제협정이잖아, 하고 감시원은 엄숙하게 말했다.

"인간과 닮은꼴을 만들어도 되는 건 신이 창조하신 인간뿐이라고, 훌륭한 교의를 지키는 대국이 있기 때문이잖아. 진짜 귀찮지만, 어쩌겠나, 종교란 건 이론으로 설명할 수 없는데."

커다란 시장을 보유한 대국의 의향은 거스를 수 없다. 로봇을 만들고 사용하고 폐기해 재활용하고 다시 만든다. 그걸로 돌아가는 사회를 유지하기 위해.

"정 그러면 조합 활동이나 해보든지? 그들은 국내 판매분만이라도 인간형 로봇 작업원을 도입하라고 주장하잖아."

그럼 야근이 줄어들어 편해지겠지, 하고 감시원은 덧붙인다.

"야근이 줄어들어 편해지면, 남는 시간에 뭘 할 건데요?"

"좀더 보람찬 일."

거구의 감시원이 품위 없게 웃었다.

"애를 만든다거나 뭐."

어디서 마개 따는 소리가 들린다 했더니, 내 웃음소리였다.

"싫어요. 난 조합의 그 운동엔 반대니까요."

"왜?"

"우리 라인에 인간형 로봇이 들어오면 우리와 로봇이 구분이 안 되잖아요."

나는 감시원을 남겨두고 제5블록을 나왔다. 부스로는 돌아가지 않았다. 통로를 걸어, 센터 뒷문을 통해 밖으로 나왔다. 아직 근무 시간이라고 삐삐 울려대는 휴대 단말기를 도중에 어깨 너머로 던져버리고, 널찍한 직원 전용 주차장으로 나왔다.

주차장은 자동차로 가득했고 하늘은 잿빛 구름으로 가득했다. 공기에 녹내가 섞여 있었다.

심호흡을 한 번 하자, 노구치 봉사회 여자애한테 해주고 싶었던 이야기가 그제야 하나하나 떠올랐다.

나도 고아였다.

대규모 자연 재해와 테러와 내전이 끊이지 않는 오늘날 세계에서, 보호자를 잃은 어린이는 얼마든지 있다. 가정은커녕 차분하게 살아갈 지역 사회를 통째 잃는 아이들도 드물지 않다.

나는 구호 시설을 전전하면서 자랐다. 국가 혹은 법률이 갈 곳 없는 아이를 받아줄 장소를 만들 수는 있다. 가능한 일은 딱 거기까지다. 조직이나 기구나 조례에는 한계가 있다.

성인이 되어 이곳에 일자리를 얻을 때까지, 나는 '개인'조차 되지 못했다. 중요한 순간엔 언제나 등록 번호로 인식되는, 보호대상 아동이거나 보호대상 청소년이었다.

낯가림이 심한 아이라 어딜 가서도 환영받지 못했다. 그 탓으로 여기저기 전전했다. 여기저기 전전하는 건 딱히 아무렇지도 않았다. 하지만 가는 곳마다, 나와는 달리 이름으로 불리는, 그 시설의 어엿한 일원이 된 작업 로봇이 있는 데는 진심으로 화가 치밀었다.

번번이, 번번이 화가 치밀었다.

그래서 그것들을 조립하는 쪽이 돼주리라 결심했다.

막상 기사가 되고 보니, 친밀했던 작업 로봇과 헤어지기 괴롭다고 징징대는 손님들을 상대해야 하는 신세가 되었다.

로봇을 조립하면서, 내가, 내 손으로 조립한 로봇보다도 필요한 존재가 못 되는 인간임을, 사랑받을 일도 없고 배려받을 일도 없는 인간임을 깨닫게 되었다.

어쩌면 그 여자애한테 친절하게 대해줄 수도 있었다. 위로해줄 수도 있었다.

하면의 로봇 인생은 좋은 인생이었다고, 한평생 아낌받으며 행복했을 거라고 말해줄 수도 있었다. 그렇게 나도 좋은 사람이 될 수도 있었다.

하지만 나는 그런 것이 싫다. 선량한 인간 따위 되기 싫다. 친절한 인간 따위 되기 싫다. 귀찮은 일을 로봇에게 맡기고 '더 보람찬' 일을 하는 인생 따위 원하지 않았다.

그보다 나는 로봇이 되고 싶다.

그런 귀여운 여자애와 손을 잡고 걷기보다, 그 애가 두 팔 가득 안은 세탁물을 개키는 걸 도와주는, 금속으로 만들어진 로봇이 되고 싶다. 그 애가 어렸을 때, 아장아장 걷는 그 애를 뒤에 거느리고 청소를 하거나 짐을 옮기고 싶었다.

그 애가 하는 말을 알아듣지 못해도, 그 목소리에 목소리로 답하지 못해도 좋다. 그 애와 수화로 대화하는 오래된 로봇이, 나는 되고 싶었다.

무겁게 내려앉은 구름이 비를 뿌리기 시작했다. 공기 중에 떠다니는 녹내는 그 탓이었다. 오늘 아침은 미처 일기예보를 듣지 못했다. 언제부터였던가, 일기예보에 산성비 농도 안내가 들어가게 된 것은.

이 세계에서 나는 더는 인간이 아니면 좋겠다.

이 세계에는 인간보다 로봇이 어울린다. 아니라면 다들 저렇게, 저 여자애처럼, 로봇을 위해 울고 로봇을 걱정하며 로봇과 마음을 나누려 할 리 없다.

로봇을 하나 조립할 때마다 나는 인간에게서 멀어져간다. 그런데 아무리 해도 아무리 해도, 로봇은 되지 못한다. 그것이 답답해서, 원통해서……

나는 때때로 소리 내어 울고 싶어진다.

그것은 참으로 인간다운, 로봇은 결코 하지 않는 행위이지만.

별에 소원을

3교시가 끝나 기자키 선생님이 교단에서 내려왔을 때, 교실 앞문이 열리고 안경 낀 교직원이 얼굴을 내밀었다. 두 사람은 몇 마디 나누더니, 선생님이 자못 귀찮은 듯 미야마 아키노를 손짓해 불렀다.

"미야마…… 어머니 전화래."

교직원은 안경 너머로 날카로운 시선을 이쪽에 던지고 곧바로 사라졌다.

아키노가 자리에서 일어났다. 주위에서 반 아이들 몇 명이 '또야?' 하는 어이없는 표정을 짓는다.

수업중에 학생들에게 건은 쪽지시험 답안지 다발과 영어 교과서를 옆구리에 끼고, 어슬렁어슬렁 복도를 걸으면서 기자키 선생님도 말한다.

"너 말이야, 웬만하면 어머니랑 얘기 좀 해라. 이래 갖고는 네 학교생활도 엉망진창이고, 수업에도 방해가 된다고."

전자는 쓸데없는 참견이고, 후자는 사실과 다른 트집이다. 앞을 가로막다시피 하고 걷는, 전체적으로 L사이즈를 자랑하는 선생님이 거치적거린다. 아키노는 조바심이 나서 "죄송합니다"라고 말하지만, 선생님은 모르는 척한다.

"정말 난처하다고. 미야마 어머니도, 일하는 여성의 훌륭한 롤모델이신 줄은 아는데, '여자'니까 본인 아이들은 본인이 좀 제대로 돌보셔야지."

엄마한테는 미야마 시즈코라는 이름이 있다. 매번 느끼지만 어머니, 어머니 하고 연발하는 것은 듣기 불쾌하다. 아키노는 남자 담임 선생님에게 '너'라 불리는 것도 싫다. 애초 '여자니까'라니 언어도단이다.

일일이 항의해봤자 시간 낭비. 이런 멍청이는 무시하는 게 답이다. 그래도 싫어하는 티가 얼굴에 조금 드러났는지, 기자키 선생님이 엷은 웃음을 짓는다.

"미안, 미안. 너한텐 자랑스러운 어머닌데. 아무튼 식품 비즈니스계의 여걸이시니."

천장이 높다란 계단에 '여걸'이라는 말이 유독 낭랑하게 울린다. 그 안에 담긴 야유 섞인 빈정거림이 잔향 속을 떠다녔다.

선생님은 끈덕지게 아키노 앞을 가로막았다.

"알았지? 어머니께 이제 좀 이러시지 말라고 말씀드리자."

"네, 얘기해보겠습니다."

"전화 쓰기 전에, 직원한테 인사 꼭 하고."

빙글거리며 설교하고 나서야 옆으로 비켜준다. 아키노는 정면 현관홀 옆 교무실을 향해 복도를 달려갔다.

"저런, 복도에서 뛰지 말고!"

기자키 선생님이 웃으면서 소리쳤다.

교무실로 뛰어 들어가니 앞쪽 책상 위, 늘 쓰는 전화기에 보류 램프가 반짝이고 있었다. 말을 전해주러 왔던 안경 낀 직원을 포함해 아무도 아키노에게 눈길을 주지 않는다.

이런 심부름이 그렇게 귀찮으면 교내에서도 학생들이 스마트폰이나 휴대전화를 지니게 해주면 될 일인데. 날마다 하교 시간까지 압수해두니 이쪽도 이만저만 불편하지 않다.

실례합니다, 라고만 말하고 아키노는 수화기를 들었다.

"오래 기다리셨습니다, 아키노입니다."

먼저 비서가 나오고, 짧은 기계음이 흐른 다음 엄마 시즈코의 목소리가 들려왔다.

"아키노? 아아, 미안."

"나야말로 미안. 많이 기다렸어?"

질문에는 대답하지 않고 시즈코는 서둘러 말을 이었다. "하루미가 또 몸이 안 좋네. 번번이 정말 미안한데, 데리러 갈 수 있겠니?"

오늘도 학교에는 허락을 구해놨단다.

"바로 갈게. 하루미는 보건실에 있는 거지?"

"응."

"갈아입을 옷 필요해?"

"오늘은 토했다는 말은 없으니 괜찮을걸. 병원에 데려가야 할지는 보건 선생님한테 물어봐."

"알았어."

조금 침묵을 지켰다가 시즈코가 말했다. "너 공부는 괜찮고?"

"괜찮아. 안 될 땐 안 된다고 할 테니까, 걱정 마셔."

미안…… 시즈코의 목소리가 작아졌다.

"가사 도우미 건, 부탁은 단단히 해뒀는데 좀처럼 좋은 사람이 안 나타나네."

"엄마, 지난달에 왔던 사람은 내가 싫다고 돌려보냈잖아. 잊어버렸어?"

"그렇다고 아키노가 책임을 느낄 일은 아니야."

"그런 뜻으로 하는 말 아니래도. 자, 그럼."

수화기를 내려놓고 오 분 후에는 짐을 다 챙겨, 정문 앞에서 잡아탄 택시에 앉아 있었다.

단위제 고등학교를 선택하길 잘했다. 공부는 괜찮다는 말은 거짓말도 허세도 아니다. 아키노는 성적이 우수했다.

티셔츠에 청바지, 오래 신은 운동화. 용량과 편리함을 최우선으로 고려한 튼튼한 배낭. 리사이클 숍에서 산, 고무 밴드가 늘어난 낡은 손목시계. 엷은 립크림과 자외선 크림만 발랐을 뿐, 민낯이다. 아키노의 외모를 구성하는 요소 가운데 열일곱 살 여자애다운 것은 곱창밴드로 묶은 긴 포니테일 정도다.

7월 중순, 간토 지방은 긴 장마 터널의 출구가 가까스로 보이기 시작했다지만, 오늘은 마지막 정체 구간에 걸린 느낌이랄까. 묵직한 구름이 덮인 하늘에서 당장이라도 비가 떨어질 기세다.

— 하루미 기분도 저렇겠지.

아키노가 조그맣게 한숨을 뱉었다.

아키노와 하루미 자매는 생일이 8월 10일, 같은 날이다. 정확히 열 살 터울이다.

8월에 태어난 자매에게 아키노와 하루미 아키(秋)는 가을, 하루(春)는 봄을 뜻한다라니. 도무지 불가해한 작명 센스인데, 이름을 지어준 사람은 아버지다. 어느 쪽이나 서른 시간을 넘긴 난산이어서 엄마는 산후 얼마 동안 완전히 몸져누웠고, 특히 하루미 때는 연령 면에서도 보통 일이 아니었으니 이러쿵저러쿵 의견을 말할 여유도 없었으리라.

아키노에게는 하루미가 태어날 때까지 십 년쯤 '외동딸' 시기가 있어서, 부모님에게 몇 번 물어본 적이 있다. 내 이름은 왜 아키노야?

아버지는 이렇게 대답했다. "아빠가 좋아하는 이름이었으니까."

어머니는 이렇게 대답했다. "아빠가 좋아하는 이름을 붙였어."

하루미가 태어나고 일 년 출산휴가를 얻어 엄마가 집에 있게되고, 동시에 아버지가 집을 비우는 일이 잦아졌을 때 아키노는 그 질문의 진짜 답을 얻었다. 가르쳐준 사람은 엄마의 엄마 즉 아키노의 외할머니다.

"네 아버지가, 너 태어났을 때 사귀던 '여자' 이름이잖니."

좋아하는 이름이란 것은 그런 의미다.

"너 때는 아키노. 지금은 하루미라는 여자. 네 아버지 여자관계가 워낙 화려해야지."

다행인지 불행인지, 아키노는 거의 놀라지 않았다.

그 무렵 아버지는 처음엔 주말에만 집에 들어오더니, 이윽고 격주에 한 번, 한 달에 한 번으로 뜸해졌고, 같은 주기로 젖먹이를 안은 엄마 시즈코와 대판 싸움을 벌이더니(시즈코가 수화기에 대고 일방적으로 소리소리 지르는 경우는 제외함), 출산휴가가 끝나 엄마가 직장에 복귀하기 전날, '하루미'와 살기 위해 집을 나갔다.

그 이래 부모님은 줄곧 별거중이다. 본격적인 협의에서 말싸움의 연장까지, 이혼 얘기는 몇 번이나 있었다. 두 딸의 친권과 양육비를 둘러싸고 번번이 아버지가 멋대로 주장하는 탓에(아빠는 소중한 내 딸들이랑 헤어지기 싫지만 아빠 혼자 수입으로는 양육할 수 없거든) 틀어지고, 시즈코가 격노해 협의가 중단되고 마는데, 오 년 전 딱 한 번 거의 협의이혼 직전까지 간 적이 있었다.

생각할수록 분하다. 쌩쌩하시던 엄마의 엄마—들어줄 사람만 있으면 언제라도 유장히, 사위의 인간적 결함과 그런 사내한테 걸려든 딸의 과실을 읊어주는 게 취미였던 외할머니가 갑자기 쓰러져 그길로 세상을 떠나시고, 낙담한 할아버지도 병을 얻더니 먼저 떠난 아내를 뒤따라가듯 돌아가신다—라는 격동이 없었더라면 아마 그때 무난히 헤어졌을 것이다.

이때 엄마와 헤어지지 못함으로써 아빠는 '하루미'를 잃었다. 입으로만 이혼한다면서 뭉그적거리는 남자에게 저쪽에서 정이 떨어져버린 것이다.

과연 이건 좀 사무쳤는지 의기소침했던 아버지는, 반년쯤 지나 새로운 (심지어 더 젊은) 여성을 만남으로써 부활했다. 그 뒤로는 '하루미 시대'보다 한층 왕성해졌을 정도다. 말하자면 '브레이크 고장'이랄까.

아키노도 하루미도 아버지는 일 년에 한 번 만날 뿐이다. 생일에 시내의 고급 레스토랑에서 저녁을 먹고, 사전에 문자메시지로 요청해둔 선물을 받는다. 아버지는 문자메시지를 좋아하는 사람이라 때때로 딸들에게 글을 보내온다.

'아빠야. 오늘은 날씨 좋다.'

'아빠야. 잘 지내니?'

언어만 이해한다면 집에서 기르는 개나 고양이도 보낼 수 있을 법한 내용이다.

이러니저러니 해도, 아키노의 생활은 의외로 평온했다. 경제력은 없으면서 여자를 좋아하는 아버지라는 불안정한 바닥짐을 내리자, 미야마 가家라는 배는 오히려 안정을 찾았다.

엄마와 두 딸이 사는 이 동네는 시즈코가 근무하는 대기업 식품회사를 중심으로 형성된 도시이자 학원 도시에 자리 잡았다. 어린이집, 놀이방, 도서관이 충실하게 갖춰졌고 치안도 좋다. 환경은 괜찮은 편이다.

기자키 선생님 말을 빌리면 '여걸'인 엄마 시즈코 덕분에 미야마 가는 경제적으로도 여유가 있었다. 그러니까 가사 도우미도 얼마든지 고용할 수 있다. 미야마 가 모녀에게 가사 도우미란 도대체 왜 일을 잘하면 사람이 심술궂고, 일을 못하면 인성만은 훌륭할까, 라는 커다란 수수께끼를 던져주는 존재고, 그래서 수시로 있거나 없거나 한데, 종합적으로 보면 없는 시기가 많은 건 뭐 그렇다 치고.

큰 문제는 없다. 아니, 없었다.

아키노가 그랬듯 하루미도 한 살 때부터 어린이집에 맡겨졌고, 초등학교 입학 후에는 방과 후 재학생 돌봄 교실 신세를 지게 되었다. 다른 점이라면 아키노에게는 엄마가 일을 마칠 때까지 '데리러 오는 사람'이 없었지만, 하루미는 아키노가 데리러 갈 수 있었다는 점이다. 하굣길에 하루미를 데리러 가, 오는 길에 같이 슈퍼마켓에 들러 장을 보는 것이 아키노의 일과였다.

학교에서는 특별활동부에 들어가지 않은 이른바 '귀가부원'이니까 수업이 끝나면 곧바로 하루미한테 갈 수 있다. 혼자 하교시키기는 좀 불안해서 그편이 아키노도 속 편하다. 외려 하루미가 친구들이나 선생님과 놀고 싶다면서 늘 돌봄 시간을 꽉 채우는 일이 많았다.

그랬던 것이 지금은 이 꼴이다. 하루미는 학교에 있지 못한다. 재학생 돌봄 교실에도 있지 못한다. 걸핏하면 심신의 이상을 호소하고, 창백해져서 몸을 떨면서, 눈물 고인 눈으로 집으로 도망쳐온다. 바쁜 엄마 대신 아키노가 동생을 데리러 가는 일이 오늘로 몇 번째인지.

새 학기가 시작될 때만 해도 하루미는 씩씩했는데. 5월 중순 운동회 때도 즐거워 보였다. 얌전하지만 내성적이지는 않은, 귀여운 아이다. 특출하게 인기 있을 타입은 아니지만 결코 미움받을 타입도 아니다. 친한 친구도 어엿이 있다. 성적도 좋아서 선생님에게 귀염받고, 즐겁게 학교생활을 했다.

그랬던 아이가 지난달 초부터―7일인지 8일인지, 처음 몸이 안 좋아진 것은 그 무렵이다― 오륙 주 사이에 이렇게 약해져 버렸다.

역시 집단 따돌림 탓일까.

엄마 시즈코는 처음부터 그렇게 주장했다. 게다가 강경했다. 그런데 당사자인 하루미가 "나 못살게 구는 사람 없어"라면서 인정하지 않는다.

"당하는 쪽은 스스로 그렇다고 인정하기 쉽지 않아. 부모가 먼저 헤아려주는 게 중요해."

하기는 일반적으로는 그런 경향이 있을 것이다. 그렇기에 더욱 학내 집단 따돌림은 비극적이다. 피해 아동이 부모에게 걱정

을 끼치기 싫어서, 스스로 자존심에 상처를 내기 싫어서, 필사
적으로 사실을 외면하는 탓이다.

하지만 아키노는 아무래도 직감적으로 좀 아니다 싶었다. 딱
히 증거도 없고, 그저 언니의 감일 뿐이지만 아무튼 뭔가 이해
가 안 된다. 그래서 몇 번이나 기회를 만들어, 동생의 기분을 해
치지 않도록 신중하게 어휘를 골라 "진짜 고민이 뭔데 그래?" 하
고 물어봤지만 다 불발로 끝났다.

— 언니, 미안해.

이야기가 핵심으로 접어들라치면 하루미는 번번이 그렇게
말하고 입을 다물어버렸다.

무슨 병이라도 있나 싶어 검사도 몇 가지나 받았다. 결과는
전부 이상 없음. 그리고 내과에서도 신경내과에서도 뇌신경외
과에서도, 심리 상담을 권고했다.

시즈코는 모조리 퇴짜 놓았다. 하루미는 마음의 병 같은 게
아니에요. 엄마니까 알아요.

택시 차창에 빗방울이 달라붙기 시작했다. 빗방울이 굵다. 후
드득후드득 소리가 난다. 아키노는 운전기사에게 말했다.

"죄송하지만 학교에 도착하면 조금 기다려주실래요? 조퇴하
는 동생을 데리러 왔으니까 바로 돌아올 거예요."

"그러세요. 비 떨어지네."

연로한 느낌의 쉰 목소리였다. 제복 모자 밑으로 드러난 짧은 머리도 거의 백발이다.

"동생이 어디 아픈가? 병원으로 갈까요?"

"아뇨, 집으로 갈 거예요. 니반초, 세무서 근처예요."

네에, 알겠습니다, 운전기사가 대답했다.

"학교, 낮에는 정문이 닫혀 있잖아요. 동쪽 출입문에 세워드려요?"

"네, 부탁드립니다."

동쪽 출입문에는 인터폰이 있어 교무실과 연결된다.

"기사님, 잘 아시네요."

"손자 셋이 다 이 학교 다녀요."

1학년, 3학년, 6학년이란다.

"제 동생은 2학년이에요."

빗줄기 너머로 벽돌색 학교 건물이 보이기 시작한다. 잘 조성된 숲과 녹지에 둘러싸인, 꼭대기에 고풍스런 시계탑이 달린 삼층 건물이다.

"세 명 있다지만, 손자니까 말이죠. 나야 평소엔 학교랑 인연이 없지만, 뭐냐, 지난달 그 소동 말이에요. 그때는 놀라서 뛰어왔지 뭡니까."

아아, 그랬구나. 아키노는 커다랗게 고개를 끄덕였다.

"저도요. 정말 놀라서 기절할 뻔했어요."

백발의 운전기사는 쓴웃음을 지었다. "좀처럼 드문 일이라던데, 굉장한 게 떨어져버렸죠."

그것은 그러니까, 6월 3일 오후 1시를 넘겼을 때 일이었다. 장마를 앞둔 화창한 하늘에서 그 '굉장한 것'이 떨어졌다.

지구에는 우주로부터 일 년에 평균 이백 개 정도의 운석이 낙하해온단다. 그 99퍼센트가 대기권 돌입 때 고고도 지상 1만 미터 전후의 높이에서 타버리니까, 일이나 취미로 천체를 관측하는 소수의 사람들만 보고 끝난다.

하지만 나머지 극히 적은 예외는 화려한 공중 쇼를 펼쳐 지상의 일반인을 놀라게 한다. 아키노 가족이 사는 이 지역 상공으로 날아와, 하루미가 다니는 초등학교 거의 바로 위를 통과한 운석이 그랬다.

운석의 본체는 아마 먼지로 더러워진 얼음 덩어리였던 듯했다. 대기권을 통과하면서 마찰열로 녹아 공중 분해되어, 지표에 충돌하는 일은 없었다. 그런데도 지상에 영향이 전혀 없지는 않았다.

아키노는 직접 목격하지 못하고 나중에 뉴스 영상만 봤지만, 날카롭고 독특한 마찰음을 내며 긴 꼬리를 끌면서 저공을 가로지르는 모습은 틀림없는 혜성 그 자체였다. 그것이 발한 충격파는 슈퍼 태풍급 돌풍이 되어 지상을 거칠게 휩쓸었다.

운석의 궤도와 겹쳤던 시내 여기저기에서 건물 유리창에 금이 가고, 갑작스런 돌풍에 휩쓸려 넘어져 다친 사람도 나왔다. 일시적으로 난청 상태가 된 사람도 있다.

그렇지만 한결 성가셨던 것은 운전기사 말마따나 그 공중 쇼가 일으킨 후폭풍이었다. 아무튼 정보가 중구난방이라 뭐가 사실이고 뭐가 가짜뉴스인지 구분할 수 없었다. 아키노가 새파랗게 질려 하루미의 안위를 확인하러 학교로 향한 것도, 트위터에서 운석이 초등학교 건물을 스치고 근처 숲에 낙하해 화재가 번지고 있다는 내용을 봤기 때문이다.

"그때 하늘에서 떨어진 게 운석이 아니라 비행접시라는 소문이 돌았잖아요."

출입문을 향해 천천히 우회전하면서 운전기사는 재미있다는 듯 쿡쿡 웃었다.

"곧바로 외계인이 공격해온다고요. 우리 막둥이 손자는 곧이듣고 얼마나 울었게요."

하루미는 그날, 울지도 않았고 별로 무서워하지도 않았다. 같은 반 친구들과 함께 진기한 사건(이랄까 이벤트)에 흥분하고 즐거워했다. 집에 돌아와 흥분이 가라앉자, 혜성보다도 언니 얼굴이 유령 같아서 놀랐잖아, 하면서 웃었다.

그건 그렇고 아키노가 택시에서 내려서, 출입문으로 달려가 인터폰으로 교무실에 연락하고 교내에 들어가기까지 이 분 삼십팔 초 걸렸다. 시계를 봤으니까 정확할 터다. 덕분에 쫄딱 젖었다.

그저 학부모 전화 한 통 바꿔줄 뿐인 고등학교 교직원도 (세상 귀찮은 티를 내면서) 심술궂은 눈초리를 한다. 걸핏하면 일을 만드는 미야마 자매가 성가셔서, 하루미네 학교 직원이 더 적극적으로 골탕을 먹인다 해도 이상할 건 없다. 뭐 그럴 수도 있으리라 이해는 된다.

그래도 좀 심했다. 어른답지 못하게 이게 뭔가.

티셔츠는 젖어서 다른 색이 되고, 청바지는 무겁게 다리에 휘감기고, 운동화는 빗물이 들어가 꿀렁꿀렁 소리를 낸다. 안내하는(이랄까 감시하려고 붙어 있는) 낯익은 직원은 보건실 앞에 닿자 이렇게 말했다.

"그쪽 때문에 바닥이 다 젖었으니까, 가기 전에 걸레로 깨끗이 닦고 가요."

그러고는 입가에 보일락 말락 엷은 웃음을 떠올렸다. 악마다.

보건 선생님이 아키노를 보고 얼른 수건을 꺼내 왔다. 젖은 얼굴을 닦으면서 아키노는 자신을 나무랐다. 정신 차리자. 하루미에게 어두운 얼굴을 보여선 안 돼.

"많이 기다렸지? 드디어 언니 도착!"

쾌활하게 말하며 칸막이 커튼을 젖히자 하루미가 보건실 침대 위에, 담요를 덮은 무릎을 감싸 안고 앉아 있었다. 움푹한 뺨. 앙상한 어깨. 노란색 보더 셔츠가 턱없이 헐렁하다. 안 그래도 마른 아이가 요 한 달 새 반쪽이 됐다.

그런데도 지금, 하루미는 더욱 움츠러지려 한다. 움츠릴 대로 움츠려 한없이 작아져야 비로소 안심이라는 듯이.

핏기 없는 얼굴에 눈만 보름달 같다. 입가가 움직였지만, 뭐라는 건지 알아들을 수 없다. 하지만 아키노는 안다. 하루미가 언니, 미안해, 라고 말했다는 걸.

아키노는 멈칫했다.

— 얘, 무슨 난민 같아.

학교생활뿐 아니라 하루하루 사는 일조차 힘겨워서, 어디로 도망가야 할지 몰라 그저 쩔쩔매고 있다.

어떻게 해주면 좋을까. 내가 할 수 있는 일이 있을까. 혹시 이 아이는 정말로, 뭔가 정체 모를 중병에 걸린 게 아닐까.

울고 싶어진다.

안 돼. 내가 약해져서 어쩔 건데. 나 말고 누가 하루미를 지킬 거야.

아키노는 어깨에 걸쳤던 타월을 머리에 휙 뒤집어쓰고, 일그러질 것 같은 얼굴을 감추었다. 아무렇게나 머리를 닦으면서, 짐짓 밝은 목소리를 낸다.

"우와, 쫄딱 젖었네. 하루미, 우산 있어?"

그러니까 아키노는 보지 못했다. 보건 선생님도 아키노가 갈아입을 만한 웃옷을 찾느라 침대를 등지고 있었으므로 알아차리지 못했다. 아슬아슬한 타이밍으로, 두 사람 다 보지 못한 것이다.

그 순간 하루미가 크게 한 번 몸서리치고, 스스로를 열심히 달래고 타이르듯, 작은 손을 가슴에 대고 이렇게 중얼거린 것을.

— 무서워하면 안 돼, 안 무서워. 언니잖아, 안 무서워.

"하루미 전학시킬 거야."

오늘 밤도 시즈코는 밖에서 저녁을 먹고 늦게 귀가했다.

"내일 오후에 반차 내서 학교에 상담하러 갈 거야."

엄마와 딸은 디카페인 커피를 마시면서 키친 카운터에 나란히 앉아 있다. 아키노가 엄마의 옆얼굴을 보고 웃었다.

"그런 무서운 얼굴로 가면 상담이 아니라 담판이 되거든."

"응, 난 그러려고 가는 건데?"

시즈코는 상반신을 틀어 아키노 쪽으로 얼굴을 돌렸다. 하루미와 얘기할 때는 늘 "엄마는 말이야"로 시작하면서 아키노에게는 때때로 '나'라고 일인칭을 쓴다.

"선생들은 하루미가 저 꼴이 될 때까지 내버려두고. 교직원은 아키노를 괴롭히고. 대체 어떻게 된 거야. 학교는 공공기관 아닌가?"

"학교는 교육기관이야. 공공기관은 공립학교뿐."

"말꼬리 잡지 말아줘. 교육자와 교육기관에서 일하는 인간이면 학생들의 모범이 되고자 하는 긍지가 있어야지."

깨끗하고 바르고, 아름다운지 어떤지는 아무래도 좋지만, 공정하고 친절한 인간이 될 것.

아키노는 코웃음 쳤다. "그 사람들은 그냥 인간이야, 엄마. 긍지 같은 거 없고, 귀찮은 일은 싫고 최대한 편했으면 한다고. 그래서 그 두 가지 전제에 모순되지 않는 한 맘에 안 드는 상대한테는 심술도 부려. 그뿐이야."

시즈코가 아키노의 얼굴을 바라본다. "제법 시니컬한 소릴 한다?"

"그래? 진짜 시니컬해질 작정이면 우선 엄마가 당일 아침에 반찬을 내는 거, 절대 불가능하다는 점부터 지적했을걸?"

"어머, 괜찮거든요. 개발 프로젝트 하나 완료했으니까아."

엄마가 드물게 아키노 앞에서 장난을 친다.

"정마알?"

"정말이고 말고요. 그러니까 이렇게 늦게 들어왔고, 살짝 취했잖아. 와인 너무 마셨나봐."

그러고는 꽤 마신 사람다운 들뜬 콧김을 뿜었다.

"내일, 갈 거야, 학교. 확실하게 따지고 올 거야."

"알았어, 그럼 맡길게. 하루미는 쉬게 할 거야?"

"응. 그런 학교엔 이제 안 보내."

"그럼 내일은 나도 쉬고 둘이서 집 볼게."

시즈코가 뭐라고 하기 전에 앞질러 "단위 취득 상황 체크해보고, 보충수업 프로그램 등록이라든가, 천천히 생각하고 싶어."

"그렇다면 더더욱 학교 가야 하는 거 아니니?"

"엄마도 참, 그 정도는 전부 인터넷으로 할 수 있거든."

취한 엄마를 재우고, 목욕하고 방으로 돌아오니 아버지에게서 문자메시지가 와 있었다.

'오늘은 오랜만에 밤하늘이 맑아서 별이 아름답다. 아빠의 스타도 잘 지내는지?'

읽지 말고 지워버렸으면 좋았을걸.

좁은 복도를 사이에 두고 자매의 방은 마주 보고 있다. 조금 열린 하루미 방의 문틈으로 책상 위의 학습용 태블릿의 메시지 착신 표시가 반짝이는 것이 보였다.

하루미가 점점 기운을 잃어가는 것도, 아키노의 불안도 까맣게 모르면서. 가령 딸들이 무슨 사고라도 당해 급사한다 해도 시즈코가 알려주지 않으면 절대 모를 사람이다. 그 정도로 평소에는 딸들일랑 잊고 살면서.

뭐가 아빠의 스타야, 이런 얼빠진 문자, 하루미가 보기 전에 지워버려야지.

발을 끌면서 방으로 들어가 책상으로 다가간다. 그때 강렬한 시선을 느꼈다. 마치 핀 라이트로 누가 나를 비춘 것 같은, 흠칫할 만큼 강렬한 시선이다.

하루미는 침대에서 잠들어 있다. 얼굴을 커다란 베개에 묻고, 얇은 이불을 발밑에 동그랗게 뭉친 채.

하루미는 엎드려 깊은 잠에 빠져 있다. 규칙적인 호흡.

얼굴이 이쪽을 향한 것도 아닌데, 방금 그 시선의 주인은 누구지?

아키노는 무심코 양팔로 몸을 감쌌다. 실내 온도가 올라갔는지 에어컨이 자동으로 켜졌다. 냉기가 사르르 불어와, 책상 한 구석에 놓인 색종이 기린과 사자를 버스럭버스럭 움직인다.

발소리를 죽이고, 아키노는 뒷걸음질로 동생 방을 나왔다. 복도에서 자신의 방으로 들어갈 때도 여전히 같은 자세로.

— 아 뭐야.

짐짓 웃어보기는 했지만 등을 보이고 싶지는 않았다.

전날 밤 엄마의 말은 술김에 해본 얘기가 아니었다. 출근하고
얼마 후 이런 문자메시지가 왔다.

'오후 반차 냈음. 하루미 담임과 학년주임 교사랑 3시에 약속
했어. 교장 선생님도 만날 작정. 다녀올게.'

아키노와 하루미는 아침부터 땡땡이를 만끽했다. 의외로 늦
잠은 자지 않았다. 아키노가 만든 프렌치토스트를 하루미는 반
색하며 먹었다. 이렇게 맛있게 뭔가를 먹는 동생을 실로 오랜만
에 봐서, 아키노의 가슴속도 환해졌다.

"점심은 하루미가 먹고 싶은 걸로 하자. 뭐 먹을래?"

하루미는 조금 부끄러워하면서 "피자"라고 말했다. 그야 얼마
든지.

"좋았어! 저녁은 엄마한테 사달래자. '블루 라군', 예약해버려
야지."

시내의 인기 많은 고급 레스토랑이다.

"괜찮을까?"

하루미가 어른스럽게 엄마를 배려한다. 원래 이렇게 총명한
아이다.

"괜찮아. 엄마, 프로젝트 하나 끝났대. 어제는 그 뒤풀이가 있

어서 늦어졌댔어. 엄마 바쁜 사이 착하게 지냈으니까, 하루미
상 받아도 돼."

"언니는?"

"당연히 받아야지. 특상 립스테이크 정도는 먹어줘야지?"

청소를 마치고, 세탁기를 돌리면서 운동화를 빤다. 하루미는
작은 정원에 쪼르르 놓인 화분에 물을 주고 잡초를 뽑았다. 프
렌치토스트 덕분인지 기분이 좋아 보이고 얼굴빛도 괜찮다.

그런 다음 둘이 장을 보러 나갔다. 늘 쟁여두는 식재료와 오
늘의 간식을 가득 담은 커다란 쇼핑백을 들고, 하루미가 좋아하
는 치즈가 듬뿍 들어간 따끈한 피자 상자를 안고, 수다를 떨면
서 돌아왔다.

하루미가 집에 있는 동안은 나도 계속 쉴까. 문득 그런 생각이
들었다. 공부는 집에서 열심히 하면 되고, 하루미와 이렇게 지
낼 수 있다면 아예 일 년쯤 휴학해도 상관없다. 학교에 안 가면
가사 도우미를 부르지 않고 내가 집안일을 도맡을 수도 있다.
하루미에게도 엄마에게도 제대로 된 집밥을 만들어줄 수 있다.

주방에 들어가 카운터 구석에 놓인 소형 TV를 켰다. 오후 뉴
스 시간대다. 일기예보는 뭐라고 할까.

곧바로 여성 아나운서의 긴박한 말이 들려왔다.

"……다시 한 번 알려드립니다. 오늘 오전 11시쯤, 니시도쿄

시에 있는 JR 주오 선 주조초 역 구내에서 무차별 살상 사건이 발생했습니다. 범인은 현재 범행에 사용한 흉기를 소지한 채 도주 중입니다. 목격자 증언에 따르면 대형 헌팅 나이프 같은 것이라고 합니다."

주조초 역은 여기서 노선버스로 십 분쯤 가는, 미야마 가에서 가장 가까운 JR 역이다.

동네에서 묻지마 살인 사건이 일어나다니. 아키노는 손을 뻗어 TV 볼륨을 높였다. 간식을 넣어둔 선반 앞에서 하루미도 뒤돌아본다.

화면에 역 앞 지도가 나와 있었다. 붉은 화살표가 보인다. 그것을 손가락으로 가리키면서 아나운서가 말을 잇는다. "범인은 화살표 방향을 향해, 역에서 남서 방향으로 도주한 것으로 보입니다. 이십대에서 삼십대 남자로, 키 170센티미터 전후, 검은색 운동복 상하의에 두 눈만 나오는 검은색 모자를 쓰고 있었습니다."

주조초 역에서 남서 방향. 미야마 가가 있는 이 근처 길이다.

화면이 바뀌고 사건 현장이 비춰졌다. 아키노는 자신도 모르게 눈을 부릅뜨고, 하루미는 아키노에게 몸을 바싹 붙였다.

"너무했다……."

주조초 역 건물은 상당히 낡아서, 콘크리트가 드러난 통로는 어둡고 걸핏하면 어디선가 물이 샌다. 아침에도 어쩐 어두컴컴한 분위기다. 그런 곳에 아직 쓰러진 채 응급 처치를 받는 사람이 몇 명이나 있었다. 살풍경한 벽에 갑자기 생긴 난잡한 무늬는 혈흔이 틀림없다.

나뒹구는 신발, 밟혀 찌그러진 가방. 살이 휜 우산. 돌연한 참사의 흔적이다.

"사망이 확인된 사람이 세 명, 부상자 열한 명, 그 가운데 의식불명인 중상자가 다섯 명, 현재 신원 확인중으로……"

하루미의 손가락이 아키노의 손을 잡았다. "엄마는 괜찮은 거지?"

"물론이지. 11시라면 회사에 있었을걸. 게다가 우리 집은 JR은 안 타잖아."

도보 이 분 거리에 다른 역이 있어서 대개는 그쪽을 이용한다.

그런데도 아키노는 청바지 주머니에서 스마트폰을 꺼내 확인했다. 엄마 시즈코에게서 온 연락은 없다.

"엄마는 아직 이 사건을 모를 수도 있어."

"그렇구나." 하루미도 그제야 고개를 끄덕였다.

"그래도 하루미, 범인이 아직 도주중이니까. 문단속하고 올게. 하루미는 여기서 정리하고 있을래?"

"응."

미야마 가가 있는 일대는 이십 년쯤 전 대기업 개발 회사가 개발한 신흥 주택지다. 계획된 동네라서 구획이 정연하다. 집들은 제각각 개성이 넘쳐서, 개방적인 예쁜 잔디 정원을 갖춘 집이 있는가 하면 사방을 콘크리트 울타리로 둘러친 요새 같은 집도 있다.

한낮의 인구는 적다. 주민들은 대개 직장이나 학교에 있다. 미야마 가 양쪽 집도, 뜰을 사이에 둔 뒷집도, 평일 낮은 아무도 없다. 아마 그 옆집과 뒷집도 마찬가지이리라.

예의 범인이 체포될 때까지는 조심하는 게 상책이다. 아키노는 현관이 잠긴 것을 확인하고 체인을 건 다음, 창문을 전부 잠그고, 셔터가 있는 곳은 그것도 내렸다. 욕실 슬라이드 창도 닫았다.

주방에 돌아오니 하루미가 스툴에 앉아 열심히 TV를 보고 있다.

"언니, 스마트폰 계속 울려."

친구들이 보내오는 문자메시지다. 다들 미야마 가가 사건 현장 역에서 멀지 않고, 더욱이 범인이 도주한 방향이 같은 쪽임을 알고 걱정하거나, 흥분하거나, 그 둘을 한꺼번에 하거나 했다.

그것들을 확인하는 사이, 엄마 시즈코에게서 전화가 걸려왔다.

"아키노? 지금 어디야? 하루미는?"

속사포처럼 묻는다.

"괜찮아, 엄마. 우리, 집에 있어. 뉴스 보고 문단속 확인한 참이야."

수화기 너머에서 엄마가 털썩 자리에 주저앉는 모습이 눈에 선했다.

"후배의 사내 프레젠테이션 참가하느라 묻지마 살인 같은 거일어난 줄도 몰랐어."

"우리도 장 보고 와서 TV 켜고야 알았어."

"근처는 소란하지 않고?"

"응, 별 이상 없어. 조용해."

"그렇다고 안심하면 안 돼."

"알아요. 둘이 집에 콕 박혀 있어. 하루미 바꿔줄까?"

하루미는 스툴에서 내려와 주방의 작은 창 앞에 서 있었다. 채광과 환기를 위해 낸 작은 창, 하루미 머리보다 조금 높이 난 그 창 너머를, 까치발을 하고 내다보고 있다.

"미안, 시간 없어. 지금부터 미팅이야."

누군가 전화 너머에서 시즈코에게 이러쿵저러쿵 말하는 소리가 들린다.

"고생 많으십니다. 엄마도 조심해. 하루미 학교 갈 때는 택시 타고."

"응, 그럴게."

통화를 마치고 아키노가 동생의 작은 등을 향해 말했다. "엄마. 엄청 걱정하시네."

하루미는 돌아보지 않는다. 창틀을 붙들고 열심히 밖을 내다보고 있다.

"하루미……?"

그래 봤자 보이는 거라곤 옆집의 회색 벽뿐일 텐데. 아키노는 하루미를 뒤에서 껴안듯이 하고, 가볍게 몸을 접어 작은 창 가까이 얼굴을 가져갔다.

갑자기 뭐가 코앞을 지나갔다.

사람 손이다! 그 손가락이 작은 창유리를 스쳤다. 아키노는 튕겨나가듯 물러섰다. 창유리에 손가락 스친 흔적이 묻어 있다. 검붉은 줄…….

이거, 피 아냐?

"하루미, 물러나. 보지 마."

아키노가 하루미를 밀어내고, 창에 이마를 붙이고 밖을 내다봤다.

작은 창의 바깥, 옆집과의 간격은 불과 몇십 센티미터다. 바닥은 콘크리트다. 틈 양끝에 옆집의 가스와 수도 미터기가 설치 되어 있어 검침원이 드나드니까 애초 울타리는 없다. 미터기 아래로 지나가려 들면 어린애라면 간단히, 어른도 날씬하면 어찌 어찌 가능하리라.

실제로 그 비좁은 틈새에 누군가 쓰러져 있다. 운동화 바닥이 보이는 걸로 보아 엎드린 모양새일까. 머리는 저쪽을 향했다. 복장은 좀 후줄근한 검은색 운동복……

일순 심장이 멎는 줄 알았다.

이 사람, 도주중인 범인 아냐?

아키노는 주방을 뛰어나가 거실 창가로 달려갔다. 창문을 열고 정원을 통해 가볼 생각이었다.

하지만 이내 단념했다. 상대는 아키노가 방심하고 다가오기를 기다리는지도 모른다.

발걸음을 돌려 계단을 올라간다. 주방 바로 위가 엄마 시즈코의 방이다. 옆집과 맞닿은 쪽 벽에 세로로 긴 내리닫이창이 나있다.

거기서부터 바로 아래를 내려다보고, 아키노는 이번에는 숨이 멎을 뻔했다.

몸을 옹색하게 비튼 채 엎어져 있는 젊은 남자. 검은색 운동복 상하의를 입은 몸뚱이 아래 피가 고여 있다. 왼손 가까이 흉기가 떨어져 있다. 투박한 헌팅 나이프다. 눈만 나오는 모자는 쓰지 않았다. 어디선가 벗어서 버렸나.

이 사람, 역 앞에서 사람들을 마구 찌를 때 자신도 부상을 입었을까? 그리고 여기까지 도망쳐왔다가 힘이 빠졌다?

아니면 자해했을까.

지독한 출혈이다. 머리 주변에도 피 웅덩이가 점차 퍼진다. 모르긴 해도 가망이 없을 것 같다. 아무튼 민폐다. 왜 남의 집 벽 아래서 이러고 있는 거야.

"미안해요."

등 뒤에서 하루미의 목소리가 들렸다. 아키노는 창을 몸으로 가리고, 얼굴은 창밖을 향한 채 동생에게 말했다.

"하루미, 무서워할 거 없어. 그래도 안 보는 편이 좋아. 바로 경찰에 신고할 거니까 괜찮아."

어떻게 설명해야 할지 모르겠다. 하루미에게는 아무 말 하지 않는 게 좋지 않을까.

"아래층으로 내려가. 피자 다 식었겠다. 좀 데워줄래?"

가까운 곳에서 하루미의 목소리가 들렸다. "그 '사람'이 여기 온 건 안에 내 동료가 있기 때문입니다. 그 '사람'에 대한 대처를 의논하기 위해 나를 만나러 온 겁니다."

하루미가 말한다. 억양 없는 말투다. 하루미의 목소리지만 하루미답지 않다. 무엇보다 책 읽는 것 같은 이 이상한 말투는 대체 뭐지?

"……하지만 늦었죠." 목소리가 이어졌다. "그 '사람'은 이미 죽어버렸습니다. 폐를 끼쳐서 죄송합니다."

천천히, 아키노가 돌아섰다.

하루미는 거기 있었다. 오른발을 왼발에 휘감고 뒷짐을 지고서. 예닐곱 살 여자아이들만 할 수 있는 자세. 오도카니 혼자 있을 때 하루미가 곧잘 취하는 자세다.

하루미가 차분한 음색으로, 한없이 생소한 어조로 말했다.

"놀라게 해서 미안합니다. '하루미'는 안전합니다. '당신'도 안전합니다. 나도 동료도 '당신'들에게 나쁜 짓을 하려던 게 아닙니다. 사고였습니다."

호흡을 세 번 고를 동안, 침묵.

"……네?"

스스로 생각해도 한심하지만 아키노의 입에서는 그 말밖에 나오지 않았다.

"우선 좀 앉아주세요."

조금 난처하거나 삐졌거나 부끄러운 일곱 살 여자아이가 흔히 그러듯 몸을 꼬면서, 하루미가 말을 잇는다.

"'하루미'의 몸을 빌려 '당신'한테 이야기하는 나는, 외래자입

니다. 바깥 우주에서 이 혹성에 조사를 위해 찾아왔습니다. 소
동을 일으켜 미안하게 생각합니다."

냉정한 어조로 자꾸만 사과하는데, 이게…….

외계인이라고?

— 하늘에서 떨어진 게 운석이 아니라 비행접시라는 소문이
돌았잖아요.

원반＝외계인의 탈것이라 정의한다면, 친절한 택시 운전기사
의 이야기는 소문이 아니라 사실이었다.

— 곧바로 외계인이 공격해온다고요.

일단 지금은 별다른 공격은 없다.

하루미는 머쓱한 듯 몸을 뒤로 조금 젖히고 벽에 기대서 있
다. 이 또한 일곱 살 여자애다운 자세다.

하지만 말투는 아니다. 목소리는 하루미지만, 말은 다른 사람
이 한다.

"그것은 소형 탐사선이었습니다."

새로운 혹성 항로를 개발하고, 블랙홀 생성의 징조를 조사하
는 탐사선이다. 생명체가 있는 혹성을 찾던 것은 아니란다.

"오히려 가는 곳곳에서, 지적 생명체가 있는 혹성 곁을 통과
하더라도 이쪽이 생명체로서 탐지되지 않게끔 운석으로 위장했

던 겁니다."

그것이 그만 기계 고장으로 추락해 그런 소동이 일어났다. 승무원 둘은 폭발 직전 탐사선을 탈출해 지상에 내려왔다.

이 별에. 이 나라에. 이 동네에.

하필 하루미가 다니는 초등학교 지척에.

"아, 그래요?"

아키노는 엄마 침대에 뻣뻣이 걸터앉아 양손을 무릎에 올려놓고 있다. 아니면 뭘 어쩔 것인가.

"진심으로 미안합니다." 다른 사람이 또 말했다.

다른 사람. 혹시 하루미의 다른 인격은 아니고? 아아, 그럼 어떡하지.

하루미 속의 다른 사람이 말을 잇는다. "우리는 본래 고유한 물질적 형체를 지니지 않는 정신 생명체이지만, 저마다 다른 개인이란 사실은 '당신'들과 똑같습니다. 성격, 사고방식, 행동 특성이 다 다르지요."

"아, 그래요?" 아키노가 되풀이했다.

역시 하루미에게 카운슬링을 받게 했어야 했다. 아니, 소아청소년정신과 의사에게 진찰을 받았어야 했다.

"언니."

흠칫했다. 이번에는 분명 하루미 본인이다.

"하루미, 안 아파. 이상해진 거 아니야."

이쪽으로 다가오려 한다. 아키노가 무심코 몸을 움츠렸던 것이리라. 하루미가 움직임을 멈추고 울상을 지었다.

"정말로 그렇습니다."

울상인 채, 어느새 다른 사람이 하루미의 목소리로 말을 잇는다.

"'하루미'를 믿어주세요. 내가 '하루미' 속에―정확히는 뇌가 활동하면서 발생하는 전기 에너지 속에 거류함으로써 '하루미'에게 부담을 준다는 사실은 압니다. 다만……."

"그럼 당장 나가요!"

용수철처럼 일어나며 아키노는 외쳤다.

"지금 당장 동생 몸에서 나가라고요!"

능숙하게 외치기란 의외로 어렵다. 엉뚱하게 뒤집어진 아키노의 목소리는 우습기만 했지 긴박감이라고는 없었다.

"언니."

이번에는 주의 깊게 벽 쪽에 머무른 채 하루미가 말했다.

"있잖아, 친구는, 언제라도 하루미한테서 나갈 수 있어. 근데 하루미가 가지 말랬어. 더 있으라고 부탁했어."

얘 지금, 흘려들을 수 없는 말을 하네?

"하루미, 뭐라고?"

하루미가 주춤한다. 얼굴에서 핏기가 걷히고 입술이 떨린다.

"하루미, 친구가 가버리면 쓸쓸하거든. 혼자는 싫어, 친구가 같이 있으면 좋겠어."

아키노의 입이 벌어졌다.

"너 우주에서 왔네 뭐네 하는, 정체도 모르는 정신 생명체인지 뭔지 하는 걸, 뭐라고?"

"언니, 화내지 마."

"말해. 지금 뭐라고 했어?"

친구, 란다. 게다가 가버리면 쓸쓸하단다.

아키노의 귀에 떨리는 자신의 목소리가 들린다. 화내고 분개하고 슬퍼하는 목소리가.

"너 이상해, 하루미. 병원 가봐야 돼. 어떡해, 안쓰러워서. 미안, 더 일찍 제대로 된 병원에 데려갈걸. 괜찮아, 전문가 선생님한테 치료받으면 바로 좋아질 거야……"

하루미는 몸을 돌리더니 웬걸, 조그만 손으로 두 귀를 틀어막고 도망치기 시작했다.

"기다려, 하루미! 기다려!"

아키노가 어린 동생을 쫓아간다. 하루미는 새끼 토끼처럼 도망간다. 동생이 앞서고 언니가 뒤쫓으며, 자매는 계단을 뛰어내려갔다.

아키노가 힘껏 소리쳤다. "기다리래도! 왜 도망가? 언니 말 안 들려? 나는 언제나 하루미를 위해서."

그때, 전율이 등을 훑었다.

오한은 아니다. 그저 전류 같은 뚜렷한 격류. 그것은 발밑에서 시작해 정수리에 도달했다.

아키노는 멈추고, 휘청거리면서 가까운 벽에 손을 짚었다. 순간 손끝에서 불똥이 튀어 비명을 지르며 물러났다.

"미안하다. 우리가 '당신'들 신체에 정전기와 비슷한 현상을 일으키는 것 같다."

머릿속에서 목소리가 들렸다.

아니 정확히는 '목소리'가 아니다. 일일이 '소리 내어' 생각하는 사람은 없다. 자신의 사고를 목소리로 인식할 뿐.

지금 것은 달랐다. 아키노의 사고가 아니다. 그런데 아키노의 '목소리'처럼 들렸다.

(우리가 이른바 육체를 지니는 다른 생명체 안에 거류한다 해도 그 육체를 조종하지는 못한다.)

아키노는 몸을 앞으로 구부리고, 두 손으로 입을 막았다.

(그러므로 '당신'의 행동도 제어하지 못하지만 지금, 여기서 '당신'이 설명을 듣게 하려면 이것이 가장 효과적인 방식이라고 판단했다.)

내 안에도 외계인이 들어와버렸다.

복도 끝에서 하루미가 얼굴을 살짝 내밀었다. 아직 아키노가 무서운지 표정이 울상이지만 입에서 나온 말은 차분했다.

"미안합니다. '아키노', 지금 '당신' 안에 있는 이는 밖에 쓰러져 있는 '인간' 속에 거류했던 내 동료입니다."

구역질이 올라왔다. 다리가 후들거려 그 자리에 주저앉아 몸을 웅크렸다.

"탐사선을 탈출한 후 우리는 상의했습니다. 우리 별에서 구조팀이 올 때까지, 이 별의 계산법으로 약 오십 일 걸립니다. 그사이 어떻게 지낼 것인가."

육체를 지니지 않는 정신 생명체니까 붙잡힐 걱정은 별로 없다. 에너지는 전력을 통해 보급할 수 있다.

"그 결과, 이 기회에 이 혹성에서 가장 번영한 생명체인 '인류' 그리고 그들이 이룩한 문명을 조금이나마 조사해보기로 했습니다."

며칠 동안은 주의 깊게, 이 동네와 인간들의 생활상을 관찰했다.

"그런 다음 나는 아동—어린이의 몸에 거류하기로 했습니다. 어린이는 '학교'라는 장소에서 기초 교육을 받습니다. 나도 같이, 이 별의 사회적 기초를 배울 수 있지요. 거기다 일반적으로 어린이는 상상력이 풍부해서 나 같은 이질의 존재를 쉽게 받아들이지 않을까 기대도 했으니까요."

(나는 그 점에선 의견이 달랐지) 하고, 아키노 머릿속의 '목소리'가 말했다. (어린이는 겁이 많다. 감정적이고 차분하지 못해. 거류한다면 성인 쪽이 적절하다고 판단했다.)

외계인인지 뭔지 하는 이들에게도 성별이 있는지는 모르지만, 하루미 안에 있는 쪽은 여성적이고 아키노 안에 있는 쪽은 남성적인 느낌이 든다.

곧바로 반응이 왔다. (우리는 성별이 없다. 우리가 '당신'과 교신할 때 쓰는 언어―말투에서 성차가 느껴진다면 내 동료는 하루미에게서, 나는 밖에 쓰러져 있는 저 남자에게서 언어를 배웠기 때문일 것이다.)

"……그런 거, 아무래도 상관없고요."

쥐어짜다시피 말하고, 아키노는 몸을 일으켰다. 구역질은 그럭저럭 가라앉았다.

"결과적으로는 내 선택이 옳았던 것 같습니다."

복도 끝에서 얼굴만 내민 채 하루미가 말한다. "나는 하루미의 친구가 되었지만, 내 동료는 실패했습니다."

아키노의 머릿속 '목소리'는 침묵한다.

가슴속이 수런거리고 한기가 들었다.

"그 말은, 밖에서 피투성이가 되어 죽은 저 남자가 역 구내에서 흉기를 휘둘렀던 일과 당신네 존재가 뭔가 관계가 있다는 거네?"

이번에는 하루미 쪽도 침묵한다.

아키노가 소리를 높였다. "확실히 물을게. 저 사람, 당신들이 머릿속에 침입하는 바람에 이상해져서, 무차별 살상 같은 거 저질렀어?"

"언니, 무서워."

하루미가 울먹인다. 아키노는 벽을 짚고 일어섰다.

"나도 무섭거든, 하루미. 그래서 묻는 거야."

하루미가 그 자리에 주저앉아 양손으로 뺨을 감쌌다. 억양 없는 목소리가 흘러나온다.

"정말 안타깝게 생각합니다."

머릿속에 거류해도 몸을 조종하지는 못한다. 친구는 그렇게 말했다. 맞는 말이리라. 조금 전부터, 친구가 이야기하는 사이에도 하루미는 어디까지나 아이다운 동작을 하고 있다.

그렇다면 저 묻지마 살인범도 범행 자체는 자신의 의사로 저질렀다는 소리다. 그 뒤에 자살했을까.

"우리는 정신 생명체라서" 하루미의 친구가 말을 잇는다. "'당신'들처럼 서로의 모습을 시각으로 인식하지 않습니다. 우리는 기본적으로 정신과 물질만 구분하는 단순한 시스템으로 외계를 인식합니다."

그 말은 알아들었다. 그래서?

"이번처럼 긴급 사태로 인해 다른 생명체 안에 거류하면, 그 생명체의 외계 인식 시스템이 단순한 우리 시스템을 차용하게 되는데……."

육체 없는 '정신'이라는 저들이 지각하여, 잠시 거류하는 인간의 시신경과 시각을 주관하는 뇌의 부위를 사용해 당사자에게 보여주는 것 또한 '정신'이라는 소리다.

"간단히 말해 '당신'들 인간의 시각 시스템 위에 우리의 외계 인식 시스템을 포개면, 일시적이지만 '당신'들은 주위 사람의 심성을 시각화해 인식하게 됩니다."

외관이 아니라 마음이 보인다는 말이다.

"저 남자에게나 '하루미'에게나, 그 결과 눈앞에 '드러나는' 형상은 때때로 매우 끔찍할 수도……."

"당연하잖아!"

이해함과 동시에 화가 폭발해 아키노는 주먹으로 벽을 치며 외쳤다.

"하루미는 학교에서 따돌림받고 있어! 선생님은 냉담해서 전혀 도움이 안 되고, 직원은 심술궂다고!"

그런 인간들의 '심혼'을 시각화하면 당연히 무시무시한 요괴나 괴물이 될 밖에.

하루미가 이렇게 수척해지고 약해진 것은 그 탓이다. 학교만 가면 요괴와 괴물에 둘러싸이니까 못 견디고 집으로 도망쳐온다.

아키노 머릿속의 '목소리'가 말했다. (내가 거류했던 남자는 이전부터 스트레스가 많았던 듯하다. 사회에 울분을 지니고, 폭력적 환상을 품고 있었다. 그러니까…….)

주변에 온통 괴물만 보여서 두려움과 혼란에 빠지고, 끝내는 무차별 살상 사건을 일으켰으리라.

(나는 설득했다. '사람'의 심성은 고정된 것이 아니다. 지금은 괴물로 보이는 '사람'도 내일은 다를지도 모른다. 애초에 당신이 보는 괴물은 스스로의 심성을 반영한 것이다, 라고.)

인간은 눈으로 사물을 보는 것이 아니다. 시신경이 포착한 신호를 뇌가 영상화한다. 뇌는 개인의 세계 자체다. 뇌의 외부에 나타나는 괴물은 원래 뇌 속에 있던 괴물을 거울처럼 반사할 뿐이다.

"그런 장광설을 늘어놓을 게 아니라, 왜 빨리 그 사람한테서 떨어지지 않았어?"

모르는 동네의 모르는 집과 집 사이에 끼어, 피 흘리며 죽어 있는 저 남자는 불쌍한 희생자였다.

아키노의 머릿속 '목소리'가 어쩐지 좀 맥이 없는 느낌이다.

(그의 혼란은 너무 깊고 커서, 내가 떨어져 나와도 곧바로 원상회복하지 못할 가능성이 컸다. 그러면 그를 버리는 셈이 된다. 나는 그 안에 거류한 채 그의 혼란을 진정시키고 싶어서.)

"나와 대면시켜, 내 입으로도 그를 설득시킬 생각으로 이곳에 오던 참이었습니다." 하루미가 말했다.

아키노는 더 참지 못하고 눈물을 떨구었다. 하루미가 한없이 가엾고 애처로웠다.

"다 변명이잖아. 억지소리는 그만 됐어. 부탁이니까, 빨리 나가."

비틀거리면서 복도로 돌아가, 거실로 들어간다. 경찰에 신고해야 한다. 밖에 죽어 있는 남자를 언제까지고 저렇게 둘 수는 없다.

"하루미한테서 나가. 나한테서도 나가. 경찰이 올 때까지, 민폐 끼치지 말고 그냥 떠돌이 개한테라도 들어가 있으라고."

정원으로 통하는 창문을 열려고 레이스 커튼을 젖혔다. 흥분 상태라 곧바로는 팔에 힘이 들어가지 않는다. 유리창에 자신의 모습이 비쳤다.

그렇다, 아키노의 모습이다. 오늘은 흰 티셔츠에 컷오프 청바지. 곱창밴드로 묶은 포니테일.

그럴 터인데, 이건 뭐지?

이거, 여기 비친 건 뭐지?

이것이 아키노의 마음이다.

인간이 되지 못한 흉한 원형질.

인간에게서 영락한 진흙 덩어리.

그런데 무서운 엄니가 나 있다.

그런데 흉한 비늘이 덮여 있다.

그런데 팔처럼 생긴 것이 몇 개나 된다.

"거짓말이야!"

아키노가 소리치고 달려간다. 거실 소파에 부딪히고, 벽에 부딪히고, 복도에서 넘어지고, 일어나 현관으로 향한다. 여기서 도망치고 싶다. 밖으로 나가고 싶다.

맨발로 현관 바닥으로 뛰어내린다. 신발장 옆 거울에 자신의 모습이 비쳤다.

고개를 뒤로 꺾고 몸을 젖히면서, 아키노는 다시 날카로운 비명을 질렀다.

현관문이 벌컥 열렸다. 누군가 뛰어든다.

"아키노! 아키노 아니냐, 왜 그래?"

아키노의 어깨를 꽉 붙든다. 아버지다! 아버지가 왜 여기에?

흰 셔츠에 체크무늬 재킷. 일부만 희어진 앞머리를 본인은 꽤 마음에 들어한다. 구릿빛 피부는 골프에 빠져 지내서가 아니라, 에스테틱 살롱에서 골고루 태우기 때문이다.

지금은 얼굴빛이 칙칙하다. 눈가의 주름도 깊다. 허둥대는 기색이다.

"뉴스 보고 가만히 있을 수 없어서 뛰어왔잖아. 무서웠지? 하루미는?"

— 아버지.

그냥 보통으로 보인다. 아니 윤곽이 조금 일그러졌나. 태풍이나 폭탄 저기압이 접근하면 위성방송 화면이 고르지 못할 때가 있다. 그것과 비슷하다. 때때로 아버지의 얼굴과 어깨와 가슴이 일그러져 보인다.

그뿐이다. 괴물이 아니다.

— 왜?

제멋대로에, 나잇값도 못하고, 어영부영 여자나 따라다니고, 돈 씀씀이가 헤프고, 성실하게 일한 적이 없다. 그런데도 탈 없이 잘만 사는 것은 여자가 벌어다주는 덕이다. 엄마만 해도 그렇다, 이혼을 질질 끌면서 결국 이 사람 좋은 일 시키는 셈이다.

그런 남자가, 왜 제대로 보이지? 왜 요괴나 괴물이 아니냐고?

"아키노, 정신 차려. 하루미는 어딨냐니까?"

아버지를 밀치고, 아키노는 밖으로 뛰어나왔다.

달리고 달리고 달린다. 하루미의 학교를 향해. 보탬이 안 되는 하루미의 담임, 심술궂은 교직원. 집단으로 하루미를 괴롭히는 반 아이들. 분명 엄청난 괴물로 보일 거다. 요괴로 보일 거다. 아니면 이상하지!

그런데 그렇지 않았다.

— 걸레로 깨끗이 닦고 가요.

엷은 웃음을 떠올리던 직원은 머리가 묘하게 부풀고 몸이 얄팍해 보였다. 그뿐이다. 쉬는 시간이라 운동장과 복도를 가득 채운 아이들도 대부분 보통 인간이다. 조금 머리가 작거나 꼬리 비슷한 것이 달렸을 뿐. 그뿐이다.

"어머 아키노, 너도 왔구나."

어깨에 손이 얹혀 돌아보니 엄마다. 엄마야말로 왜 여기 있어? 하루미 담임 선생님이랑 같이 있어?

"마침 선생님이랑 이런저런 얘기를 하던 참이야. 아키노 의견도 좀 들려줄래?"

하루미의 담임 선생님은 가슴에 커다란 구멍이 뚫려 있었다. 두 눈은 동굴처럼 공허하다.

그렇지만 엄마는…….

그 얼굴, 어떻게 된 거야?

엄마, 왜 이가 빠져버렸어? 흉하게 처진 턱은 또 뭐야?

엄마, 뭐가 그렇게 슬프고 비참해? 나를 보는 눈은 또 왜 그렇게 차디차?

"싫어, 싫어싫어, 싫어어!"

엄마 손을 뿌리치고 아키노는 다시 달렸다. 이제 어딜 달리는지도 모른다. 맨발로, 허공을 날아가듯.

"어이, 미야마!"

기자키 선생님 목소리다. 아키노는 고꾸라지다시피 급정지했다. 교과서와 시험지 다발을 옆구리에 끼고 기자키 선생님이 계단 위에서 아키노를 내려다본다. 학교다.

"수업 땡땡이치고 뭐 하냐? 너 요즘 생활이 흐트러졌다. '남자' 생겼나아?"

뜨거운 것이 치밀어오른다. 아키노는 현기증을 느낀다.

뭐라고? 이 멍청한 성차별주의자가, 부끄러운 줄도 모르고 교육자 행세를 하네.

당신이 여학생들을 어떤 눈으로 보는지 다들 알아. 예쁜 애들만 편애하는 것도. 마음 약한 남학생을 못살게 굴면서 즐기는 것도. 학생들한테 압수해 보관하는 스마트폰이나 휴대전화를 멋대로 훔쳐보는 것도 알고 있어.

그런데 왜, 이자도 인간으로 보여? 얼굴이 시뻘겋고 다리가 짐승처럼 두껍다. 그뿐이다. 인간은 인간이다. 괴물이 아니다.

마땅히 괴물이어야 하는데, 그렇지 않다.

아키노 같은 괴물이 아니다.

기자키 선생님이 계단을 내려온다. 아키노는 몸을 돌려 도망치려다가 누군가와 부딪혔다.

안경 낀 교직원이다. 똑바로 마주 본다. 인간이다. 눈동자가 죽은 물고기 같지만, 인간이다. 아키노의 어깨를 붙든 손에서 체온이 질척하게 전해진다. 아키노는 전율하며 부르짖었다.

"내 몸에 손대지 마!"

왜 괴물이 아니냐고. 다들 재수 없는 인간들, 멍청하고 못돼먹은 인간들뿐인데, 왜 그렇게 보이지 않느냐고.

"……언니."

정신을 차려보니 집 마당에 서 있었다. 어느새 이슬비가 내린다. 머리가 차갑게 젖었다.

하루미가 거실 창문 너머에서, 이마를 유리창에 갖다대고 울상을 짓고 있다.

목소리는 들리지 않지만 생각이 말이 되어 전해온다.

"— 언니는, 언제나 괴물."

다른 사람들은 조금씩 변해. 그날그날 달라. 사람 마음은 변하니까.

그래도 언니는, 날마다 괴물.

"나, 언니가 제일 무서워."

집에 가고 싶지만 언니가 제일 무서워. 누구보다 그 누구보다, 언니가 무서운 게 슬퍼.

젖은 흙을 밟으며 아키노는 비틀비틀 정원을 걸었다.

— 왜?

나는 노력했는데.

엄마를 도우려고.

하루미를 지키려고.

그런 아버지라도 아버지니까 미워하면 안 될 것 같아서.

이유 없이 그냥 미운 선생님도 좋은 낯으로 대해야 할 것 같아서.

세상은 멍청이 천지라 진지하게 상대할 필요도 없다. 일일이 화내봤자 낭비다. 신경쓰지 않는 게 상책이다 싶어서.

남들에겐 예의 바르고 친절해야 하니까. 저쪽이 아무리 무례하고 심술궂어도 나는 그러면 안 되니까.

필사적으로 노력했는데.

올바르고자 노력했는데.

좋은 '사람'이 되려고.

항상 참고 참았는데.

옆집과의 좁은 틈에는 검은색 운동복 상하의를 입은 남자가 쓰러져 있다. 머리는 이쪽, 다리는 저쪽을 향하고, 스트레칭이라도 하듯 몸을 꼬고서.

몸 아래 생긴 피 웅덩이가 굳기 시작했다. 그 위로 빗방울이 떨어진다. 아무렇게나 버려진 유해에 빗물이 스며든다.

아키노는 쭈그려 앉아, 엎드린 남자의 머리를 들어올렸다. 머리도 관자놀이도 푹 젖어 손이 미끄러진다.

당신은 괴물일까?

— 당신이 보는 괴물은 스스로의 심성을 반영한다.

이 세계는, 마음이 만들어내는 것.

가까스로 들어올려 이쪽을 향하게 하자, 무차별 살상 사건을 일으키고 말았던 남자의 마음에 뚫린 구멍이 보였다.

두 개 있었다. 본래는 안구가 있어야 할 장소다.

그의 두 눈은 도려내져 있었다.

아키노가 비명을 지르며 울음을 터뜨렸다.

"손님!"

짧게 클랙슨이 울렸다.

아키노가 벌떡 일어났다.

택시 뒷좌석이다. 창밖에는 비가 내리기 시작했다. 옆에, 하루미가 다니는 초등학교 출입문이 보인다.

운전석에서 운전기사가 몸을 틀어 이쪽을 보고 있다.

"아아, 다행이다. 좀처럼 안 깨셔서 어떡하지 했네요. 몸이 어디 안 좋아요?"

손자가 있음직한 연령대는 아니다. 젊은 남자다. 제복에 모자에 선글라스.

"학교 다 왔는데, 괜찮으세요?"

목소리가 잘 나오지 않아서 아키노는 어수선하게 고개만 끄덕였다. 무릎이 떨리고 등이 땀으로 축축하다.

"일단 미터기 멈추고 기다릴 테니까 서둘지 않아도 돼요. 자, 어서 다녀와요."

좀처럼 안 깼다고? 깜박 잠들었던가.

그럼, 다 꿈이었어? 그게 전부?

아키노는 몸서리치듯 깊은 숨을 뱉었다. 아아, 다행이다. 꿈이었어. 그렇지. 그런 일이 정말로 일어날 리 없잖아.

"죄송합니다. 몸이 좀 안 좋아서, 깜박 잠들었어요."

말하는 사이 목소리도 제대로 나오기 시작했다.

"그럼 다행이고요." 운전기사도 그제야 웃었다.

비 내리는 창밖을 흘긋 쳐다본다. 접는 우산을 꺼내자니 귀찮다. 그냥 건물까지 뛰어갈까…….

그래도 곧바로 들여보내주지 않으면 쫄딱 젖을 것이다.

배낭에서 우산을 꺼내고, 아키노는 택시에서 내렸다. 어느새 무릎 떨림도 멈췄다.

우산을 쓰고 인터폰을 누른다. 교무실과 연락이 닿을 때까지 일 분 십팔 초 걸렸다.

보건실까지 따라온 직원은 아무 말도 하지 않았다. 아니 한마디 했던가.

"안녕하세요"라고.

보건실 침대 위. 하루미의 창백하고 야윈 얼굴.

영락없는 난민이다. 얘는 뭐에서 도망치려는 걸까?

창밖은 비. 이 계절은, 어디나 비.

아키노의 가슴속에도 비가 내린다.

오래된 유리창에 희뿌옇게 쌓였던 앙금 같은 것을 한 줄씩 씻어내며 빗방울이 흐른다.

딱딱했던 아키노의 마음을 빗방울이 씻어낸다.

괴물만 보고 있으면 스스로 괴물이 되어버린다.

그리하여 전부 잃고 만다.

"하루미, 가자."

보건 선생님께 인사하고, 자매는 손을 잡고 밖으로 나왔다. 작은 우산 밑에서 몸을 붙이고 운동장을 가로지른다.

"있지, 하루미."

아키노가 발밑을 내려다본 채 입을 열었다.

"언니는 하루미가 걱정이야."

하루미가 말없이 고개를 끄덕했다.

운동장 여기저기 작은 물웅덩이가 생긴다. 빗방울이 그 위를
때린다.

"걱정이지만, 하루미가 언니 미워할까봐, 하루미가 상처받을
까봐 계속 가만히 있었어."

하루미가 또 고개를 끄덕했다.

"그래도 더 못 참겠으니까, 말할게."

아키노가 어린 동생을 내려다본다.

"이렇게 수시로 불려오는 거, 나도 힘들어."

귀여운 동생에게, 안쓰러운 동생에게, 얼마나 무신경하고 잔
혹한 말을 하는 거야.

"그러니까 솔직하게 말해주지 않을래? 이렇게 된 이유를."

너 집단 따돌림 당하는 거 아니니?

"숨길 필요 없어. 만일 그렇다 해도 조금도 창피한 일 아니
고."

하루미는 고개를 숙이고 있다. 가느다란 뒷목덜미. 반드러운
살결. 동그랗게 말린 곱슬머리.

귀여운 동생에게, 나는 정말로 지독한 질문을 하고 있다. 고

약한 언니. 괴물 같아.

물웅덩이에 비친 아키노의 얼굴. 물웅덩이에 비친 하루미의 얼굴.

열 살 터울이지만 꼭 닮은 자매.

"……가나랑 싸웠어."

하루미의 목소리는 속삭임처럼 가느다랗다. 아키노는 우산을 든 채, 무릎을 굽혀 귀를 가까이 가져갔다.

"그랬더니 애들이 전부, 하루미가 나쁘대."

아키노가 동생의 뺨에 손을 갖다댔다. 하루미의 눈에 눈물이 가득 고여 있다.

"그래서 따돌림이 시작됐구나."

"……응."

열면 안 되는 문은, 건드려보니 간단히 열렸다.

그때다.

끼이이잉!

놀라서, 아키노는 그만 우산을 놓쳤다. 하루미가 품 안으로 뛰어들었다. 자매는 꼭 끌어안고 하늘을 올려다본다.

비구름을 찢으면서 뭔가 빛나는 것이 날아온다. 검은 연기를 꼬리처럼 끌고 가는 혜성.

"손니임!"

빗물을 사방으로 튀기면서 누가 달려왔다. 조금 전의 택시 운전기사다.

"이쪽으로, 빨리요! 위험해요, 건물 옆으로 피해야 해요!"

그렇다. 충격파가 온다.

아키노가 일어선다. 미끄러져 넘어질 뻔한 하루미를 운전기사가 안아 올린다. 그 바람에 선글라스가 떨어졌다.

"앗, 당신은!"

아키노가 얼떨결에 그의 얼굴을 손가락질했다. 불쌍한 묻지마 살인범 아닌가.

"네? 왜요, 손님?"

뻣뻣이 서 있는 아키노와 운전기사와 하루미를 가느다란 빗줄기가 때린다. 세 사람의 머리 위를, 이 동네의 하늘을, 운석이 가로지른다.

운전기사가 목을 움츠리고 외쳤다.

"대낮에 무슨 저런 별똥별이! 소원도 엄청 큰 걸로 들어줄 건가."

글쎄요, 어떨지. 아키노는 눈을 감고 저도 모르게 조그맣게 웃었다. 눈꺼풀 안쪽에서 섬광이 한 번 번쩍이고 사라졌다.

소란스러운 친구, 도착.

성훈

1

진눈깨비가 내리는 3월 말의 어느 오후였다.

아침부터 내가 말을 주고받은 상대는 다 해서 세 명이었다. 이 낡은 빌딩의 관리인, 그가 고용한 아르바이트 청년, 옆방에서 수예 교실을 운영하는 노부인. 화제는 전부 오늘의 추위와 눈이었다. 오십대의 관리인은 3월에 도쿄에 내리는 눈은 의외로 대설이 된다고 했고, 아르바이트 청년은 대걸레를 한 손에 들고 지구 온난화와 이상 기후를 우려하는 지론을 펼쳤으며, 수예 교실 노부인은 추워서 두르고 나온 내 목도리를 칭찬했다. 노부인이 애용하는 지팡이 끝에 달린 미끄럼 방지 고무캡에 눈이 얼어붙어 있었다.

TV 아나운서까지 봄눈을 화두로 몇 마디 하고 싶어했던 그날, 오후에 찾아온 네 번째 인물은 날씨 얘기는 꺼내지 않았다. 손에 든 반투명 비닐우산 끝에서 물방울을 떨어뜨리면서, 반쯤 열린 문손잡이에 한 손을 얹고 "이 사무소 분이신가요?"라고, 그 남자는 물었다. 후드 달린 회색 우비 소매에서도 물방울이 떨어졌다.

어깨에서 가슴께까지 형광 테이프를 덧댄 우비는 동네 초등학교 등하교 시간대에 횡단보도를 지키는 교통안전 지도원이 입는 옷과 비슷했다. 색깔이 노란색이었으면 영락없이 그거라고 생각할 뻔했다. 애초 아이들 등하굣길을 지키는 인간이, 그 애들이 매일 옆을 지나치는 오래된 잡거빌딩에 들어앉은 사설 조사회사에 부탁할 용건이 무엇일지, 짐작도 되지 않았다.

"그런데요." 내가 대답했다.

남자는 그 자리에 서서 실내를 둘러보았다. 어딘가 내 이름, 신분, 업무의 신뢰성을 보증할 물건—이를테면 면허장이라든지 경찰표창장, 하다못해 유력 인사와 웃으면서 악수하는 사진이라도 없나 기대하는 눈치였다. 나이는 내 또래거나 조금 위일지도 모른다.

깊숙이 눌러쓴 후드 둘레와 우비 소매에서 물방울을 뚝뚝 떨어뜨리면서, 남자는 분명하지 않은 목소리로 물었다.

"이런 데서는, 뜨내기손님 의뢰도 받아줍니까?"

잡거빌딩 출입구의 안내판 플레이트에는 노부인이 운영하는 '해바라기 수예 교실'과 나란히 '센카와 조사 사무소'라고 적혀 있다. 회색 우비 남자가 '이런 데'라고 모호하게 표현한 것이 내가 회사 이름을 대표하는 '센카와 씨'라는 판단이 서지 않아서 인지, 아니면 '이런 수상쩍은 추레한 사무소'라고 은근히 '깎아 내릴' 심산인지, 나는 잠시 생각했다.

"어쨌거나 손님은 오다가다 들르신 것 같지는 않은데요."

회색 우비 남자가 새삼스럽게 노크하고, 한 박자 쉬었다가 문을 열었다. 고민하거나 주저하는 기색은 없다. 이 사무소의 업무에 대한 예비지식이 없는 인간에게는 어울리지 않는 태도였다.

"하시모토 씨한테 듣고 왔습니다."

남자의 흐릿한 눈이 한두 번 깜박였다.

"도신 육영회 이사 하시모토 씨요. 아, 아니네" 하고, 급히 말을 이었다. "지난주 개선 때 부이사장이 되셨으니."

남자가 머리를 움직이자 우비 후드에서 버석거리는 소리가 났다.

나는 고개를 끄덕이고, 남자에게 응접세트 쪽으로 오라고 권했다. "비옷은 벽의 고리에 걸어주세요. 우산은 그 비젠야키오카야마 현 비젠 시 일대에서 생산하는, 유약을 쓰지 않는 도자기 항아리에 꽂으시고요."

남자는 바로 발밑에 있는 도자기 항아리를 이제 알아챈 듯 조금 뒷걸음질할 정도로 놀랐다.

"어느 인간문화재 도예가 작품의 모작입니다만."

바닥에 금이 갔지만 우산꽂이 정도라면 물이 샐 걱정은 없었다.

남자가 주춤거리며 비젠야키 항아리에 우산을 꽂더니 우비를 벗으려다 말고, 지금껏 쓰고 있던 후드를 황급히 벗었다. 짧게 깎은 희끗희끗한 머리가 드러났다. 그 모습을 보고 나는 남자의 추정 연령 상한선을 높였다.

"하시모토 씨 말로는 여긴 개인 사무소고, 입이 무겁다더군요."

나는 말없이 책상 앞에 서 있었다.

"도신 육영회도 여기 부탁해서 성가신 일을 몇 건 해결했다던데요."

반백의 남자는 제발 무슨 반응이든 좀 해서, 자신이 하시모토 부이사장에게서 입수한 정보를 뒷받침해주길 바라는 표정을 지었다.

"그저 조사를 했을 뿐입니다."

내가 대답하자, 후드가 없으니 꽤 근엄해 보이는 남자의 얼굴이 아주 살짝 풀어졌다. 눈가에 다크서클이 희미하게 드러나 있었다.

"실력 좋고 신뢰할 수 있는 사람이라고, 하시모토 씨에게 들었습니다."

천천히 응접세트에 다가오다가 발을 멈추고 "설마 여성일 줄이야"라고, 남자는 난처한 실수라도 저지른 듯 눈을 내리깔고 말했다. 그러고는 머쓱한 양 "조사 대상이 아이들이라면 여성이 더 적합한지도 모르지만"이라고 덧붙이더니, 나를 향해 억지웃음을 지어 보였다. 나는 아무 반응도 보이지 않고, 앉으라고 다시 권했다.

"커피면 될까요?"

책상 옆 커피메이커로 다가가면서 내가 물었다. 어차피 커피 말고는 아무것도 없었다. 반백의 남자가 고개를 끄덕이고, 생각난 것처럼 품에서 흰 면수건을 꺼내 얼굴을 닦았다.

회색 우비로 미루어보건대 양복 차림은 아니리라 짐작은 했었다. 그의 복장은 일견 음식점, 그것도 홀이 아니라 주방에서 일하는 인간의 그것이었다. 빳빳한 흰색 겹윗도리에 흰 바지. 앞치마는 벗어두고 온 듯하다. 남자가 축축해진 수건을 다시 접어 품에 넣을 때, 무지 수건 귀퉁이에 청색으로 새겨진 '데라시마'라는 글자가 언뜻 보였다.

"'데라시마' 씨."

커피 잔을 받침에 올려 테이블에 내려놓으면서 내가 말했다.

"절의 '데라寺'에 섬의 '시마島'인가요? 아니면 산山변에 새 조鳥를 쓰시나요?"

꼿꼿하게 앉자 한결 요리사다워 보이는 반백 머리 남자가 간단한 마술이라도 본 것처럼 눈을 깜박였다.

"하시모토 씨가 연락하셨던가요?"

"아뇨."

그 수건요, 하고 나는 깨끗하게 패를 공개했다. 남자가 품을 한 번 내려다보고 "아아" 하며 고개를 끄덕였다.

"제 가게입니다."

몸을 조금 일으켜 바지 뒷주머니에서 얇은 지갑을 꺼냈다. 꽤 오래 사용한 검은 가죽 지갑이다. 명함을 한 장 빼서, 잠시 머뭇거리다가 내게 건네지 않고 테이블 위에 올려놓았다.

'일식 데라시마.' 소재지는 간다 묘진시타, 오기 빌딩 B1. 전화와 팩스 번호만 있고 홈페이지 주소 따위는 적혀 있지 않았다.

"산 변에 새 조를 쓰는 데라시마입니다."

명함에 '대표 데라시마 고지로'라고 되어 있었다.

"카운터석 열 자리 남짓한 작은 가겝니다. 제가 주방장도 겸하고요."

딸 부부가 돕고 있어요, 하고 재빨리 변명처럼 덧붙였다. 이유는 곧바로 드러났다.

"지금 오후 휴게시간인데, 은행 좀 다녀온다고 하고 빠져나왔습니다."

묘진시타에서 여기까지, 택시로 십 분쯤 걸릴까. 다만 오늘은 날씨가 궂어서 조금 더 걸렸을지도 모른다.

"몇 시까지 돌아가셔야 하나요?"

데라시마 고지로는 반사적으로 벽에서 시계를 찾고 나서, 자신의 손목시계를 들여다보았다.

"두 시간 정도는 괜찮을 겁니다."

눈 밑에 다크서클이 생길 정도의 용건이 있는 것치고는 시간이 빠듯하다.

"딸하고 사위에겐 알리고 싶지 않아요."

김이 나는 블랙커피를 바라보면서 그가 조그맣게 말했다.

"제가 그것에 관여하는 데 극구 반대니까요. 무리도 아닙니다. 미하루도 태어났고."

'그것'이 무엇을 가리키는지 묻기 전에, 확인했다. "미하루 씨는 손자인가요?"

데라시마 씨가 또 눈을 동그랗게 떴다.

"외손자겠죠?"

"네, 생후 팔 개월입니다."

"하시모토 씨와는 따님 학교 관계로 알고 지내시는지?"

"아뇨, 원래 저희 손님입니다. 벌써 십 년째 단골이세요."

갑자기 식당 주인다운 말투가 된다.

도신 학원이라면 역사는 썩 길지 않아도 수도권에서는 이름난 사립학교다. 초중고등학교, 대학교 및 가정학 단기대학이 있다. 도신 육영회는 그 학교를 운영하는 재단법인이다. 도신 학원은 원래 쇼와 초기 한 자산가가 설립한 여자 고등학교였다. 현재는 남녀공학이지만 비율은 6대4로 여학생이 많다. 일반적 이미지는 주로 양가의 자제가 다니는 학교다.

그 '이미지'를 지키기 위해, 나는 몇 번인가 하시모토 이사 그러니까 현 부이사장의 의뢰를 받아 일한 적이 있다. 앞으로도 그러리라. 다만 그의 전속은 아니다. 하시모토 부이사장의 신뢰를 얻음으로써 강력한 인맥이 생긴 것은 사실이지만, 내 일은 내가 고른다.

그렇다, 나는 어린이 전문 조사원이다. 학교와 가정을 전문으로 취급하는 조사원이기도 하다.

데라시마 고지로가 커피를 한 모금 마셨다. 컵을 받침에 돌려놓자 딱딱한 소리가 났다.

"하시모토 씨는 인품도 성실하지만."

데라시마 씨의 목소리가 살짝 떨렸다.

"도량이 아주 넓은 분이죠. 그냥 꽉 막힌 교육자가 아니에요.

하시모토 씨 의뢰로 일을 해보셨으니 그쪽도 아시겠지만."

나는 말없이 그와 마주 보고 있었다. '그쪽도 아시는' 의뢰의 내용이 극심한 집단 따돌림이라든가, 미성년자 대마 소지라든가, 로커룸 강제 성추행 사건 따위임을 '성실한' 하시모토 부이사장에게 그가 전해 들었는지 어떤지, 창백하고 근엄한 그 얼굴만 보고는 짐작하기 어려웠다.

"그래서 저도, 하시모토 씨가 높이 사는 조사원이라면 그것을 얘기해도 좋겠다고 각오가 섰고요."

또 '그것'이다. 무기물을 가리키는 대명사는 아닌 듯하다.

"데라시마 씨가 찾아오신 용건이 따님도 사위도 손자 때문도 아니라는 건 알겠습니다."

조금 전 황급히 후드를 벗었을 때처럼, 그는 자신이 무례했음을 그제야 알아챈 듯 목을 움츠렸다.

"미안합니다."

그의 손이 눈에 띄게 떨렸다. 그 손을 어색하게 움직여 품에서 봉투 한 장을 꺼냈다.

"보십시오."

정작 자신은 보기 싫다는 듯 손을 내리고 눈을 내리깔았다.

"분명 보신 기억이 있을 테죠."

뭔가 자포자기한 것 같은 말투였다.

내가 봉투를 열었다. 접은 편지지와 흑백사진 한 장이 들어 있었다. L판3.5×5인치보다 작은 사이즈로, 흔히 신분증에 붙이는 증명사진을 확대한 듯했다.

열서너 살쯤으로 보이는 소년의 얼굴 사진이다. 카메라를 똑바로 응시하고 있다. 짙은 색 블레이저에 체크 넥타이. 교복이리라. 넥타이 매듭이 단정하고, 셔츠 단추도 제일 위까지 잠겨 있다.

이목구비가 너무 정연해서 외려 개성 없게 느껴지는 얼굴이다. 가늘고 긴 눈, 살짝 도톰한 외까풀, 미끈하게 뻗은 콧날. 흑백사진이 흔히 그렇듯이 전체적으로 밋밋해 보인다. 굳이 특징을 꼽자면 오른쪽 눈썹 옆 관자놀이 가까이 숨은 작은 사마귀 정도일까.

내가 고개를 들자 데라시마 씨도 눈을 들었다. 좀도둑질 현장을 들킨 중학생 같은 눈빛이 되어 있었다.

고개를 조금 갸웃하면서 나는 말했다. "데라시마 씨가, 무슨 근거로 제가 이 소년의 얼굴을 본 적이 있을 거라 생각하는지 모르겠습니다만."

데라시마 씨의 눈빛이 어두워졌다.

"십이 년 전에도 이 사무소에 계셨나요?"

"아까 데라시마 씨가 말씀하셨듯이 여긴 개인 사무소입니다.

저는 경영자이자 유일한 조사원이고요."

　나는 살풍경한 사무실을 눈으로 슥 훑고 말을 이었다.

　"십이 년 전엔 이 사무소가 없었습니다. 말 나온 김에 덧붙이
자면, 저는 조사원 일도 하지 않았고요."

　데라시마 씨의 주방장 제복임직한 흰색 겹윗도리의 목깃이
갑자기 헐거워졌다. 그가 어깨를 축 늘어뜨린 탓이다.

　"그러니까, 모르신다고요?"

　동작은 낙담을 드러내는데, 목소리는 믿기 힘든 낭보라도 들
은 듯 들떠 있었다.

　"이건 그 무렵 어지간한 주간지에 죄다 뿌려졌던 사진입니다.
지금도 조금만 품을 들여 검색하면 곧바로 이 얼굴을 볼 수 있
죠. 아이들 문제가 전문이시라면서 그런 대사건에 흥미가 없습
니까?"

　모르긴 해도 그쪽도 아이 키우는 입장일 텐데…… 하고 말하
다 말고 데라시마 씨는 난처한 듯 눈을 내리깔았다.

　"아니, 그건 관계없나."

　아이들 문제로 찾아오는 의뢰인들은 틀에 박은 것처럼, 조사
원으로서 내 능력이나 신뢰성보다도 나한테 아이가 있는지 어
떤지를 신경쓴다. 그들은 하나같이 어른 특히 여자 어른은 아이
를 낳아보지 않으면 아이의 기분이나 행동을 이해하지 못한다

고 믿는다. 입 밖에 내지는 않아도 태도로 서슴없이 그렇게 표현했다. 그러는 자신들이야말로, 제3자에게 '조사'를 의뢰해야 한다는 점에서 아이의 기분이나 행동을 이해하지 못하는 어른이란 사실은 깨끗이 잊고서.

"이 소년이 누군데요?"

무표정이라기보다 이런 사진을 찍을 때 걸맞은 표정을 지을 생각이 전혀 없어 보이는 하얗고 단정한 얼굴을 손가락으로 가리키며, 내가 물었다. 데라시마 씨의 대답을 듣고 싶었다.

데라시마 고지로의 눈길이 내 손끝으로 향했다. 그쪽에서는 거꾸로 보일 터인 소년과 시선이 제대로 마주친 양 얼굴이 일그러졌다.

"제 아들입니다."

'제' 발음이 약간 탁하게 들렸다. 사투리는 아니고, 목이 쉰 탓이다.

"가즈미라고 합니다. 십이 년 전─그 사건을 일으켰을 무렵엔 '소년A'로 통했습니다."

얼굴을 일그러뜨린 채, 각오한 것처럼 나를 똑바로 쳐다보면서 데라시마 씨는 말을 이었다.

"부모를 죽이고, 담임선생도 죽이려고 교실을 점거했죠. 이래도 생각나시는 게 없나요?"

나는 대답하지 않고 사진을 바라보았다.

나는 그를 알고 있었다.

십이 년 전 4월 어느 아침, 사이타마 시내 자택에서 잠들어 있던 친엄마와 내연의 남자를 군용 칼로 살해하고, 사체의 머리를 절단한 다음 교복으로 갈아입고 등교해, 여성 담임교사에게도 같은 흉기를 휘둘러 부상을 입히고 인질로 잡은 채, 출동한 경찰과 두 시간 이상 대치했던 열네 살 소년을.

2

내가 아는 정보는 보도를 통해 얻은 것뿐이다. 더욱이 무려 십이 년 전 이야기다. 내가 솔직히 말하자, 데라시마 씨는 의외로 조금 안도한 기색이었다.

"그럼 처음부터 전부 얘기하는 편이 좋겠군요."

뭐가 '처음'이라는 건지는 알 수 없었다.

"가즈미는 오래전, 제가 시바노 나오코와의 사이에서 얻은 아이입니다."

두 사람은 결혼 몇 년 만에 이혼했고, 아이는 시바노 나오코가 데려갔다. 친권도 가져갔다.

"그 이래 저하고는 연이 끊어졌습니다. 어디서 뭘 하고 사는지 전혀 몰랐어요. 사건이 터지고, 아이 이름은 안 밝혔지만 열네 살이라지, 살해당한 여자—아이 엄마 이름은 보도됐으니까, 그때 알았습니다."

그 시점에는 아무에게도 털어놓지 않았다. 전처가 그간 어디서 어떻게 살았는지도 모르면서 가즈미와 동갑이란 사실만으로 범인 소년이라 단정할 수는 없다. 시바노 나오코가 재혼했고, 마침 상대방에게 가즈미 또래 아이가 있었는지도 모른다고 생각했다.

"생각했다기보다, 그러기를 바랐죠."

그 바람은 며칠 만에 허무하게 무너졌다. 사건 조사 관계자와 취재 기자들이 범인인 '소년A'의 친아버지 데라시마 씨를 찾아왔기 때문이다.

그가 그런 식으로 전처와 아들 소식을 듣게 되기까지는 복잡한 경위가 있었다. '처음부터 전부' 얘기하겠다던 데라시마 씨의 말은 실로 정직한 표현이었다.

이십칠 년 전, 조리사 자격을 갓 취득한 수습 조리사 데라시마 고지로는 롯폰기의 일식집에서 일하면서 시바노 나오코를 알게 되었다. 데라시마 씨가 스물한 살. 나오코는 스물여덟 살로 같은 식당 직원이었다. 사귄 지 얼마 되지 않아 나오코가 임신했으니, 이른바 '속도위반 결혼'이었다.

"제 본가는 후쿠시마에서 과수원을 하는데, 가업은 형님이 이어받았습니다. 형편이 꽤 좋았으니 저도 가업을 거들어도 됐겠지만, 젊을 땐 나쁜 짓도 좀 했던 터라 고향에 있기 불편했죠. 마침 권하는 사람도 있어서, 상경해서 조리사 양성학교에 들어갔습니다."

데라시마 씨가 말하는 젊은 시절의 나쁜 짓이란, 훔친 오토바이를 무면허로 타고 다니거나, 심야에 역 앞 번화가에 모여 있다 단속에 걸리거나, 교내에서 음주나 흡연을 하는 정도의, 지방에서 좀 껄렁거리고 싶은 젊은이들에게 흔한 수준이었다. 그만한 일로 고향에 있기 불편했다는 말은 오히려 본가의 가풍이 엄했음을 증명했다. 실제로 그는 본가에서 보내주는 돈을 허투루 쓰지 않고 조리사 학교를 성실히 졸업해 자격증을 땄다.

"도쿄로 가라고 권한 외삼촌이 조리사였습니다. 외삼촌도 도쿄에서 일을 배워 고향에 돌아와 가게를 운영하셨어요. 관광 가이드북에도 실리는 유명한 가게였죠. 저를 유난히 귀여워하셔서, 저도 중학생 때부터 주방에서 설거지를 돕거나 했어요. 그래서 뭐, 소질이 좀 보인다는 외삼촌 말씀에."

요리라면 저도 좋아했고, 하고 말을 이었다. "뭐든 맛있는 걸 좋아합니다. 술은 많이 못 마시지만."

나오코는 술을 많이 마셨어요, 란다.

"그보다 큰 문제는 나오코가 파친코를 좋아했던 겁니다. 요즘은 '의존증'이라고 부르는 모양입니다만."

교제중에는 몰랐단다.

"그땐 저도 젊었고, 나오코한테 완전히 빠져 있었죠. 나오코는 상고 출신으로, 부기를 할 줄 알았어요. 여기저기 옮겨 다니면서 사무원을 했는데, 한 군데 오래 있지 못했던 건 파친코 하러 갈 돈이 궁해지면 일터의 금고나 계산대에서 돈을 후무리는 나쁜 버릇 때문이었죠. 그 버릇도 결혼할 때까지는 전혀 알아차리지 못했습니다."

나는 프로 조사원다운 면을 조금 보여주기로 했다. "결혼 후에 나오코 씨의 나쁜 버릇을 알아차린 게 아니라, 결혼을 결정한 시점에 본가의 누군가가 귀띔해주지 않았나요?"

데라시마 씨가 내 실력에 감명을 받았는지 어떤지는 몰라도, 표정은 어두워졌다.

"나오코의 신상조사를 한 사람은 아까 말한 외삼촌입니다. 도회지 생활을 해본 분이라, 제가 나오코를 처음 본가로 데려가 소개했을 때부터 촉이 딱 왔던 거겠죠. 제 부모님도 형님도, 다들 누긋한 사람들이니까요. 그런 일은 생각도 못 해요."

"신상조사에서, 뭐 다른 것도 나오지 않았던가요?"

이번에야말로 데라시마 씨는 감탄한 기색이었지만, 칭찬할 생각은 없는 것 같았다.

"나오코가 한 번 이혼했고, 아이도 있다는 사실을 알았습니다. 그 무렵 열 살이었으니, 나오코가 열여덟에 낳았단 소리죠."

첫 결혼 상대는 나오코가 다녔던 상고 교사로, 스무 살 연상이었다. 두 사람은 시바노 나오코의 졸업을 기다렸다가 혼인신고를 했고, 반년 후에 아이가 태어났다.

"결혼 생활은 일 년도 못 갔던 모양입니다."

"아이는요?"

"여자앱니다."

대답하고 나서야 질문의 요점이 그게 아니라는 것을 깨닫고 그가 마른세수를 했다.

"나오코 어머니가 데려갔습니다. 본가가 사가미하라였는데, 어머니가 역 앞에서 작은 술집을 운영했어요."

어머니는 시쳇말로 싱글맘이라고, 살짝 자신 없는 투로 덧붙였다.

"나오코 씨는, 자신의 모친과는요?"

"관계가 안 좋았죠. 아기를 떠맡기고 그길로 가출해서, 결혼 건도 아이 건도 숨기고 있었습니다."

숨긴다기보다 없었던 일로 하고 싶었는지도 모른다.

"나오코 어머니도, 어쩔 수 없는 딸이라고 완전히 포기……랄까 그냥 없는 셈 치고, 찾을 생각도 안 했던 모양입니다. 그런데 가즈미 사건이 터지면서 기자들이 어머니도, 아버지가 다른 가즈미의 누나도 찾아냈단 말이죠. 가게를 접고 둘이 어디로 도망가버렸습니다. 제가 알기로 어머니는 야무진 분이었고, 아이도 똑바로 키웠습니다."

다시 마른세수를 하면서 그가 덧붙였다. "창피한 얘기지만, 두 사람이 옮겨간 데가 나고야 어디였다는 사실은 TV 리포터한테 들었습니다. 전 알아낼 재간도 없었고, 그 두 사람 일을 신경쓸 여유도 없었으니까."

"그 이후, 소식은요?"

"없습니다. 그쪽도 우리와는 깨끗이 연을 끊고 싶을 테죠."

당연합니다, 하고 그는 조그맣게 말했다.

나는 자리에서 일어나 잔 두 개에 커피를 더 따르고, 책상 서랍에서 유리 재떨이를 꺼내 테이블에 내려놓았다.

데라시마 씨의 얼굴이 환해졌다. 하지만 윗옷 가슴께를 더듬어도 담배는 나오지 않았다. 나는 같은 서랍에서 마일드세븐 라이트와 일회용 라이터를 꺼내 재떨이 옆에 나란히 놓았다. 애연가가 담배 챙기는 것도 잊어버리고 택시를 잡아탔다. 얼마나 서둘러 이곳을 찾아왔는지 그것이 여실히 증언한다.

"한 대 피우겠습니다."

데라시마 씨가 담배를 물고, 내가 불을 붙였다. 나도 똑같이 했다.

"그런 사정으로, 저희 집에선 다들 이 결혼에 반대했습니다."

깊이 한 모금 들이마셨다가 천천히 연기를 뱉으면서, 데라시마 씨는 말을 이었다. "되레 오기가 나더군요. 나오코가 무려 일곱 살 연상이란 말에는 누나라서 든든하다고 되받았고, 파친코 좋아하고 씀씀이가 헤프다는 말에는 결혼해서 가정을 꾸리면 고쳐진다, 내가 고쳐주겠다고 응수했습니다."

"다만 씀씀이가 헤픈 것과, 남의 돈 자기 돈을 구별 못 하는 건 상당히 다르지요."

이제 와서 새삼 이런 설교를 듣지 않아도 데라시마 씨가 더 잘 알 터다. 그는 대답하지 않고 담배를 피웠다.

"그래서 저 나름대로 한다고 했습니다만."

이 년 삼 개월 만에 부부는 이혼에 합의했다.

"이런 말 억지처럼 들리겠지만, 파친코 탓은 아닙니다. 나오코한테 남자가 있다는 사실을 알고…… 더구나 저와 살기 전부터 시작되어 죽 이어진 사이란 걸 알고 더는 안 되겠다 한 거죠."

"외삼촌이 고용한 조사원은 그 남자의 존재를 놓쳤던 걸까요?"

"그게 꽤 어려워요."

어렵다니, 누구한테? 조사원? 아니면 데라시마 씨?

"착실히 이어졌던 사이가 아니거든요. 남자도 헐렁해서, 불쑥 생각나면 나오코한테 돌아오는 식이라."

이번에는 내가 테이블 위 소년의 사진을 내려다보았다.

"그 남자가, 나오코 씨와 같이 살해됐던……."

가시와자키 노리오. 십이 년 전 살해될 당시 48세. 직업은 자칭 대부업. 실제로는 불법 사채업자 주변에서 떨어지는 어정쩡한 빚 독촉 일이나 하면서 지내는, 한 번도 본격적인 조직 폭력배가 되어보지 못한 채 한물가버린 건달이었다.

"그렇습니다." 데라시마 씨가 고개를 끄덕였다. "당시 나오코와 동거중이었어요. 관계가 계속됐던 모양입니다. 나오코가 저와 결혼하고 가즈미가 태어날 무렵엔 그가 형무소에 있었습니다만."

"상해죄로 복역중이었죠…… 분명 형량이 삼 년 정도 아니었나요?"

데라시마 씨는 필터만 남은 담배를 주의 깊게 비벼 끄고 눈을 들었다. "잘 기억하시네요."

"그 무렵엔 TV만 켜면 사건 속보와 시시콜콜한 얘기들이 흘러나왔으니까요."

소년의 신상을 보도할 수 없는 대신, 살해된 '양친'이 절호의 기삿거리였다.

"이야기를 듣다 보니 기억나네요."

"가시와자키가 출소해 나오코 앞에 다시 나타난 게 우리 이혼의 원인이 됐단 말도 보도됐나요?"

"네, 아마도."

데라시마 씨가 눈길을 돌리고 담배를 한 개비 더 뽑았다.

"아이를 어떻게 할 것이냐로 옥신각신했습니다."

여전히 차분하고 억양이 없는 목소리다.

"전 데려오고 싶었습니다. 솔직히 제 어머니를 믿는 구석이 있었죠. 사내 혼자, 그것도 아직 어엿한 조리사 구실도 못하는 처지에 두 살배기 아이를 키울 자신은 없었으니까요. 그렇지만 어머니는 물론이고 아버지와 형님까지 맹렬히 반대했습니다."

"외삼촌도요?" 내가 물었다.

데라시마 씨가 천천히 고개를 끄덕였다.

"지방 사람들은 도시 사람들보다 느긋하지만, 일단 안 된다면 요지부동입니다. 어머니 말씀이, 가즈미는 그 여자 아들이지 당신 손자라고 생각한 적은 없다는 겁니다. 제 귀를 의심했습니다."

"귀를 의심한 게 그때가 처음은 아니었을 텐데요? 그 전에, 임

신중인 나오코 씨와 결혼하겠다고 선언했을 때도 부모님, 형님, 외삼촌이 다 배 속의 아이가 누구 핏줄인지 알 게 뭐냐고 하셨을 테니까요."

데라시마 씨는 화내지 않았다. 의외일 만큼 부드럽게 쓴웃음을 지었다. 손님 상대라면 이골이 난 상인다운 웃음이다.

"그쪽한테 걸리면 뭐든 훤히 들통나네요."

그가 내 의뢰인이 되는 일은 있어도, 내가 일식집 '데라시마'의 손님이 될 일은 결코 없다는 양 기탄없는 말투다.

"네, 맞습니다. 가즈미가 태어나기 전에도 엇비슷한 말을 들었어요. 당시엔 누구도, 매사 눈치 빠른 외삼촌조차 유전자 검사 같은 세련된 해결책은 생각하지 못했지만."

데라시마 씨의 외삼촌은 검사 결과 고지로와 가즈미의 친자 관계가 입증되는 쪽을 두려워하지 않았을까. 그편이 매사 눈치 빠른 인물의 위기관리로서는 적절하다.

"결국 아이는 나오코가 데려갔습니다. 양육비다 뭐다 해서 길게 끌면 안 좋다면서 형님과 외삼촌이 힘써서 삼백만 엔을 마련해주셨죠. 나오코에게 돈을 건네고, 이후로는 데라시마 가와 완전히 관계를 끊는다는 각서 한 장 받고, 저는 다시 홀몸으로 돌아왔습니다."

그로부터 일 년이 지나지 않아 그는 재혼했다. 상대는 고향

고등학교 동창이었다.

"또 형님이나 외삼촌이 나서주셨나요?"

이번에도 데라시마 씨는 화내지 않았다. 그저 주의 깊게 담배를 껐다.

"아뇨, 이혼하고 반년쯤 지나, 여름 축제 때 귀성했다가 만났습니다. 원래 같은 동네에 살았고, 집안끼리도 알고 지냈어요. 아내는 제가 재혼인 것도, 전처하고 사이에 아이가 있는 것도 알았습니다. 그런 일은 지방에선 곧바로 소문이 나니까."

도회지도 사정은 마찬가지다. 다만 소문이 나는 방법에 차이가 있을 뿐이다.

"옛날 일은 깨끗이 정리됐다는 제 말을 아내가 의심한 적은 없습니다. 의심받을 만한 일도 없었고요. 저는 나오코와 아이 소식을 몰랐고, 찾을 생각도 물론 없었어요. 그쪽에서 접촉해오는 일도 없었고."

십이 년 전 시바노 가즈미가 그 사건을 일으킬 때까지 부자 관계는 완전히 단절되어 있었다.

"때때로 가즈미가 어떻게 살고 있을까 우두커니 생각하는 일은 있었지만."

언제나 그 생각을 곧바로 지워버렸단다.

"당시엔 아이를 당연히 사가미하라의 어머니한테 맡길 줄 알 있었습니다. 그렇잖아요? 그편이 나오코도…… 편할 테니까."

내 동의를 구하기보다는 자신에게 하는 말이었다.

"사건이 있고, 그 아이가 어떤 환경에서 커야 했는지 알게 될 때까지는, 정말로 그렇게 믿고 있었습니다."

'어떤 환경에서 커야 했는지.'

시바노 나오코와 내연 관계였기에 당시 '계부'라 잘못 보도되기도 했던 가시와자키 노리오는, 가즈미에게 아버지가 아니라 엄마의 동거인일 뿐이었다. 그것도 불안정하고 부적절하고 위험한.

경찰관의 설득에 응해 투항하고 신병이 구속된 직후부터, 소년은 자진해서 조사관에게 진술했다. 나는 집에서 학대받았다, 엄마와 가시와자키를 살해한 것은 내 몸을 지킬 다른 수단이 없었기 때문이다, 라고. 학업 성적은 형편없었지만 그는 기억력이 좋았고, 표현력이 풍부하지는 않아도 적확했다.

조사가 시작되자, 진술이 망상이 아니란 것이 허탈할 만큼 속속 증명되었다.

초등학교 입학할 무렵부터 그는 두 사람에게 좀도둑질과 절도를 강요받았다. 가까운 동네 가게뿐만 아니라 상당히 먼 곳까지, 나오코는 가즈미를 데리고 원정을 다녔다. 한편 학교 교재비와 급식비는 체납하기 일쑤였는데, 학교 측에는 싱글맘 가정인 데다 병약해서 가계가 어렵다고 우는소리를 했다.

— 엄마가 그랬어요, 범인이 조그만 어린애면 피해자도 경찰을 부르지 않는다고. 학교는 애초 돈을 받아가는 것 자체가 이상하니까 안 내도 된다고.

생활이 불규칙한 데다 나오코가 외출하면 혼자 방치되다시피 했으며, 식사를 제대로 챙겨주는 사람이 없었으므로 가즈미는 또래 어린이 표준보다 작고 허약했다. 초등학교 3학년 때 보다 못한 담임교사가 시바노 나오코와 면담하고, 생활보호 수급을 권했다. 신청은 수리됐지만 그것이 가즈미의 생활환경 개선으로 이어지는 일은 끝내 없었다. 나오코는 변함없이 파친코의 존증이었고 가시와자키도 도박을 좋아해서, 둘이 앞서거니 뒤서거니 사채업체에서 돈을 빌리고는 했다.

친엄마와 동거남의 편의에 따라 가즈미는 그때그때 방치되거나 '훈육' 명목의 폭행을 당했다. 특히 후자는 가즈미가 철들면서 좀도둑질과 절도를 꺼리게 되자 갈수록 심해져서, 일상적으로 일어났다. 아직은 구체적인 행동으로 어른에게 맞설 수 없던 이 무렵의 가즈미는, 나오코와 가시와자키에게 편리한 도구였으리라.

확인된 사실만도 과거 두 번, 가즈미는 보험금을 노린 고의 교통사고 피해자, 이른바 '자해공갈 환자'가 됐고, 두 번 다 경상이었지만 시바노 나오코는 가해자에게서 치료비와 사고 합의금을 뜯어냈다. 좀도둑질과 절도로 말하자면 가즈미 본인도 다 기억하지 못할 만큼 많았다.

조사가 진행되면서, 가시와자키가 닉네임 몇 개를 번갈아 써가며 아동포르노 사이트에 가즈미의 속옷 차림이나 알몸 사진을 올려, 소년을 좋아하는 '손님'과 거래했다는 사실도 드러났다. 가즈미가 열 살부터 열두 살쯤까지의 일로, 거래가 몇 건 성사되어 가시와자키는 약 팔십만 엔을 벌었다. 이 건에 대해 가즈미는 가시와자키에게 '창피한' 사진을 찍힌 일은 기억했지만, 어머니가 어디까지 관여했으며 가시와자키가 사진 판매 이상의 '거래'도 생각했는지 여부는 확인하지 못했다. 그래도 그의 진술로 아동포르노 금지법 위반 혐의의 남녀 몇 명을 체포할 수 있었다.

사건의 중대성으로 인해 성인과 똑같이 형사 사건 피고인으로서 재판을 받게 되자, 시바노 가즈미는 법정에서도 경찰 조사 때와 마찬가지로 자신에게 일어났던 일과 자신이 저지른 일을 차분히 증언했다. 법정, 나아가 보도를 통해 진술 내용을 알게 된 일반 사회가 오히려 그의 정신 상태를 의심할 정도로 가즈미는 냉정했다.

— 사건 반년쯤 전부터, 엄마와 가시와자키는 저를 죽이려고

모의했습니다.

중학생이 된 가즈미는 환경 면에서는 여전히 두 사람의 지배를 받았지만, 이미 유아도 아동도 아니었다. 성적이 불량하고 체격도 빈약해 학교에서는 고립되기 일쑤였지만 친구도 몇 명 생겼다.

가즈미는 비틀거리게나마 성장하여 바깥세상과 스스로 소통할 수 있게 되었다. 다시 말해 친구들과 자신의 생활을 견주어보고 그 격차 그리고 자신의 비정상적인 환경을 자각할 수 있었다는 소리다. 그 너머에는 바깥 사회를 향해 직접 곤경을 호소하고 도움을 요청하는 길도 열려 있었다.

나오코와 가시와자키에게는 지극히 현실적인, 눈앞에 닥친 위협이었다.

고발당하기 전에 가즈미의 입을 막아버리자. 그 김에 마지막으로 한밑천 잡을 수도 있으리라. 둘은 그렇게 모의하기 시작했다고 가즈미는 증언했다.

— 제 앞으로 보험을 들고 저를 죽일 의논을 하고 있었어요. 몰래 이야기하는 걸 우연히 몇 번 들었습니다.

나오코와 가시와자키가 한 지붕 밑에 사는 가즈미의 귀를 꺼리지 않고 그런 일을 의논했으리라고는 생각하기 힘들다. 우연히 들었다는 가즈미의 증언은 그 점에서 의문이 남는다. 하지만 가즈미가 중학생이 되고 얼마 후, 나오코가 보험회사 몇 군데에 전화해 자료를 요청하거나, 지점과 영업소를 직접 찾아간 일은 사실이었다.

그 가운데 나오코가 부지런히 드나들었던 생명보험회사의 영업 사원이 법정에 나와 상담 내용을 증언했다. 내용을 뒷받침하는 업무 일지도 증거물로 제출했다. 그에 따르면 시바노 나오코는 학자금 보험이나 의료보험 설명에는 통 관심이 없고, 열서너 살 아이를 대상으로 고액 보험금이 지급되는 생명보험에 가입할 수 있는지, 있다면 다달이 납부금이 얼마인지 따위만 집요하게 물었다.

수상하게 여긴 보험회사는 완곡한 표현을 써서 상담을 중단했다. 나오코는 화를 내며 돌아갔고, 그 뒤에 가시와자키임 직한 인물이 (모자의 지인이라고 주장하면서) 몇 번 항의 전화를 걸어왔지만, 회사 측이 태도를 바꾸지 않자 연락이 끊어졌다.

사건 후 가택 수색 때 그들이 살았던 빌라에서 생명보험과 상해보험 팸플릿이 대량 발견되었다. 서류 우송만으로도 신청 가능한 공제보험 자료도 섞여 있었다. 한 번 거절당하고 학습한 결과인지도 모른다.

— 교통사고라면 상대방에게 돈을 받아낼 수 있으니까, 또 자해공갈 환자 같은 걸 시킬까 봐 무서웠어요.

역 플랫폼에서는 끝 쪽에 서지 않았다. 셋이 함께 외출하면 차도 쪽으로 걷지 않았다. 언제나 주의했다고, 열네 살 소년은 증언했다.

— 가만 있으면 죽을 테니까, 어떻게든 해야 한다고 생각했습니다.

그 '어떻게든'이 자신이 다니는 공립 중학교의 담임교사에게 사정을 털어놓는 일이었다. 그에게는 달리 믿을 곳이 없었다.

지자체 아동보호 시설은 한 번도 이들 모자를 접촉한 일이 없다. 이웃이나 의료 기관의 통보도 없었으니, 위험을 감지할 수 없었으리라. 부주의라면 부주의랄 수도 있지만, 이 점에서는 나오코와 가시와자키의 처신이 교묘했다고도 할 수 있다. 줄곧 무직으로 고정 수입이 없었던 나오코는 생활 보호 수급자였기에 시청 담당자와는 정기적으로 면담했지만, 그때도 감시 기능은 작동하지 않았다. 가시와자키는 그들이 살던 빌라에 전입신고를 하지 않았고, 그것만으로도 법적으로 투명인간이 될 수 있었다.

가즈미가 담임교사에게 의지했던 것은 그의 입장에서는 무리도 아니다. 첫 번째는 1학년 2학기말, 겨울 방학이 시작되기 직전이었다.

하지만 학교 측은 이 소년의 SOS를 받아들일 채비가 되어 있지 않았다. 사건 때 인질로 잡혀 중상을 입었던 담임교사는 이십대 여성으로, 교직 경험이 길지 않았다. 학교에는 전담 상담사도 없었다.

담임교사는 사정을 털어놓는 가즈미의 담담한 태도와 비정상적인 내용에 도리어 의혹을 품었다. 사건이 사법의 장으로 끌어내졌을 때 일반 국민들이 그러했듯 그 교사도 난처했던 것이다.

간단히 믿을 수 있는 이야기는 아니다. 터무니없거니와 친엄마를 중상하는 내용이다. 시바노 가즈미 모자 사이에 문제는 있을지언정 그가 주장하는 범죄소설 같은 이야기는 사실이 아니리라 생각했다. 훗날 법정의 반응과 마찬가지로 담임교사는 오히려 시바노 가즈미의 정신 상태를 우려했다. 당시 이 문제를 전해 들은 학년 주임교사도 이야기를 곧이곧대로 믿으면 위험하다, 신중히 대처해라, 라고 조언했다.

절박한 심정으로 도움을 요청했던 시바노 가즈미는 그 태도에 불만을 느꼈다. 불만은 3학기 들어 담임교사가 '신중한 대처'의 일환으로 시바노 나오코에게 연락해, 학교로 불러 면담함으로써 커다란 분노로 자라기 시작했다.

— 선생님은 나를 믿어주지 않는다. 그러기는커녕 엄마한테 고자질했다.

그래서 선생도 죽이려고 생각했던 것이다.

다만 소년은 이 건에 대해서는 조사 개시 후 비교적 빠른 단계에 심경의 변화를 일으켰고, 공판에서도 확실히 사죄했다. 그것은 오해였다. 경찰 관계자, 변호사와 이야기하는 과정에서 차츰 그렇게 생각하게 되었다. 선생님이 곧바로 나를 믿어주지 않았다 해도 별수 없다. 분명 화가 나서 그런 짓을 저지르기는 했지만, 생각이 모자랐습니다. 잘못된 짓이었다고 지금은 생각합니다.

이 사죄 또한 담담했다.

"공판에는 가셨나요?" 내가 물었다.

데라시마 씨가 고개를 끄덕였다. "증인으로요. 가즈미가 태어났던 당시와 나오코와의 이혼에 대해 설명하러."

그리고…… 하고 목소리가 작아졌다.

"가즈미가 어떤 벌을 받건, 사회에 복귀할 때는 아버지로서 제가 책임지고 보살피겠다고 말했습니다."

"면회는요?"

"그 무렵엔 못 만났어요. 몇 번 신청했지만 가즈미가 거부했습니다."

데라시마 씨가 방청하러 오는 것도 질색해서, 가즈미 군이 동요하니까 삼가달라는 말을 변호사에게 들었단다.

"처음에 가즈미는 저를 잊고 있었습니다. 실제로 그런 지독한 일을 당하면서도 저를 찾거나 의지할 생각은 한 번도 한 적 없었으니까요."

말하자면 그는 없는 인간이었다.

"없는 인간이 갑자기 나타났으니, 유령이나 마찬가지죠. 그 아이는 저를 두려워했어요."

"그렇다면 아버지로서 사회 복귀를 돕겠다는 발언은 가즈미 군의 의사를 반영한 게 아니라……."

"네, 제 독단입니다."

갑자기 기분이 상한 것처럼 데라시마 씨의 목소리가 날카로워졌다. "부모로서 당연합니다."

"그래도 지금 가족들은 반대했겠죠."

데라시마 씨는 아무 말이 없다.

"미디어의 취재 경쟁도, 당시 모두에게 꽤 민폐가 아니었나요?"

"그건 저 혼자 응했으니까. 게다가 꼭 민폐만도 아니었고요."

정보원이 돼주었단다.

"경찰도 검사도 가즈미의 변호사조차도, 저한텐 아무것도 가르쳐주지 않았어요. 이쪽이 궁금한 점은 죄다 함구하는 겁니다. 가즈미한테 좋을 게 없다는 둥 하면서. 차라리 기자나 리포터들이 고마울 정도였죠."

"그들이 가져오는 정보가 반드시 정확하다고는 할 수 없는데도요?"

"아무것도 모르는 것보다는 훨씬 나았거든요."

나는 아이들 속을 도무지 알 수 없다며 이곳을 찾아오는 부모들을 떠올렸다. 부정확한 정보일지언정 알고 싶다는 요청은 받은 적이 거의 없다. 그들이 요구하는 것은 확증 나아가 '좋은 확증'이다. 그들의 의혹을 씻어줄 확증.

"분명, 대규모의 변호인단이 딸렸었죠?"

"변호사가 열두 명이나 됐습니다. 다들 자발적으로. 저는 한 일이 없어요. 그 점은 물론 고마웠죠."

"정신 감정은……."

"이것저것 했지만, 발달 장애라던가 뭐라던가로 낙착을 봤습니다. 전 어려운 얘기는 모르지만, 왜 굳이 그런 수고가 필요한가 생각했죠."

왜냐하면 가즈미는 처음부터 정상이었으니까요, 하고 데라시마 씨는 단언했다.

"자신이 좀도둑질과 자해공갈 같은 나쁜 짓을 계속 강요당했다고 올바로 이해하고 있었으니까요. 이대로 가면 살해당한다는 것도 그 애의 망상이 아니었어요. 나오코와 가시와자키는 이것저것 모의하고 있었으니까."

가즈미는 머리도 좋았고, 란다.

"검사해보니 지능지수가 높았습니다. 학업 성적이 나빴던 건 생활이 그 모양이라 도무지 공부를 할 수 없어서였죠. 하지만 지금은, 저는 엄두도 못 낼 어려운 책을 읽거든요. 사건에 대해서도 제대로……."

한꺼번에 말하고, 데라시마 씨는 입을 다물었다. 나는 말없이 그의 눈을 바라보았다.

"판결 내용을 기억하십니까?"

나는 고개를 가로저었다. "말씀해보세요."

"가즈미는…… 선악도 판단할 줄 알고 말도 똑똑히 할 줄 알았지만, 감정이 결여됐다고 할까 희로애락이 없어서요."

담담하고 냉정해서 거의 기계처럼 보이는 소년.

"처음엔 의료소년원에 수용됐습니다. 이 년쯤 거기 있었어요. 제 생각엔 딱히 치료도 필요 없었지만, 평범하게 생활하면 곧바로 보통 아이들처럼 될 거라고."

"실제로는 어땠나요?"

"갈수록 좋아졌어요. 웃기도 하고 울기도 하게 됐죠. 사건을 떠올리면 무섭다면서, 밤에 잠을 못 자기도 하고."

그러니까, 하고 마른세수를 했다.

"의료소년원에서 지냈던 게 역시 좋았던 걸까. 아무튼 보호받았던 게. 아니면 자신이 저지른 일에 짓눌려, 이번에야말로 정말로 마음의 병을 얻었을지도 모릅니다."

의료소년원을 퇴원한 시바노 가즈미는 소년분류심사원으로 옮겨졌다.

"팔 년 동안 거기 있었습니다. 죄는 죄니까, 대가를 치러야죠. 담임선생한테 저지른 짓은 물론이고 나오코와 가시와자키 건도…… 살인은 살인이니까."

"그가 그렇게 말하던가요?" 내가 물었다. "아버님 해석이 아니라."

데라시마 씨는 딱히 화난 기색 없이 온화하게 대답했다. "그렇습니다. 본인이 받아들이고, 팔 년 동안 열심히 애썼습니다. 마침내 인간다운 취급을 받으면서 가즈미는 원래의 자신을 되찾았어요."

죽어 있던 마음이 되살아난 거란다.

"저도 차츰 아비로 인정해주기 시작했고요. 처음엔 영 아니었죠. 면회도 무조건 거부했어요. 전 편지를 썼습니다. 그 애한테 전하고 말고는 의사나 실무관의 재량에 달려 있었지만, 하여튼 제가 있다는 걸 알아줬으면 하는 마음으로 부지런히 썼습니다. 그러는 사이 답장도 오게 되더니, 만나주겠다고……."

속사포처럼 털어놓고, 데라시마 씨는 목이 메었다. 눈앞에 있는 담배도 보이지 않는지 손으로 더듬어 한 개비 뽑고 불을 붙였다.

"면회 때마다 저는 사과했습니다. 가즈미가 감정이 격해져서, 왜 자길 버렸냐고 소리 지를 때도 있었죠. 저야 그저 사과할밖에요. 변명할 처지도 아니니까요."

담배가 떨리고, 연기가 어지럽게 올라갔다.

"길었습니다. 그래도 세월이 걸린 게 좋았는지도 몰라요. 지금 가즈미는 새로 태어난 거나 다름없습니다. 출소하고 제일 먼저 선생님을 찾아가 사죄하고 싶다고 할 정도였으니."

"실현됐나요?"

"편지와 전화로 연락하고, 시간은 좀 걸렸지만요. 다행히 선생님이 만나주셨죠. 고마운 일입니다."

"출소 후엔 신병 인수인이 되셨나요?"

"아비니까요."

곧바로 대답하고 그는 눈을 내리깔았다.

"가까이 있지만, 같이 살지는 않습니다. 그러니까 그, 아내와 딸, 사위가."

"지금도 가즈미 군을 데려오는 데 반대해서요?"

아래를 내려다본 채 데라시마 씨가 고개를 끄덕였다.

"계속 보호관찰사 댁에서 지냅니다. 전기공사 회사 사장님이세요. 가즈미는 직업 훈련 때 전기공 일을 배웠으니까."

"그럼, 거기서 일하는 거네요?"

"그렇습니다. 새 출발로는 운이 좋은 셈이죠. 사장님도 사모님도 잘 해주시고."

이윽고 데라시마 씨가 눈을 들었다. "그 애는 아직도 시바노 가즈미라는 이름을 씁니다. 전 반대했거든요. 데라시마 성을 쓰는 게 좋겠다고. 하지만 가즈미는."

— 그럼 아버지 가족한테 미안하잖아.

"시바노라는 성을 버리면, 나오코한테도 미안하다면서."

자신을 학대하고 보험금 살인까지 꾸몄던 엄마한테 미안하단다. 시바노 가즈미에게 그것은 진짜 갱생일까.

의문이 머릿속을 스쳤다. 그것이 올바른 선악의 판별일까. 시바노 가즈미 자신은 진실로 그렇게 생각할까.

"물론 전부 원만하게 해결된 건 아닙니다."

나는 눈을 깜박이며 데라시마 씨의 목소리에 다시 집중했다.

"저도 그 아이도 여전히 서로 사양하는 부분이 있다고 할까. 가즈미는 자기 때문에 행여 제 가정이 삐거덕거릴까 걱정해요. 제가 만나러 가도, 얼른 집에 들어가라고 밀어냅니다."

가게를 비우고 이렇게 훌쩍 외출하는 일은 드물지 않을 터다.

어쩌면 오늘도, 잠자코 아버지를 보내준 딸 부부는 그가 가즈미를 만나러 간다고 짐작했을지도 모른다.

"그것 말고도 원만히 해결되지 않은 일이 있군요?" 내가 말했다. "여기 찾아오신 것도 그 때문이고요."

그가 이곳을 찾아온 목적에 마침내 도달한 것 같았다.

창밖에는 진눈깨비가 계속 내린다. 구식 난방기가 뿜어내는 훈기 속에서 데라시마 씨가 가볍게 몸을 떨었다.

"가즈미가…… 자기 사건이 말이죠, 당시 어떻게 보도됐는지 알고 싶다면서 인터넷으로 이것저것 검색합니다."

그가 여전히 몸을 떨며 말을 이었다.

"계기는 모르겠고, 작년 연말부터 그럽니다. 전 말렸어요. 그런데도 본인은 아무래도 신경쓰는 눈치고, 보호관찰사 사장님도 무턱대고 말리면 역효과가 난다면서, 어차피 몰래 하느니 본인 속이 풀릴 때까지 내버려두자고, 대신 잘 지켜보면서 필요할 때 도와주면 된다는 입장이라."

가즈미가 과거 일을 마주해나가는 작업도 필요할 테고, 하고 중얼거렸다.

"그래서, 뭘 발견했는데요?"

왠지 갑자기 기가 꺾인 것처럼 데라시마 씨는 대답을 회피했다.

"봉투 속에, 필요한 사안은 적어서 넣어뒀습니다."

"직접 말씀하시지 못할 일인가요?"

데라시마 씨가 이를 악문 채 짧게 뭐라고 말했다. 목소리도 작거니와 일상어는 아닌 느낌이라 나는 알아듣지 못했다.

"뭐라고 하셨어요?"

"메시아."

그가 애써 입가를 끌어당겨 웃으려 했다.

"'검은 메시아'랍니다. 인간을 말하는 게 아니에요. 괴물입니다. 그것이 여기저기서 '다른 사건을 일으킨다'는 겁니다. 아이를 학대하는 부모나, 아이를 제물로 삼는 범죄자를 퇴치한다는 겁니다."

그 괴물을, 시바노 가즈미는 봤단다.

— 정말이야, 아버지.

그건, 나야.

3

그것은 말하자면 도시전설 같은 것이었다.

시바노 가즈미가 발견한 것은 '검은 메시아와 검은 어린 양'

이라는 사이트였다.

별별 일이 다 일어나는 인터넷 세상에서, 엽기적 범죄나 흉악 사건을 두고 줄기차게 떠들어대는 사이트가 있다고 이상할 것은 없다. 구경꾼 성격이 짙은 것부터 사건 해결과 재발 방지를 희망하는 진지한 것까지, 대부분은 사건이 터져 매스컴이 수선을 떨 때 탄생했다가 보도가 잠잠해짐에 따라 사그라져 소멸한다. 지금까지도 그랬고 앞으로도 그럴 것이다.

소년A 즉 시바노 가즈미 사건은 경우가 조금 달랐다. 이것이 열네 살 소년이 일으킨 '자기 방어 범죄'였다는 점이 보도를 접한 사람들 중 일부—짐작건대 사건 당시 가즈미 또래였던 일부 소년소녀에게 이 사건을 그저 일회성으로 흘려보내도록 용납하지 않았다. 그리하여 그것이 어떤 계기로 형체를 갖추었다.

시바노 가즈미가 발견했다는 사이트는 역사가 길지는 않았다. 육 년쯤 전에 생긴 사이트다. 일견 야단스럽기도 하고 으스스하기도 한, 보기에 따라서는 개그인가 싶은 타이틀치고는 의외일 정도로 관리가 제대로 되어 있다. 지금까지의 경위도 알기 쉽게 정리되어 있다.

발단은 거대 게시판에 올라온 한 줄의 글이었다. 닉네임 '데루무'라는 인물이 남긴 이런 문장이다.

'사이타마 교실 점거 소년A가 심사원에서 자살했다고 함'

육 년 전이라면, 가즈미는 분명 소년분류심사원에 있었다. 이 무렵에는 이미 데라시마 씨 면회에도 응했고, 서서히 밝음을 되찾아가며 진지하게 사회 복귀를 생각하기 시작했다. 물론 자살도 시도한 일이 없었다. 엄연한 오보이자 가짜뉴스지만, 글을 올린 인물은 '확실한 정보원에게 들었다'고 주장하며 물러나지 않았다.

'본인은 사형을 원했는데 살려놨으니까. 아무튼 이로써 그가 염원했던 대로 다시 태어날 수 있게 됐으니, 잘된 거지.'

가즈미가 사형을 원했고, 다시 태어나기를 염원했다는 말도 사실이 아니다. 다만 심사원에서 자살했다는 완전한 허위 정보와는 달리 이쪽은 어느 정도 근거가 있었다. 공판 중에 분명 그런 보도가 있었던 것이다.

어느 주간지의 '독점 특종'이었다. '교실 점거 소년A의 진술 조서를 입수'했다고 요란하게 주장했지만, 이 주일 만에 유야무야되었다. 기사의 근거로 꼽았던 이른바 진술 조서가 날조였음이 판명됐기 때문이다.

이런 사건을 보도하는 데 당사자나 관계자의 진술 조서는 귀중한 취재원이다. 더군다나 소년 사건이라면 그런 물건이 곧바로 매스미디어 종사자에게 흘러들어올 리 없다. 설령 용케 입수했다 해도, 건실한 저널리스트라면 그것을 정보원으로 사용할 때는 신중하게 취급한다.

문제의 특종은 우선 취재원이 너무 숨김없이 드러난 점이 이상했다. 기사가 나오자 즉각 검증 움직임이 일어났다. 변호인단도 격렬히 항의했다. 기사에서 소년A의 진술로 되어 있는 것은 하나부터 열까지 엉터리라고.

계약직 기자가 들고 온 기획 기사였는데, 게재를 놓고 편집부 안에서도 신중론이 강했던 모양이다. 예의 기자는 이전에도 날조 기사로 문제를 일으킨 적이 있어, 업계 일각에서는 사기꾼 취급을 받던 인물이었다. 반향이 너무 크자 당황한 편집부는 뒤늦게나마 검증 작업을 시작했고, 결국 기사를 철회하고 사죄하는 꼴이 되었다.

소년A가 취조관에게 '사형되고 싶다 운운'했다는 말은 그 날조 기사 속 에피소드였다.

'검은 어린 양' 사이트에는 공식적으로는 내려졌을 터인 그 기사의 전문이 올라가 있다. 앞으로 어떤 처분을 받게 될 것 같으냐는 취조관의 질문에 소년A가 이렇게 대답했다는 대목도 있다.

— 사형되고 싶어요. 미성년자라고 해서 사형이 안 되는 건 이상하잖아요.

— 저는 죽어서 다시 태어날 거예요. 인간을 초월하는 존재가

되어 세상에 되돌아올 거라고요. 엄마나 가시와자키처럼 나쁜 인간을 퇴치하려고요. 저처럼 비참한 처지의 아이들이나 여자들을 구하고 싶어요.

나아가 이 독점 기사에는 예의 '진술 조서'가 공판에 나오지 않고 어둠 속에 묻힌 것은 소년A가 이런 과대망상적 공상에 사로잡혀 있다는 사실을 명백히 하면 소년을 벌하고 싶은 검찰 측에도, 소년을 보호하고 싶은 변호인단 측에도 똑같이 '불편하기' 때문이라는 그럴싸한 해석까지 덧붙어 있었다.

요컨대 모조리 '날조'였다. 하지만 일단 '보도'로 세상에 나온 정보는 특히나 오늘날 같은 인터넷 사회에서는 완전히 지워져 사라지지 않는다. 닉네임 '데루무'는 어딘가에 남은 그것을 접촉하고 그대로 믿었다는 말이다.

예의 거대 게시판에서는 곧바로 활발한 반응이 일어났다. 대부분은 데루무를 향한 충고나 야유였다. 그중에 이런 데 글을 올리면 안 되는 입장이지만 간과할 수 없어서, 라고 밝힌 다음 '교실 점거 소년A는 자살하지 않았습니다. 심사원에서 사회 복귀를 목표로 애쓰는 중입니다. 그의 명예를 위해서도 이런 잘못된 정보를 믿지 마세요'라는 글을 올린 인물도 있었다.

그러거나 말거나 데루무는 태도를 바꾸지 않았다. 오히려 소년A 자살 정보는 틀림없다, 그를 심사원 따위에 처넣은 국가 권력 입장에서는 패배인 셈이니까 절대 인정하지 않는다, 진실은 으레 그렇게 은폐되기 마련이라고 계속 주장했다.

그러는 사이 그에게 동조하는 그룹이 생겼다. 그의 편을 들고, 그가 주장하는 '소년A가 다시 태어나 인간을 초월한 존재가 된다'라는 스토리에 공감하고 공명하는 사람들이.

인터넷 판에 썩 익숙하지 않다 해도, 거기서 대화하는 사람들이 언제나 '진짜 사실' '진짜 자신'을 들려준다고 믿을 만큼 나도 순진하지는 않다. 특히 이런 토픽은 단순히 호기심에 이끌려 참가하는 사람도 있을 터다. 그 점을 감안하더라도 데루무의 주장에 찬동하는 사람들의 댓글에서는 그들을 그렇게 몰아넣는 뭔가가, 흥미 이상의 뭔가가 전해졌다.

그 가운데는 '나도 부모에게 학대받는다' '남편에게 맞고 산다' '친구 집 사정이 소년A의 집과 똑같다'라고 털어놓는 사람들도 있었다. 소년A의 속사정을 잘 알 수 있다. 그처럼 단호하게 행동할 수 없는 자신이 답답하다…….

이것도 어디까지가 진실인지 알 수 없다. 실제로 그들의 고백이나 고발 또한 데루무의 주장과 마찬가지로 충고나 야유, 가차 없는 비난을 받았다.

이윽고 데루무가 그들을 위해 별도의 사이트를 개설한다. 사이트 이름은 '제물의 어린 양'. 안심하고 대화할 수 있는 장소를 확보하자 멤버들은 더욱 열띤 주장을 펼쳐놓게 되었다.

'애초 소년A가 재판받은 일 자체가 이상했음. 그 소년이야말로 희생자고, 정의로운 인간인데.'

'자살함으로써 그는 마침내 자유로워진 거지.'

'아버지에게 학대받고 있어요. 매일, 죽고 싶을 만큼 괴로워요. 아무도 도와주지 않아요. 소년A가 정말로 다시 태어나, 아버지를 죽여주면 좋을 텐데.'

'그는 지금 어디 있을까? 어떻게 하면 만날 수 있을까?'

소년A를 만나고 싶다. 어떻게 하면 그의 영혼과 접촉할 수 있을까. 다시 태어나게 될 그는 어떤 모습일까. 우리 눈에 보일까.

그런 물음에 응하는 사람이 사이트 내에 나타난 것이 '제물의 어린 양'이 개설되고 반년쯤 지났을 무렵이다.

이 인물은 데루무 같은 실무 관리자가 아니라 '교주'였다. 하나의 공상을 종교적 비전으로까지 끌어올리고, 그 공상을 공유하는 그룹을 '신자' 집단으로 변화시킬 수 있는 힘을 지녔으니 그렇게 불러도 좋으리라.

'내 이름은 유다스 마카바이우스.'

이렇게 말하면서, 그 인물은 '제물의 어린 양'들 앞에 나타났다. 조금 별난 이 이름은 기원전 2세기 무렵 유대교를 믿고 받들던 유대 지방에서, 그 땅을 지배하는 포학한 이교도 왕에 맞서

독립 전쟁을 일으켰던 유대인 지도자의 이름이다. 히브리어로 '철퇴의 유다'라는 뜻이다. 단순히 유대인 남성의 이름이지 신약 성서에 등장하는 배반자 유다가 아니다.

'나는 예언자'라고, '철퇴의 유다'는 선언했다. "'기름 부음을 받은 자'의 도래를 기다리면서, 어린 양들을 그의 품으로 인도하는 자"라고.

'기름 부음을 받은 자'란 히브리어 직역으로 '메시아'를 의미한다. 그런 종교적 잡학에 정의, 복수, 구제의 스토리를 얼버무려 철퇴의 유다는 눈 깜짝할 사이에 '제물의 어린 양'들을 구워 삶았다. 혹은 장악했다. 이 경우는 어느 쪽이라도 똑같다.

건실한 어른의 눈에는, 현실과 공상(혹은 원망願望)의 경계선을 보지 못한다는 점에서는 원래 멤버인 어린 양들보다 철퇴의 유다 쪽이 더 위태로워 보일 터다. 유다의 주장은 단순한 선악 이원론으로, 현 세계는 악마에게 지배당했고 철저히 썩었다는 것이다. 때가 되면 신이 지상에 강림해 악마의 군대와 마지막 전쟁을 시작한다. 그리하여 완전한 승리를 거두고, 진정한 행복을 실현하는 천년왕국을 지상에 건설한다. 그곳에 살 자격이 있는 사람들은 신의 군대에서 용맹하게 싸운 전사들, 한때는 악마와 그 부하들에게 박해받고 고통당하다가 구제된 희생자들뿐이다……

이야기 속에 점점이 박힌 소도구는 대부분 신약성서의 〈요한 묵시록〉에서 빌려온 내용이다. 그것도 원전을 이해하고 썼다기는 힘들고 영화, 소설, 만화 따위에서 얻은 부차적 지식을 멋대로 짜깁기했다.

그런데도, 아니 그래서 더욱 제물의 어린 양들을 강하게 끌어당겼는지도 모른다. 그들은 (그리고 우리도) 성서를 몰라도 '묵시록'이라면 안다. 로마 가톨릭의 교리는 몰라도 '제7의 봉인'이나 '청황색 말을 탄 기사'나 '붉은 용'이라면 안다. '아마겟돈'이라면 안다. 이해하지는 못해도, 상상력을 건드리는 재료만 알고 있으면 된다. 철퇴의 유다가 하는 말은 자체의 설득력보다 배후에 숨겨져 살짝살짝 보였다 말았다 하는 기존 창작물의 풍요로운 스토리성과 선명한 이미지네이션에 힘입어 어린 양들의 마음에 가닿았다.

유다는 어린 양들에게 '검은 메시아'의 출현이야말로 마지막 전쟁의 전조라고 호소했다. 지상에 내려와, 암약하는 악마의 부하들을 휩쓸어버리고 제물의 어린 양들을 구제하고 신의 군대에 가담할 정의의 전사를 규합하는 일이 '검은 메시아'의 성스러운 임무이므로.

황당하고 유치하고 뻔한 이야기다. 이런 데 흥분하는 어린 양들에게 찬물을 끼얹으려 드는 게스트도 더러 있었다. 철퇴의 유다의 군림을 깨끗이 받아들이고, 사이트 이름까지 바꾸어 열성적 신자 겸 관리자로 묵묵히 사이트를 운영하는 데루무의 정체를 의심하는 게스트도 있었다. 데루무야말로 예의 날조 기사를 주간지에 기고했던 기자 본인이고, 자신의 기사가 이렇게 살아남는 것을 희희낙락 지켜보는 게 아니냐면서.

혹은 데루무가 인터넷상에서 일종의 사회학 실험을 하는 연구자이며, 발단이 된 '소년A가 자살했다'라는 정보도 그가 의도적으로 만들었으리라 말하는 게스트도 있었다. 데루무가 '가짜 뉴스다' '정보원을 밝혀라'라는 압력에 끝내 굴하지 않은 것도 그래서가 아닐까.

'너희 중 단 한 사람이라도 지금까지, 정말로 시바노 가즈미가 죽었는지 어떤지 사실을 확인한 사람이 있어?'

이렇게 따져 물은 게스트도 있었다.

하나같이 날카로운 지적이다. 그러나 어린 양들은 흔들리지 않았다. 조금은 동요하고 그룹을 떠나는 사람이 있어도, 냉정을 찾아라, 웬만하면 자신의 머리로 생각 좀 해봐라, 라고 충고하던 게스트들이 어이없어서 혹은 싫증나서 사이트를 떠나면, 어느새 또 돌아온다.

요 오 년 동안, 멤버가 다소 늘기도 줄기도 하고, 분위기가 달아오르기도 가라앉기도 하는 부침을 되풀이하면서도 현재는 어린 양들이 자립적 공상을 '교의'로 신봉하는 정도까지 이르렀다. 소년A의 자살도, 사후에 인간을 초월한 존재로 부활해서 세상에 돌아왔다는 설도, 그들에게는 이미 사실이다. 그 '사실' 위에 그들은 그들의 역사를 새기고 있다.

검은 메시아는 귀환했다. 막강한 힘과 정의의 체현자로 세상에 돌아와, 어린이나 연약한 여성을 학대하는 악마의 부하들과 싸워 승리를 쌓아가고 있다. 그 전과를, 검은 어린 양들은 자기 눈으로 확인할 수 있다.

간단하다. 인터넷, TV, 신문, 잡지에 오늘도 나라 안 어딘가에서 발생한 사건사고 뉴스가 넘쳐나니까.

철퇴의 유다는 그 가운데 하나를 들어 어린 양들에게 고한다. "이것은 검은 메시아가 하신 일이다."

그거면 된다. 유다가 한번 말하면 아무 근거나 증거도 필요치 않다. 불행하지만 흔해빠진 가정 내 살인 사건, 건설 현장의 사고, 어느 주방에서 벌어진 강도 살인 사건, 달리는 열차에 몸을 던진 자살이나 해난 사고, 뭐라도 좋다. 거기 악마의 부하와 박해받은 이가 있고, 그를 구하고자 검은 메시아가 철퇴를 내려친 증표가 된다. 말하자면 틀림없는 '성전聖戰'이란 것이다.

유다가 지목한 사건사고 속에서 검은 어린 양들은 박해받은 이와 악마의 부하를 찾아낸다. 일찍이 소년A가 그러했듯, 피해자가 가해자로 지탄받는가 하면 악마의 부하가 피해자로 둔갑해 보도되기도 한다. 다만 어린 양들은 그런 데 속지 않는다. 보도되지 않는 곳, 사법도 경찰력도 다다르지 못하는 곳에 그들의 진실은 있으니까. 그 진실이, 그들에게는 드러난다. 조사도 취재도 필요치 않다. 그들에게는 드러난다.

한편, 검은 메시아의 모습은 어린 양들의 눈에는 보이지 않는다. 때가 되지 않았기 때문이다. 아직은 검은 메시아의 모습을 보고 그분의 발자취를 알 수 있는 자는 오직 철퇴의 유다 한 사람. 더없이 자의적 설정인데 어린 양들은 일말의 의문도 품지 않는다.

'믿으면 나도 언젠가 구원받는다.'

엄마의 남자친구에게 성적 학대를 당한다는 소녀는 몇 번이고 이런 글을 올린다.

'언젠가 내게도 검은 메시아가 찾아오신다. 나를 구해주신다.'

자신의 이름을 연관어로 검색했다가 처음 이 사이트를 발견했을 때 시바노 가즈미의 놀라움은 짐작하고도 남는다. 그도 그럴 것이 그는 오래전에 죽은 사람이 되어 있었다. 죽어서 부활하여, 뭔지 알 수 없지만 나쁜 놈들과 싸우면서 놈들을 평정하고 있다. 메시아라 우러름받는다.

"처음엔 혼자서 고민했던 모양이더군요." 데라시마 씨가 말했다.

하도 기괴하고 황당한 이야기라 어떻게 대처해야 할지 몰랐을 것이다.

"그냥 고약한 농담 같은 건 줄 알았다고, 나중에 말하더군요."

— 이런 글들이 올라와 있다니, 역시 난 죽는 편이 좋았을까.

침울한 표정으로 데라시마 씨에게 털어놨던 것이 지난달 중순이었다.

"저도 보호관찰사 사장님도 사이트를 보고 얼마나 놀랐는지. 어이없기도 하고, 가즈미한테도 무슨 말을 해야 할지 도무지 모르겠더군요."

과연 보호관찰사는 달라서, 재빨리 차분함을 되찾고 가즈미에게 이런 사이트가 존재하는 건 네 책임이 전혀 아니다, 라고 일러주었다. 넌 필요한 치료를 받고, 죗값을 치르고, 훌륭하게 사회에 복귀했다, 이런 패거리와 아무 관계도 없다, 라고.

"그러고는 인터넷을 금지시켰습니다. 아무튼 당분간은 안 된다고, 휴대전화도 컴퓨터도 압수했죠."

자신의 일상생활을 소중히 하라는 말에 가즈미도 이해한 것처럼 보였단다.

"하지만 그 애는 두려워했어요. 왜 아니겠습니까. 한번 봐버린 이상, 잊을 수는 없어요."

데라시마 씨와 시바노 가즈미의 부자 관계는 지금도 여전히 수복중이랄까, 구축중이다. 서로 완전히 허물없는 사이가 아니라, 한발 더 파고들지 못하는 부분이 있다. 원인은 적어도 데라시마 씨 쪽에서는 확실하다.

"저는 가즈미의 과거를 모르니까요. 사건을 일으키기 전의 생활도, 경찰 조사 때도, 재판 당시도, 의료소년원과 심사원에서 있었던 일도, 어차피 건너건너 전해 들었습니다. 그나마도 그 애가 아직 저한테 다 털어놓지 않은 부분이 있을 테고, 저도 전부 캐물을 용기는 없어요. 자살 건만 해도, 혹시 한두 번쯤 생각해봤을지 누가 압니까. 실행하지 않았을 뿐이지."

다만 그래도 이것만은 확언할 수 있다고 한다.

"가즈미는 사건을 일으키고—두 사람이나 살해하고 말았지만— 그로써 마침내 구원받았습니다. 변호사들, 의료소년원과 소년분류심사원 직원과 실무관들, 지금 보호관찰사인 사장님도 그렇고, 그들이 가즈미를 구해줬습니다. 그러니까 지금 가즈미는, 지은 죄는 평생 짊어지고 갈 작정이지만, 자신이 겪었던 괴로움도 자신이 저지른 일도, 똑바로 바라볼 수 있게 됐어요. 시간을 되돌릴 수 있다면 사건 전으로 돌아가, 나오코도 가시와자키도 해치지 않고, 그저 어디로 도망치거나, 다른 방법을 찾고 싶다고 말합니다. 살인은 안 된다, 어떤 경우라도 살인만은 저질러서는 안 된다고 말합니다."

그런데 저들은…….

"그런 가즈미를 멋대로 띄우고 떠받들어 또 살인을 '저지르게' 한단 말입니다. 메시아 운운하며 웃기는 짓을 하면서."

보호관찰사 집에서 지낸다 해도 스물네 시간 감시받는 생활은 아니다. 물론 구속된 처지도 아니다. 그런데도 출소하고 일 년쯤 가즈미는 혼자 외출하지 못했다. 누가 자신을 알아보지 않을까, 손가락질하지 않을까 생각하면 무서워서 바깥출입을 하지 못했단다.

"그걸 사장님과 제가 데리고 다니면서, 차츰 익숙해졌단 말이죠."

다만 가즈미가 되찾은 자유가 이번 건에서는 나쁘게 작용했다. 데라시마 씨와 보호관찰사가 아무리 잊으라고 충고한들, 휴대전화와 컴퓨터를 압수한들, 집 밖으로 한 발짝만 나가면 인터넷에 접속할 수 있는 장소가 얼마든지 있다.

불안에 휩싸인 데라시마 씨는 나를 찾아오기 전에 재빨리 행동을 취했다. 외출하는 아들의 뒤를 직접 밟았던 것이다.

"둘이 외출했던 날, 저랑 헤어지고 혼자 어디 가지 않나 싶어 따라가봤습니다. 그렇게 어려운 일은 아니었죠."

아니나 다를까, 가즈미는 번화가의 PC방으로 들어갔다.

"그런 일이 두 번 있었어요. 두 번째엔 큰맘 먹고 알은체를 했습니다."

가즈미는 화내지 않았다.

"역시 그 사이트를 보고 있었고, 또 새로운 사건을 '성전'이라고 떠들어댄다면서 창백한 얼굴로 일러주더군요."

심지어 가즈미는 자신이 직접 사이트에 글을 올려볼까 한다고 털어놓았다.

"이름을 제대로 밝히고, 시바노 가즈미는 자살하지 않았다, 살아있다, 내가 본인이다 하고 선언하면 눈을 뜨는 멤버도 있지 않겠냐면서요."

데라시마 씨는 맹렬히 반대하고 필사적으로 말렸다. 그래 봤자 소용없다, 저들은 믿지 않을 거고 너만 괴로워진다, 저런 녀석들은 쉽사리 생각을 바꾸지 않는다, 라고.

"그 애는 아직 보호관찰중인 몸입니다. 이런 일에 말려들어 행여 불상사라도 생기면 이번에야말로 형무소행입니다."

그보다도 데라시마 씨는 살인과 복수라는 말을 가볍게 입에 올리는 어린 양들로 인해 가즈미가 마음의 균형을 잃을까 두려웠다.

"어디까지가 진짜 희생자인지, 저야 모릅니다. 알 바 없어요. 하지만 내 아들은 분명히 희생잡니다. 가까스로 다시 일어나 인생을 새로 살려고 하는 희생자라고요."

아버지의 설득으로 뜻을 꺾었다기보다는 그의 공포와 불안이 전염된 탓인지도 모르겠다. 결국 가즈미는 사이트에 글을 올리겠다는 생각을 접었다. 그러나 보호관찰사를 통해 당국과 상담하고, 검은 어린 양들이 시바노 가즈미를 소재로 제멋대로 펼치는 망상을 멈추게 하자는 데라시마 씨의 제안에는 강력히 반대했다.

— 되레 일이 커져. 잘못하면 매스컴이 냄새를 맡고, 아버지 가족한테도 폐를 끼치게 돼.

어떠한 매체도 권력의 탄압을 받아서는 안 된다는 말도 덧붙였다.

— 위에서 억누르면 오기가 더 생기는 법이고.

확실히 시바노 가즈미는 총명했다.

부자는 의논했다. 이 일은 두 사람만 알고 있자. 아무도 끌어들이지 말고 덮어두자. 보호관찰사 앞에서는 아무 일 없었던 것처럼 행동하자.

"그 아이는 이런 말을 했습니다."

— 그 사람들 말이야, 그저 주저앉아 언젠가 구원받으리라 생각만 하는 거면 나도 별수 없어.

— 하지만 거기에 올라온 글을 보면, 그렇지 않은 사람들도

있거든.

손놓고 구원만 기다리는 게 아닌 사람들.

'매일 밤, 이불 속에서 기도합니다. 내게도 용기를 주세요. 내게도 악을 물리칠 힘을 주세요.'

'내 손으로 적을 쓰러뜨리고 스스로를 구하면, 나도 그저 신자가 아니라 검은 메시아의 전사가 될 수 있겠지?'

'빨리 검은 메시아에게 인정받고 신의 군대에 가담하고 싶다.'

적극적으로 적을 찾아 쓰러뜨리고자 하는 사람들.

"그런 사람들은 누군가를 죽이려고 생각한다는 말 아닙니까? 물론 내 아들은 관계없어요. 관계없지만, 가즈미가 무슨 롤모델처럼 되어 있다고요."

— 그냥 놔둘 수는 없어.

"이로 인해 사건이라도 일어나면 자신의 책임이라는 겁니다."

데라시마 씨는 화가 치밀었다.

"알 게 뭐냐고, 내버려두라고 했어요. 하면 안 되는 말이지만 해버렸다고요. 그렇게 죽을 놈들은 진짜로 나쁜 놈들일 테니까 네가 신경쓸 것 없다고."

흥분하는 아버지에게 시바노 가즈미는 냉정하게 대답했다.

— 아버지, 나쁜 놈이니까 죽여도 된다는 법은 없어. 나는 잘

못을 저질렀어.

"아니, 넌 잘못하지 않았어. 내가 거기 있었으면, 널 지키기 위해 내 손으로 나오코와 가시와자키를 죽였을 거다, 전 그런 말까지 했습니다. 그런데도 가즈미는."

아냐, 그건 잘못이야, 라고 되풀이했다. 과거에 마음이 죽어버렸던, 기계처럼 보였던 소년은 분노로 자제심을 잃은 아버지를 진정시킬 줄 아는 침착한 청년으로 성장해 있었다. 더는 감정이 없는 게 아니라, 감정을 억제할 줄 알게 된 것이다.

— 거기다 아버지, 생각해봐. 훨씬 나쁜 가능성도 있거든. 이런 글을 올리는 누군가는 자신이 피해자다, 주위 사람은 적이다, 라고 멋대로 생각하고, 악마의 부하니까 해치워도 된다고 일방적으로 단정해버린 경우도 있을지 몰라.

— 오직 자신들만 진실을 알고, 자신들만 정의를 실현할 수 있다고 생각하는 사람들은, 왠지 몰라도 결국 그런 방향으로 가버리거든.

살인자가 살인을 꿈꾸는 광신자를 우려하는, 이토록 설득력 있는 말이 또 있을까.

"둘이 궁리했습니다. 무슨 방법이 없을까. 얄궂은 얘기지만, 전 그 아이와 같이 살지 않으니까, 휴대전화나 문자메시지가 아주 유용했죠. 둘이 친밀하게 대화하는 일은 뭐랄까……."

아비로서는 아무튼 기쁜 일이었다고 데라시마 씨는 말했다.

"그들이 '성전'이라고 떠들어대는 사건 하나를 골라 잘 조사해보면 어떻겠냐고 가즈미가 제안하더군요. 되도록 최근 것으로, 살인이나 강도 사건 말고 별로 눈에 안 띄는 사고 같은 게 좋다고. 자세히 보도되지 않아서 더욱이 유다가 제멋대로 말할 수 있고 자칭 신자들도 다양한 망상을 할 수 있으니까."

그렇게 조사한 사건의 상세한 내막, 사망자와 유족 정보를 사이트에 올리면 조금은 효과가 있을지도 모른다.

"운이 좋았다는 말은 좀 어폐가 있지만, 그때 아주 적절한 사건이 하나 있었습니다."

올해 1월 29일 심야. 도내 간선도로에서 자가용 승용차가 단독 충돌 사고를 일으켰다. 원인은 졸음운전이나 운전 미숙이었는지 브레이크를 밟은 흔적은 없었고, 중앙분리대의 쇠울타리에 격돌해 차는 불타고 운전자가 사망한 사건이다.

운전자는 45세 회사원으로, 아내와 열두 살짜리 딸이 있었다. '검은 메시아와 검은 어린 양'에서는 그가 딸에게 성적 학대를 가했다고 '해독'했다. 그로 인해서 검은 메시아의 제재를 받았다고.

"그쪽 같은 전문가라면 이런 일쯤 식은 죽 먹기일 테죠. 하지만 저나 가즈미나 문외한이 되어놔서요. 아무튼 현장부터 가보자 하고 일단 둘이 나섰습니다."

그것이 지난주 일요일 오후였다.

"부서진 울타리는 수리가 끝났지만 분리대 화단에는 화재 흔적이 남아 있었습니다. 우린 나란히 보도에 서서, 자동차가 정면에서 들이받았다는 장소를 바라봤습니다. 차체가 쇠울타리에 박혀 반쯤 찌그러진 상태였다니, 설령 화재가 없었어도 운전자는 살아남지 못했을 것 같더군요."

문득 보니, 시바노 가즈미의 얼굴빛이 달라져 있었다. 얼어붙은 것처럼 서서 눈도 깜박이지 않는다.

"제가 어깨를 두드렸더니, 소스라치는 겁니다."

— 아버지, 지금 그거 봤어?

"뭘? 하고 저는 물었습니다. 4차선 도로고, 사고가 난 중앙분리대 근처엔 횡단보도도 없습니다. 사람은커녕 개, 고양이, 새한 마리 없었죠."

가즈미가 그 자리에 풀썩 주저앉더니 머리를 감싸쥐었다.

— 그렇구나, 아버지한테는 안 보이는구나.

"나한테만 보이나, 하는 겁니다."

뭘 봤느냐고, 데라시마 씨는 캐물었다. 가즈미는 대답하지 않았다. 웅크리고 앉은 채 몸서리치더니, 돌아가자고 말했다.

— 이제 조사는 필요 없어. 무리니까. 의미 없으니까.

있었어, 하고 말했다.

— 검은 메시아가 있었어.

괴물이, 라고 말했다.

"인간이 아니야. 그런데 아버지."

— 그건 내 얼굴을 하고 있었어.

철퇴의 유다밖에 보지 못한다는 '검은 메시아'를, 가즈미가 보았다는 것이다.

"그 이래 가즈미는 그들 얘기는 한마디도 하지 않게 됐습니다. 이제 됐어, 알았으니까 됐어, 라는 말뿐입니다."

그래서 데라시마 씨는 내 사무실을 찾아왔다.

"도신 육영회 하시모토 씨는 자세한 사정은 모릅니다. 제가 거짓말을 잔뜩 늘어놨으니까요. 의뢰인이 저란 말도 실은 하지 않았어요. 가게 손님 중에 아이 문제로 고민하는 사람이 있는데, 어디 좋은 조사업체를 모르시냐고 물어봤을 뿐."

사고 유족 가운데 열두 살짜리 소녀가 있으니, 전부 거짓말은 아닐지도 모르지만.

"그쪽은 아이들 전문 조사원이고, 아이들이란 엉뚱한 얘기를 하니까…… 어지간한 일에는 놀라지 않거니와 입도 무겁다고, 하시모토 씨가 칭찬하십디다."

그러니까 부탁드립니다, 하고 데라시마 씨가 고개를 숙였다.

"조사해주세요. 사고에 대한 것도, 가즈미가 봤다는 것도 좋습니다. 뭐든지 좋습니다. 전 이제 뭐가 뭔지 모르겠네요."

사고는 정말로 '성전'이고 제재였나.

시바노 가즈미는 무엇을 보았나.

철퇴의 유다가 설파하고 검은 어린 양들이 믿는 '검은 메시아'의 모습을 봤다는 걸까.

어째서 그것을 '괴물'이라고 말했나. 어째서 그것이 자신의 얼굴이라고 말했나.

나도 간절히 알고 싶었다.

4

나는 필요한 사항을 조사해 자료를 갖췄다. 1월의 차량 충돌 사고에 이렇다 할 수수께끼는 없다. 사건의 진상으로 보자면 그저 불운한 사고였을 뿐이다.

사진을 찍기 위해 현장도 찾아갔다. 데라시마 씨 부자가 섰던 장소에 서서 카메라 렌즈를 향했다.

수습의 흔적조차 엷어져가는 그곳을 서성거리는 '검은 메시아'의 모습은 보이지 않았다. 시바노 가즈미의 얼굴을 한 괴물은 없었다. 현상한 사진에도 아무것도 찍혀 있지 않았다.

데라시마 씨에게는 빈번히 연락했다. 조사 진행 상황을 보고한다는 말은 핑계고, 시바노 가즈미가 현재 어떤 상태인지 알고 싶었다.

약간 기운이 없다, 란다. 보호관찰사와 지내는 집에서는 여전히 컴퓨터를 사용할 수 없지만, 때때로 PC방에 가 '검은 메시아와 검은 어린 양들'을 계속 감시하는 눈치란다. 데라시마 씨가 얘기를 유도해도 좀처럼 응하지 않고 화제를 돌린다고 했다.

― 이제 됐어, 아버지.

"직접 확인할 길은 없지만, 태도로 짐작할 수 있어요. 저랑 밥 먹다가도 한번씩 멍하니 생각에 잠기고."

가즈미의 생활은 변함없고, 일터에서도 문제가 없단다. 5월 연휴에는 회사에서 1박 2일로 사원 여행을 갈 예정인데, 사장은 의욕적이고 가즈미도 그 화제가 나오면 즐거워 보인단다.

"제가 괜한 짓 하는 거라면 좋겠지만. 그 애가 진심으로, 이제 됐다고 하는 거라면 고마운 일 아닙니까."

좋을 리 없다. 그는 뭔가를 봤으니까.

대체 뭘 봤는지, 나는 알고 싶다. 그래서 시간을 벌면서 기다렸다. 가장 그럴듯하게 시바노 가즈미를 만나기 위해.

오래 기다릴 필요는 없었다. 흐린 하늘 아래 벚꽃이 피기 시작할 무렵, 또 하나의 사건이 발생했기 때문이다.

가정 내 살인 사건이었다. 도내 공공주택에 사는 중2 소녀가 엄마를 칼로 찔러 살해했다. 싱글맘과 딸, 두 식구였는데, 자신의 생활과 교우 관계에 일일이 간섭하는 엄마가 귀찮았다, 엄마만 없으면 속이 시원할 것 같았다고 소녀는 살해 동기를 밝혔다. 냉정함이나 어휘력 면에서는 시바노 가즈미에 못 미쳐도, 솔직함과 거침없음으로는 그를 능가하는 듯했다.

이 소녀도 차츰 반성의 말을 입에 담으리라. 후회의 눈물을 흘리고, 죽은 엄마에게 사과하리라. 반드시 그렇게 될 것이고, 짐작건대 이 케이스는 그게 올바른 결말이다.

철퇴의 유다는 이 사건을 '검은 메시아가 하신 일'로 지정하지 않았다. 침묵을 지키고 있다. 그런데 일부 어린 양들에게서 반응이 일어났다.

'이것도 그분이 하신 일 아냐?'

'검은 메시아가 하신 일을 우리가 제대로 구별해내는지, 시험하시는 거 아닐까?'

'그러게 이 여자애는 인생을 엄마한테 지배당한 거잖아? 노예처럼 묶여 있었다고. 나랑 똑같네.'

그분이 하신 일이다, 그분이 하신 일이다, 그분이 하신 일이다! 수군거림이 사이트상에 퍼져 나간다. 나는 그것을 지켜봤다. 시바노 가즈미도 지켜보고 있으리라.

— 오직 자신들만 진실을 알고, 자신들만 정의를 실현할 수 있다고 생각하는 사람들은, 왠지 몰라도 결국 그런 방향으로 가 버리거든.

그렇다, 이것도 그 '방향'의 하나다. 유다가 침묵하거나 말거나, 이토록 화려한 요소를 지닌 사건을 어린 양들이 그냥 둘 리 없다. 그릇된 믿음, 분별없는 믿음은 어느 단계부턴가 자립한 생물이 된다. 컬트 교주가 때로 신자들과 함께 파멸하는 것은 그렇게 제어 불능이 된 신앙에 먹히기 때문이다.

검은 어린 양들에게 철퇴의 유다는 이미 필요치 않다.

나는 데라시마 씨에게 연락해, 시바노 가즈미를 만나고 싶다고 말했다.

"여중생 사건으로 동요했을 테죠. 지금 만나면 효과가 있습니다."

데라시마 씨는 동의했지만, 내가 가즈미와 단둘이 만나겠다는 말에는 강한 거부감을 드러냈다.

"그쪽한테만 맡겨둘 수는 없어요!"

"아드님은 아버지가 없을 때 더 편하게 말할 수 있는 일이 있을 겁니다."

"그쪽을, 그 애한테 뭐라고 설명하면 좋지요?"

"있는 그대로 말씀하시면 됩니다."

"가즈미가 만나지 않겠다고 할걸요."

그렇다면, 내가 말했다.

"아드님한테 전해주세요. 그가 본 것의 정체를 나는 알고 있다고. 그게 무엇인지 가르쳐줄 수 있다고."

"이봐요⋯⋯."

알아냈다는 말입니까 하고, 데라시마 씨가 목소리를 높였다.

"제일 먼저, 일단 아드님에게 일러줘야 합니다. 그에게는 그럴 권리도 자격도 있어요."

시바노 가즈미는 내 요청을 받아들였다.

가냘픈 소년이었던 그는 선이 고운 스물여섯 살 청년이 되어 있었다.

용모가 단정하다. 미용실이 아니라 이발소에서 손질했음이 분명한 머리에 소박한 옷차림. 피어스도 목걸이도 없다. 그런데도 어딘가 눈을 사로잡는 구석이 있었다. 그의 과거를 모르는 사람 눈에는 음악가나 화가나 소설가, 아무튼 창작의 길로 나가려 하는 섬세한 젊은이로 보일지도 모른다.

"두 시간입니다"라고 데라시마 씨는 못 박았다. "오늘, 가즈미는 하루 종일 저랑 외출하는 걸로 되어 있어요. 정말 딱 두 시간

후에 돌아올 테니까."

"걱정 안 해도 돼, 아버지."

딱딱한 구석이라고는 찾아볼 수 없는 시바노 가즈미의 용모
는 엄마에게서 물려받았으리라. 데라시마 씨와는 닮은 데가 없
다. 다만 이 부자는 목소리가 닮았다. 전화로 들으면 구별이 안
될지도 모른다.

"영화 보고 와. 나중에 사장님이 감상을 물어보면 난처하니
까."

"얘기 끝나고, 영화는 같이 보면 돼."

청년은 쓴웃음을 지었다. "그럼 뭐 하면서 시간을 죽이려고?"

"그런 건 아무래도 좋아."

아들에게 등을 떠밀리다시피 하면서, 돌아보고 또 돌아보고
다시 돌아보면서, 데라시마 씨가 사무실을 나갔다.

시바노 가즈미는 아버지가 그랬듯이 사무실을 휘둘러보면서
내 인품과 능력을 증명할 물건을 찾으려 들지는 않았다. 자리를
권하자 바로 응접세트에 몸을 내려놓았다. 긴장한 기색도 불안
한 기색도 없다. 오히려 조금 전 사무실을 나간 아버지 쪽이 문
제를 안고 있고, 그는 그냥 따라온 것 같았다.

"여성 조사원은 역시 아직 드문가요?"

서류 묶음이 담긴 파일을 들고 책상 앞에 서 있는 나를 올려

다보며 물었다.

"그렇지도 않아요. 이 업계에도 남녀고용기회 균등법이 엄연히 영향을 미치니까요."

그는 웃지 않았다. 그런가요, 하고 고지식하게 응했다.

"정말 조사원이세요?"

"왜 그런 걸 묻죠?"

"사실은 카운슬러나 의사 아니세요?"

내가 고개를 갸웃한 채 바라보자, 그는 눈을 깜박이고 시선을 내리깔았다.

"뭔가, 그렇게 보여서요. 조사원 같은 걸로는 안 보여요."

"하기는 카운슬러나 의사라면 지금껏 많이 만나봤겠죠. 하지만 '조사원 같은 걸' 만나기는 처음 아닌가요? 어떻게 판별한다는 거죠?"

미안합니다 하고 청년이 순순히 말했다. "무례한 말이었습니다."

"상관없어요. 신경쓰지 말아요."

시바노 가즈미는 큰맘 먹은 것처럼 눈을 들고, 나와 내 손에 들린 파일을 바라봤다.

"실은 아버지한테 '내가 본 것의 정체를 안다'고 하셨다기에 그렇게 생각했습니다."

"카운슬러나 의사가 할 법한 말이라서?"

"그렇습니다."

"그렇다면 물을게요. 카운슬러나 의사였다면, 당신이 봤던 것의 정체를 뭐라고 할 것 같아요?"

그의 시선은 움직이지 않았지만 눈동자의 초점이 일순 어긋났다. 자신의 내면을 봤으리라.

"환각입니다."

냉정한 어조였다. 과거 열네 살 때도 그랬던 것처럼.

"아버지한테는 걱정 끼치기 싫어서 말 안 했어요."

"그래서 이제 아무것도 안 해도 된다고 했나요?"

그는 표정을 바꾸지 않고 가만히 고개를 끄덕였다.

"옛날에도 그런 일이 가끔 있었습니다. 사건을 일으켰을 무렵."

"있지도 않은 것을 봤다?"

"현실에는 없는데, 분명히 거기 있는 것처럼 확실히 보였어요."

"이를테면요?"

"먹을거리라든가."

곧바로 답이 돌아왔다.

"케이크나 빵 같은 거요. 먹으려고 손을 뻗으면 진짜로 만져

졌어요. 그래도 입에는 안 들어갑니다. 그래서 불쑥 알아차리는 거죠. 이건 현실이 아니라고."

그는 늘 배가 고픈 아이였다.

"그 밖에 학교 선생님이 우리 집 현관 앞에 서 있거나, 집 앞에 경찰차가 멈추고 경찰이 줄줄이 내린다거나. 당시 내가 그랬으면 좋겠다고 생각하던 일이, 있지도 않은데 보였습니다."

그는 구조를 바라는 아이였다.

"저 자신의 모습도 본 적 있습니다. 천장쯤 되는 높이에 뜬 채 엄마와 그 사람, 나 이렇게 셋을 내려다보는 겁니다."

"그 사람이라면, 가시와자키 노리오요?"

그가 고개를 끄덕였다. "몸뚱이에서 영혼만 빠져나가 공중에 떠 있는 것 같았어요. 그런 일이 있을 리 없으니까, 그것도 환각이었습니다."

그때 세 사람이 뭘 하고 있더냐고, 혹은 그가 무슨 일을 당하고 있었느냐고, 나는 묻지 않았다.

유체이탈은 일정한 조건이 성립하면 건전하고 건강한 인간이라도 체험한다. 다만 시바노 가즈미의 경우는 일종의 긴급 피난이자 가벼운 괴리 증상이었으리라. 그가 처했던 가혹한 상황을 생각하면 더욱 그렇다.

"그 얘길 다른 사람한테 한 적 있나요?"

청년은 조금 주저했다. "경찰 조사 때는 말 안 했습니다. 변호사한테만 조금."

"정신 감정을 받았죠? 당시."

"조금만. 너무 상세히 이야기하면 거짓말처럼 들릴 것 같아서요."

"거짓말하는 걸로 비치기 싫었다?"

"그게 제일, 싫었습니다."

"당시 당신은 그런 걸 스스로 충분히 판단할 수 있었군요."

"그렇다고 정상이었다고 할 수는 없습니다."

마치 내가 그를 비난했고, 그게 의외라는 양 목소리가 높아졌다.

"의료소년원에 있는 동안 스스로도 확실히 알았습니다. 도움을…… 무척 많이 받았으니까요. 실은 이번에도 찾아가서 상담을 받을까 생각했습니다."

"의료소년원에?"

"네."

"아버지한테도, 보호관찰사한테도 비밀로 하고?"

"제 문제니까요."

"또 환각을 보고 말았다, 하고?"

"그렇습니다."

주저 없는 표정이었다.

"당신한텐 보였는데 아버지한텐 보이지 않았기 때문에, 환각이라고 판단했던 거네요?"

그가 두세 번 성급하게 고개를 끄덕였다.

"왜 또 환각을 보게 됐다고 생각하나요? 지금 생활은 안정됐고 마음도 평화로운데."

시바노 가즈미가 조금 찜찜한 얼굴을 했다. "왜라니, 잘 아실 텐데요. 그 사이트 탓입니다."

"'검은 메시아와 검은 어린 양'이 만들어낸 이야기에 흔들렸다, 그건가요?"

"감화됐다고 할까, 전염됐다고 할까."

"왜요? 그런 거, 시시한 망상이잖아요. 거기 모인 멤버만 해도 전체의 몇 퍼센트나 진심인지, 알 게 뭡니까?"

그는 곧바로는 대답하지 않았다. 문득 눈의 초점이 흔들렸다. 이윽고 어깨를 떨어뜨리고 중얼거렸다. "저는 아직, 완전히 정상이 되지 못했어요. 그 검은 어린 양들인가 하는 사람들을 걱정할 자격 따위 없습니다. 그들을 멈추려 하거나 생각을 변화시키려 하는 거, 턱없는 자기 도취였어요."

"그래서 아버지한테도 무리라고 말했군요?"

나는 책상을 돌아 그에게 다가가 파일을 내밀었다.

"멀미를 하는 편인가요?"

시바노 가즈미가 파일을 받아들면서 멍한 표정을 지었다.

"차 안에서 글자를 보면 속이 울렁거리거나 해요?"

그가 파일을 내려다봤다. "아마 괜찮을 것 같은데요."

"그럼, 갑시다."

나는 책상 밑에 놓인 가방을 들었다.

"털털이 코롤라지만, 도내를 천천히 달리는 정도는 문제없을 거예요."

엉거주춤 일어서면서, 시바노 가즈미가 물었다. "어디 가는데 요?"

"중2 여자애가 엄마를 살해한 현장요. 현재 검은 어린 양들의 핫뉴스죠. 가서, 확인해보고 싶지 않아요? 또 환각이 보이는지 어떤지."

문으로 향하면서 내가 덧붙였다. "파일은 조사 보고서예요. 1월 29일 충돌 사고로 사망한 남성과 유족에 대한."

최근 개축한 듯한 4층 공공주택이었다. 크림색 외벽이 산뜻했고, 창문 새시는 은색으로 빛났다.

사건이 있었던 집 현관은 전부 열 개 동인 단지 안을 가로질러 나가는 2차선 도로와 맞닿아 있었다. 나는 차를 세웠다.

일요일 한낮이라 사람이 제법 드나들었다. 단지 안에 놀이터
가 있는지 아이들 목소리가 바람에 실려 온다. 변덕을 부리던
날씨도 이번 주말에는 차분해지기로 마음먹은 듯, 하늘은 화창
하고 바람도 없었다. 화단에는 튤립과 삼색 제비꽃이 피어 있
었다.

오는 도중, 조수석에서 줄곧 파일을 읽으면서도 시바노 가즈
미는 멀미를 하지 않았다. 얼굴에 핏기가 없는 것은 파일 내용
탓이리라.

차에서 내릴 때 그는 조금 휘청거리면서 차체에 손을 짚었다.
세차하지 않은 차체에 흐릿하게 손자국이 남았다.

현장 검증은 오래전에 끝났고, 출입 금지 조치도 해제되었다.
모녀의 집 현관에만 아직 노란색 테이프가 붙어 있다. 외부 복
도 밑의 콘크리트 난간 탓에 정면에서는 시야가 가로막히지만,
외부 계단 쪽에서 들여다보면 테이프에 인쇄된 검은 글자까지
보였다.

나는 이마로 손차양을 했다. 선글라스를 챙겨오는 걸 깜박
했다.

시바노 가즈미는 빈손으로 서 있었다. 조금 전까지 읽고 있던
파일이 조수석 시트 위에 흩어져 있다.

"……뭔가 보이나요?" 내가 물었다.

그가 천천히 고개를 돌려 나를 바라보았다. 낯뜨겁고 몰상식한 질문이라도 받은 것처럼 험악한 얼굴이다.

"당신 얼굴을 한 귀신이 보여요?"

나는 모녀의 집 현관을 바라보았다. 옆얼굴에 그의 시선이 따갑게 느껴졌다.

"충돌 사고 때는 곧바로 보였잖아요. 이번엔 어때요?"

안 보입니다, 그가 중얼거렸다. 목소리가 희미하게 떨렸다. 이 부자는 목소리 떨리는 톤까지 닮았다.

"환각이라면, 또 보일 테죠." 내가 말했다. "이것도 검은 메시아가 하신 일이라고, 당신도 감화되어 그렇게 생각하니까. 메시아의 모습이, 당신한테는 보일 겁니다."

시바노 가즈미는 대답하는 대신 조금 전 나처럼 손차양을 하고 사건 현장의 현관을 바라보았다. 한 손으로는 모자라는지 양손을 갖다대고 가만히 응시하고 있다.

"안 보이죠? 됐습니다. 그게 정답이니까."

내가 말하고 가방에서 파일을 또 하나 꺼내 건넸다.

"이게 모녀 사건의 조사 보고서예요. 모친의 사체 검안서도 입수했죠."

손을 심하게 떠느라 그는 곧바로 파일을 열지 못했다.

"전부 읽지 않아도 됩니다. 첫 페이지만 봐도 충분할 거예요."

허겁지겁 음식에 달려들듯 그의 눈이 인쇄된 글자들을 훑는다.

"저 집에서 엄마를 살해한 소녀는 알아주는 문제아였어요."

한층 더 핏기를 잃어가는 시바노 가즈미의 옆얼굴을 바라보면서 내가 말했다.

"몇 번이나 경찰 지도를 받았고, 정학 처분을 받은 적도 있어요. 공립학교에선 어지간한 일이 아니면 정학까지는 안 시킵니다."

시바노 가즈미가 페이지를 넘겨 모친의 사체 검안서를 읽었다.

"거기 적혀 있죠? 모친의 몸에 일상적으로 구타당한 흔적이 남아 있었다. 화상과 골절에서 회복한 흔적도 있다. 저 문 너머에서 학대받은 건 딸이 아니라 엄마였어요. 딸의 문제 행동을 어떻게든 멈추려고 필사적으로 노력했던 엄마 쪽이었다고요."

이 사건은 검은 메시아가 하신 일이 아니다.

"철퇴의 유다는 알고 있었어요. 그래서 어린 양들에게 말하지 않았던 겁니다. 이 사건을 지목하지 않았다고요."

그런데 검은 어린 양들은 멋대로 소란을 떨고, 이 사건도 그분이 하신 일이 틀림없다고 떠받든다.

모독이다.

"1월 29일 사고와는 엄연히 달라요. 그쪽은 진짜로 그분이 하신 일이었어. 진정한 의미로, 그거야말로 그분이 하신 일이었어. 그렇기에 당신은 검은 메시아를 보았죠. 초대되어 그 모습을 보도록 허락받았다고요."

나는 이내 고개를 세차게 가로젓고 말을 이었다.

"아뇨, 그 말은 옳지 않군요. 당신이 거기서 봤던 것은 메시아가 아니니까. 메시아는 당신이니까. 당신이 본 것은……."

'신이에요'라고, 나는 말했다.

"복수의 신, 정의의 신. 아무렇게나 불러도 좋아요. 박해받는 어린 양들을 구하고 사악한 자를 벌하는 분. 철퇴의 유다가 그토록 도래하기를 기다렸던 존재."

시바노 가즈미의 손에서 파일이 떨어졌다. 발밑에 흩어진 그것을 멍하니 내려다보던 그가 이윽고 눈을 들어 나를 본다.

"……당신은 누굽니까?"

머리가 좋은 청년이다. 얼마나 총명한가. 그렇기에 메시아가 될 수 있었다.

나는 그의 눈동자 너머 깊숙한 곳을 들여다보며 말했다.

"내 이름은 유다스 마카바이우스."

내가 바로 '철퇴의 유다'다.

데라시마 씨에게 거짓말을 한 것은 아니다. 시바노 가즈미 사건이 터졌을 무렵, 나는 이 일을 하고 있지 않았다. 도내의 한 대형 조사회사에 입사한 것은 십 년 전이다. 독립해서 사무실을 갖게 된 지는 불과 칠 년쯤 되었다.

'데라시마 씨에게 거짓말을 한 것은 아니다.'

다만 말하지 않은 사실이 있을 뿐이다. 나는 사건을 알다 뿐인가 잘 기억했다. 구석구석까지 알고 있다고 해도 좋다. 다만 실시간으로 그리되었던 것은 아니다. 사무실을 내고 일을 계속하는 사이 내 안에서 뭔가가 닳아 없어졌고, 그러다 우연히 데루무가 올린 글을 발견했다. 데루무가 그에게 공명하는 사람들을 모은 사이트를 개설한 다음부터는 동정을 계속 지켜봤다.

지켜보는 사이, 거기서 환상을 보게 되었다. 대부분의 어린 양들보다는 절실한, 내게 필요한 환상이었다.

조사원으로 불과 삼 년 일하고, 나는 무모히 독립을 감행했다. 할 수 있다는 확신이 있어서가 아니라, 스스로 권한이 없으면 올바른 해결로 이끌지 못하는 사건이 너무 많다고 느껴서였다.

고용 조사원 시절에도 어린이 관련 사건을 도맡다시피 했다. 역시 내가 여자였기 때문이리라. 당시 상사도 내가 적임이라고 판단했을 터다.

실제로 나는 유능했다. 성실한 조사원이었다고 생각한다. 그래서 답답함도 갈수록 커졌다. 결국 주위의 충고를 뿌리치고 독립했다. 도신 육영회의 하시모토 이사를 만난 일은 행운이었지만 처음부터 기대를 걸고 시작한 것은 아니다.

아이들 관련 사건은 많은 경우 학교나 가정에서 일어난다. 어느 곳보다 굳게 닫힌 밀실이다. 제3자가 보기에는 피해자와 가해자가 확연한 경우도 밀실에서는 결착이 늘 모호하게 얼버무려진다. 구원받아야 할 사람이 구원받지 못하고, 상처는 방치되고, 가해자가 외려 보호되거나 제재를 면한다.

그걸 견디기 힘들었다. 독립하면 상사의 지시로 조사를 중단하거나 공공기관에 통보를 가로막히는 일이 없어질 줄 알았다.

그런데 아니었다. 성가시게 간섭하는 상사가 없어도, 내가 나의 유일한 상사여도, 여전히 일개 조사원일 뿐이었다. 학내 집단 따돌림 실태를 조사한들, 학교가 결과를 덮으려 들면 거부할 방법이 없었다. 학생을 폭행한 교사를 조사해도 마찬가지다. 부모의 학대를 의심하는 학교 측 의뢰로 조사에 착수해 어렵사리 아이의 결정적 증언을 끌어낸들, 본인이 동의하지 않는 한 고발조차 할 수 없다. 아이와 부모 양측에 똑같이 교육과 보호가 필요하다고 의뢰자가 주장하면 실태를 폭로할 길이 없다.

정의 따위는 그곳에 없었다. 있는 것이라고는 무사 안일주의뿐. 끊기 힘든 혈육의 굴레나 부모자식의 정을 맹신하는 성선설

뿐이었다.

사악함이 지상을 활보했다. 정의의 가치는 먼지보다 가벼웠다.

스스로 패잔병처럼 느껴졌다. 그뿐이면 그나마 괜찮았다. 사실을 알아도 아무것도 할 수 없는 상황이 계속되면서 나 자신도 공범자처럼 생각되기 시작했다. 그것이 무엇보다 견디기 힘들었다.

그때 데루무가 올린 글을 봤다. '제물의 어린 양'들을 알게 되었다.

처음부터 그들을 어떻게 해볼 작정은 아니었다. 어떻게 해볼 수 있다고 생각하지도 않았다. '철퇴의 유다'라 자칭하며 어린 양들 앞에 나선 것은 숨막히는 내 인생과, 한 번도 충분히 실현된 적 없는 내 안의 정의를 위로하기 위한 그저 작은 변덕이었을 뿐이다.

'검은 메시아'가 나타나 내가 요구하는 정의를 실현해준다는 스토리. 그것을 들려주고 갈 곳 없는 분노를 삭였을 뿐이다.

그런데 그들은 믿어주었다.

그들이 믿어줌으로써 내게 힘이 깃들었다. 나는 계속 이야기를 들려주고, 속였다. 이것이 속임수라는 자각은 있었다. 속이다 보니 내 안에서 그것들이 진실이 되는 일은 없었다. 나는 그 정도로 어리석지는 않다. 이런 이야기가 현실을 바꿔줄지도 모른다는 생각 따위 일 초도 해보지 않았다. 이 짓도 언젠가 그만둬야 한다. 최근에는 슬슬 물러날 때라고 생각했을 정도다. 이유는 다름 아닌, 시바노 가즈미가 우려하고 제대로 지적했던 그것이다. 어린 양들이 유다의 통제를 벗어나 폭주하려는 기미를 느꼈기 때문이었다.

그런데 데라시마 씨가 나타났다.

시바노 가즈미가 나타났다.

그때까지는, 현실의 그를 몰랐다. 보도된 사실 이상은 몰랐다. 지금 어디서 어떻게 살고 있는지 몰랐다. 알려고 해본 적도 없었다.

내 이야기 속의 그는 특별한 존재였지만, 어디까지나 그가 현실 속에서 희생자이고, 사건을 일으킴으로써 정의를 행사하는 자가 되었기 때문이다. 법정에서 재판받고, 치료받고 훈련받고 새로 교육받고 사회에 복귀한 소년A 따위에게, 볼일은 없었다. 정의를 행사하면서 '개심'하고 '갱생'한 옛 소년A 따위에게, 볼일은 없었다.

볼일이 없다고 믿었는데.

그런데 시바노 가즈미는 검은 메시아를 보았다.

기도는 도달했다. 이야기가 성취된 것이다.

"철퇴의 유다는 뭔가 근거가 있어서 '이것은 그분이 하신 일'

이라고 말해온 게 아니에요."

학대당한 자와 악마의 부하 이야기를 현실의 사건에 멋대로 끼워 넣었을 뿐이다.

"그럴싸하지 않은 사건은 피하고 적당히 골랐을 뿐. 아무래도 그렇잖아요? 자신이 조사한 안건의 결과가 아무리 불만이라 해도 냉큼 인터넷에 올릴 수는 없어요. 나는 그 사이트에 현실적인 기능을 요구한 게 아니야. 그저 공상을 들려주면서 스트레스를 해소했을 뿐."

시바노 가즈미의 얼굴은 그늘져 있다. 그는 해를 등지고 서 있다. 그런데 어째서 실눈을 뜨고, 눈부신 것이라도 보듯 나를 바라볼까.

"1월 29일의 중앙분리대 충돌 사고만은, 달랐어."

나는 쪼그려 앉아서 그의 발밑에 떨어진 파일을 집어 차창 너머 조수석 시트 위에 던졌다.

"조사 보고서, 둘 다 상세했죠? 어제오늘 부랴부랴 작성한 게 아니니까요."

엄마 살해 쪽은 그분이 하신 일인지 아닌지 확인하고 싶어 곧바로 조사했다. 시바노 가즈미가 검은 메시아를 본 이상, 진짜로 그분이 하신 일이 아닌 것은 이제 필요 없다. 그래서 여중생의 행실을 알고는 어린 양들에게 굳이 언급하지도 않았다.

"충돌 사고 쪽은 유족 정확히 말하면 죽은 회사원의 아내가 내 의뢰인이었어요."

의뢰인이 사무실을 찾아온 것은 작년 여름 한복판이었다.

— 남편이 딸애한테 나쁜 짓을 하는 것 같아요.

딸은 심신의 균형을 잃고 학교도 가지 못한다. 심한 섭식장애를 일으키고 늘 뭔가에 떨고 있다.

— 지난번, 가까스로 입을 조금 뗐는데 남편이…… 아버지가 이상한 짓을 한다면서 울음을 터뜨려서.

믿기지 않는다, 라고 의뢰인은 말했다. 딸애의 머리가 이상해진 게 아닌가 싶단다.

— 이런 일, 조사해주실 수 있나요? 그 애 말이 과연 사실인지 알고 싶어요. 난 아무것도 할 수 없으니까.

아무것도 할 수 없는 의뢰인을 대신해, 나는 조사했다. 피해자인 딸도 만났다. 시간을 들여 마음을 다해 아이의 입을 열었다.

그런데도, 충분히 정합하는 진술과 의료 기관의 진단서를 첨부한 조사 보고서를 앞에 두고, 모친은 말했다. 역시, 여전히 믿기지 않는다고.

— 그만 됐어요.

가정 내에서 생긴 일이니까 가족끼리 해결하겠다. 진짜 범인이 따로 있는지도 모른다. 어쩌면 우리 딸은 프로 조사원도 속일 만큼 뿌리 깊은 거짓말을 하면서 스스로를 속이는지도 모른다.

내가 반박하자 도리어 화를 냈다. 남의 가정을 망가뜨리지 말라며, 당신 따위한테 그럴 권리는 없다며 울었다.

나는 물러날 수밖에 없었다. 한낱 조사원이니까. 비밀수호 의무에 묶여 일하는 조사원일 뿐이니까. 포기하기 힘들어도 물러나는 수밖에 없었다.

"충돌 사고가 일어나 그 남자가 죽었을 때……."

'철퇴의 유다'는 거의 믿어버리고 말았다. 이것이야말로 그분이 하신 일 아닌가. 내 속임수가 진실로 승화된 게 아닌가.

"한편으로는 그저 우연일 거라고도 생각했어. 세상도 살 만하구나. 우연이 정의를 집행하는 일도 있구나 하고."

자기 딸에게 손을 댈 정도로 혼탁한 남자, 정신의 균형을 잃어버린 남자가 우연히 운전상 실수를 했다 해도 이상한 일은 아니다.

"그런데 데라시마 씨가 나타났어. 이곳에 찾아와 당신 이야기를 들려줬어. 그로써 전부 달라져버렸지."

나는 미소를 보낼까 하다가 그만두었다. 존귀한 이에게 미소라니 불손하지 않은가.

"1월 29일 그 중앙분리대에서, 어째서 처음 '그분이 하신 일'이 일어났는지 알아요?"

당신이 그 사이트를 봤기 때문이다.

"당신이 '검은 메시아'를 알고, '검은 어린 양'들을 알았기 때문이죠."

이야기가 완성됐기 때문이다.

어린 양들의 목소리가 메시아에게 닿았기 때문이다.

그리하여 신이 탄생했기 때문이다.

"당신은 마땅히 메시아가 되었어."

그리고 나는 예언자가 되었다.

"당신이 거기서 본 것은 신이에요."

당신이 낳은 신, 하고 나는 말했다.

"틀렸어요"라고 그는 말했다. 그늘 진 얼굴로, 두 눈을 부릅뜨고서. "당신이야말로 머리가 이상해."

"어째서? 당신은 봤잖아. 당신 얼굴을 한 신을."

메시아 앞에 모습을 드러낸 신의 모습을.

"최초에 말씀이 있었다." 내가 말했다. "그렇다면 말씀이 신을 탄생시키는 일도 가능해."

과거에 인간은 믿었다. 신이 세계를 창조했다고. 그러나 언젠가 선언했다. 신은 죽었다고. 그리하여 세계와 인간만 있다고.

신이 죽을 수 있다면 다시 태어날 수도 있다. 신이 없는 세계에, 인간이 신을 탄생시키는 것이다. 지금은 언어라는 '정보'로

상징되는 세계에, '정보'에 의해 창조된 신을.

지상에서 살아가는 우리의 분수에 맞는 새로운 신을.

나는 그에게 한 걸음 다가가고, 그는 내게서 한 걸음 물러났다. 한 걸음, 두 걸음, 세 걸음. 휘청거리면서, 낡은 코롤라 차체에 손을 짚고 버티면서.

"당신, 이상해. 그런 일이 있을 리 없잖아."

"있어." 나는 말했다. "있다고. 앞으로도 그분이 하신 일은 일어나. 당신이 뭐라건, 무슨 일을 하건."

메시아와 예언자의 역할은 끝났다. 신이 지상에 임하셨다면, 이제 우리는 그분을 우러르기만 하면 된다.

"가르쳐줘."

나는 손을 내밀었다. 무언가를 구하듯 그를 향해 손을 뻗었다.

"당신이 봤던 신은 어떤 모습이었지? 당신 얼굴을 하고, 당신 눈으로, 당신을 어떻게 바라봤지?"

나는 철퇴의 유다. 메시아의 모습을 볼 수 있다. 그러나 신의 모습을 볼 수 있는 이는 오직 메시아뿐.

"가르쳐달라니까."

시바노 가즈미는 다시 실눈을 뜨고 내 손을 바라보았다. 눈부신 것이 아니라 역겨운 것을 보듯.

"틀렸어."

또 한 번 말하고, 그는 내 손을 옆으로 뿌리쳤다. 그리고 돌아서서 달리기 시작했다. 달려서 도망쳤다. 따뜻한 햇살 아래를, 평화로운 휴일의 동네를 달려, 나의 메시아가 내게서 달아난다.

누구도 신에게서는 달아나지 못한다.

나는 정밀한 환희에 잠겨 있었다.

당신은 보게 될까. 언제 보게 될까. 새로운 신을, 나를 예언자로 만든, 시바노 가즈미의 얼굴을 한 신을.

어제, 데라시마 씨가 사무실에 왔다. 그저 걸어오거나 달려온게 아니었다. 머리 꼭대기까지 피가 솟구쳐 사무실로 뛰어들었다.

가즈미가 죽었다고, 그는 부르짖었다.

"사원 여행 갔다가, 역 플랫폼에서 열차에 몸을 던졌어!"

그는 아버지에게 유서를 남겼다.

— 아버지, 슬퍼하지 마.

나는 그것을 봤어. 부정할 수 없어. 그 괴물을 봤어. 환각 같은 게 아니었어.

그로부터 또 한 건, 가정 내 살인 사건이 일어났다. 그는 현장에 찾아갔다.

― 거기서도 봤어. 역시 그걸 봤어.

검은 어린 양이 있는 곳을 찾아온 신을 봤다고, 시바노 가즈미는 아버지에게 글을 남겼다.

그분이 하신 일이다. 그분이 하시는 일이 일어나고 있다.

― 그건 나야. 그래서 결심했어. 역시 하지 않으면 안 돼. 나는 그것과 하나가 되어야만 해.

죽으면 그것과 하나가 될 수 있어. 이 육체를 버리면 그것에게로 갈 수 있어.

― 내가 그것이 되면, 그것은 분명 모두의 눈앞에 드러나게 될 거야. 그것이 나니까. 내 일부이자 내 전부니까. 내 죄고 내 정의니까.

― 그러면 아버지, 다 함께 그것을 멈출 수 있어. 그것이 그분이 하신 일을 계속하기 전에.

"대체 가즈미에게 무슨 짓을 했어? 내 아들한테 뭘 했냐고? 무슨 말을 했어? 뭘 보여준 거야?"

데라시마 씨가 달려들었다. 우리는 몸싸움을 벌이면서 사무실 벽에 부딪히고, 의자를 넘어뜨렸다. 우산꽂이로 쓰는 비젠야키 항아리가 넘어져 요란한 소리를 내며 깨졌다. 나는 그 파편 위에 쓰러졌다.

그때, 봤다.

데라시마 씨는 문도 닫지 않고 뛰어들었고, 파편은 복도까지 날아갔다.

그 파편 하나를 천천히 반짝이면서, 그윽하게 빛을 내며 천변만화하는 눈부신 것이 서서히 일어섰다.

소리는 없다. 무게가 있을 성싶지도 않다. 그저 그것은 거기 있다. 천천히 한 발짝씩, 사무실로 걸어 들어온다.

내 눈앞에 나타난다.

무수한 빛 덩어리. 사람처럼 보이지만 사람은 아니다. 부풀고 쪼그러들 때마다 그 윤곽도 희미한 명멸을 되풀이한다.

미세한 빛 조각이 빚어내는 사람의 형체. 그 안에, 난무하는 빛 조각의 숫자만큼 무수한 인간의 얼굴이 보인다.

희생자인지도 모른다. 가해자인지도 모른다. 어린 양들인지도 모른다. 어른과 아이, 남자와 여자.

그들의 눈. 그들의 입. 소리는 들리지 않는다. 아무것도 호소하지 않는다. 다만 거기서 꿈틀거리고, 표면에 나타났나 싶으면 물러나고, 다시 떠올랐다가 사라진다.

그 안에서, 나는 열네 살 시바노 가즈미의 얼굴을 보았다. 그가 간선도로의 중앙분리대에서 발견한 얼굴을 보았다. 그가 괴물이라 불렀던 얼굴을 보았다.

그것을 밀쳐내다시피 하면서, 내가 알고 있는, 나를 부정했던, 어른이 된 시바노 가즈미의 얼굴이 나타났다.

'그는 신 안에 있다.'

가즈미…… 데라시마 씨가 신음을 흘렸다. 바닥에 주저앉아, 그는 눈부시게 명멸하는 빛다발을 향해, 사람들의 얼굴을 향해 손을 뻗었다. 얼싸안으려는 것처럼.

나도 손을 뻗었다.

신도 나를 향해 손을 뻗었다.

손이 맞닿았다. 사람인 나의 손과 신의 손이 맞닿았다.

"가즈미!"

데라시마 씨가 부르짖으며 빛 속으로 돌진했다. 그의 몸뚱이가 빛 덩어리를 통과했다. 백만 개의 빛이 깨져 날아갔다. 사람들의 얼굴이 순식간에 사라졌다.

강림은 일순이었다. 그 뒤에는 가즈미의 이름을 부르고 또 부르는 데라시마 씨의 오열만 남았다.

당신은 보게 될까. 언젠가 볼 수 있을까. 새로운 신을. 저 무수한 빛과 사람들의 얼굴을.

그 뒤로 나는 생각한다. 쉴 새 없이 생각한다.

나는 유다, 철퇴의 유다. 신의 도래를 기다리는, 신의 말씀을 의탁받은 예언자다.

그러나 그때, 내 손에 닿았을 때, 신은 내게 말씀하셨다. 나는 신의 목소리를 들었다.

"틀렸어."

나는 예언자일까. 아니면 죄인일까. 말씀이 신을 창조할 수 있다면, 인간이 신을 창조할 수 있다면, 사람이 신을 쓰러뜨리는 일도 가능할까. 신의 실수를, 메시아가 바로잡는 일도 있을까.

만일 시바노 가즈미가 그 신을 부정한다면, 나는 나를 예언자로 만든 신을 지켜야 한다. 그러기 위해서는 신과 싸우지 않으면 안 된다. 신과 시바노 가즈미는 하나이므로.

나는 철퇴의 유다. 아니면 배반자 유다일까.

신을 만졌던 나의 손바닥에는 핏빛 반점이 남았다.

이것은 죄인의 낙인일까?

아니, 그렇지 않다. 나는 믿는다. 나는 예언자다. 내 신의 예언자다.

나의 신이여, 나는 믿는다. 손바닥에 새겨진 피의 증표가 성흔이란 것을.

바다 신의 후예

19세기 말—과거 프랑켄슈타인 박사가 창안했던, 사체로부터 새로운 생명 '죽은 자屍者'를 만들어내는 기술은 박사의 사후 은밀히 유출되어 전 유럽에 퍼졌고, 그 결과 죽은 자들이 최신 기술로 일상 노동에서 전장에 이르기까지 폭넓게 보급된 세계를 맞게 되었다…….

아래 인용한 민간인 청취 기록은 〈대일본제국의 확산 사체屍体 추적 조사 보고·동일본 편〉에서 발췌했다.

이 조사는 GHQ(연합국 최고사령부)의 지시에 따라, 쇼와 20년 10월 1일을 기해 해산된 비군사용 죽은 자 관리공사(통칭 프랑켄슈타인 공사)의 사업 정리 작업의 일환으로, 도난·도주·오작동 등의 사유로 동 공사의 관리를 벗어난 확산 사체(암사체)의 상황을 파악하고, 가능한 한 회수하기 위해 실행됐다. 조사 활동은 동 공사 사원 가운데 공직 추방 처분에 해당할 우려가 없는 자를 선발하여, GHQ 민생 부문 임시 직원으로 고용해 대응했다.

다만 이 기록상의 죽은 자는 동 공사 설립(다이쇼 12년 10월) 이전인 메이지 시대에 확산한 군용 죽은 자(사병屍兵) 실험체이므로 조사 대상은 아니다. 그럼에도 이 안건이 위 보고서에 포함된 것은 발견 당시 상황과 지역 사회와의 관계가 특수하여, 본국의 죽은 자 수용 방식을 고찰하는 데 흥미로운 사례였기 때문으로 보인다.

기록자는 청취 대상자의 육성을 거의 그대로 문장화하고, 생소한 방언에는 표준어로 설명을 덧붙였다. 별첨한 주註는 전부 편집부가 붙였다.

— 〈신민속학 시보〉 통권 제25호

특집 〈영혼과 조령의 나라의 죽은 자 산업: 그 수용과 변용〉

● 청취 기록 개요

　　일시: 쇼와 21년 8월 5일

기록자: 확산 사체 조사원 마키 다카후미

청취 대상자: 노자키 누이 당년 78세

장소: XX 현 고가 군 고우라 마을

'나'가, 선생님들이 찾으셨다는 노자키 누이라고 하는데요. 선생님들이 '우모리 님'을 조사하러 도쿄에서 일부러 걸음하셨다는 분들인가요? 한더위에 고생 많으시네요.

숙소는 어디 잡으셨고요? 아아, 산토 씨 댁요? 거긴 절벽 위가 되어놔서 더위도 어지간히 비킬 만하지요(견디기 수월하지요).

뭐더라 지금, 도쿄에서 진주군이 억센 문초를 받는다대요? 도조 씨라든가, 잘난(훌륭한) 분들이 죄다 끌려 나와서. 울 손자 말이, 할머니, 그건 '피고인'이라고 하거든, 전쟁중엔 이쪽을 '비국민'[제2차 세계대전 당시 일본에서 군과 국책에 비협조적인 사람을 비난하는 말로 쓰임]이라면서 걸핏하면 헌병이 붙잡아 가니까 벌벌 떨었지만, 지금은 저쪽이 '피고인'이야, 하고 저번날 신문 보면서 일러줍디다만.

네에, 도쿄 재판이라고 한다고요?[1] 보시다시피 '나'가 늙은이라 귀도 어둡고 눈도 침침해서, 세상 돌아가는 일은 잘 모르네요. 참아주세요(실례를 용서해주세요). 그 '재판'이라는 게 뭐래요? 네? 하아, 그렇구나 그렇구나, 그 재판 때문에 저번날도 도쿄에서 손님이 오셨는데, 작년 말이던가. 그때도 산토 씨네에 묵으셨네요. 그 댁이 널찍널찍하잖아요. 메이지유신 때부터 워낙 큰살림이니만큼.

네네, 그 양반들은 진주군이었는데, 현에서 공무원이랑 순경도 같이 걸음해서, 전쟁중에 군대 갔던 우리 마을 사람을 찾으러 왔단 말이죠. 이모리 다로라고, 마을 진료소에서 조수를 했던 젊은이인데, 전쟁 때 대륙에 건너가 관동군 의사 선생 밑에서 일했다나 뭐라나 하는 얘깁디다.[2]

그런데 이모리 씨는 그길로 안 돌아왔단 말이죠. 네네, 집에 어무니랑 누이동생이 있는데, 전사통지서가 끝내 안 왔네요. 그러게 어무니도 누이동생도, 복원할 날만 기다리지만서도. 그걸 도쿄에서 찾아온 양반들이, 뭐라더라…… 증언? 응, 그렇지 그렇지, 증언을 해달라 했다던데. 정작 본인이 없으니 어지간히 실망해서 돌아갔다 뭐 그런 얘기네요.

응? 저런, 그래요? 그 양반들이, 우모리 님이 솔찬히(매우) 드문 죽은 자였다는 사실을 알아냈다고요? 산토 큰어르신한테 듣고요?

하아, 그랬군요…….

그물 주인(망주)이신 오야카타 씨가 서쪽 물가에 사당을 지어 우모리 님을 모신 게, '나'가 열 살쯤 됐을 땝니다. 그게 벌써 몇 년 전이냐…… 육십 년? 하아…… 이러니 '나'가 할마니가 됐을밖에요.

그렇지, 우모리 님이 마을에 흘러들어온 게, 응, 메이지 11년인가? 다들 그때 난생처음 죽은 자라는 것을 봤네요.[3]

당시 마을 사람 중에 지금 남은 사람은 나하고, 산토 큰어르신, 응, 그리고 산토 미쓰루 씨뿐이려나. 오야카타 씨 댁은 러일전쟁 후 아드님 대에 집안 살림이 확 기울어서, 하여간 먼 데서 친척이 양자로 들어와 뒤를 이었거든요, 나야 내막은 모르지만. 우모리 님 모시는 일은 줄곧 산토 씨가 해왔네요. 사당 입구에, 선생님들도 보셨겠지만 울타리를 치고 금줄을 엮어놔서, 산토 씨 허락 없이는 아무도 못 들어가잖아요.

지금 마을 사람들도, 우모리 님은 고우라 마을 수호신이니 소중히 모시란 말만 들었지, 유래는 모르고요. 그러는 나도, 아들 딸한테도 이때껏 암말 안 했지만서도.

……네, 뭐 특별히, 말하면 큰일 난다거나 뭐 그렇게 생각한 건 아니고요…….

선생님들 도쿄분들이면, 죽은 자가 일하는 걸 두루두루 보셨겠지만. 응? 그렇지도 않다고요? 죽은 자는 일단 병사가 되지만, 짱짱해서 뭐든지 척척이라 큰 도시에서는 일을 많이 했던 게 아니고요?[4]

고우라 마을도요. 현 일왕이 즉위하신 해였던가, 오야카타 씨가 '어부 삼는다'면서 죽은 자 셋을 데려왔거든요. 뭐라더라 생선 도매업자한테 돈깨나 주고 융통해왔다더라만. 그 무렵 마을에서 만주로 이민하는 사람이 늘어나서 어부가 모자랐단 말이죠. 그래서 오야카타 씨도 죽은 자를 쓰면 되겠거니 하셨는데, 그게 영 틀려버렸지요.

아 왜겠어요, 배에 태워 나갔다 하면 물고기가 줄행랑치는걸. 물가에서 먼바다까지, 한나절 족히 배를 저어 가봤자 물고기가 깡그리 흩어져 얼씬도 않는걸요. 이래서야 다 글렀다고 오야카타 씨도 애간장이 녹아서, 그 뒤로 죽은 자가 마을에 들어온 일은 없었네요. 그 후로는 한 번도.[5] 종전 전에, 가나가와 연대에서 마지막으로 소집된 부대가 여기서 2리쯤 떨어진 바닷가에서 훈련했더랬는데, 부대원 절반이 죽은 자라는 말을 듣고 오야카타 씨가 굳이 구경 가서는, 훈련일랑 딴 데 가서 하라고, 여기서 이러면 곤란하다고 역정을 냈지만서도.

……네네, 그렇습니까? 죽은 자가 짐도 옮기고 시중도 들고 철도 차장도 하는 거는 일본 본토가 아니라, 만주 얘기였다고요?[6]

뭐, 그러저러해서, 우리 마을에선 죽은 자라고 하면 물고기가 줄행랑쳐버리는, 불길한 것이었단 말이죠. 그래서 우모리 님도 죽은 자였다는 게 알려지면 마을 사람들이 당장 소홀히 할까봐, 이 늙은이는 그게 싫어서 입 다물고 있었지만서도. 산토 큰어르신이나 미쓰루 씨도 마찬가지 아니겠어요?

이번에, 우모리 님이 죽은 자였습니다, 하고 선생님들한테 일러준 이는 다름 아닌 미쓰루 씨이지만서도…….

진주군은 드살세단(무섭단) 말이죠. 우리나라는 무조건 항복해놔서 이제 죽은 자를 갖고 있으면 안 된다대요? 우모리 님이 죽은 자였다는 얘길 감췄다가 나중에 들통 나서 누가 붙잡혀 가기라도 하면 큰일이잖아요.

우리한테는 그냥 죽은 자가 아니라 신이었지만서도.

메이지 11년 8월, 하이고, 마침 오늘이네요. 5일이니까. 우리 아부지(아버지) 달기일_{사망 월일에서 달을 제외하고 날짜만 일컫는 말}이라, 틀리게 기억할 리 없네요.

그날 아침, 바닷가 선착장 쪽에서 한 소동 있었더랬죠. 작은 배가 떠내려왔거든요.

애들이 다 그렇지만, 나도 구경 갔네요. 남동생 데리고 바닷가에 가보니 그야 뭐 빨강에 파랑에, 색도 고운 훌륭한 조각배잖아요. 나중에 듣고 알았는데, 구명보트라는 것이랍디다.

사람 둘이 타고 왔는데, 한쪽은 군복 입은 청년이고, 네네, 빡

빨머리 일본인이었어요. 또 한쪽이 하이고, 한참 올려다보게 덩치가 큰 사낸데, 삼베 주머니 누덕누덕 이어 붙인 자루 같은 옷을 걸치고, 몸이 더러웠지요. 그것만 해도 펄쩍할(놀랄) 일인데, 글쎄 머리털은 또 추수 앞둔 보리 이삭 빛깔이란 말이죠. 거기다 눈이 새파래요. 여름 바다색 말이에요.

애들은 그 자리에서 곧바로 쫓겨나서, 암것도 모르네요. '나'가 아는 얘기는 뒷날 산토 씨 댁 미쓰루 씨한테 들은 것뿐예요.

미쓰루 씨는 나보다 여섯 살 더 먹었는데요, 그 무렵 열여섯 살로, 현의 고등학교에 진학하셨더랬지요. 그래 놓고 뭣이 맘에 안 찼는지, 그해 5월 학교를 때려치우고 마을로 돌아와 있었지만서도. 아무튼 고등학교를 다 갈 정도니까, 열여섯 살이라지만 여간 똑똑하지 않고 어려운 말도 많이 알았으니, 죽은 자란 게 뭔지도 좀 지식이 있었단 말이죠.

예쁜 조각배를 타고 온 두 사람이 도망병이고, 덩치 큰 파란 눈 쪽은 '죽은 자'라고 일러줍디다.

"군복 쪽은 군인이 아니라 해군 통사通事라는데. 미우라 항에 정박중인 영국 군함에서, 눈이 파란 그이를 데리고 북쪽으로 도망치려던 것이 그만 물결에 휩쓸려 고우라 해안으로 떠내려왔다네?"

에로운(어려운) 얘기는 나야 모르겠고, 도망병이라니 보통

일 아니잖아요? 헌병한테 얼른 직고하지 않으면 야단나지요. 그런데 오야카타 씨도 촌장님도, 그 무렵 산토 어르신 그러니까 미쓰루 씨 아부님(아버님)이지만서도, 마을의 높은 분들이, 군복 입은 통사가 울면서 도와달라고 통사정하니 아주 난감하게 되었다는 거예요.

"눈이 파란 그이는 죽은 자가 되고 이미 십오 년이나 지났다잖아. 죽은 자는 원래 잘 버텨야 한 이십 년인데, 그이는 특히 어려운 실험을 몇 번이나 받느라 구석구석 상한 데가 많아서 앞으로 기껏 반년쯤이래."

그래서 폭탄으로 만들어진다잖아요.

"죽은 자 몸에 남아 있는 기름이 폭약이 되거든. 우리나라엔 아직 그런 기술이 없지만, 그건 영국과 거래해 들여온 특별한 죽은 자잖아. 통사가 있던 군함에는 마찬가지로 폭탄이 될 오래된 죽은 자가 서른 구쯤 실려 있었다는데."

통사가 격격 울면서 실은 전원 풀어주고 싶었는데…… 했다는 거예요.

"그런 일을 혼자 무슨 수로 해내겠어. 게다가 다른 죽은 자는 말도 안 통하지만, 눈이 파란 그이만은 별나서, 또박또박 천천히 일러주면 이야기도 할 수 있다대. 그래서 그이만이라도 구해주려고 둘이 구명보트를 탔고."

결국 이런 마을에 떠내려오는 바람에 난감하게 됐는데, "그게 통사 말로는 꼭 그렇지도 않다대. 여긴 하도 손바닥만 한 어촌이라 해군 지도에도 안 올라가 있다잖아. 되레 요행 천만이고, 잘만 숨어 있으면 어떻게든 넘긴다는 거라."

그래서 통사가 고우라 마을에 숨겨달라고 사정사정한다대요.

"당장은 수색대도 안 따라붙은 눈치고, 헌병 눈은 어떻게든 속일 수 있지. 다 큰 사내가 껙껙 울면서 머리를 땅바닥에 조아리는데 나 몰라라 하기도 뭐 뒷맛이 안 좋고……."

새파랗던(애송이이던) 미쓰루 씨는 그리 말하고, 좀 거들먹거리면서 코웃음치더라만요.

"그거고 저거고 아무튼 죽은 자라고는 다들 처음 보니까, 황겁하지(두렵지) 않겠어요? 움직인다지만 저건 말하자면 송장아녀? 잘못 건드렸다가 뒤탈이 있으면 어쩌냐, 하시며 촌장님도 영 찜찜할 밖에요.

그야 별쭝난 일도 아녜요(별수 있나요). 그러게 우리는 죄다, 죽은 자 병사는 힘이 장사인 데다, 한 번 죽은 몸이라 두 번은 안 죽으니, 이런 짱짱한 군인은 없단 얘기만 들었지만서도.

더욱이 눈동자가 바다색인 덩치 큰 죽은 자는 서양 사람이잖아요. 나는 무섭더만, 미쓰루 씨는 어찌 저리 태연한가 희한하더란 말이죠. 알고 보니 고등학교 수업에서 '관찰'한 일이 있답디다. 그래서 죽은 자는 원체 말을 못하고, 산 사람이랑 주거니 받거니 얘기도 못할 터인데, 통사 말이 사실이라면 그것 참 별나네 하고, 고개를 갸웃하대요.

네? 나랑 미쓰루 씨요? 네네, 선생님들 말씀 대롭니다. 그 무렵엔 '미쓰루 씨'라니 감히 어림도 없고 '산토 씨 댁 도련님'이었지만. 나 같은 고기잡이 딸하고는 엄연히 신분이 달라요.

우리 어무니(어머니)가 산토 씨 댁 허드렛일을 했는데, 특히 아부지 돌아가시고는 어무니 일삯으로 연명했으니 그 댁 분들한텐 고개를 못 들거든요. 당시 산토 어르신이나 사모님이나 참말 좋은 분들이라, 우리 식구 입에 행여 거미줄 치랴, 구석구석 신경써주셨네요. 미쓰루 씨도 한참 별난 분이라, 고등학교 갈 때까지는 가끔가다 어부 동네까지 놀러도 오고, 살갑게 대해주셨네요.

하이고, 선생님도 괘꽝스런(이상한) 말씀을 하시네. 미쓰루 씨는 그저 물가에서 잡히는 게나 해우처럼, 우리가 마냥 신기했을 뿐이라니까요.

음, 그래서…… 응응, 그러니까 결국은 통사가 하도 읍소하니까 둘을 숨겨주게 됐거든요. 서쪽 물가에 작은 창고가 있잖아요? 거기를 내줬어요. 오야카타 씨가 당신 댁 젊은이들한테 망을 보게 하신다니까, 죽은 자라면 원체 송장 아녀, 하면서 뜨악

해했던 마을 여자들도 잠잠해집디다.

그럭저럭 한 닷새 숨어 있었을라나. 헌병도 안 찾아오고, 조용하대요. 통사가 때때로 산토 어르신을 뵈러 간 모양인데, 그야 둘이 도망쳐 나온 군함이 어찌 됐는지 왜 안 궁금했을라고요. 그것도 나중에, 미쓰루 씨한테 들었네요. 어르신은 처음부터 통사를 애련히 여기셨답디다.

아무튼 엿새쨈가 이레쨈가, 군함이 수색을 접었는지 미우라 항을 떠나 어디로 가버렸다대요. 하아 뭐 그렇담 일단 안심이다, 이제 둘을 몰래 마을에서 빼내주기만 하면 된다고들 셈산을 하는데, 아 이번엔 통사가 뜬금없이 마을 사람들한테 은혜를 갚고 싶단 말을 꺼냈단 말이죠.

그것이 뭔고 하니, 실은 통사 생각이 아니라 눈이 파란 죽은 자가 그런 말을 한다잖아요.

서쪽 물가에 말예요, 우모리 님 사당 있는 데는 절벽 위가, 응, 이렇게 좀 튀어나왔잖아요. 그거 옛날엔 더 이렇게 좀, 도마뱀 꼬리처럼 길쭉했단 말예요. 그 기이다랗게 뻗은 데가, 그 전해 초봄, 마침 서쪽 물가 바로 앞 깊은 데서 사랑놀래기며 자붉돔이 한창 잡힐 무렵, 파삭 부러져나가듯 바다에 떨어져버렸거든요. 딱히 지진이 있거나 벼락이 떨어지지도 않았는데, 오야카타 씨 말씀으로는, 바위 표면에 잔돌이 많으면 원체 깨지기 쉬우니까 무슨 일 끝에 와르르 무너지지 않았겠나 하시더라만.

무너진 바위가 바다에 떨어져서, 마침 부러진 데가 파도 사이로 삐죽 나왔단 말이죠. 그 탓에 물가 쪽 물길이 바뀌어버린 거예요. 걸핏하면 소용돌이를 일으키는 통에 배를 내면 휘말리기 일쑤고, 간신히 건져내놓으면 그 아래쪽 바위 더미에 부딪친단 말예요. 위험해서 당최 고기잡이를 나갈 수 없지 뭐예요. 그러니 서쪽 물가의 창고도 쓸 일이 없어졌고요.

그게 크게 무너졌을 때, 마을 배가 두 척 휘말렸어요. 네, 우리 아부지도 그때 돌아가셨네요. 배는 박살나고, 유해가 떠오른 사람도 있지만 아부치는 끝내 못 찾았네요. 필경 떨어진 바위 밑에 깔려버렸겠죠.

통사가 말하기를, 자기가 데려온 이가 나서면 바위를 치워내고 물길을 원래대로 되돌릴 수 있다잖아요. 죽은 자는 하여간 힘이 장사에다 원래 숨도 안 쉬니 물에 빠져 죽을 일도 없고요. 물속 깊이 내려가도 몸이 차가워질 일도, 하는 짓이 둔해질 일도 없다대요.

오야카타 씨도 산토 어르신도 그야 놀라실밖에요. 무슨 곡절로 죽은 자가 그런 말을 꺼내는지 알 수 있어야죠. 그랬더니 통사 말이, 눈이 파란 그이는 날마다 물가 오두막에 숨어 우두커니 할 일이 없잖아요. 바다만 하염없이 바라보다가, 여기가 물고기가 많이 잡힐 곳인데 어째 고깃배가 없나 했더니 저 바위 탓이네, 하고 깨쳤다잖아요. 바위가 와르르 무너졌던 일 따위 모르는데, 혼자 생각해서 짚어냈다 말예요. 그게 글쎄 딱 맞는 소리였으니, 오야카타 씨도 어르신도 눈이 댕그래질밖에요.

마을 어장 일은 훤히 아시는 오야카타 씨는, 아무리 죽은 자라도 엔간찮게 위험하다고 말리셨답니다. 그런데도 죽은 자는 일없다지, 통사도 뭐…….

"어차피 남은 날도 길지 않으니, 본인 원대로 해주고 싶을 테지."

미쓰루 씨는 그리 말하대요.

결국, 그날부터 꼬박 닷새 걸렸지만. 죽은 자가 바닷물에 잠수해서, 처음엔 소용돌이치는 파도 밑이 어떤 형편인가 살펴보기도 벅찼던 모양입디다만, 조금씩 조금씩, 바위를 살살 움직여서 정말로 서쪽 물가에서 다시 고기잡이를 할 수 있게 됐단 말이죠.

네, 아무렴요. 그야 '전신'은 아닐망정, 바위 밑에 깔렸던 우리 아부지 유골도 찾아내서 끌어올려줬네요. 두개골은 온전해서, 이 빠진 모양새를 보고 어무니가 이건 네 아부지다, 라고…….

마을 사람들은 흉흉하다며 첨엔 멀찌감치 둘러싸고 있었지만, 미쓰루 씨가 창고로 언뜻하면(자주) 구경 가니까 나도 따라

가서, 죽은 자가 바닷물에 한 번 들어갈 때마다 야금야금 바위를 움직이거나 뭔가 찾아내 갖고 올라오는 걸 구경했네요. 그러는 사이 마을 사람들도 점점 가까이 오게 됐고요.

아무려면요, 통사도 그 자리에 있다마다요. 그분이 미쓰루 씨한테 그러더랍니다. 저이도 살아서는 어부였다고, 영국에도 어부가 있다고.

"죽은 자는 죄다 저이처럼 힘이 셉니까?"

미쓰루 씨가 물었더니 통사가 웃더래요. 전부는 아니지만, 저이는 뭐라더라 그, 도깨비마냥 힘 좋아지는 세공을 해놔서…….

네? 플러그 뭣이라고요? 그런 세공이 있구나. 플러그인.[7] 하아…….

죽은 자의 이름요? 예, 톰 씨라고, 통사님은 부릅디다. 그래서 다들 그리 부르게 됐고요.

톰 씨랑 말을 나눠본 적은 없네요. 그래도 한번, 그이가 혼자 물가에 앉아 조그맣게 노래 부르는 건 들어봤네요. 네, 말은 모르지만서도, 분명코 노래였어요. 가락이 죄 틀려서 '나'가 웃었더니 톰 씨도 돌아보고는 빙긋 웃더라만. 미쓰루 씨는 죽은 자가 어찌 웃을 거냐며 안 믿어줍디다만, 진짜로 웃었대도요. '나'가 똑똑히 봤다고요.

죽은 자는 원체 죽은 몸이라 아프지도 가렵지도 않지만, 부서지기는 한답디다. 매일 다니면서 보니까, 조금씩 조금씩, 톰 씨 몸뚱이가 여기저기 망그러지더라고요. 한쪽 귀가 떨어져나가거나, 손가락이 하나 빠져 있거나.

맨 마지막에, 젤로 무거운, 파도 사이로 삐죽 나온 커다란 바위가 치워졌을 땐 우르르 몰려가서 구경하던 마을 사람들이 죄다 손뼉 치며 좋아했단 말이죠.

그런데 톰 씨가 당최 안 올라오는 거예요. 나중엔 통사도 낯빛이 새파래져서, 손나팔을 만들어갖고는 "톰, 톰!" 하고 소리치대요.

바다 쪽에서 불쑥, 톰 씨 머리가 떠올랐을 때는 다들 얼마나 기뻐했게요.

톰 씨는 그 뭐냐, '모제비 헤엄' 비슷하게 물을 갈라 나왔어요. 평소보다 몇 곱절 시간이 걸려서.

왜 그랬는지는 금방 알았네요.

오른쪽 다리가, 허벅지 위에서부터 몽땅 떨어져나갔지 뭐예요. 뭍으로 올라와서는 운신도 못했단 말이죠. 헤엄치다 진이 다 빠졌는지 팔도 제대로 못 쓰고.

마을 사내들이 달려들어 톰 씨를 떠메어 간신히 창고로 옮겼네요. 거기서 해가 완전히 떨어질 때까지 통사, 오야카타 씨, 산토 어르신과 촌장님이 두런두런 의논합디다. 한참 후에 어르신이 나오시더니, 밖에서 계속 대기하던 미쓰루 씨에게 이리 말씀하는 거예요.

톰 씨는 이제 죽은 자로서도 명이 다했으니, 우리 마을에 묻어줄란다.

어디 묻느냐가 문젠데, 이게 나중에라도 헌병이 알면 야단난단 말이죠. 일단 마을 사람들한테는 유해를 바다에 떠내려 보낸 걸로 해두고, 다른 데 '절대' 말이 새지 않게끔 단단히 입단속을 한 거예요.

실은 나만 해도 그다음 일은 암것도 몰랐어야 할 터인데, '나'가 미쓰루 씨한테 사정했잖아요. 아부지 뼈를 거둬준 은인인데, 장례는 가봐야 하지 않느냐고. 그랬더니 미쓰루 씨 말이 "누이 한 사람쯤은 일없겠지" 하고 어르신한테 부탁해주셨단 말이죠. 덕분에 나는, 그 뒷일도 알잖아요.

맨 처음 말을 꺼낸 분은 오야카타 씨였네요.

"톰 씨는 바다 너머에서 와서, 고우라 마을 어부들의 유골도 건져주고 물가 어장도 매끄롬히(원래대로) 해줬잖아. 참말 고마운 신이니께 극진히 모셔야지."

그야 나도 처음엔 이게 다 뭔 소린가 싶대요. 헌데 곰곰 생각해보니, 지당한 말씀이더란 말예요.

네, 우모리 님은 '바다 신海守'이라 씁니다. 우리 마을에선 예부터 그리 부르면서 모셔왔으니까요. 뱃사람 지켜주는 해신海神은 바다 너머에서 오시잖아요? 톰 씨는 아주 딱 맞춤이었네요.

죽은 자는 움직이는 동안은 썩지 않지만, 안 움직이게 되면 보통 죽은 사람과 똑같이 점점 썩어 흐물흐물해진답니다. 그럼 곤란하니까, 산토 씨 댁에서, 몰래 톰 씨 몸속의 피를 빼고 충분히 말려, 아교와 옻을 발라 굳혀서, 신상神像을 만들었단 말예요. 오야카타 씨는 젊을 때 마을 먼바다에서 한 길이나 되는 개복치를 잡아본 분이라, 그때 박제 만들었던 요령으로 하면 되지 하셨고, 옻칠은 미쓰루 씨 생각이었다대요. 그래야 어연간하게 보인다고. 아교는 톰 씨의 떨어져나간 오른발 자리에 의족을 붙이는 데 썼고요.

물가의 사당은 누기가 찬단 말이죠. 별별 수를 다 쓴들 종국엔 썩어버리지 싶어 영 걱정스럽더라만…… 아, 그래요? 선생님들 보셨는데, 거의 온전하더라고요? 역시 보통 송장이 아니라 원체 '죽은 자'여서 그럴까요?

통사 말인가요? 그 뒤로 어떻게 됐는지는 모르네요. 그러고는 마을엔 생전 안 왔으니까요. 미쓰루 씨는 알려나 모르지만 어차피 애저녁에 세상 떠났을 테죠.

우모리 님은 도쿄에 옮겨지면 어찌 되는데요? 고국에 돌아가

나요?

이름? 톰 씨의? 하아, 그렇구나…… 그거는 죽은 자가 되고 난 다음 이름이었다고요? 진짜 이름은, 이제 모르는가. 그럼 태어나 자란 곳도…….

아무튼 톰 씨는 일찌감치 하라이소천국, 낙원을 뜻하는 일본의 초기 천주교 용어에 가 있지 뭐겠어요.

하라이소요? 선생님들 모르셔요?

톰 씨 장사 지낼 때 '나'가 염불을 외려니까 통사 말이, 이 사람은 모시는 신이 다르니까 염불은 일없다대요. 그렇지만 신은 달라도, 선한 일 한 사람은 극락에 간다, 톰 씨 같은 이들이 가는 극락은 하라이소라고 한다고 일러줍디다.

그이 눈은 하짓날 해님이 딱 중천에 떠올랐을 때, 바다가 젤로 반짝거릴 때, 바로 그 파란색이었네요. 나한테는 마냥, 처음부터 끝까지 신이었네요.

*

편집자주1) 극동국제군사재판(도쿄 재판) 개정은 쇼와 21년 (1946년) 5월 3일.

편집자주2) 그 뒤 조사에 의해 이모리 다로라는 인물이 관동군 방역급수부, 통칭 '이시이 부대' 일원이었던 사실이 판명. 현재까지 복원하지 않아 생사도 불명이다.

편집자주3) 메이지 10년(1877년) 세이난 전쟁 때, 메이지 정부의 사병단屍兵団이 정부군으로 위장한 반란군의 다바루자카 통과를 허용하는 사태가 발생했다. 사병단이 니시키노미하타붉은 비단에 해와 달을 금은으로 수놓은 관군의 깃발라 불리는 식별기를 오인함으로써 발생한 사고였지만, 사태를 심각하게 인식한 메이지 정부는 이후 모든 죽은 자를 국유화해, 개인은 물론 자치 단체나 법인 결사의 소유를 전면 금지하고 유통 및 확산 방지에 힘썼다.

편집자주4) 위에 적은 금지 조치는 다이쇼 12년(1923년) 9월 1일 관동대지진이 발생, 제국 수도 부흥에 대량의 노동력이 필요해짐으로써 같은 해 10월 포령된 '사체 민간활용 특수조치법'에 의해 대폭 완화되었다. 같은 해 프랑켄슈타인 공사 설립도 이 법령에 준한 것이다.

편집자주5) 프랑켄슈타인 공사 관리하의 죽은 자는 공사가 정부로부터 양도받아 민간 기업이나 지자체·기타 단체에 파견하는 형태로 운용되었지만, 노동력으로 정착한 장소는 90퍼센트 이상 탄광, 광산, 지방 철도 및 도로 건설 기초 공사 현장이었다. 주요 도시에서 범용 노동은 시민의 저항이 강해 시험 단계에서 중지했고, 운수운송업과 제1차 산업 현장에서 장기간 운용에 성공한 사례도 적다.

편집자주6) 구 만주국 관동군 지배 하에서는 독자적인 죽은 자 제조와 운용이 상용화되어 있었고, 만주 이민을 통해 그 사실이 일본 본토에도 알려졌다. 단, 당시 일본 정부는 전혀 문제 삼지 않았다. 사실상 묵인함으로써 만주를 죽은 자 민간 활용의 새로운 실험장으로 활용했던 것으로 보인다.

편집자주7) 영국에서는 당시 죽은 자의 운동을 제어하기 위해 일단 '범용 케임브리지 엔진'을 적용하고, 그 위에 직종별 플러그인을 덮어쓰는 수법이 일반적이었다. 고우라 마을의 죽은 자는 사병으로서 실험체였으므로, 직종별이 아닌 능력 증강계 플러그인을 시공했으리라 추측된다.

보안관의 내일

1

으레 그렇듯이 본부가 보내온 서류에는 미비한 구석이 있었다. 이름 철자가 틀렸다. 이걸로는 발음이 되지 않는다.

"맞게 다시 써줘."

눈앞에 있는 본인—갓 부임한 새 보안관 조수에게 해당 부분을 짚어주고 펜을 내밀었다.

신임 조수는 자신의 경력에 미비점이 있다고 지적당한 것처럼 불쾌한 표정을 지었다.

"어디가 틀렸는데요?"

"세 번째 줄 마지막 행. 단순한 철자 실수야. 흔히 있는 일이지."

보안관은 책상 맨 아래 서랍을 열쇠로 열어 보안관 조수용 배지와 작은 권총을 꺼냈다. 45구경, 6연발 회전식 권총이다.

"서명은 어디에 하죠?"

"맨 마지막 페이지."

신입이 이름을 휘갈겨 적고, 표지만은 그럴싸한 임명서를 보안관에게 돌려주며 살짝 웃었다. "소문은 들었지만, 여긴 정말 구식이네요."

임명서 마지막 페이지, 관리자 서명 칸에 이름을 적고 보안관은 두툼한 어깨를 들썩했다.

"시골 마을은 어디나 이래. 자넨 도회지에서 자랐나?"

"제 이력서 안 보셨어요?"

"봤는데, 잊어버렸어."

기억하는 것은 그의 나이뿐이다. 만 22세라고 되어 있었다.

"뒷문 열고 나가서 사무실 안쪽이 로커룸이야. 제복은 대충 맞겠다 싶은 사이즈로 골라 입어. 홀스터는 벨트식이건 숄더식이건 마음대로 써도 돼. 어차피 전부 낡았지만."

배지와 권총을 책상 위에서 미끄러뜨리자 신입은 오른손으로 둘 다 움켜잡았다. 자그마한 체구에 비해 손이 크다. 건강한 손톱 색은 젊음의 증표다.

"내가 뭐라고 부르면 돼?"

"지코요."

"그럼 지코, 시작해."

짧게 깎은 붉은 머리에 널찍한 이마. 의자에서 일어나, 구릿빛 얼굴에 미소를 떠올리고 지코는 물었다. "저는 뭐라고 불러드려요?"

"그냥 '보안관'."

인구 823명, 297세대뿐인 이 마을에는 보안관 사무소도 하나, 보안관도 한 사람이다.

의외로 담백한 취임 절차와 인사에 좀 김빠진 표정으로 나가려 하는 새 조수를 보안관이 불러세웠다.

"지코."

"네?"

"'더 타운'에 온 것을 환영한다. 여름은, 이 마을이 가장 아름다운 계절이지."

두 사람의 머리 위, 집무실 천장에 달린 구식 선풍기가 오른쪽으로 조금 기울어진 채 천천히 돌아가고 있다.

마을 주민들은 보안관 사무소를 '마구간'이라 부른다. 널빤지 벽에 널지붕이라는, 지코라면 이 또한 구식이라고 평할 이 마을 대부분의 가옥과 똑같은 만듦새지만, 동쪽에 길게 튀어나온 증축 부분이 마구간처럼 보이기 때문이다. 다만 마을의 승마 클럽

마구간은 훨씬 훌륭하게 지어졌으니, 이 호칭에는 친밀한 놀림도 담겨 있는 셈이다. 보안관의 말상—긴 턱에 대한.

집무실 유리창 너머에, 옆 사무실에서 가장 큰 공간을 차지한 경찰 무선 장치가 보인다. 장치 앞에, 이쪽을 등지고 앉아 있는 이가 통신 담당 겸 보안관 비서 갈다 할머니다. 보안관이 마을 주민 누구에게나 '보안관'이라고만 불리는 것처럼, 언제 어디서나 '갈다 할머니'로 통한다. 짐작건대 일흔을 넘겼을 이 독신 노부인을 '갈다 씨'라 부르는 사람은 보안관 말고는 없지만, 본인을 포함해 아무도 신경쓰지 않는다. 이곳에 나와 있는 시간의 대부분을 무선 장치 앞에서 보내고, 그 시간의 대부분을 졸면서 보내는 이 할머니는 '더 타운'의 평화를 상징한다.

무선 콜이 울리면 기적처럼 깨는 갈다 할머니지만, 지금 지코가 옆을 지나가도 반응이 전혀 없다. 전화 한 통 울리지 않고 오늘도 어제처럼 대체로 평온한 하루가 시작된다.

보안관은 벽거울로 다가가 복장을 점검했다. 엷은 카키색 셔츠에 짙은 카키색 넥타이. 셔츠 목깃에 들어간 두 줄의 빨간 띠가 보안관 신분을 드러낸다. 조수 지코의 제복에는 이것이 없고, 보안관과 마찬가지로 마을에 한 명뿐인 보안관보 조의 목깃에는 한 줄 들어가 있다. 실로 심플하게 상하관계를 드러낸다.

백발이 섞인 검은 머리를 보안관도 지코처럼 짧게 깎았다. 거울에 얼굴을 가까이 가져가, 오른쪽 눈썹에서 흰 털을 하나 뽑았다. 셔츠 목깃은 빳빳하고, 넥타이는 얼룩 한 점 없다. 덮개가 달린 가슴주머니의 단추는 매끈하고, 바지 주름은 칼처럼 섰으며, 가죽 구두는 광이 난다. 권총, 경찰봉, 수첩과 배지. 마지막으로 모자를 쓰고 무선기를 휴대하면 끝이다.

오늘 아침 일찍, 마을 집회소 유리창이 한 장 깨졌다는 연락이 보안관 자택으로 들어왔다. 집회소에 상주하는 관리인 노인 말로는 한밤중, 근처에서 젊은이 몇이 소란 떠는 소리와 부산스런 발소리를 들었다니까, 그들이 장난을 치거나 싸우다가 깨뜨렸으리라.

직접민주주의로 통치되는 이 마을에서 집회소는 의회나 다름없는 신성한 장소다. 이 정도 사건일지라도 현장에 나가는 보안관은 몸가짐에 유의해야 한다. '더 타운'에서 예절은 중요한 요소다.

마룻바닥을 울리며 한 걸음 한 걸음 무선 장치로 다가가, 보안관은 전용 무선기를 꺼냈다. 갈다 할머니는 입을 벌리고 졸고 있다. 신입만 두고 나가도 될까 망설이는데 마침 순찰차가 돌아왔다. 운전석 문이 열리고, 조가 졸린 얼굴로 내려, 모자를 벗고 머리칼을 쓸어 올리면서 사무소 입구 계단을 올라온다.

때맞춰 지코가 제복으로 갈아입고 나왔다. 목이 갑갑한지 손가락을 쑤셔 넣어 헐겁게 해보려 애쓰는 중이다.

여닫이문을 몸으로 밀고, 조가 들어왔다. 좋은 아침, 하고 인사를 건네려는데 그가 먼저 쾌활하게 입을 열었다.

"드디어 지원군이 도착했나요?"

"달랑 한 명이지만."

보안관이 고개를 끄덕이자, 지코가 모자를 가슴에 갖다대고 가볍게 고개를 숙였다.

"음, 이쪽은……."

"보안관보 조야."

잘 부탁해, 하면서 조가 지코에게 손을 내밀었다. 보안관보다 머리 하나는 더 크고 다리가 길다. 길게 기른 황갈색 머리칼, 특히 구레나룻이며 목덜미를 덮은 머리가 답답해 보이지만, 아무리 주의를 줘도 자르지 않는다. 나도 개성이란 게 하나쯤 있어야죠, 라면서.

"잘 부탁합니다." 지코가 약간 딱딱한 표정으로 말했다.

"원래는 조금 더 잘생겼어. 어젯밤 당직이었던 관계로 평소의 3할쯤 깎였다고 보면 돼."

아닌 게 아니라 조의 얼굴이 피곤해 보인다.

"수고했어. 꽤 오래 걸렸네?"

"골치 아프다니까요. 또 제1급수탑이에요. 수리하느니 그냥 때려 부수고 새로 짓는 게 빠르지 않을까요?"

오늘 새벽 4시쯤, 마을의 세 급수탑 가운데 하나가 시스템 다운됐다는 급보가 들어와, 당직중이던 조가 달려갔다. 급수탑에 발생한 문제로 수도 회사나 건축 회사가 아닌 보안관 사무소에서 달려가는 것도 이상한 얘기지만, 요 두 달 새 제1급수탑은 문제가 잇따라 보안관이 수상하게 여기는 참이었다. 조의 말마따나 낡고 노후화한 기기가 원인이라면 걱정 없지만, 인위적인 고장으로 짐작되는 몇 건도 섞여 있다―적어도 그의 눈에는 그렇게 보였다.

"송수관 밸브 두 군데에서 십 분쯤 허용치 이상의 수량이 계측돼서, 자동 정지해버렸어요."

말하자면 수량계 오작동이 틀림없다고, 조는 하품을 하며 덧붙였다. "그게 새벽 4시라고요. 아니면 우리가 모르는 사이에, 마을에 아침 목욕 붐이라도 부는 걸까요?"

"여름이고, 다들 일제히 샤워기를 튼 거 아닐까요?"

지코가 불쑥 내뱉은 말에 에어포켓 같은 침묵이 찾아왔다. 어색했는지 지코가 얼른 덧붙였다. "마을이 꽤 후텁지근하잖아요. 분지라서 그런가?"

조가 눈을 끔벅끔벅하고는 한쪽 눈썹을 올리고 다짐하듯 물었다. "새벽 4시에?"

보안관이 웃자 지코도 웃었다. 조의 웃음소리가 제일 크다.

"난 좀 나갔다 올게. 나간 김에 다른 두 급수탑 상황도 보고 올 거야."

보안관이 모자를 쓰고 자동차 열쇠를 챙겼다. 지나가면서 조의 어깨를 톡 두드렸다.

"자네는 지코에게 마을 시설을 대충 알려주고, 혼자 사무실 볼 때 유의할 점도 일러줘. 끝나면 가서 쉬고."

네네, 하고 웃으면서 조가 갈다 할머니를 돌아보았다.

"귀여운 우리 할머니 깨우는 '요령'도 확실히 전수해두겠습니다."

집회소 유리창은 요란하게 깨진 것은 아니었다. 금이 가고 파편이 몇 개 떨어진 정도다. 관리인은 한밤중에 젊은이들이 소란을 피웠다고 열심히 주장했지만, 그 소란 와중에 유리창 깨지는 소리는 듣지 못했단다.

"소동과는 상관없이, 더 일찍 깨진 게 아닐까요?"

집회소는 공용도로와 맞닿아 있고, 서쪽 옆길도 자동차가 많이 지나간다. 건물 주위에 깔린 자갈이 타이어에 튕겨나가 우연히 유리창에 부딪쳤는지도 모른다.

"그럴 리가요! 순찰은 확실히 돈다고요. 하도 소란을 떨어대기에 일어났고, 그때 처음 유리창 깨진 걸 발견했구만."

얼굴빛을 바꾸는 관리인을 보안관이 진정시켰다. "일을 잘했다 못했다 하는 이야기가 아니에요."

"이럴 줄 알았으면 바로 통보할걸. 오밤중에 보안관 깨우기 미안해서 아침까지 기다린 건데."

투덜거리는 입가가 일그러져 있다.

집회소 안으로 돌아가는 관리인의 뒷모습을 바라보던 보안관이 노인의 걸음걸이가 불안한 것을 알아차렸다. 왼발을 끈다. 고령이지만 보행에 지장을 가져올 요소는 없을 텐데.

셔츠 가슴주머니 단추를 풀고 휴대전화를 꺼냈다. '더 타운'에 휴대전화 매장은 두 군데뿐이지만, 기종 교체 비용도 저렴한데다 새 기종이 빈번히 발매되므로 두 곳 다 성업중이다. 이걸 보면 다들 "보안관, 아직도 이런 오래된 기종을 쓰세요?" 하고 어이없어하지만, 그의 대답은 매번 똑같았다.

"아내의 유품 같은 거라, 바꾸기 싫어서요."

보기에는 구식이지만 실은 이 마을 휴대전화를 통틀어 가장 우수한 물건이다. 보안관의 사유물은 아니고, '더 타운'의 비품도 아니다. 본부 지급품이다.

집회소 입구로 이어지는 보도를 어설프게 걸어가는 노인을 향해 카메라를 켜고 말 그대로 딱 몇 초, 몰래 동영상을 촬영했다. 개체 동작 해석용으로는 그 정도면 충분하다. 관리인의 일련번호를 입력하고 코멘트를 추가해 곧바로 전송하려다, 생각을 바꿔 일단 데이터만 보관했다. 그의 말에 거짓이 없다면 고요한 한밤중에, 밖에서 젊은이들이 소란을 떠는 소리는 들었어도 유리창 깨지는 소리는 못 들었다는 말이다. 대물對物 청력에 문제가 생겼다면 그 건도 한꺼번에 보고하는 편이 좋다. 당분간 상태를 지켜보기로 하자.

"유리창 가게에서 곧바로 와준답니다!"

집회소 사무실 창문에서 관리인이 고개를 내밀고 소리쳤다. 보안관이 손을 들어 보였다.

"난 지금부터 급수탑에 갑니다. 촌장님께 전화해주세요. 보고서는 나중에 보낼 테니."

세 급수탑은 '더 타운'을 둘러싸는 숲속에 서 있다. 세 점을 잇는 정삼각형 속에 '더 타운'이 들어앉은 형상이다. 다들 습관적으로 급수탑이라 부르지만, 실은 상수 관리뿐 아니라 하수도 처리한다. 배전소와 더불어 마을의 인프라를 지탱하는 중요한 시설이다.

보안관은 집회소를 뒤로하고, 먼저 제3급수탑으로 향했다. 작업반장을 만나 이상이 없음을 확인한 다음, 순찰차의 투박한 범퍼를 북쪽으로 향해 제2급수탑으로 이동한다. 마을 밖 숲속,

산림 도로를 달리는 순찰차와 마주 지나가는 차량은 없었다. 에어컨을 끄고, 창문을 열고 달린다. 싱그러운 여름 숲 냄새가 밀려든다.

제2급수탑에서는 제1급수탑에서 발생한 사고를 전해 듣고 운전원들이 회의를 하고 있었다. 이곳 작업반장은 이런 대처가 언제나 신속하다. 신뢰할 수 있는 인물이다.

"이쪽은 현재 비슷한 문제는 없지만, 당장 밸브 분해 청소를 해보려고요. 제1 쪽에서 온 보고서로 봐서는 아무래도 염소鹽素 때문에 생긴 개고착 현상 아닌가 싶네요."

보안관이 작업반장을 따로 불러냈다.

"이참에 솔직히 물어봅시다. 어떻게 생각해요? 업무 태만일 가능성이 있을까요?"

글쎄요…… 작업반장은 대답을 머뭇거렸다.

"제1급수탑은 지난주도 운전 정지가 있었죠. 아무래도 문제가 너무 많거든. 인간관계가 나쁘다는 말도 간간이 들려오고."

"직장에서 좀 삐거덕거린다고 운전원 개인이 시스템을 건드리는 일은 불가능해요."

"저수탱크에 염소를 섞는 일쯤은 할 수 있잖아요? 규정치 이상의 고농도 염소를 머금은 물이 파이프를 계속 흘러간 게 원인인지도 모르죠."

작업반장은 잠시 생각하더니, 가능성이 없지는 않다고 역시 목소리를 낮추어 대답했다.

"제1작업반장이 여성 운전원에게 성희롱을 한다는 소문이 있어요."

"있을 법한 얘기군."

보안관은 제1급수탑 작업반장의 번들거리는 얼굴과 튀어나온 배를 떠올렸다.

"직접 물어본들 아무도 선뜻 입을 열지 않을걸요. CCTV 영상을 확인하는 편이 빠를지도 모릅니다."

"그렇게 해보죠. 고맙소."

순찰차 운전석으로 돌아와, 또 휴대전화를 꺼내 본부 데이터베이스에 접속했다. 기억이 틀렸을 리 없지만, 돌다리도 두드려보는 것이 그의 방식이다.

— 역시 그랬군.

제1급수탑 작업반장의 개인정보에는 보안관의 기억을 입증하는 사실이 나열되어 있었다.

본부에 보고해야 한다. 그렇다고 당장 어떻게 되는 것도 아니고 감시를 계속할 따름이지만, 세 급수탑 사이에 인사이동을 실시하게끔 촌장을 통해 압력을 가하는 정도는 괜찮으리라. 제1급수탑에는 여성 운전원을 배치하지 않는 게 바람직하다, 라고.

제1급수탑은 백업 설비를 사용해 계속 가동중이므로 단수된 지역은 없다. CCTV 영상은 본부 경유로 입수할 수 있으니 굳이 발걸음할 이유는 업무상으로도 심정적으로도 사라졌다. 보안관은 사무실로 돌아가기로 했다.

곧장 마을 중심부로 향하지 않고 제1급수탑을 멀리서 볼 수 있는 산림 도로를 통과한 것은 혼자 차를 모는 편안한 시간을 조금 더 맛보고 싶어서였다. 물론 본부와 스물네 시간 연결되어 있으니 보안관이 완전히 혼자가 되기란 애초 불가능하지만, 기분이란 것도 중요하니까.

제1급수탑을 멀리서 바라보며 산림 도로에서 마을 2번 도로로 접어들고 얼마 되지 않아, 보안관은 신경쓰이는 광경을 목격했다.

2호선변에는 주택이 많지 않다. 빈집도 있다. '더 타운'에서도 쓸쓸한 분위기가 감도는 일대다. 그 가운데 한 채인 빨간 지붕 집에서, 흰색 원피스를 입고 숄더백을 멘 여자애가 뛰어나와 앞마당에 서 있는 은회색 세단에 올라타려는 참이다. 보안관의 청력에 이상이 없다면, 집 안에서 누군가 호통을 쳤달까 소리를 질렀달까 아무튼 큰 소리를 냈다.

여자애는 세단 운전석에 앉아 차를 출발시키려 한다. 보안관이 순찰차의 속도를 줄이고 클랙슨을 두 번 울렸다. 여자애가 어깨까지 가지런히 내려오는 머리를 휘날리며 이쪽을 돌아보았다.

보안관이 순찰차를 세워 세단의 진로를 가로막았다. 여자애는 양손을 핸들에 올린 채 눈을 내리깔았고, 빨간 지붕 집 창문의 커튼이 살짝 움직이며 여자의 모습이 잠깐 보였다가 사라졌다. 여자애 엄마다.

모자를 쓰고 벨트에 붙인 배지가 틀어지지 않았는지 확인한 다음, 보안관은 천천히 차에서 내려 운전석의 여자애를 향해 한 손을 들어올렸다.

"여어, 잔."

여자애는 자동차 열쇠에서 손을 떼지 않는다. 자동차도 덩달아 골이 났는지, 수상한 사람을 발견한 개처럼 으르렁거릴 뿐이다.

"좋은 아침, 이라기엔 좀 늦었나, 잔?"

보안관이 친근하게 말을 걸며 세단 보닛에 손을 얹었다.

"방학 잘 보내고 있어?"

잔은 열일곱 살. '더 타운'의 고등학교 3학년 학생이다. 고집스럽게 열쇠를 계속 돌리고 있다. 시동은 걸리지 않는다.

"내려, 잔. 얘기 좀 하자. 바람이 상쾌해."

잔이 조그맣게 욕설을 뱉고 차에서 내렸다. 짧은 원피스 자락이 펄럭여 일순 통통한 허벅지가 드러났다.

난폭하게 차 문을 닫고, 물어뜯을 것 같은 표정으로 보안관에게 다가왔다. 두 손은 주먹을 쥐고 있다.

"교회 갈 거예요. 태워다주실래요?"

보안관은 시치미를 뗐다. "차 말이야, 배터리 방전 아닌가? 얼른 하이델 씨에게 전화하는 게 좋겠다."

마을의 자동차 수리공이다.

"교회 갈 거라고요."

치켜올라간 눈에 새빨간 뺨. 입술을 질끈 깨문 탓에 잔의 입이 시옷자로 비뚤어져 보인다.

"금요일이라 오후 미사는 없는데? 저녁 미사는 아직 멀었고."

잔이 열심히 교회를 들락거렸던 것은 분명 지지난번 '라운드'로, '더 타운' 가톨릭 신자들의 거점인 성 마리아 교회에 젊고 잘생긴 보좌신부가 재직할 때뿐이었다. 그나마 가톨릭 사제는 결혼할 수 없고, 예의 보좌신부가 자신에게 홀딱 반해 환속할 생각도 없다는 걸 알고는 깨끗이 그만두었다. 그만둔 후에도 한 번 교회를 찾아가 한바탕 소동은 일으켰지만.

이 아가씨도 어지간히 변하지 않는다. 제1급수탑 작업반장과 똑같다. 어느 라운드에서건 높은 확률로 카드가 전부 갖춰지는 사람들.

하지만 이번 라운드에서 잔은 아직 사건을 일으키지 않았다. 버티는 중이다. 보안관은 최대한 상냥하게, 너그러운 미소를 지었다.

"잔, 교회 가서 뭘 하려고?"

흥분해서 벌써 눈물이 그렁그렁하다. "뻔하잖아요. 신부님한 테 내일 결혼식을 취소해달랠 거예요."

"잔, 너한텐 그럴 권리가 없어."

"있어요!"

잔은 몸을 떨면서 울음 섞인 목소리로 외쳤다.

"토니는 나를 사랑해요. 우린 서로 사랑한단 말이야. 토니는, 그런 멍청한 여자랑 결혼해선 안 된다니까!"

토니는 고등학교 수학교사다. 스물여섯 살의 전도 유망한 청년으로, 내일 오전 10시부터 성 마리아 교회에서 결혼식을 올릴 예정이다. 신부는 같은 학교 음악교사이자 촌장의 딸이다.

둘의 교제를 보안관은 일찌감치 알고 있었다. 토니가 상담해 왔기 때문이다. 풋내기 수학교사가 명망 있고 부유한 촌장의 외동딸과 사귀는 건 무모한 일이냐고.

보안관은 간단히 대답했다.

— 무모하다니. 잘 어울리는 커플인걸.

두 사람 다 '빈칸blank'임을 알기에 할 수 있었던 대답이다. 그 이상 확실한 증명은 없다. 어느 라운드에서나 '빈칸'다운, 선량하고 부지런한 시민이다. 직전 라운드에서 토니는 신입 세무사, 촌장 딸은 마을 의사의 딸이었는데, '더 타운'의 모범 주민이라는 사실은 똑같았다. 두 사람의 지능과 정서 변수는 전형적인 도시부 화이트컬러의 그것이고, 따라서 라운드가 바뀌어도 같은 카테고리에 들어간다.

직장, 더욱이 학교 교사들끼리의 연애인지라 교제는 비밀에 부쳐졌다. 마침내 석 달 전, 경사스럽게 촌장의 허락을 얻어 정식으로 약혼하고 둘 사이를 공개했다.

그랬더니 잔이 끼어들었다. '흑점black spot' 잔. 남의 행복을 가만히 보지 못하는 잔. 더욱이 그것이 자신이 흠모하는 잘생긴 청년과 그를 가로채려는 여자, 그러니까 미인에다 유복해서 잔으로서는 심히 불쾌한 여자의 행복이라면 말할 것도 없다.

"잔, 넌 착각하고 있어."

똑같은 설교만 벌써 몇 번째일까.

"토니는 좋은 교사야. 너처럼 수학을 싫어하는 학생한테는 특별히 친절하고 열성적인 교사. 하지만 어디까지나 교사로서 대하는 거지, 너한테 끌려서가 아니야."

"그런 거 아니거든요!" 잔이 코끝을 쳐들고 단언했다. "나는요, 이제 혼자 좋아하고 혼자 설레는 어린애가 아니라고요. 말했잖아요? 우린 서로 사랑한다고. 진짜 사랑 말이에요."

"그렇다면 토니는 왜 다른 여성과 결혼하려는 걸까?"

"그러니까 그 여자한테 속았다는 거잖아요!"

"토니가 그렇게 어리석은 남잔가?"

잔이 조금 풀 죽었다. "그건 아니지만…… 본인도 헷갈리는 거예요. 그거 정략결혼이라고요. 토니는 장차 평의원이 되는 게 꿈이거든요. 역시 촌장이 뒤를 밀어주는 편이 유리하잖아요?"

이 주장도 요 석 달 동안 몇 번이나 들었는지.

잔이 주장하는 '진짜 사랑'은 보안관이 보기에는 그저 망상—피애망상被愛妄想이다. 이 아가씨 머릿속은 늘 연애로 가득한데, 그뿐이면 좀 소란스럽더라도 그냥 스트라이크 존이 넓은 여자로 끝날 일이다. 하지만 잔은 본인 머릿속에서 키워온 연애가 현실에서 배반당하면 조용히 울면서 물러나는 게 아니라, 폭력적이고 파괴적인 행위로 사태를 뜯어고쳐야만 직성이 풀리는 성가신 성향의 소유자다. 예의 보좌신부 때도 그랬다. 그가 아무래도 자신을 좋아해주지 않는다는 걸 알고서 잔은 격분해 복수심을 불태웠다. 그리하여 심야에 교회로 찾아가 당장 고해성사를 해야 한다고 눈물바람을 했고, 친절히 응해준 보좌신부와 단둘이 시간을 보낸 다음 곧장 보안관 사무소로 뛰어 들어왔다.

마침 보안관이 당직중이었다. 잔의 성향은 데이터와 경험을 통해 숙지했던 터라 당황하지는 않았다. 잔은 거짓말쟁이기는 해도 연기력은 신통치 않았다. 믿었던 보좌신부에게 몹쓸 일을 당하고 충격 상태인 사람치고는 너무 수다스럽고 너무 공격적이고 너무 의기양양했다. 이야기도 앞뒤가 맞지 않았다. 그 점을 점잖게 지적하자 버럭 화를 내면서, 한층 횡설수설하는 모습은 안쓰럽기까지 했다.

그러고 보니 그 라운드에서는 어쨌든 교회가 얽힌 사건이라 본부도 일찌감치 잔을 일시적으로 '더 타운'에서 꺼냈다. 그리하여 잔이 떠나 있는 사이 '총정지all shutdown'를 맞고 말았다. 이렇듯 만만찮은 애물이지만 다른 라운드에서는 두드러진 문제를 일으킨 적이 없으니(헤픈 여자로 찍혀 학교와 직장에서 미움받을 확률은 높지만), 이번에야말로 보안관도 각별히 성의 있게 대처해야 한다. 이 성가신 아가씨의 머릿속은 건드릴 수 없을지언정 사고방식을 바꾸는 정도는, 자신과 타인 사이의 거리를 좀더 정확히 가늠하게 도와주는 일은 가능하지 않을까.

아무튼 지금 잔은 그보다 더 현실적인 문제에 직면한 기색이다. 보안관과 마주해 일 초도 가만히 있지 못한다. 손깍지를 꼈다가, 주먹을 쥐었다 폈다 했다가, 어수선하게 곁눈질을 하고 손톱을 튕긴다. 게다가 묘하게 세단 쪽을 신경쓰는 눈치다. 보안관을 어서 떼어내고 신속히 교회로 달려가기 위한 수단 이상의 의미가 있는 것 같다.

"잔, 차 좀 봐도 될까?"

아니나 다를까, 잔이 기겁한다.

"왜요?"

"시동이 안 걸리는 게 배터리 방전 탓이 아닐 수도 있단 생각
이 들어서."

"배터리 탓 맞거든요. 그뿐이에요."

잔의 이마에 땀이 흐른다.

"좀 볼게."

보안관이 잔을 지나쳐 세단으로 다가갔다. 잔은 손을 뻗어 그
를 붙들려다 말고 그대로 굳어버렸다.

보안관이 앞문을 열고 상반신을 들이밀었다.

"등록증은 어디 있지? 이거, 어머니 차지?"

빨간 지붕 집 커튼이 다시 움직이고, 잔의 엄마가 이쪽을 내
다본다. 잔이 보좌신부를 상대로 문제를 일으켰던 라운드에서
어머니는 '빈칸'이었다. 이번에는 '회색gray', 범죄력은 없지만 의
존증을 안고 있다. 술이 문제다. 딸 교육에는 관심이 없으며 본
인의 생활 태도도 나쁘다. 아마 집 안은 엉망진창이리라. 잔이
그나마 나름 청결하고 센스 있게 차리고 다니는 것은 스스로의
노력 덕분이고, 그 점은 칭찬받을 만하다. 이런 부분을 어떻게

든 발전시킬 수 없을까.

글러브 박스를 열어보니 자동권총이 들어 있었다. 예비용 탄창도 한 통 있다. 보안관이 전부 꺼내 차에서 몸을 빼고, 잔을 향해 들어 보였다.

"9밀리 패러벨럼 시그?"

잔이 움츠러든다.

"얼마 전까지 우리도 이걸 썼는데. 어디서 이런 걸 입수했을까? 설마 우리한테서 흘러나간 불하품일 리는 없고."

잔이 핏기가 걷힌 얼굴로 입속에서 웅얼거렸다. "인터넷에서 샀어요."

외부와 격리됐다지만 '더 타운'에서도 인터넷은 사용할 수 있다. '홈'에 존재하는 비슷한 규모 마을에서도 인터넷을 상용화했기 때문이다. 최대한 현실적 설정. 그것이 본부가 원하는 바다.

그래서 이런 문제가 일어난다. 마을에는 수렵 시즌을 즐기는 사람들을 위해 훌륭한 총포점이 있지만, 수렵 이외의 용도로 총을 원하는 주민들 사이에 유통되는 물건은 대부분 인터넷 경유다. 비단 총만은 아니다. 아동포르노나 마약도 마찬가지다.

"왜 이런 걸 갖고 있는지, 차분히 설명을 들을 필요가 있겠는데."

뻣뻣이 서 있는 잔에게 보안관이 턱짓으로 순찰차를 가리켰다. 그때 차량 무선이 울렸다. 보안관은 잔을 남겨둔 채 압수한 물품을 들고 성큼성큼 순찰차로 돌아왔다.

"뭐지?"

"보안관, 빨리 돌아오셔야겠어요."

지코였다. 흥분한 목소리다.

"유괴 사건 발생이에요. 인질은…… 아니, 피해자라고 해야 하나, 여자앤데요, 탈출해서 지금 여기 있어요. 그러니까 저기, 납치 감금 사건이 되나요?"

보안관이 알았다고 말하고 잔을 돌아보았다.

"집에 들어가 있어. 다시 연락할 때까지 돌아다니면 안 돼."

차를 출발시키자, '더 타운' 특유의 습한 여름 바람이 보안관의 뺨을 간질였다.

2

피해자는 카라 스에라. 스물한 살, 미대생. 여름방학이라 본가에 귀성해 있었다. 부모님은 지난 주말부터 오리엘 호수 근처별장에 가고, 혼자 집을 보고 있었다.

오리엘 호수는 제2급수탑 숲 북쪽에 있는 인공호로, 마을의 수원 가운데 하나다. 오늘 아침 지코의 말마따나 분지 특유의 후텁지근한 공기에 감싸이는 '더 타운'에서는 최적의 피서지라 호숫가에 별장과 캠핑장이 늘어서 있다.

"좀 괜찮아요?"

지코의 물음에 카라는 말없이 고개를 끄덕였다. 입술이 바싹 마르고 입가는 찢어져 피가 말라붙어 있다. 양 손목과 발목에 로프 따위로 묶였던 흔적이 뚜렷이 남아 있다.

보안관 사무소로 뛰어들었을 때는 맨발에 속옷 차림이었다고 한다. 카라 못지않게 지코도 동요하고 있다. 비상사태로 인해 졸다 말고 깨어난 갈다 할머니가 옷을 빌려주고, 물을 먹이고, 계속 등을 쓰다듬어준 덕에 얼굴빛이 조금 나아진 카라에 비하면 오히려 지코가 백지 같다.

카라는 사무소 한구석 소파에 단정하게 앉아 있었다. 보안관은 조금 떨어진 회전의자에 앉아 눈높이를 맞추었다. 이런 사건의 피해자는 상대가 아무리 경찰관이라 해도, 남성인 이상 개인 공간을 넘어 다가오거나 내려다보면 무서워한다.

형클어진 머리, 땀으로 얼룩진 이마, 눈 밑에 드리운 짙은 다크서클이 무색하게 카라는 미인이었다. 흑발에 파란 눈동자가 두드러지게 아름답다.

경찰 무선이 소란스러웠다. 갈다 할머니와 조가 매달려 마을 자경단원을 소집중이다. 카라는 그쪽을 흘금 보더니 새삼 기억이 되살아난 듯 몸을 떨었다.

"네가 장소를 기억해준 덕분에 해결이 빠르구나." 보안관이 말했다. "우린 지금부터 현장 출동인데, 넌 안 따라와도 돼. 병원에서 사람이 이쪽으로 오는 중이니까, 뒷일은 걱정 말고 곧바로 가서 진찰을 받아."

그래도…… 하고 카라가 입을 열었다. 목소리가 조금 쉰 것은 이곳에 와서 목 놓아 울고, 지코가 간신히 달래 진정시킬 때까지 비명을 질러댔던 탓이리라.

"사진이라든가, 찍어야 하는 거죠? 증거가 되니까."

보안관이 빙그레 웃었다. "그것도 병원의 전문가들이 해줄 거야. 잘 아는구나. 네가 차분해서 도움이 많이 된다."

카라가 미소를 지으려 애썼다. "드라마에서 봤어요."

파란 경광등을 점멸하며 구급차가 도착했다.

"미안하지만 다시 한 번 확인하자. 납치범은 혼자였다고?"

"한 사람뿐이에요. 가족이나 동료는 없는 것 같았어요."

"총을 가졌고?"

"네. 보안관이 찬 그것과 똑같은 총이었어요."

자동권총이 아니라 회전식 권총이라는 소리다.

"그거 한 정뿐이었나?"

"제가 본 건요. 헌팅 나이프도 갖고 있었지만."

"감금됐던 곳은 지하실이었고. 현관문 들어가면 곧바로 계단이 있고, 그 계단 뒤쪽에서 내려가게 되어 있다?"

"맞아요."

카라가 고개를 끄덕였다. 목이 경련하는 것처럼 씰룩거렸다.

"지하실에 가구 같은 건 없고 침대 스프링 매트랑 장비가, 많이."

카라는 말이 막힌다.

"장비? 어떤 장비?"

"촬영용요."

카라가 침을 삼킨 뒤 입을 틀어막고 오열했다.

"남자가, 저한테 한 짓을, 비디오로 찍었어요. 계속."

지코의 얼굴이 고통스럽게 일그러졌다.

보안관 사무소 바닥을 울리면서 병원 직원이 들어왔다. 보안관이 손짓으로 그들을 부르고 일어섰다.

"지코, 가자. 첫 임무다."

지코가 눈에 띄게 당황한다.

"조, 조 선배님은요?"

"이번엔 그 친구가 당직이야."

사무소 앞에 자경단 사내들이 자동차와 자전거로 속속 모여 들고 있다.

　문제의 집은 '더 타운' 서쪽 변두리, 그러니까 잔의 빨간 지붕 집이 있는 일대 반대편에 해당하는, 마을 4번 도로에서 꽤 들어간 곳에 있었다.

　이 일대도 인가가 드물다. '더 타운'의 주요 산업으로 설정된 목재 가공업의 자재 보관소가 대부분이고, 사이사이 작업장과 주차장이 흩어져 있다. 문제의 집도 주거 지도에는 어느 가공업자의 숙소로 되어 있다. 사장이 집주인이다.

　카라는 그제 밤 10시가 조금 지나 자택 근처 편의점에 갔다 오다 납치됐다. 총을 들이대는 남자의 자동차에 태워져 이곳으로 끌려왔다. 그리고 약 사십 시간 감금됐다가, 남자가 잠든 틈을 타 도망쳤다.

　잠에서 깨어 카라가 사라진 사실을 안 남자는 그때까지 저지른 모든 잘못 가운데 그나마 제일 올바른 행동을 하나 했다. 도주. 집은 비었고, 문도 창문도 잠겨 있지 않았다.

　들이닥친 보안관 일행은 지하실에서 카라의 증언과 일치하는 물건을 발견했다. 촬영 장비 외에 모니터도 두 대 있다. 바닥에 각양각색의 오만 가지 전선이 뒤엉켜 있다. 습기로 썩기 직전의 마룻바닥은 당장이라도 꺼질 것 같았다. 바닥에 직접 놓인 더블 사이즈 스프링 매트가 더럽게 얼룩져 있었다. 얼룩에 핏자국도 섞여 있는 것 같았다.

"우선 현장을 촬영한다. 그다음, 여기 있는 물건을 전부 압수할 거야."

지코가 모니터 하나를 조작하려는데 보안관이 제지했다.

"지금은 하지 마."

이미 분노로 벌겋게 달아오른 자경단원들의 얼굴을 더욱 붉게 만들고, 카라를 고통스럽게 할 뿐이다.

"그렇군요."

지코가 스스로의 경솔함에 입술을 깨물고 모니터에서 눈을 돌렸다.

집 안은 총체적으로 엉망이었다. 사람이 생활한 티는 나는데, 청소도 요리도 했던 흔적이 없다. 다만 붙박이장에 걸린 옷들은 청결하고 새것이 많으며 대부분 고가품이었다.

차고가 빈 걸로 보아 범인은 차로 도주했으리라. 구석에 산더미처럼 쌓인 쓰레기 봉지가 악취를 피웠다.

"산속을 한바탕 뒤져야겠군."

퉁명스럽게 중얼거린 자경단 리더는 부촌장으로, 머리가 벗어진 노인이다. 나이가 무색할 만큼 몸이 좋은 데다 노련한 사냥꾼이다. 조금 전부터 사냥감의 발자국을 들여다보듯 차고에 남은 타이어 흔적을 노려보고 있다.

"범인은 총을 가졌어요. 피해자는 한 정밖에 보지 못했지만……."

"알아요. 다들 주의하고 있소."

주위를 둘러보는 부촌장의 눈은 분노와 더불어 불결한 것에 대한 경멸로 어둡게 빛나고 있었다.

"이 집 주민에 대해, 보안관은 짐작 가는 데가 있소?"

"아뇨, 안타깝게도."

익숙한 거짓말이 보안관의 입에서 흘러나온다. 매 라운드마다 생각한다. 이건 거짓말이 아냐, 그냥 내 역할이지.

"나도 짐작이 안 가네. 타지 사람일까?"

"그건 조사해봐야 알겠죠."

"얼굴을 알면 일이 수월할 텐데……."

집 안에서 "보안관, 좀 와보세요"라고 누가 불렀다. 차고를 나와 집으로 들어가자 안쪽 거실에서 자경단원이 계속 손짓했다.

"보세요, 이거."

범인 몽타주 만드는 고생은 덜겠네요, 란다.

난잡한 것치고는 살풍경한 집 안에서 묘하게 튀는 고풍스런 앤티크 테이블 위를 액자들이 점령하다시피 했다. 주요 피사체는 전부 같은 사람이다.

"이놈이 범인이겠죠. 자기 사진으로 아주 도배를 해놨어요. 이만저만한 나르시시스트가 아닌데요."

하기는 하나같이 모델처럼 서서 카메라 렌즈를 똑바로 응시하고 있다. 턱시도 차림이거나 아웃도어 패션이거나 수영복을 입고 풀 사이드에 서 있는 사진도 있다. 예외 없이 환하게 웃는 얼굴이다.

보안관이 액자 하나를 집어 들었다. 크리스마스트리 앞에서 한 손에 샴페인 글라스를 들고 카메라를 향해 건배하는 청년.

카라에게 확인을 부탁할 필요도 없다. 보안관은 '그'를 알고 있다. 하지만 이 또한 절차다.

"부촌장을 불러줘. 산속 수색 작전을 세워야겠어."

자경단원을 멀리 보내고 액자를 테이블에 돌려놓은 다음, 잠깐 눈을 감았다.

'그'가 나르시시스트 경향을 보인 라운드는 지금껏 없었다. 그것은 현실 사건에 있었던 요소다.

이번에 처음으로 나타났다. 현실과 라운드의 일치. 현실과 아마도 있을 다른 현실의 일치. 더욱이 이런 하찮은 사항에서.

몇 번이고 되풀이된다.

— 헛일이야.

나는 화가 난 게 아니다. 어이없는 것도 아니다. 그저 낙담했을 뿐이다. 그 사실을 깨닫자 갑자기 피로가 몰려왔다.

　자경단원에 뜻있는 주민들까지 가세해 대대적인 수색이 시
작됐다. 카라를 납치해 폭행한 범인의 행방은 묘연했다.

　남자의 신원은 판명됐다. 남자가 임대차 계약을 맺을 때 집주
인에게 댔던 이름. 보안관에게 그런 것은 한갓 기호일 뿐이다.
그렇지만 본부의 결정으로 '그'에게 매 라운드 다른 이름을 붙
이는 시도가 3회 전부터 시작됐다. 거기에 어떤 심리학적 의미
가 있는지 보안관은 알지 못하며 흥미도 없었다.

　그 이전의 '그', 현실에 존재했던 '그'의 이름은 케이블 몬. 가
족과 친구 그리고 변호사는 그를 케이브라 불렀다······.

　해 질 무렵, 카라를 납치한 범인에게 다른 혐의도 떠올랐다.
카라 사건을 듣고, 보름 전 집을 나간 우리 딸도 혹시나 하고 걱
정하는 부부가 나타난 것이다.

　보안관은 이제야 신고해온 부부를 나무랐다. 그들은 나란히
난처한 표정을 짓고, 딸이 전부터 도시로 가고 싶어했던 탓에
싸움이 끊이지 않았다, 허락해주지 않으면 집을 나간다는 말을
입버릇처럼 했기에 그저 가출인 줄만 알았다고, 서로 두둔하듯
입을 모아 말했다.

　딸이 열다섯 살이란다. 카라나 잔보다도 어리다.

"가출이라도 그냥 놔두면 안 되는 나이일 텐데요."

풀 죽은 부부의 신고에 호응이라도 하듯 마을 4번 도로 인근 집에서 카라의 것이 아닌 옷과 신발이 발견됐다. 자경단원들은 더욱 술렁였다. 피해자가 한 사람 더 있다. 대체 어디에? 카라는 도망칠 수 있었지만, 다른 아이는 그러지 못했던 거 아닐까.

"최악의 가능성도 있어. 유감스럽지만 수색 대상에 한 사람 추가야."

사건 현장 집 주변은 잡목림이다.

"최근 땅을 파헤쳤거나 덮은 흔적이 없는지, 주의해서 잘 살펴봐줘."

자정이 다가와도 사람들의 사기는 여전했다. 평화로운 '마구간'의 모습은 간 데 없고, 휘황하게 밝혀진 조명과 들고나는 사내들의 분노에 찬 열기로 인해 밤하늘에서 내려앉은 우주선처럼 빛을 발하고 있다.

"갈다 씨, 그만 가보세요. 무선은 자경단원에게 맡길 테니 걱정 마시고."

평소 많이 자둔 덕분인지 노부인은 쌩쌩하다. "보안관이야말로 좀 쉬어야 할 것 같은데?"

"전 괜찮아요."

그때 가슴주머니 속에서 휴대전화가 진동했다. 착각할 수 없는 독특한 리듬.

흠, 왔구나.

"휴식은 됐고, 교회 좀 들여다보고 올게요. 이 와중에 내일 결혼식을 예정대로 할 수 있을지, 바이든 신부가 걱정할 테니."

"그거라면 아까 촌장 전화를 받았는데."

갈다 할머니는 중요한 일도 깜박하고 전하지 않을 때가 있다.

"결혼식은 식구들끼리 하고, 피로연은 나중에 다시 날을 잡는다대요. 참석자한텐 벌써 알렸다던데."

"그럼 신부님께 확인하고 오죠."

삼십 분이면 된다고 일러두고, 보안관은 성 마리아 교회로 향했다.

교회는 스물네 시간 개방되어 있다. '더 타운'을 소란스럽게 하는 사건이 조속히 해결되기를 기도하는지, 신자 여남은 명이 제단을 향해 늘어선 긴 의자에 띄엄띄엄 앉아 머리를 숙이고 있었다. 한밤중인데도 바이든 신부는 사제복 차림으로 보안관을 맞았다.

"밤새 미사를 보세요?"

"범인이 체포되기 전엔 불안해서 잠들 수 없다는 신자가 있으니까요."

쇠꼬챙이처럼 마른 바이든 신부는 보안관과 동년배다. '경건'

이라는 요소는 인격 모듈의 기본 구성 요소 가운데 하나이고, 따라서 종교인은 좀처럼 동작 에러를 일으키지 않으며 복제를 되풀이해도 성능 둔화가 일어나지 않는 귀중한 존재다―라는 사실은 익히 알면서도, 흰색 사제복 어깨 위에 보라색 스톨을 두른 신부의 온화한 눈빛에 보안관은 문득 위안을 얻었다.

그렇다, 위안. 나에게는 그것이 필요해, 보안관은 생각한다. '더 타운'에 또다시 끝이 다가와 있다. 그때를 맞이하기 전에 조촐한 위안이 필요하다.

어느새 나는 약해졌다. 라운드가 거듭되어도 사태는 도무지 개선되지 않는데, 나만 예전만 못하다.

"수색중입니다. 범인이 '더 타운'에 있다면 아침까지는 찾아낼 겁니다. 다들 안심하라고 일러주세요."

"그러지요." 신부가 말했다.

"여기도 경비를 붙이라고 지시했는데, 누가 왔던가요?"

"토니가" 하면서 신부는 웃음을 띠었다. "내일, 신랑이 되기 전에 주민의 한 사람으로 의무를 다하고 싶다면서. 그에게 용건이 있나요?"

"아뇨, 지금은 괜찮습니다. 상황을 보려고 들렀을 뿐이에요."

"일부러 감사합니다."

"결혼식, 토니도 철야한 다음엔 힘들 테죠. 곧바로 교대 인원을 보내겠습니다."

"그렇게 전해두겠습니다만, 그가 말을 들을지."

토니는 카라를 잘 안단다.

"부임 첫해 제자들 가운데 하나랍니다. 화가 지망생이라던데요."

"네, 미대 다녀요."

"피해자에게 필요한 건 우선은 의료 처치일 테지만, 제가 할 수 있는 일이 있거든 언제든, 어디든 가겠습니다."

"마음 든든하네요. 잘 부탁드립니다."

보안관은 성 마리아 교회를 나왔다. 앞마당을 가로질러 순찰차로 돌아와 교회의 첨탑을 올려다보았다. 첨탑 꼭대기에 별 하나가 밝게 빛난다.

차에 올라타 휴대전화를 꺼냈다. 코드를 입력해 안전장치를 해제하고 통화 버튼을 누른다.

곧바로 응답이 왔다. "그쪽 상황은 어떤가요?"

본부 오퍼레이터들도 인사 이동이 있다. 보안관이 기억하는 한 이번이 세 명째다. 역대 오퍼레이터 가운데 제일 젊고, 그래서인지 말투가 늘 깍듯하다.

"굳이 안 물어도 다 알잖소."

"'당신'이 이 상황을 어떻게 보는지 묻는 겁니다."

늘 담담하고 냉정하며, 기분이 상하는 일도 없고 농담도 하지 않는다. 그게 오퍼레이터다. 같은 말을 몇 번이고 물어도, 빈정대고 야유해도 반응하지 않는다.

"카라 일로 마을이 의분에 불타올랐소. 자경단원들이 범인을 잡으면 가만 두지 않을 분위긴데."

그러니까 알려주시오…… 보안관은 멀리 있는 오퍼레이터에게 말했다. "케이브는 지금 어디 있소?"

"그의 이름은 케이브가 아닙니다."

"뭐 어때요, 우리끼리 하는 얘긴데."

성 마리아 교회에서 오르간 소리가 들려왔다. 바이든 신부가 연주하는 것이리라.

"그는 오리엘 호수 바닥에 있습니다."

오퍼레이터의 목소리에 동요는 없다.

"차에 탄 채 뛰어들었어요. 어제 오후 2시 12분이었습니다. 지금 좌표를 보내드리죠."

보안관은 동요했다. 케이브가 자살했다. 이런 결말은 처음이다.

"……그가 죽어버렸으면 우리가 할 일은 이미 없을 텐데?"

"보안관도 아시다시피 이건 처음 있는 케이스입니다. 주위 반응을 관찰하기 위해 '라운드'를 계속합니다."

데이터를 취합한다는 이야기다.

"할 수 없군. 자경단한텐 자동차가 오리엘 호수에 떨어지는 걸 목격했다는 익명 제보가 있었다고 해두겠소. 그럼 곧바로 인양 작업을 시작할 수 있으니까."

그렇대도 오후 2시 12분이라니. 그 시각이면 카라가 경찰 보호 아래 놓이고, 수색 준비가 시작됐을 즈음이다. 그렇게 빨리, 이번 라운드의 케이브는 제 인생에 마침표를 찍었던가.

"결론을 엄청 서둘렀네, 이번엔."

으레 그렇듯 오퍼레이터는 질문이 아니면 대답하지 않는다. 질문에도 대답하지 않을 때가 있다.

"가출 소녀 건도 케이브와 관계있소?"

"소녀의 유해는 집 뒤 잡목림에 있습니다. 당신들이 찾아내지 않을까 기대했습니다만."

"그 건을 알고 나서 해 질 때까지 틈이 없었으니까……."

이번 라운드의 케이브는 한 사람을 살해하고, 한 사람을 놓쳤다. 그리고 자살했다. 세 번째 희생자는 나오지 않았다.

"범행을 처음부터 끝까지 기록한 건 제2라운드와 똑같군. 그땐 스틸사진, 이번엔 동영상. 이건 진보일까 퇴보일까, 당신 생각은 어떻소?"

"저는 오퍼레이터입니다. 심리 분석관이 아니에요."

"알아요."

보안관이 다시 교회 첨탑을 올려다보았다. 별똥별 하나가 밤 하늘을 가로질렀다.

"그럼 '총정지' 실시는 미정인가?"

사자死者만 있는 마을에 새로운 사자가 또 나오고, 그리하여 모두의 죽음이 오는 순간.

"아뇨, 조금 전 회장님 지시가 있었습니다. 오늘 오전 11시 예 정입니다."

놀라웠다.

"토니 결혼식이 한창일 때?"

"관객의 희망을 받아들였습니다."

담즙처럼 씁쓸한 것이 목을 넘어왔다. 보안관은 그만 신랄한 어조가 된다.

"그렇군. 영락없이 인간인 꼭두각시 인형이 영원한 사랑을 맹 세하는 장면이니 괜찮은 구경거리겠지. 어린 여자애가 둘이나 희생된 세계를 그대로 두고도 구경할 가치는 충분히 있겠네."

"꼭두각시 인형이 아닙니다."

오퍼레이터가 즉각 되받았다.

"'회귀자returner'입니다. 잊지 마시기를."

굳이 일러주지 않아도 한순간도 잊은 적은 없다. 그대로 끊으려는데 오퍼레이터가 말을 이었다. "관객에게는 관객의 사정이 있는 겁니다, 보안관."

역시 젊구나, 보안관은 생각한다. 아직 새파래. 나한테 설교할 셈인가.

"신부나 신랑이나, 나이는 어리지만 '빈칸'이오. 평범한 인간이 평생 걸려도 못 만져볼 거금을 바치면서까지 새로 태어난 그들의 경사스런 날을 보고 싶다는 관객의 사정이 대체 뭘까?"

"이번 관객은 신부 들러리 부모님입니다. 그들의 딸은 '적색 blood'입니다."

휴대전화를 귀에 댄 채 보안관은 눈을 깜박였다. '적색'은 범죄 피해자다.

"살해됐을 당시 18세였습니다. 딸이 살구색 드레스를 입고 신부 들러리를 서는 모습을 부모가 보고 싶어한대도 전혀 이상한 일이 아니겠죠."

보안관은 잠시 침묵했다가 솔직하게 사과했다. "미안. 나도 머릿속에 전원의 데이터를 넣어둔 건 아니라."

"알고 있습니다."

"이럴 바에야 그렇게 해주면 편리할 것 같아 몇 번이나 신청했는데, 본부에서 귓등으로도 안 들어주더군."

"당신의 인간적 정서에 영향을 끼치는 능력 강화는 불가능합니다."

"그럼 나도 매번 '기억 소거reset'를 해주든가. 그쯤은 간단할 텐데? 인격도 바꿔주고."

"그럴 수 없습니다. 이유는 잘 아실 텐데요."

음, 알지. 그냥 해본 말이야.

"이번에, 관객 개입은?"

"없습니다."

짐작건대 관객 담당 심리학자가 허가하지 않았으리라. 이번 관객은 잃어버린 애틋한 딸아이가 멀쩡하게 웃고, 이야기하고, 움직이고, 뺨이 발그레해져서 신부 들러리를 서는 모습을 눈앞에 보면서도 규정을 준수할 만큼 강인한 인간이 못 되었던 게다.

보안관은 생각한다. 그렇다, 누구도 그렇게 강해지지는 못한다. 죽은 사람이 살아 돌아오는 일에 익숙해질 인간이 어디 있을까.

단 한 명, '더 타운'의 진정한 촌장 몬 회장 말고는.

"그럼 난 무슨 일이 있어도 내일 아침까지 케이브 사건을 수습해야 하는군. 그편이 결혼식 분위기도 밝아질 테니."

"잘 부탁드립니다."

"그의 유해를 교회에 놓을 수는 없지. 묘지 안치소에 옮겨두겠소. 내가 회수반 안내까지 할 수 없으니까, 그렇게 일러둬줘요."

이번에는 오퍼레이터의 답을 기다리지 않고 연결을 끊었다.

오르간 반주에 맞춰 신자들이 찬송가를 부른다. 한밤의 순찰차 운전석에서, 보안관은 귀를 기울였다.

— 아니, 찬송가가 아닌데.

오페라 아리아다. 〈에우리디케를 잃고〉. 옛날에 들은 기억이 있다. 어디서였더라. 아름답고 사랑스런 여인의 죽음을 애도하는 가사에 잠시 귀기울이는 사이, 기억이 떠올랐다.

— 피해자 추모 집회다.

보안관 본인의 사건 피해자들.

휴대전화가 또 진동했다. 오퍼레이터가 좌표 데이터를 보내왔다.

보안관은 무선으로 손을 뻗었다. 지코가 응답하자 빠른 어조로 설명한다.

"좀 신경쓰이는 정보가 들어왔어. 어제 오후, 자동차 한 대가 오리엘 호수에 빠졌다는군. 장소는 호수 북쪽 선창 근처. 아무래도 범인 차 같아."

인력 조달, 투광기와 견인차 수배를 지시하고 덧붙였다. "난 지금 성 마리아 교회야. 여기서 바로 오리엘 호수로 이동할 거야."

"알겠습니다!"

말과는 달리, 보안관은 마을 2번 도로 쪽으로 순찰차를 향했다. 경광등을 끄고 속도를 냈다.

빨간 지붕 집 2층에는 이 시각에도 불이 밝혀져 있다. 잔은 원래 밤잠이 없거니와 오늘 밤은 더욱 잠들지 못할 터다. 다만 도주중인 유괴범이 무서워서가 아니라 내일 결혼식 일로 머릿속이 가득한 탓이다.

현관으로 향할까 하다가 그만두었다. 보안관은 바닥에서 작은 돌멩이를 주워, 불 켜진 창문을 향해 던졌다. 툭 소리가 났다.

커튼이 움직이고 창문이 열리더니 잔이 얼굴을 내민다. 표정은 보이지 않지만, 기민한 움직임으로 보건대 엉뚱한 기대를 한 듯하다.

보안관이 말없이 잔을 손짓으로 불렀다.

"내려와. 토니 일로 할 얘기가 있어."

잔이 곧바로 창가에서 사라졌다. 소음을 만들며 계단을 내려오는 모습이 눈에 선했지만, 모친은 깊이 잠들었는지 아니면 오늘 밤은 딸 일에 상관하지 않기로 했는지 기척이 없었다.

현관문이 열리고 얇은 캐미솔과 미니스커트 차림에 샌들을 꿰어 신은 잔이 달려왔다.

"토니가 어떻게 됐어요? 역시 생각을 바꿨구나?"

눈이 반짝거리고 숨이 가빠진다. 그야말로 인간답다. 사소한 사항이지만 지금도 보안관은 남몰래 감탄한다. 이것들은 참으로 정교히 만들어졌다.

"음, 결혼은 취소하고 너랑 도망가고 싶다는데."

보안관이 짐짓 심드렁하게 어깨를 움찔해 보였다.

"촌장님 체면도 있으니 나도 이런 일에 말려들기는 싫지만. 토니는 좋은 청년이야. 그가 울면서 사정하니 별수 없지."

"보안관, 나 당신이 정말 좋아요!"

잔이 폴짝 뛰어들었다. 잔의 몸이 내뿜는 열기가 고스란히 전해진다.

"가자. 토니가 기다려."

"그 사람, 어디 있는데요?"

"오리엘 호수 근처, 부모님 산장에."

"나 준비 좀 하고요."

"도망치는데 준비는 무슨. 몸만 가면 돼. 필요한 건 토니가 사 줄 거야."

"그런가? 그렇겠죠?"

잔이 냉큼 순찰차 조수석에 올라탔다.

"얼른 가요!"

흥분의 경지를 넘어 거의 광란에 가까운 상태였다. 말없이 차를 달리는 보안관 곁에서 그야말로 미친 듯이 떠들어댄다. 이렇게 될 줄 알았어. 새벽 전에 토니가 데리러 올 줄 알았다고요. 유리창에 돌멩이 던지는 암호는 또 어떻게 알았대? 한밤중 데이트 땐 항상 그랬거든요.

한껏 들뜬 목소리를 흘려듣는 사이 보안관의 마음에 문득 의문이 일었다. 잔의 이야기가 백 퍼센트 거짓말이 아니라면? 만일 정말로, 토니가 한두 번쯤 잔을 심야에 불러내 데이트한 적이 있다면? 모범적인 '빈칸'으로 분류되는 수학교사라도 자신의 주위를 끈덕지게 맴도는 학생의 유혹에 넘어갈 가능성이 없지는 않다.

— 무슨 상관이람.

제자와 벌인 불장난 정도로는 다음 라운드의 토니의 경력에 흠집이 생길 일은 없다. 그는 다시 '빈칸'이고, 대학 연구원이나 신입 변호사라도 될 테지.

"잔, 궁금한 게 하나 있는데."

어두운 숲을 빠져나가는 산림 도로. 헤드라이트 불빛 한 줄기. 졸음을 재촉하는 듯한 자동차 진동.

"응, 뭔데요?"

잔은 자동차 백미러를 들여다보며 머리를 가다듬고 있다.

"만약에 오늘 밤 토니가 데리러 오지 않았으면, 역시 결혼식을 망칠 작정이었나?"

잔의 눈가가 일그러지고 입술이 일자가 된다.

"그런 게 이제 와서 왜 궁금해요?"

"명색이 보안관인데 알고는 있어야지."

잔이 새침하게 한숨을 뱉고는 웃음을 머금었다. "그러니까. 구경만 하고 있을 수는 없잖아요."

"다른 총도 갖고 있었어?"

"총 같은 거 없어도 할 수 있거든요."

자신만만한 옆얼굴을 보고 보안관도 한숨을 쉬었다.

"하기는."

핸들을 꺾어 산림 도로에서 벗어나 숲속으로 들어간다. 이윽고 차를 세웠다.

"왜 그래요?"

"여기서부턴 걸어가는 게 빨라."

잔을 차에서 내리게 하고, 보안관도 내린다. 차 문을 닫을 때 숲 너머에서 조명탄이 한 발 올라갔다. 지코가 자경단원에게 보내는 신호다.

"저거, 뭐예요?"

"너랑은 관계없어."

앞장서…… 하고 숲속을 가리켰다.

"작아서 잘 안 보이는데, 불빛이 있지? 토니네 산장이야."

새빨간 거짓말이지만, 잔의 눈에는 보일 것이다. 마음에 켜진 희망의 불빛이다. 헛된 착각이 보여주는 빛이다.

아니, 마음속 깊이 둥지를 튼 '흑점'이 보여주는 환상이다. 무슨 수단을 써서라도 갖고 싶은 것을 빼앗지 않고는 못 견딘다. 갖지 못할 바에야 차라리 부숴버린다.

샌들을 신은 잔은 걷기가 수월치 않다. 나무뿌리와 마른 가지, 낙엽에 발이 걸리지만 휘청거리면서 나아간다. 숲을 헤치고 들어가 두 사람 사이가 5미터쯤 벌어졌을 때, 보안관이 발을 멈췄다.

홀스터에서 권총을 뺀다. 공이치기를 당기자 한밤의 숲에 어울리지 않는 날카로운 소리가 났다.

"잔."

잔이 돌아본다. "토니도 참, 이런 데 산장이 있단 말도 안 해주고…….."

자신에게 겨눠진 총구를 보고 고개를 갸웃한다.

"보안관?"

두 발째 조명탄이 올라갔다. 빛이 꼬리를 끌며 하늘로 올라가 터지는 순간 보안관이 방아쇠를 당겼다.

"미안."

잔의 가슴 한복판에 구멍이 뚫리며 몸이 통째로 날아갔다.

보안관이 다가갔다. 잔은 팔다리를 대자로 뻗은 채 두 눈을 부릅뜨고 있다. 밤하늘에서 떨어지는 조명탄 불빛에 하얀 뺨이 일순 번득였다가 숲의 어둠 속으로 가라앉았다.

보안관이 잔을 안아 올려 어깨에 들쳐 멨다. 의외로 무거워 무심결에 신음이 흘렀다. 순찰차 뒤로 돌아가 트렁크를 열고 아무렇게나 던져 넣는다.

트렁크를 닫는 것과 동시에 본부에서 콜이 울렸다. 보안관은 무시하고 운전석에 올라타 시동을 걸었다.

"보안관, 응답하세요."

가슴주머니 속 휴대전화가 진동하고, 강제 접속으로 오퍼레이터의 목소리가 울린다.

"'흑점' 한 구의 신호 소실을 확인했습니다. 뭘 하셨어요?"

"보시다시피."

액셀을 밟고, 흙먼지를 날리면서 보안관은 차를 달린다.

"관객을 위해 좋은 결혼식을 만들어주고 싶은 거 아니오? 방해꾼을 미리 처리했소. 이것도 내 업무지."

살구색 드레스를 입은 '회귀자'와 그 모습을 눈에 담아두려는 관객 앞에서 이 무분별한 아가씨가 결혼식을 망치는 걸 구경만 할 수는 없다.

"규칙 위반입니다."

"엿이나 먹으라고 해."

보안관이 소리 내어 웃었다.

"상관없잖소. 어차피 '총정지'될 텐데."

순찰차가 오리엘 호수를 향해 달린다. 이윽고 어두운 숲과 잔
잔한 수면을 밝히는 몇 개의 투광기가 보이기 시작했다.

3

성 마리아 교회 문 앞에서 보안관은 복장을 다시 한 번 점검
했다. 그런 다음 조용히 문을 밀었다.

신랑 신부가 제단 앞에 마주 서 있다. 참석자들은 정연히 긴
의자에 앉아 있다.

오퍼레이터에게 선언한 대로 보안관은 새벽이 되기 전에 케
이블 몬 사건을 수습했다. 피해자를 애도하는 뜻으로 성대한 피
로연은 미뤄졌지만, 결혼식에는 애초 예정대로 양가 친족과 마
을 유지, 학교 관계자도 참석했다.

다들 예식에 집중하고 있지만, 정면에 선 바이든 신부만은 보
안관을 알아차리고 보일 듯 말 듯 웃음을 띠었다. 보안관도 모
자를 벗어 가슴에 갖다대고 묵례한 다음, 맨 뒷줄 구석 자리에

조용히 앉았다.

얌전히 눈을 내리깐 예비 부부 앞에서, 신부가 성서를 높이 들고 참석자를 둘러보며 부드럽고 낭랑한 목소리로 말했다.

"이 결혼에 이의 있는 사람은 지금 이 자리에서 일어나 입을 여십시오. 아니면 영원히 그 입을 다무십시오."

장내는 조용하다. 그렇다, 잔은 이미 없다.

보안관은 제단 구석에 서 있는 신부 들러리에게 눈길을 던졌다. 신부보다 긴장한 기색이지만 신부 못지않은 미모였다. 살구색 드레스가 잘 어울린다.

보안관의 뇌리에 벌써 오래전에 지워진 줄 알았던 광경이 떠올랐다. 그에게도 과거에 아내가 있었다. 일찍 결혼한 두 사람에게는 식을 치를 돈이 없었다. 아내는 흰 레이스 손수건을 머리에 쓰고, 그가 사준 붉은 장미 한 송이를 들고, 시청 직원이 입회한 가운데 결혼 서약을 했다.

— 죽음이 두 사람을 갈라놓을 때까지.

함께하겠다고 서약했다.

삶과 죽음의 경계가 모호해져도 이 서약은 영원할까. '회귀자'가 탄생한 이래 한 사람의 인생이 어디서부터 어디까지를 가리키는지 알 수 없어졌다. 한 번 죽을 때까지인가. 두 번째 죽을 때까지인가. 아니면 '죽음'은 이미 세상에 존재하지 않는가.

사자로 넘치는 곳은 여기, '더 타운'뿐이다. 이 마을은 돌아다니는 사자들로 그득하다.

가슴주머니에서 휴대전화 알람이 울렸다.

오전 11시.

'총정지'의 순간이 왔다.

모든 것이 움직임을 멈춘다. 성서 한 구절을 읽던 바이든 신부도, 신부의 베일에 손을 갖다대던 신랑도, 반지를 들고 있는 신랑 신부 들러리도, 정장을 입은 참석자들도, 오르간 연주자도.

몇 번을 겪고도 보안관은 번번이 놀란다. 움직임이 멈춘다는 것은 소리가 사라진다는 것이다. 살아있는 인간은 딱히 움직이지 않아도 늘 뭔가 소리를 낸다. 호흡하기 때문이다.

살아있는 인간은 호흡을 의식하지 않는다. 아무리 큰 인파 속에서도 숨소리가 귀에 거슬린다고 생각하는 사람 또한 없다.

그것이 사라지면 세계는 이토록 정숙에 휩싸인다.

보안관이 의자에서 몸을 일으켰다. 무릎을 폄과 동시에 가슴주머니 속 휴대전화가 진동했다.

"'총정지' 확인."

보안관이 오퍼레이터에게 말했다.

"시간 한번 칼 같군. 하여튼 꼼꼼해서 매번 감탄한다니까."

줄을 움직이는 사람을 잃어버린 꼭두각시 인형들의 결혼식. 한 폭의 그림 같은 광경에서 보안관은 등을 돌린다. 이곳의 회수 작업은 제일 마지막으로 돌리자. 오늘의 관객이 실컷 눈에 담게 해주자.

돌연 귀에 거슬리는 경고음이 울리기 시작했다. 보안관의 눈꼬리가 올라갔다. 휴대전화가 내는 소리가 아니다. '더 타운'의 오퍼레이션 센터가 울리는 소리다.

"동체 감지 시스템이 작동했습니다. 침입자 발견, 침입자 발견."

보안관은 휴대전화를 꺼내 화면을 확인했다. 마을 지도 일부가 자동 표시되고 붉은 점이 반짝거린다. 보안관 사무소다.

역시 그 녀석인가.

모자를 고쳐 쓰고 보안관은 달렸다.

밤새워 대사건을 수습한 터라 마을이 통째로 지쳐 있다. 여느 때라면 휴일에도 이 시각 중심가에는 쇼핑하는 사람들이 한가로이 거니는데 오늘은 인적이 드물다.

동작을 멈춘 채 굳은 사람들을 지나쳐, 보안관 사무소로 향한다. '총정지'가 일으키는 광경에는 이미 익숙하다. 누가 어떤 모습을 하고 있건 일일이 신경쓰는 일은 없다.

연속으로 철야했던 조는 모처럼 집에서 쉬고 있다. 보안관 사무소 창구에는 갈다 할머니가 있었다. 노부인이 무선 장치 앞을 벗어난 것은 손님이 왔기 때문이다. 잡화점 주인이 카운터를 사이에 두고 마주 서 있다. 슬쩍 들여다보니 유실물 취득 신고서를 쓰려던 참이었다.

지코는 보이지 않는다.

보안관은 양손을 허리에 짚고 심호흡을 하고 어깨를 늘어뜨렸다.

등 뒤에서 목소리가 들렸다. "꼼짝 마."

마을 지도를 붙여둔 이동식 보드 뒤에서 총을 든 지코가 나타났다.

총구가 흔들린다. 손만 떨리는 게 아니라 무릎도 후들거리는 기색이다. 지코의 눈은 새빨갰고, 관자놀이를 따라 한 줄기 땀이 흘러내렸다.

보안관은 꼼짝하지 않는다. 양손도 허리에 짚은 채다.

"스파이가 아니라 암살자였나?"

땀이 눈에 들어갔는지 지코가 수선스럽게 눈을 깜박거렸다. 아니면 눈물을 글썽이는지도 모른다.

"너 쫄았구나. 하기는. '총정지' 광경은 그렇게 간단히 적응되는 게 아니니까. 적어도 나 정도 짬밥은 돼야지."

보안관이 몸을 돌려 사무실을 가로질렀다.

"움직이지 마! 쏜다."

지코의 목소리는 차라리 애원처럼 들렸다.

"위험한 물건은 넣어둬. 그렇게 떨다가는 너 손가락 날아간
다."

애초 그 권총도 사무소 비품이다. 최근의 의체 인간 반대파는
이 정도로 자금 핍박이 심각한가.

"이리 와, 뭐, 앉아서 얘기하자."

보안관이 집무실로 들어가 의자에 몸을 내려놓았다. 지코가
몸을 한번 흔들고 다가왔다. 한껏 도도하게 굴면서도 어딘가 주
눅이 든 것이 영락없이 교장실로 불려온 문제아다. 총은 겨누고
있지만 영 엉거주춤하고 발걸음도 차분하지 못하다.

"어느 분파야?"

지코가 눈을 부릅뜨고 입을 굳게 다물었다.

"꺼내봐." 보안관이 손짓으로 가볍게 재촉했다.

"뭘요?" 지코가 응수했다.

"출입구의 질량 센서를 무사 통과했으니, 착란 장치를 달았을
거 아냐."

의체 인간의 질량은 진짜 인간의 약 1.5배. 몸집에 비해 체중
이 무겁다는 소리다. 질량 센서는 대상의 체고와 질량을 감지해

체밀도까지 산출해냄으로써 인간과 의체 인간을 식별하는 가장 기본적인 기기였다. 가격도 저렴해서 일찍부터 보급됐고, 그만큼 이를 속이기 위한 다종다양한 착란 장치도 개발되었다.

"최신 모델이면 경량화됐겠네. 어디 달았어?"

지코가 마술을 구경하는 어린애 같은 얼굴을 했다.

"알고 있었어요?"

보안관이 고개를 끄덕였다. "일찌감치."

"장치를 붙여도 센서만 속일 뿐이니 조심하랬어요."

주먹으로 땀을 닦고, 목이 메어 말하는 지코는 스파이로도 암살자로도 보이지 않는다. 그저 어린애다.

"체중이 실제로 늘어나는 게 아니니까, 들통날 만한 장소엔 가지 말랬는데."

"보안관 조수라면 그렇게는 안 되지."

"역시 그 지하실에서였나요? 바닥이 워낙 부실해 보여서 나름 조심한다고 했는데."

앉아, 하고 보안관은 빈 의자를 손으로 가리켰다. 어제 지코가 앉아 임명서에 서명했던 의자다. 지코는 비틀거리며 의자 다리에 발을 부딪쳐 요란한 소리를 내고는 소스라쳤다. 이마에서 땀이 떨어진다.

"조만간 본부에서 나오면 넌 곧바로 구속이야. 최소한 무장은 안 하고 있는 편이 좋지 않겠어?"

지코는 제 손에 쥔 물건을 처음 알아차린 듯 권총을 내려다보았다. 이윽고 총을 보안관 책상 위에 내려놓고, 손바닥을 허벅지에 문질렀다.

"착란 장치는 못 내놔?"

보안관이 한쪽 눈썹을 치켜올렸다.

"통신기랑 같이 귓속에 심었으니까요."

"오, 진보했네."

보안관이 책상에 팔을 올리고 몸을 내밀었다.

"지코, 진짜는 몇 살이냐?"

"……열아홉."

그야말로 어린애다.

"지원해서 여기 온 건가?"

네, 하고 고개를 끄덕이더니 간절한 눈빛이 되었다. "나요, 당신을 도와주려고 왔거든요."

보안관은 얼떨결에 웃고 말았다. "방금 전엔 총을 겨눴으면서?"

"왜냐하면 당신…… 뭔가 잘 모르겠지만. 여기 완전 익숙해진 느낌이었고."

맞는 말이다.

"벌써 아홉 번째 라운드야. 익숙해질 만도 하지."

지코가 동요했다. 실은 너는 친아들이 아니라는 부모의 고백이라도 들은 아이 같은 얼굴이다.

"당신…… 철저히 세뇌됐구나. 전설의 투사였는데."

"옛날얘기야."

전부 먼 시절 먼 곳에서 있었던 일이다. 그러니까 난 지쳤다. 나이를 먹은 거야, 보안관은 생각한다.

"활동은, 누구 권유로 시작했어?"

"아버지요."

이런 것도 부모를 닮나.

"아버지가 의체 노동자한테 일을 빼앗겼나?"

지코가 고개를 꾸벅했다.

"안 됐군."

"당신도 그렇다고 책에서 읽었는데요."

"아, 맞다, 내 전기가 '홈'의 지하 출판으로 나와 있다며? 읽어 보고 싶은데 본부가 허가를 안 해주네. 네가 오는 줄 알았으면 살짝 한 권 부탁할걸."

"'더 타운'에 잠입하기는 그렇게 간단한 일이 아니거든요."

"내 말이. 그 난관을 넘어서 넌 여기 와 있어. 무려 본부 심사를 통과하고."

지코의 표정이 살짝 도도해졌다.

"그래요. 몬 사社의 눈을 속였다고요."

보안관이 지코의 얼굴을 손가락질했다.

"정식 사명은 몬&다키자와 코퍼레이션. 돈 몬 회장은 지금도 다키자와 공동 창업자의 공적에 깊은 경의를 품고 있어. 저항 세력 노릇 하려면 적의 정보쯤은 정확히 파악해야지."

지코가 잠자코 입을 삐죽 내밀었다.

"내가 활동했던 시절은 너보다 두 세대는 전이야."

세계는 변했어…… 보안관은 말했다.

"의체 인간은 이제 드문 것도 뭣도 아니야. '홈'에선 가동 지역을 제한했을 테지만, 해저 광산이나 혹성 개척은 그들 없이는 불가능해. 그 정도는 너도 잘 알 텐데 뭣 땜에 그런 고루한 저항 조직의 이데올로기 따위에 감화됐을까?"

지코의 눈동자 너머에서 빛이 번득였다. 분노다.

"세계의 주인은 인간이에요. 의체 인간이 아니라고요!"

"아무렴, 지금도 세계는 인간이 통솔해."

"의체 인간에게 일을 빼앗기고 식량 쿠폰이나 받아 살아가는 자들이 세계를 통솔한다고요? 세계는 의체 인간에게 넘어가버 렸잖아요!"

보안관이 등받이에 몸을 기댔다. 체중을 받아들인 의자가 날카롭게 삐걱거렸다.

"하기는 유전자 조작과 클론 기술로 만들어진 인조인간에 게는 윤리적 문제가 있었고, 인간 사회에 미치는 악영향도 컸지."

하지만 돈 몬이 맹우 다키자와 박사와 손잡고 개발한 의체 인간은, 인간적인 작업을 해낼 수 있을 만큼의 기동성과 섬세함을 겸비하되 일반적 외관은 인간과 동떨어졌다. 다키자와 박사가 그것들을 '로봇'이라 칭하지 않았던 이유는 거기 사용된 기술이 부분적으로는 인간의 질병 치료와 장애 극복에 전용 가능하기 때문이었다.

"가장 많이 보급된 범용의체에는 학습 능력조차 없어. 프로 그램대로 움직일 뿐이지. 인간과는 달라. 인간이 그것들을 부린다고. 그걸 토대로 성립한 사회에서 네 아버지가 자기 자리를 찾아내지 못했다면, 그건 인조 의체 탓이 아니라 본인 문제야."

"당신."

지코의 눈이 축축해지고 콧방울이 씰룩거린다.

"세뇌됐구나!"

보안관이 웃었다. "여기 잠입하는 운동가는 다들 그렇게 말해. 너도야? 실망이다."

다키자와 박사는 이미 세상에 없지만, 돈 몬은 맹우와 나눴던 약속을 잊지 않았다. 인조 의체는 인류의 보좌역이지 인류를 넘어서는 존재가 되어서는 안 된다.

"하지만 여긴 달라요." 지코가 주먹을 쥐고 침을 튀겼다. "'더 타운'은 다르잖아요. 이곳에선 의체 인간이 인간 흉내를 내잖아요. 인간 놀이를 하면서 살고 있잖아요!"

"그래서 여길 파괴하고 싶어?"

"그래요! 그냥 두면 몬 사는 언젠가 '홈'에서도 이런 짓을 시작할 걸요. 어마어마한 돈벌이가 될 테니까. 돈 몬은 돈에 미친 사람이야!"

보안관의 휴대전화가 진동했다. 상황을 파악한 오퍼레이터가 통화 대신 메일을 보내왔다.

관객이 돌아갔다. 곧바로 회수반이 출동할 것이다.

보안관이 휴대전화를 집어넣고 지코를 건너다봤다. "너 몇 번째까지 알아?"

지코가 눈을 깜박거렸다.

"궤도상 소혹성…… 아니, 소혹성의 파편인가. 최신 게 몇 번이냐고?"

지코가 여전히 의아한 낯빛으로 조그맣게 대답했다. "VI번."

여섯 개쨌가. 보안관은 놀랐다. "나는 III까지밖에 몰라. 그새 두 배가 됐군."

거꾸로 말하면 인류는 그만큼 금속과 귀금속을 계속해서 소비중이다.

"소혹성 개발권의 절반은 몬 회장이 쥐고 있지. 몇 개를 끌어오건 똑같아. 견인 기술 특허를 소지했으니까."

요컨대 그 노인은 이미 급이 다른 부자라고…… 보안관이 말했다.

"여기서 하는 일을 굳이 '홈'으로 갖고 나가서 돈벌이에 나설 필요 따위 없단 소리야. 장기 교환으로 용케 버티고 있지만, 그 노인네도 불사신은 아니고 언젠가는 죽어. 그땐 '더 타운'도 폐쇄되고."

나도 퇴물이 되지, 보안관은 생각한다.

"어차피 돈 몬은 '회귀자'가 될 거잖아요?"

지코가 고집을 부린다.

"본부가 표명한 바로는 그에게 그럴 의사는 없어. 난 그걸 믿어."

"어째서요?"

"몬 회장조차 완벽한 '회귀자'는 만들 수 없으니까. 여기서 실험을 되풀이하면서 뼛속 깊이 알았을 테니까."

지코는 입술을 깨물며 침묵했다.

"애초 '회귀자'의 실용화와 상품화를 금지하는 국제법이 성립하는 데에 그 노인이 앞장섰거든."

"그래 봤자 겉 다르고 속 다른 짓이겠죠."

"그렇게 생각하고 싶으면 그러든가."

보안관 사무소의 창밖을 '더 타운' 여름 특유의 눅눅한 열풍이 지나간다.

"그럼, 왜 여기가 존재하는데요?"

지코의 표정은 여전히 고집스럽지만 목소리는 한풀 죽었다.

"왜 '더 타운'이 존재하느냐고요? 팔백이십이 구의 '회귀자'는, 뭘 위해 여기 모여 있냐고요?"

보안관이 대답했다. "그 노인의 집념이지."

'회귀자'는 되살아난 사자死者다.

사망한 특정 개인을 꼭 닮은 의체에 고인의 인격 모듈을 이식한 인공지능을 탑재해 만들어진다. 그러니까 죽었던 인간이 되살아나 세상에 돌아온 것처럼 보인다.

"그렇지만 말이야, 우선 인격 모듈이란 것이 간단치가 않아서, 살아있는 인간의 성격, 개성, 행동 특성을 백 퍼센트 재구성할 수는 없거든. 적어도 현재 기술로는 불가능해."

하나의 완성된 인격이라는, 거목의 기둥과 큰 가지는 재구성

할 수 있다. 비교적 잔가지도 만들 수 있다. 그러나 말단의 잎이나 작은 싹은 놓치는 부분도 나온다.

"인공지능 자체의 능력도 인간의 뇌의 움직임에는 한참 못 미치고."

보안관이 웃음을 머금은 채 지코를 바라보았다. "네가 진짜 인간인 거 어떻게 알았는지, 가르쳐줘?"

지코가 조금 겁먹은 눈을 하고 고개를 끄덕였다.

"내 모자에 특수 장치가 돼 있어서 말이지."

지코가 흠칫 뒤로 물러났다. 보안관이 모자챙을 건드리면서 얼굴을 허물어뜨리고 웃었다.

"농담이야. 그 지하실에서 알았어."

"역시 체중이 가벼워서요?"

"아니, 그게 아냐. 너 그때 장비를 만져 영상을 재생하려고 했잖아."

범인이 찍은 카라의 영상이다.

"내가 '지금은 하지 마' 했더니 넌 두말없이 그만뒀어. 심지어 잘못했구나, 경솔했구나, 하는 표정을 지었지. 그래서 알았어. 아, 이 녀석은 인간이다."

지코가 눈을 크게 뜬다. "무슨 말이에요?"

"인공지능은 추측을 못 하거든. 아니 그보다 마음을 헤아리지 못한다는 편이 정확할까."

'배려'라는 어휘가 적절한지도 모른다.

"내가 말렸을 때 네가 바로 이해한 건 '이런 데서 영상을 재생하면 자경단원들도 보게 되니까 카라가 안됐다'라고 생각했기 때문이지. 아닌가?"

"아, 네, 맞는데요."

"인공지능은 그런 사고를 못 해. 하지 말란 말만으로는 이유를 헤아리지 못한다고. 네가 의체 인간이었다면, 내가 제지했을 때 '왜요?'라고 물었을 거야."

그런 거야…… 하고, 보안관이 가볍게 양손을 펼쳐 보였다.

"돈 몬도 알고 있어. '회귀자'는 인간이 아니야. 죽은 인간과 꼭 닮았고 비슷한 행동을 하지만 본인이 아니라고. 그저 복제품이지."

"그렇다면 왜."

조급하게 묻다 말고 지코가 멈칫한다. 자신의 물음이 규탄이 아니라 순수한 의문에 가까운 걸 알아차렸으리라.

"돈 몬은 여기서 뭘 하는 거죠? 팔백이십이 구나 되는 '회귀자'를 모아 마을을 만들고, 생전과 똑같은 생활을 재현해놓고?"

보안관이 고개를 가로저었다. "몬 회장이 재현하는 건 팔백이십이 명의 인생이 아니야. 단 한 명의 인생이지."

케이블 몬. 돈 몬의 아들이다.

"몬 회장에게는 자녀가 다섯이야. 아들 셋, 딸 둘. 넷은 매우 훌륭하게 자랐지. 회사의 중역이 되고, 예술가가 되고, 행복한 결혼을 했어."

그러나 막내 케이브만은 달랐다.

"케이브는 열아홉 살에 마약에 빠져 대학에서 쫓겨났어. 치료 시설에 반년 들어갔다 나와서, 요양을 위해 부모님이 사준 시골 집에서 혼자 살기 시작했지."

그로부터 이십일 개월 동안, 열두 명의 여성을 유괴 및 감금 하고, 성적 고문을 가한 후 살해하여 시체를 뒷마당에 묻었다.

"피해자는 전국 각지에 흩어져 있었어. 좁은 범위 안에서 사 냥감을 물색했다가는 쉽사리 경찰의 주의를 끄니까, 그도 나름 대로 연구했던 거지."

뒷마당에 묻힌 시체 한 구를 우연히 들개가 파헤친 것이 사건 발각의 계기였다.

지코가 소리 내어 침을 삼켰다. "그래서, 체포됐어요?"

"마지막엔 경찰과 총격전을 벌이다가 사살됐어."

"그런 사건, 몰랐는데."

"옛날 일이고 몬 가의 치부인 건 분명하니까. 은폐까지는 아 니어도 뭐, 네 나이라면 몰라도 무리가 아니지."

케이브 사건이 발각됐을 즈음, 몬&다키자와 코퍼레이션은 제2세대 의체 인간 개발 성공을 막 발표했다. 값비싼 구경거리에 머물던 제1세대로부터 비약적으로 진보해, 의체 인간 실용화로 나아가는 길을 활짝 연 제2세대의 등장과 더불어 돈 몬의 인생도 절정기를 맞이했을 터였다.

"케이브가 왜 그런 무서운 범죄자가 돼버렸을까."

보안관의 말에 지코는 귀기울인다.

"다른 애들은 훌륭한 시민이 됐는데. 성실한 어른이 됐는데. 왜 케이브만 길을 벗어나 괴물이 돼버렸을까."

그 수수께끼를 풀기 위해, 돈 몬은 '회귀자'를 만들고 '더 타운'을 세웠다.

"몬 회장은 케이브의 '회귀자'를 '더 타운'에 살려 인생을 되풀이시키고 있어."

그러면서 찾는 중이다. 끝까지 밝혀낼 셈인 게다. 케이브가 어느 지점에서 길을 잘못 들었는지. 그때 무슨 일이 있었고 어떤 요소가 개입했으며 누가 곁에 있었는지. 어디를 바꾸고 무엇을 바로잡으면 케이브가 살인자가 되지 않는지.

"케이브 혼자면 사회생활이 안 되니까 주민들이 필요해지지. 그게 다른 '회귀자'들이야."

국제법으로 금지된 '회귀자' 제작에는 '제한된 기간 동안 연구 목적으로만 가능'이라는 특례 조항이 있다. 그나마도 생전에 본인과 2촌 이내 친족이 동의한 경우만 가능한데, 어디까지나 과학기술 발전에 기여하기 위해 사체를 기부할 뿐 금전을 받을 수는 없다.

"케이브를 둘러쌌던 현실 속 마을과 마찬가지로 '더 타운'에도 다양한 인간을 살려야 하지."

인종, 연령, 성별은 물론이고 외면부터 잠재적 요소에 이르기까지, 온갖 성향을 지닌 인간들. 그것을 여기서는 편의상 '흑점' '빈칸' '적색'으로 분류한다.

얼마나 실례인가. 개인의 다양한 기질을 무시하고 범죄력이나 취향, '죽음의 경위' 같은 사항만으로 기호처럼 분류하다니. 상대가 진짜 인간이 아님을 잘 알기에 본부도 태연히 이런 딱지를 붙인다. 말하자면 과거 인종차별주의자들과 일견 달라 보여도 근본적으로는 똑같은 방식이다. 색깔로 분류하는 대목까지 꼭 닮았다.

"케이브의 '회귀자'는 대학을 퇴학당하고, 마약 치료 시설을 나온 시점에서 출발해."

그의 기본 인격 모듈은 그 시점에 고정되어 있다.

"환경도, 첫 라운드에선 현실과 아주 흡사하게 만들었지. 두 번째 라운드 이후엔 케이브에게 일을 시키거나, 여자친구를 만들어주거나, 마을의 상황을 바꾸거나 하면서 조금씩 변화를 주고 있어."

지코가 실눈을 떴다. "그 '라운드'라는 게 뭔데요?"

"그러니까, 케이브가 새로 사는 인생."

그가 마약을 끊고, 부모의 비호 아래 조용한 시골집에서 새 생활을 시작하고, 이윽고 그것이 끝난다. 그 한 번의 주기를 '라운드'라 부른다.

"새 생활이…… 끝나요?"

지코가 중얼거리자 보안관이 고개를 끄덕였다.

"과거 아홉 번의 라운드는 전부 케이브가 성범죄나 살인 사건을 일으킨 시점에서 끝났어. 이번에도 그래."

'더 타운'의 주민은 실제 사건이 일어난 마을 주민과는 물론 다르다. 그런데도 매번, 현실과 똑같이, '회귀자' 케이브가 사건을 일으킨다. 그러면 '라운드'는 끝난다.

"그게 '총정지'야."

'총정지' 후에는 케이브도 다른 '회귀자'들도 기본 인격 모듈만 남기고 '기억 소거'되고, 새로운 이름과 직업, 역할을 배정받는다. '더 타운'의 설정에도 변화가 생긴다. 그리하여 새 라운드가 시작된다. 물론 그 전에 주의 깊은 검증 작업이 이뤄지지만, 그로써 케이브가 범죄로 기우는 분명한 단서와 원인이 판명된 적은 없다.

불모다. 낭비만 되풀이된다. 보안관은 그것을 지켜봐왔다.

기대를 완전히 버리지 못하기 때문이다.

"천성인지도 모르죠."

지코의 목소리는 낮아져 있다.

"케이브라는 남자는, 천성이 악마인지도 모른다고요."

"몬 회장한테는 다른 아들딸이 있어." 보안관이 말했다. "그러니까 그 노인은 뼛속부터 환경결정론자야."

케이브가 길을 잘못 드는 데는 최초의 살인 전에 반드시 외적 요인이 작용했을 것이다. 그 요인을 찾아내 배제할 수 있다면 케이브는 살인자가 되지 않는다. 사디스트도 되지 않는다. 형들처럼 호감 가는 훌륭한 사내가 된다…….

실은 이 생각에 대해서는 본부 소속 범죄심리학자나 아동심리학자들 사이에도 뿌리 깊은 반대론이 있다. 환경결정론이 틀렸다는 말이 아니다. 케이블 몬의 기본 인격 모듈을 열아홉 살에 고정하는 것이 틀렸다는 말이다. 적어도 그가 마약에 빠지기 일 년 이상 전부터 시작해야 한다는 의견도 있고, 케이브가 세 살 때부터 시작하지 않으면 의미가 없다는 의견도 있다.

그러나 몬 회장은 귀담아 듣지 않는다. 케이브에게 어린 시절부터 행동 장애가 있었다는 분석은 그저 나중에 갖다붙인 편견이라 일축하고, 문제가 있다면 어디까지나 가족과 떨어져 대학 기숙사에 들어가, 외로움 탓에 나쁜 친구들 꾐에 빠져 (혹은 속아서) 마약에 손대기 시작한 이후지 그 이전은 아니라고 일관되게 주장한다. 그런데도 한때는 별도의 '더 타운'에서, 뭐랄까 어정쩡하게 타협한 열 살짜리 케이브의 '회귀자'를 제작해 소년의 행동 특성을 관찰하는 시도도 했다는데, 이렇다 할 발견은 없었다. 다만 자신의 의견을 고집하는 몬 회장에게 용기를 줬을 뿐이었다.

"집념이야."

돈 몬에게 들러붙은 망념이다.

"기껏 그거 하나를 위해, 이 마을을 만들어 유지한다고요?"

"기껏 그거 하나일까……."

보안관은 창밖으로 눈길을 돌렸다.

"희대의 살인자 아들을 둔 아버지가, 사랑하는 아들을 위해 어떻게든 다른 인생을 찾아주려 하는 거야. 아들에게, 다른 인생을 선택시키려는 거야."

하기는 급이 다른 부자니까 가능한 일이다. 그러나 돈 문제만은 아니다.

"돈 몬은 케이브가 다른 인생을 선택하는 순간을 보고 싶은 거야. 그 바람을 기껏 '그거 하나'라고 치부해버려도 될까."

"하지만" 하고 지코는 다시 반항적인 비행청소년처럼 입을 내밀었다. "그럼 왜 관객을 넣느냐고요?"

"자선사업 같은 거랄까."

돈 몬에게도 인간관계가 있고, 누군가의 부탁을 들어줘야 하는 일도 있다.

"죽은 우리 아이, 사랑하는 아내나 남편의 '회귀자'를 만나고 싶다, 할 수만 있다면 한 번 더 손잡고 이야기하거나 눈을 들여다보고 싶다. 그런 꿈을 이뤄주는 서비스."

"하지만 돈을 받잖아요!"

"실비야."

보안관이 집무실 바닥을 가리켰다.

"여기까지 오는 셔틀 비용도 들고, 도중에 단시간이라지만 무중력 상태를 경험하니까 훈련도 받아야 하거든. 너도 그랬을 거 아냐?"

'회귀자'와 대면하려면 주의 깊은 시뮬레이션을 되풀이해야 하거니와 심리검사도 통과해야 한다. 품이 드는 일이지만 소홀히 할 수는 없다. '회귀자'와 접촉한 진짜 인간에게 충격적 심리 외상이 발생하면 의체 인간 제조 규제법의 옴부즈맨이 가만히 있지 않을 것이다. 제아무리 돈 몬이라 해도 '더 타운'이라는 특례를 유지하기는 불가능해진다.

마침내 '하지만'의 밑천이 떨어졌는지, 지코가 제 몸을 감싸 듯 팔짱을 꼈다.

"어째서 케이브는 비슷한 일을 되풀이할까요?"

"포커 쳐봤나?"

"네?"

"카드 다섯 장으로 약約 일정한 득점을 얻기 위해 약속해 정한 조건을 만들어 승부하는 게임. 룰은 간단해. 알아?"

"아, 네."

"처음에 받은 카드로 일찌감치 약이 완성될 때가 있잖아? 원 페어는 흔하고, 트리플이나 투 페어, 아니면 한 장만 더 들어오면 스트레이트나 플러시가 되기도 해."

케이브는 그거라고, 보안관은 말했다.

"범죄력이 있는 '회귀자'······ '흑점'도 그래. 처음부터 약을 가졌어. 혹은 카드 한 장만 바꾸면 강한 약이 되지. 그 상태에서 태어난다고."

환경과 운이 따라준 덕에 애초 지녔던 약한 약을 유지만 하거나, 한 장이 모자라 스트레이트도 플러시도 완성하지 못하기도 한다. 그 경우에는 평온하고 행복한 인생을 보내는 시민이 될 수 있다.

그러나 카드가 다 갖춰져서 약이 완성되는 사람도 있다. 악마가 기뻐하는 강한 약이. 어느 라운드에서나 약자인 여성에게 기어코 못된 짓을 하고 마는 제1급수탑 작업반장처럼. 강한 피해망상에 사로잡혀, 그 망상을 실현시키기 위해 살인도 서슴지 않는 잔처럼.

"……그런 거, 과격한 사고방식이라고요."

지코의 지적에 보안관은 고개를 끄덕였다. "그러게. 내 생각도 그래. 하지만 달리 생각할 방도가 없는걸."

줄곧 여기 있으면서 '더 타운'을, 케이블 몬의 반복되는 인생을 지켜보노라면.

"어떻게 그렇게 차분할 수 있어요?"

지코의 눈이 보안관을 바라본다.

"역시, 그건가요? '젠'의 경지 뭐 그런 거?"

"뭐?"

"'젠'요. 선禪."

불쑥 음담패설이라도 뱉은 것처럼 지코의 얼굴이 새빨개졌다.

"아니에요? 아무튼 당신은 동양인이니까."

보안관이 피식 웃었다. "그냥 동양계일 뿐이야. 젠? 난 그런 거 몰라."

그럴까. 지금, 그저 뇌가 기억하지 못하는 것은 아닐까.

보안관은 아직 진짜 인간이다. 신체의 절반 이상은 자연물이다. 하지만 버거운 질환이 발견될 때마다 장기와 장기 일부를 계속 교환해왔다. '더 타운'의 환경은 살아있는 인간의 몸에 좋지 않다. 우주선宇宙線 우주 공간을 날아다니는 고(高)에너지 입자이 너무 강한 탓이다. 여기서 보통 인간이 천수를 다하려 한다면 장기 교환 처치는 불가피하다.

그러나 의체 인간의 인격 모듈이 불완전할 수밖에 없는 것은, 오직 뇌만이 인간의 기질과 특질을 주재하는 기관은 아니기 때문이다. 체간에서 피드백되는 전기 신호 또한 개체個體의 인격 형성에 기여한다. 그렇다면 신체 일부를 무기질의 모조품으로 바꿔나가는 사이 보안관 자신의 '인간'으로서의 통일성이 흔들릴 가능성도 있지 않을까.

아내에 관한 기억은 진짜일까? 수없이 봐왔던 '회귀자'들의 데이터를 내 것과 혼동하지는 않았을까?

보안관의 뇌리에 때때로 떠오르는 영상이 있다. 흰 눈에 덮인, 성 마리아 교회 제단에 서 있던 신부의 베일처럼 우아하고 아름다운 산자락을 늘어뜨린 광대한 산의 정경이다. 그것은 어느 나라일까. 나의 고국일까.

돈 몬의 몸에도 같은 일이 일어나고 있는지도 모른다. 그 노인은 이제 막내아들이 경찰에 사살됐을 때와 똑같은 노인이 아니라, 인간과 인간의 복제품 사이 어디쯤에 있다.

그런데도 죄를 저지르지 않는 아들의 모습을 보고 싶다는 일념만이 그를 움직인다.

"지코, 아는지 모르겠는데."

지코가 흠칫했다.

"난 '회귀자'는 아니지만 진짜 인간도 아니야. '더 타운'은 내 감옥이야. 난 여기서 내 일을 하고 있을 뿐이야."

"……알아요. 몬 사와 거래했다는 거."

"그래. 하지만 사형을 면하고 싶어서는 아니었어."

후회했기 때문이라고, 보안관은 말했다.

"난 너를 여기로 보낸 분파보다 훨씬 과격한 인간 원리주의자 그룹의 일원이었어."

'의체 인간 반대'라는 기치를 내걸고, 제2세대 의체 인간을 완성한 몬&다키자와 연구소에서 폭탄 테러를 일으켰다.

서른두 명이 죽었다. 그 가운데는 연구자나 몬&다키자와 사원뿐 아니라 마침 사회 견학을 왔던 십대 청소년 열 명도 포함되어 있었다.

"지루한 재판 따위 무의미하다고 생각했지. 난 신념을 위해 죽는다, 얼른 사형시켜라."

면회 온 변호사가 피해자 추모 집회 영상을 보여줬을 때 그 생각은 바뀌었다.

"내가 죽인 사람들의 유족과 지인 들이 촛불을 밝히고 손잡고 울더군. 그러면서 노래를 불렀어."

〈에우리디케를 잃고〉를 들은 것은 그때였다.

"그때 내 잘못을 깨달았어. 의체 인간 반대를 내세워 내가 저지른 짓은 그저 살인이야. 물론 의체 인간은 지금도 싫어. 다만 나는, 의체 인간조차도 아니야. 인간도 아니고."

그저 사람도 아닌 놈일 뿐이다.

"그래서 몬&다키자와의…… 정확히 말하면 돈 몬 개인의 제안을 받아들였어."

얄궂게도 폭탄 테러를 계획하고 집행하여 '성공'시킨 치밀한 두뇌와 강인한 정신력을 인정받아 스카우트된 셈이다. 나의 '더 타운'에서 보안관을 해주지 않겠나.

"돈 몬은 케이브의 인생을 반복시켜, 죄를 저지르지 않는 아들의 인생을 찾아내고 싶어했어. 나도 그걸 보고 싶단 생각이 들었지."

만일 돈 몬이, 케이브 몬이 성공한다면.

"이런 나한테도, 사람도 아닌 놈이 되지 않을 인생을 선택할 기회가 있었다는 말이 되니까."

이제 와서 그것을 안다 한들 달라지는 것은 없다. '회귀자'를 만들어도 죽은 본인을 살려낼 수 없는 것과 마찬가지다. 시간을 되돌리지는 못한다.

"기회가 있었는데 그걸 그냥 흘려 보냈다면, 난 이번에야말로 자각하고, 자진해서 벌을 받을 수 있어. 자폭 테러처럼 사형되는 게 아니라 죗값을 치르기 위해 사형되는 거야."

지코의 얼굴에서 땀이 완전히 걷혀 있었다. 어쩐지 좀 추워 보일 정도다.

"넌 체포돼. 여긴 치외법권이야. 재판 따위 없이 처형된다고."

보안관이 일어섰다.

"내 말 들어서 손해날 일은 없어. 그들과 거래하도록 해. 와서 보니 생각이 바뀌었다고. 나처럼 되고 싶다고."

그리고 이곳으로 돌아와……

"내가 죽을 때 배웅해줘. 내 뒤를 이어 이곳을 지켜줘."

이것도 인연이니까, 라며 보안관이 웃었다.

"동양인은 이런 식으로 생각하거든."

지켜봐줘. '더 타운'이 루프를 빠져나가 진정한 끝을 맞을 때까지.

끝이 찾아올 때. 돈 몬의 집념이 결실을 맺을 때. 그 순간은 과거에 인류가 천연두 바이러스를 지상에서 몰아냈듯 범죄도 몰아낼 수 있을지 모른다는, 아름답고 아스라한 희망이 밝혀지는 때이기도 할 것이다.

"'더 타운'은 실은 겨울이 제일 아름다워."

지코를 남겨두고, 보안관은 무거운 발소리를 내면서 밖으로 나왔다. 서쪽 하늘 한 귀퉁이가 비틀려 보인다. 거기만 파란 하늘도 구름도 사라지고, 아름다운 일곱 빛깔이 물감 번지듯 펼쳐져 있다. 무지개는 아니다. 극장의 조명 담당이 맑은 하늘 장면인데 라이트를 잘못 켠 것처럼도 보인다.

보안관이 하늘을 올려다보았다. 이것은 진짜 하늘이 아니라 '더 타운'을 감싸듯 뒤덮은 돔 천장일 뿐이다. 급수탑이 서 있는 숲을 빠져나가 호수를 지나 더 달리면, 돔과 바깥 세계를 가르는 벽에 닿을 수도 있다.

평소에는 그런 것은 깨끗이 잊고 지내지만, 조금 부자연스런 빛이 하늘에 나타나기만 해도 보안관 안에 아직 남은, 살아있는 인간의 부분—과거에 진짜 자연을 접하고 그 안에서 살았던 기억이 이건 가짜라고 수런대기 시작한다. 이곳은 몬 회장의 호화로운 하코니와 얕은 상자에 작은 나무, 인형, 다리 등의 미니어처를 배치한 모형 정원일 뿐이라고. 그도 그럴 것이 저런 곳에 출입구가 있지 않은가.

'더 타운'의 게이트가 열렸다. 회수반이 들어온다.

두 손으로 모자를 정중히 눌러 쓰고, 보안관은 걷기 시작했다. 성 마리아 교회로 가자. 움직임을 멈춘 '회귀자'들이 모두 실

려 나가면 오르간을 연주하자. 좀 더듬거리면 어떠랴. 그리고
찬송가를 부르자.

　이곳에 신은 없지만, 기도는 할 수 있다.

안녕의 의식

1판 1쇄 발행 2023년 1월 16일 **1판 2쇄 발행** 2023년 2월 27일

지은이 미야베 미유키 **옮긴이** 홍은주
펴낸이 고세규
편집 장선정 백경현 **디자인** 조은아
마케팅 이헌영 **홍보** 반재서

발행처 김영사
주소 경기도 파주시 문발로 197(문발동) 우편번호 10881
등록 1979년 5월 17일 (제406-2003-036호)
구입 문의전화 031)955-3100 **팩스** 031)955-3111
편집부 전화 02)3668-3295 **팩스** 02)745-4827 **전자우편** literature@gimmyoung.com
비채 블로그 blog.naver.com/viche_books
인스타그램 @drviche **트위터** @vichebook
ISBN 978-89-349-7493-2 03830 책값은 뒤표지에 있습니다.

비채는 김영사의 문학 브랜드입니다.